渡鸦之影

A Raven's Shadow : The Blood Song

卷一 血歌 下册

[英] 安东尼·瑞恩/著
黄公夏 露可小溪/译

重庆出版集团 重庆出版社

第三部

本人极为荣幸地向您汇报,近几个月来,在艾尔·海斯提安大人的英明指挥下,战事进展神速。无数绝信徒为其信奉的邪教付出了应有的代价,或为保命四散奔逃。我方将士斗志昂扬,为国效命之迫切心情,在本人看来实属前所未有。

——马蒂舍森林战役期间,第四宗兄弟亚林·海提斯致滕吉斯·艾尔·佛尼宗老的信,第四宗档案

第三部

佛尼尔斯的记述

他沉默之时,我的鹅毛笔还在纸上疯狂游走。关于他的故事,我已经写满了十卷羊皮纸。舱外暮色四合,舱内唯一的光亮,源于头顶那盏摇晃不止的灯。持续数小时的书写令我手腕酸痛,长久伏在铺有羊皮纸的木桶上令我腰背僵硬。这些,我居然毫无知觉。

"还有呢?"我提示他。

昏暗的灯光下,他脸色阴沉,神情漠然。我又问了一声,他才回过神来。

"我口渴,"他说着伸手取来水壶,船长允许他饮用木桶里的水。"这五年来,每天说不了几句话。我嗓子疼。"

我搁下鹅毛笔,躺在船板上放松酸痛的后背。"你后来见过她吗?"我问,"我是说公主。"

"没有。我认为自从我回绝了她的要求,我对她来说就没用了。"他举起水壶送到嘴边,猛灌了一大口,"这么多年来,她的名声越来越响,美貌和善心举世皆知。都城和疆国各处的贫民区时常见到她的身影,她救济穷人,捐钱修建学校和第五宗的病房。很多贵族向她求婚,却统统遭到拒绝。据说国王给她选了一位门当户对、位高权重的夫君,她却断然不从,国王为此大发雷霆,她也非常痛苦。"

"你觉得她是在等你吗?"如此悲惨的情节,激发了我身为写书人的灵感,"她试图以善举弥合破碎的心灵,因为只有这样才能得到你的认可,尽管就她所知道的,这五年来你是个死人。"

他投来难以置信的目光,看他的眼神,好像是我在逗他开心。片刻过后,他笑了起来,那笑声不仅低沉,而且意味深长,在密闭的舱

渡鸦之影 血歌

房内显得特别刺耳,久久不绝。

"大人,要是哪天诸神不待见你,"他笑够了,才说道,"你说不定能遇见莱娜公主。如果真遇上了,听我的话,掉头就跑。依我看,你这颗易碎的玻璃心,还是别给她发现了为好。"

他把水壶扔给我。我随即咕咚咕咚地喝起来,借以掩饰我的愤怒。他口中的这位公主,显然有智慧,有担当,她希望为父增光,为民效力。我认为我和这样的女人会非常谈得来。

"她之所以没有结婚,是因为丈夫只能束缚她的手脚,"维林·艾尔·索纳说,"她行善是为了讨好民众。赢得人民的爱戴,便意味着赢得了权力。如果说她胸膛里尚有一颗跳动的心,驱使它的也是权力,而不是激情。"

我暗自决定去探究莱娜公主的生活。这个北方佬说得越多,我越有拜访他故乡的冲动。他对疆国文化中所涉及的艺术和学问似乎毫无兴趣,而我却心驰神往。我希望到大图书馆翻翻古籍,看看本瑞·莱列尔宗师那幅描绘掐脖红的壁画。我希望亲临他手刃三人的圆场,瞧瞧当年染过鲜血的古石。我们原以为联合疆国的人民,不过是些没开化的蛮子,而事实上,他们的战士大多也是如此。但如今,我发现他们的故事里不止是野蛮的言行和嗜血的冲动。过去的短短几个小时,我对疆国的了解,甚至远远超过了多年来我对战史的研究。他激发了我内心深处的某种东西,那是一种前所未有的强烈渴望——我要重写那段历史,疆国的历史。

"国王有没有信守承诺?"我问,"他有没有主持公道,救出黑牢里的那个女人?"

"次日,我报出名字的那几个人就被处决了。一周后,那个女人和她的儿子被送往北疆。"他沉默片刻,一脸哀伤的神色,"我在她启程前见了她一面,是艾林安排的。我请求她原谅。她朝我啐了一口,骂我是杀人犯。"

我拿起鹅毛笔,记下他的话,并将"朝我啐了一口"改成"以绝信徒所信奉的伪神之力,狠狠地诅咒我"。我喜欢在某些地方添油加醋。

"那你的筹码呢?"我接着问道,"你有没有服从国王的命令?你杀了林登·艾尔·海斯提安吗?"

他低头看着搁在膝盖上的手,屈起手指,满目的伤疤之间,血管和筋肉根根暴起。这是杀手的手,用不了几秒钟就能掐死我。

"是的,"他说,"我杀了他。"

渡鸦之影 血歌

第一章

这柄库姆布莱长弓用紫杉树心制作，不拉弦时长约五英尺，箭矢可射出两百步远，技艺高超者则接近三百步，近距离可轻松破甲。维林手里的这一把比大多数长弓略粗，弓臂光滑，可见经常使用。这位弓手目力敏锐，钢制箭头干脆利落地穿透了马蒂尔·艾尔·杰奈科的胸甲。死者是一位和善可亲的年轻贵族，爱好诗歌，唯独令人有些厌烦的是，他时常喋喋不休地谈论未婚妻，说她即便不是倾城倾国，也算得上是整个阿斯莱最温柔漂亮的少女。遗憾的是，他再也见不到温柔漂亮的未婚妻了。他双目圆睁，了无生气，嘴上沾有残血和呕吐物，显然走得很痛苦——库姆布莱的弓手常常在箭头上涂抹乔佛瑞根的汁液和蝰蛇毒液。长弓的主人躺在几码开外，维林的箭插在他胳膊上，他从藏身的桦树上摔下来，折断了脖子。

"没了。"巴库斯深一脚浅一脚地踏雪而来，左右是凯涅斯和邓透斯，"看来只有他一个。"他一脚踢歪了弓手的脑袋，然后跪下来搜刮尸体上值钱的东西。

"他带的兵哪儿去了？"邓透斯问。

"一哄而散，"维林说，"等我们回了营地，没准能看到一大群。"

"该死的孬种。"邓透斯低头看着马蒂尔·艾尔·杰奈科，"那帮家伙不喜欢他吗？这人还不错，至少在我看来。毕竟是贵族嘛。"

"那些兵说白了都是瓦林斯堡地牢里的渣滓，兄弟，"凯涅斯说，"他们不为任何人效忠，只顾自己保命。"

"找到他的马了吗？"维林问。要是没马，如何带回这位贵族大人的遗体可真是伤脑筋。

"诺塔去牵了。"巴库斯从弓手身边站起来,手里把玩着几枚叮当作响的铜币。他将库姆布莱人的箭袋扔给维林。袋中的箭染成灰黑色,箭尾是乌鸦的羽毛。他们的敌人喜欢给自用的东西做标记。"你要留着?"他冲着那把弓点点头,"等我们回到城里,我拿去能换十枚银币。"

维林抓着长弓说:"我想试试好不好使。"

"祝你好运。听说这帮杂种练了一辈子。领主逼他们每天训练。"他低头看看手里区区几枚铜板,"发钱倒是挺抠门的。"

"他们是为了伪神而战,不是为领主,"凯涅斯说,"他们对钱没兴趣。"

他们扒下艾尔·杰奈科身上的盔甲,将尸体抬到马背上,巴库斯伸手摸死人的口袋,被诺塔一掌拍开了。

"他又用不着,怎么了?"

"我们已经离开宗会七个月了,信仰在上!"诺塔厉声说,"你不用再偷东西了。"

巴库斯耸耸肩:"习惯了。"

七个月了。维林在返回营地的路上思索着。这七个月来,他们一直在马蒂舍森林追捕库姆布莱绝信徒,说起来,林登·艾尔·海斯提安及其新组建的步兵团算是跟他们并肩作战,这人已比国王所设想的多活了足足一个月。每过去一天,维林就感觉肩上的担子又沉重了一点。

周围的环境无法缓解他的情绪。马蒂舍不是尤里希,这里的林子更黑暗,更浓密,树与树挨得很近,有的地方甚至难以通行。而且此处地形复杂,星罗棋布的土坑和沟渠是最佳的伏击地点,还迫使他们弃马步行。无论他们走到哪里,始终都是弓在手中,箭在弦上。只有贵族选择骑马,结果成了在林间神出鬼没的库姆布莱弓手的靶子。最初跟林登·艾尔·海斯提安一同赶赴马蒂舍的有十五位年轻贵族,目

渡鸦之影 血歌

前已经死掉四个,还有三个身受重伤,只能送回去。他们的手下更惨,招募和强行征来的六百人,已损失了三分之一,不是在林子里被杀就是失踪,有些无疑是借机逃跑了。他们经常能发现失踪数周的人,要么冻僵在雪地里,要么被绑在树上折磨至死。他们的敌人不要俘虏。

尽管损失惨重,但他们这支宗会小分队还是赢得了几场胜利。一个月前,凯涅斯领着大家追踪二十来个库姆布莱人,那帮人正沿着溪边前进,这一招确实聪明,可惜瞒不过凯涅斯。他们跟了四个钟头,等敌人驻足休息的时候才出手。那帮人神情肃穆,身披鹿皮和黑貂皮,背挎长弓,毫无警惕心。第一批箭雨放倒了一半,剩下的人转身沿着河床逃跑。兄弟们抽出剑发起追击,结果他们一个都没有跑掉,也没有人请求饶命。凯涅斯说得没错,他们的敌人为伪神而战,个个视死如归。

又走了几英里地,营地映入眼帘,与其说是营地,还不如说是围栏更准确。他们刚来的时候,安置警戒哨都是难事,因为哨兵完全成了敌人夜间练箭的靶子。林登·艾尔·海斯提安只好下令砍倒树木建起围栏,他们在马蒂舍森林中找到一小块空地,用削尖的树干死死地围起来。维林以及很多宗会兄弟都讨厌这个潮湿而又压抑的地方,他们大部分时间在森林里活动,编成小组四处巡逻,每天换地方安营扎寨,在艾尔·海斯提安的士兵龟缩在围栏里的时候,他们则与库姆布莱人玩着围追堵截的致命游戏。不幸的马蒂尔·艾尔·杰奈科这次领军出击,是数周以来的首次行动。尽管如此,也是以鞭笞作威胁,才逼得这群士兵勉强上路。结果,一支箭就吓得士兵四散奔逃。

围栏大门处有一位矮壮的兄弟,浓密的眉毛上挂着霜,眼神凶巴巴的。他身边有一只灰毛带斑、体形硕大的杂种犬,那眼神跟主人一样凶狠。

"马克里尔兄弟。"维林略一欠身,向他致意。虽说马克里尔不太在意礼数，但他作为宗会小分队的领军人，应当得到尊重，尤其在艾尔·海斯提安的军队面前。有些士兵在大门附近晃荡，惊恐的目光落在艾尔·杰奈科的尸体上，又投向黑漆漆的树林，似在担忧库姆布莱人的箭矢随时从暗处飞来。

当维林应召走进宗老的房间时，发现马克里尔等在那里，惊讶之情险些溢于言表。马克里尔正瞪着手里的菱形红布，那张硬朗的面孔露出茫然的神情。

"我相信你俩认识。"宗老说。

"在我野外试炼的时候见过，宗老大人。"

"马克里尔兄弟受命指挥远征马蒂舍森林的行动，"宗老对他说，"你要完全服从他的命令。"

很少有人比得上马克里尔对马蒂舍森林的了解，胡提尔宗师当然算一个，但宗会的事务离不开他。这支小分队只有三十个兄弟，大多是来自北境的老兵，他们和维林一样，对马克里尔将信将疑，不过马克里尔很快就证明了他的老谋深算，尽管其领导风格稍显粗放。

"才他妈的一个钟头，"他吼道，"你们应该往南走两天！"

"艾尔·杰奈科大人的手下全跑了，"诺塔说，"还有什么必要留在外面。"

"我问你话了吗，混小子？"马克里尔问。他厌恶过所有的人，但大多数时候还是针对诺塔。他身边那只唤作灵鼻的杂种犬附和着吠了一声。维林不知道他从那儿找来的这只狗，显然小花脸的事情过后，马克里尔不再考虑奴隶犬，而是选择了他所找到的体型最大、性子最烈的猎狗，也不费心驯养。好几个士兵身上有咬伤，证明灵鼻不喜欢有人爱抚或是瞅它。

诺塔回瞪马克里尔，满眼都是厌恶。维林时常担心，这两人要是独处，真不知道会发生什么事。

"我们认为最好把尸体送回来，兄弟，"维林说，"我们今晚再去巡逻。"

马克里尔转而瞪着维林:"有些人已经回来了,说那里到有五十个渣滓。"马克里尔总是把库姆布莱人称为渣滓,"你们杀了几个?"

维林举起手里的长弓:"一个。"

马克里尔浓密的眉毛挤成了一堆:"总共五十个,杀了一个?"

"总共一个,兄弟。"

马克里尔深深地叹了口气:"我们还是向大人汇报吧,他要重新写一封信。"

林登·艾尔·海斯提安大人身材颀长,相貌英俊,笑容可掬,富有幽默感。他作战勇敢,精于舞剑使矛。与国王说的正好相反,他头脑灵活,所谓的傲慢自大,不过是年少有成,又不懂收敛锋芒,所以显得耀武扬威罢了。令维林深为惋惜的是,他还挺喜欢这位年轻贵族,虽说他也认为此人当领袖并不合格,天生不擅杀伐决断。艾尔·海斯提安每每拿鞭笞威胁手下,却从未真的惩罚过谁,不管他们是胆小怯战,烂醉如泥,还是举止轻浮,有辱军人威仪。

"兄弟们回来了!"他们走到大帐前面时,艾尔·海斯提安喜笑颜开地迎了出来。当他看见垂在马背上的尸体后,笑容消失了。显然那些逃兵没把这个坏消息告诉他。

"请节哀,大人。"维林说。他知道这两人从小就是朋友。

林登·艾尔·海斯提安走到尸体旁,满脸哀恸之色,轻轻地抚摸朋友的头发。"他是战死的吗?"过了一会儿,他开口问道,话语中饱含深情。

维林发现诺塔一张嘴准备答话,便立刻打断了他。诺塔有种怪癖,喜欢戳艾尔·海斯提安大人的软肋,夹枪带棒的话张口就来,完全不加掩饰。"他非常勇敢,大人。"

马蒂尔·艾尔·杰奈科中箭后哭得像个孩子,他紧紧抓着维林,浑身痉挛,口吐污物,眼中的生命之光渐渐暗淡。维林知道,他临终前还想说些什么，可流出的胆汁呛得他语不成句。或许是对爱人的遗言吧，他们永远都不会知道了。

"勇敢，"艾尔·海斯提安苦笑着重复道，"是的，他向来如此。"

"他的手下跑了，"诺塔说，"敌人射了一箭，他们全跑了。你的兵团完全是乌合之众。"

"闭嘴！"马克里尔兄弟喝止他。

柯瑞尼克军士走上前，向艾尔·海斯提安敬了一个漂亮的军礼。这个壮实的汉子年近五十，脸上伤痕累累，性情相当暴躁。他从十六岁起就在疆国禁卫军里服役，是兵团内为数不多的老兵。艾尔·海斯提安慧眼识人，命他担任军士长，负责操练士兵。但诺塔说得没错，尽管他拼尽全力，兵团还是一帮乌合之众。

"我命人搭建火葬堆，大人，"柯瑞尼克军士说，"今晚就火化。"

艾尔·海斯提安点点头，从尸体旁退开。"好。谢谢你，军士。还有你们，各位兄弟，感谢你们带他回来。"他走回大帐，"马克里尔兄弟，维林兄弟，请两位借一步说话。"

与其他贵族大人不同，艾尔·海斯提安的帐篷里面没有奢华的布置，狭窄的空间摆满了武器和盔甲，这些都由他亲自打理和维护。大多数贵族都带有一两个随身侍从，不过艾尔·海斯提安大人显然能够照顾好自己。

"请坐，兄弟们。"他示意两人坐下，然后走到一张轻便的小桌子旁，他就是在这里处理兵将领必须应付的繁杂事务。"陛下来函。"他说着，从桌上拿起一个已开启的信封。维林一眼看到国王的蜡封，心跳略为加速。

"雅努斯·艾尔·尼埃壬国王，致第三十五步兵团将军林登·艾尔·海斯提安大人，"艾尔·海斯提安念道，"谨在此恭贺大人，此战一拖半年之久，大人竟能坚守前线，仍率军与敌周旋。不若将军这般英明者，自当不假思索，速战速决，早日了却马蒂舍森林之患，尽

渡鸦之影 血歌

快凯旋。不过,大人胸中自有神机妙策,只是我远在都城,不识其中神妙。请大人遣回阿尔林宗老慷慨支援的第六宗小分队,宗老对队内兄弟另有要务安排。我听说前任战争大臣的儿子也在其中,所谓君令不可违,其父深明此理,其子亦同此心。大人可与宗会兄弟相商,听取他们的慷慨建言,或有可取之处。"

维林惊骇万分,双手竟不由自主地抖了起来,他赶紧拢进斗篷里,假装有点冷。

"所以,兄弟们,"艾尔·海斯提安望着他们,脸上露出了不加掩饰的绝望之色,"看来,我只好请你们提提建议了。"

"我已经多次给您提过建议,大人。"马克里尔说,"杀鸡儆猴,强令最懒惰、最胆小的士兵徒手出营;在操练士兵、军规军纪方面,放权给柯瑞尼克军士。"

艾尔·海斯提安揉着太阳穴,眉间疲态尽显:"这样做很难赢得人心,兄弟。"

"他们的心一文不值。没有哪个将军能够赢得士兵的爱戴,大多依靠威权统军。他们害怕您,自然就会尊重你。如此一来,或许他们就能杀几个库姆布莱人。"

"凭国王陛下写这封信的语气,我们距离收兵还朝怕是没几周时间了。还有,不管国王怎么想,我确实没有什么办法打垮黑箭及其军团。就算我采取你的建议,要想在这片该死的森林里获胜,也不是一时半会能做到的。"

黑箭。这个名字是从七个月来抓获的唯一一个俘虏口中得知的。他是被诺塔射伤的一名弓手,死前好一番折腾,朝他们吐口水,羞辱谩骂,还呼唤伪神接受他的灵魂,原谅他杀敌不力。面对讯问,他笑而不答——将死之人常常无所畏惧。最后,维林把其他人都打发走了,坐下来把水瓶递给他。

"来点吗?"

第三部

那人露出轻蔑的眼神,但随着生命一点点流逝,他渴得厉害,终于还是没有断然回绝:"我什么都不会说的。"

"我知道。"维林把瓶子抵到男人唇边,给他喝了两口,"你觉得他会原谅你吗?我是说你的神。"

"世界之父仁爱无边。"垂死之人恶狠狠地,一字一顿地吐出来,"他知道我的弱点和我的力量,他因此爱我。"

维林看着他抓紧插在身侧的箭矢,唇齿之间透出轻微的呜咽声。

"你们为什么憎恨我们?"维林问,"为什么杀我们?"

那人痛苦的呜咽变成刺耳的苦笑:"兄弟,那你们为什么杀我们?"

"你们违背了约定。你们的领主答应过,不到边界之外宣扬你们的神论……"

"神谕不受地界所限,也不受异教信徒所限。黑箭带我们来这里,是为了保护他们,不被你们这些异端所屠杀。他知道我们之间所谓的和平是背叛,是邪恶的亵渎……"他呛住了,不由自主地咳嗽起来。维林希望诱他说出更多的信息,但此人只是絮絮叨叨念他的神,随着生命的流逝,话音逐渐含糊不清,很快就失去了意识。几分钟后,他错乱的呼吸便完全停止了。不知为何,维林后悔没有问他的名字。

"你怎么看,维林兄弟?"艾尔·海斯提安的提问一下子把他拉回了现实,"国王似乎很看重你的判断。你有什么可以击垮敌方军团的建议吗?"

结束这场该死的闹剧,回家去吧。他心里这样想,却没有说出口。艾尔·海斯提安不可能两手空空地离开森林,至少也要在口头上宣称获胜了才行。另外,他提醒自己,国王根本就不希望他离开森林。你还有交易没有完成。谁敢说国王不能悔棋呢?

"您的手下只要走出营地,就成了黑箭那帮弓手的猎物,"他说,"但我和兄弟们不是这样,我们才是森林中的猎人,库姆布莱人害怕我们。您的手下也要成为猎人，至少选些可造之材，把他们教成猎人。"

马克里尔冷哼一声："这帮家伙连尿成一条直线都学不会，更别提追捕了。"

"肯定有些人是可以教出来的，信仰教导我们，最无能之人也有可取之处。我建议挑选一批出来，三十人左右。我们来训练他们，让他们听我们的命令。届时我们发动一次突袭，找到黑箭的一处巢穴，然后将其捣毁。等他们尝到了战胜库姆布莱人的滋味，其余的士兵也能受到鼓舞。"他顿了顿，下定决心说出了接下来的话："大人，若您能亲自率军突袭，对士气的提振更是非同凡响。身先士卒的领袖更能得到士兵的尊敬。"突袭中什么事情都有可能发生，一支箭矢很容易射偏……

艾尔·海斯提安抚着下巴上稀疏的胡子茬："马克里尔兄弟，你同意他的行动计划吗？"

马克里尔斜睨了维林一眼，浓密的眉毛挤成一团，似是疑虑重重。他感觉事情不对头，维林意识到。他能嗅到其中的阴谋，就像猎犬闻到陌生的气味一样。

"可以试试，"沉默了片刻，马克里尔答道，"只是，找出他们的巢穴可不容易。那帮渣滓贼得很，各种痕迹抹得干干净净。"

"都说第六宗的兄弟是疆国之内最优秀的林中客，"艾尔·海斯提安说，"只要他们的巢穴是能找出来的，那我相信你们做得到。"他一拍大腿，整个人因为看到了一线曙光而活跃起来，"谢谢两位兄弟。这个计划肯定能行。"他站起来，拿起搭在椅背上的一张狼皮，披在肩上系好。"我们这就开始，事情不少呢！"

所有的士兵都没有姓氏，大多只有以前道上混的绰号：偷儿、红

刀、快手,诸如此类。他们就用最简单的办法,让整个兵团的人绕围栏跑步,挑了坚持时间最久的三十个人。马克里尔将他们排成三排,十人一排,然后宣布了此后关系到他们身家性命的规矩。那帮家伙一边听,一边愁苦万分地瞪着马克里尔。

"未经许可就喝醉的人将受到鞭笞。醉酒超过一次,从兵团除名。你们要是以为除名就能回家,那可是脑袋进屎了。听好,凡是除名的人,一律不准携带武器,必须徒手走出马蒂舍森林。"马克里尔停了一会儿,让他们好好消化这段话。一个人不带武器,在没有任何抵抗力的情况下独自穿越马蒂舍森林,最大的可能就是走不了几步便被绑在树上,然后开膛破肚。

"听明白了,你们这帮偷鸡摸狗的渣滓!"马克里尔吼道,"艾尔·海斯提安大人把你们交给第六宗来训练,我们一致认为这样最合适。现在你们归我们管了。"

"我们过来可不是为了干这个,"前排有个面色土黄的人很不高兴地咕哝着,"应当是为国王——"

马克里尔一拳打在男人的下巴上,当即将他打翻在地。"巴库斯兄弟!"他大喊着,跨过倒地不起的士兵。"给他十鞭子。一周不准喝酒。"他狠狠地瞪着其余的人,"还有人谈条件吗?"

◆

第二天,凯涅斯和邓透斯溜进森林,任务是寻找库姆布莱人的营地,与此同时,新人开始接受训练。在鞭笞和死亡的威胁下,纪律得以遵守,能力得以激发。受训的士兵们争先恐后地执行每一个命令,包括穿越好几英里雪地,忍着疼痛学习剑术课和徒手格斗课,规规矩矩地听马克里尔教授森林生存术。若要说有什么不好的,那便是他们因为恐惧显得过于老实和怯懦,而维林知道,恐惧不能造就好士兵。

"不要着急,"马克里尔对他说,"只要相比起森林里的渣滓来,他们更害怕我们,那就能成。"

维林负责教授剑术课。巴库斯在教授徒手格斗时大打出手,塑造了魔鬼教练的形象。诺塔很快就放弃了教他们弓术的念头,这帮人缺乏拉弓射箭的力量和技巧,于是转而教他们使用弩,这种武器即便是最笨的呆子也能在短时间内掌握。第一周结束时,这支队伍已经可以二话不说就跑上五英里地,也不再害怕睡在围栏外面,大多数人可以用弩射中二十步之遥的目标。他们在剑术和基础战斗技能方面依然欠缺很多,但维林认为,凭他们目前所学,足够在遭遇黑箭的手下时勉强保命。

和以往一样,维林名声在外,受训的士兵们对他既尊敬又害怕。他们偶尔还跟诺塔和巴库斯说一两句话,但只要有维林在场,便完全保持沉默,似乎说错一个字就会血溅当场。士兵对维林的恐惧日渐加深,还因为他情绪极为低落,脾气变得非常暴躁,常常拿训练用的木棍下重手,打得士兵们叫苦不迭。有时候他感觉自己说话像索利斯宗师。但他这样做丝毫没能改善心情。

艾尔·海斯提安自愿与士兵们一起接受训练,跟他们一起跑步,一起挨打受伤。他剑术高超,在徒手格斗方面,至少比得上巴库斯身高体壮。他始终鼓励着大家,跑步时拉起赖在地下的懒鬼,剑术课上为他们的些微进步而喝彩。维林发现他们对这位年轻贵族的敬意日渐滋长,以前背地里叫他"那个乳臭未干的呆子",现在口口声声都是"大人"。士兵们依然闷闷不乐,依然不喜欢维林和他的兄弟们,但艾尔·海斯提安成了他们的精神支柱。看着他跟士兵们切磋武艺,维林的心情更为低沉。杀人犯。

这个声音从训练开始的那天就来折磨他了,这是一种轻柔而笃定的低语,在他脑海里回旋,诉说着可怕的事实。杀手。你和那些杀死米凯尔的杂种并无区别。国王把你变成了他所豢养的怪物……

"你在想什么,兄弟?"艾尔·海斯提安踏雪而来,他的脸色因训练而发红，因兴奋而发亮，"他们能行吗？"

"至少还要十天，大人。"维林回答，"他们还有很多要学。"

"不过他们已大有长进，你觉得呢？至少现在算得上真正的士兵了。"

羊羔还差不多。他们是谎言的面具，阴谋的诱饵。"您说的是，大人。"

"可惜亚林兄弟没能看到这一天，对吧？"亚林兄弟是参加远征队的第四宗兄弟，负责向滕吉斯宗老汇报战事进展。刚来的那几周，他声称自己不能冒生命危险走出围栏，因为他认为向士兵们教授献身教义是头等大事。遗憾的是，没过多久他就染上急性疟疾，很快病死了。要说没人怀念他，倒也不失为事实。

"奇怪的是，滕吉斯宗老没有派人来代替亚林兄弟。"维林说道。

艾尔·海斯提安耸耸肩："或许他认为这一趟太危险了。"

"或许您说得对，也有可能他完全不知道亚林兄弟已经死了，有人一直以亚林兄弟的名义定期向滕吉斯宗老汇报。"

"这种事情太不可思议了，兄弟。"艾尔·海斯提安笑了起来，他走过去，为扭打成一团的士兵们呐喊鼓劲。你为什么不可恨呢？维林心想。你怎么就不能让我简简单单地完成任务呢？脑海中的声音立刻给予回答：杀人什么时候简单过？

第二章

"总共七十人左右，"邓透斯嚼着满嘴的咸牛肉说，"往西边走十英里。那地方选得不错，东边有隘谷，南边是岩石堆，北边和西边都是陡坡。很难发动奇袭。"

训练新兵的第十四天，他们回来了。凯涅斯带了一张描绘库姆布莱人营地布局的草图。他们和艾尔·海斯提安、马克里尔围着营火策划行动。

"那帮小子对付不了七十个人，兄弟。"巴库斯劝告马克里尔，"算上兄弟们，他们还是有人数上的优势。"

"每个兄弟至少以一敌三，"马克里尔并不赞同，"另外，只要我们出其不意，他们在拔剑之前就输了。"他顿了顿，看着凯涅斯的地图，然后伸出一根短粗的手指，点了点营地最东边的隘谷，"这边的守卫情况如何？"

"白天三个，"凯涅斯回答，"夜里五个。看来黑箭相当谨慎，知道我们有可能趁夜突袭。这儿有条路可以进去。"他指着覆盖了营地南边的一片岩石堆，"我当时离得很近，都闻到他们烟斗里冒出的烟味了。不过一次只能一个人通过，多一个就会被发现。"

"五个人把守着最好进去的路，我们只能派一个人去开门，"马克里尔若有所思地说，"他必须悄无声息地穿过营地。"

"我们还有些他们的衣服和武器，"维林说，"黑暗中他们或许会错把我当成自己人。"

"你说的是我吧，兄弟。"凯涅斯说。

"一次对付五个……"

"正如马克里尔兄弟所说,出其不意,杀人自然容易。另外,只有我知道怎么走。"

"没错,"马克里尔说,"我带兄弟们穿越隘谷。大人,"他瞟了一眼艾尔·海斯提安,"我建议您带着手下从南边靠近,听到我们的冲杀声后,您再带人直接杀进来。到时候我们吸引了大部分的兵力,您可以杀他们个措手不及。"

艾尔·海斯提安点点头:"这个计划不错,兄弟。"

"我跟艾尔·海斯提安大人同行,"维林说,"有个兄弟跟他们一起行军,他们或许不敢消极怠战。"

马克里尔眯起了眼睛,维林看出他仍然心存怀疑。他知道了。那个声音在脑海里低语。别人不会怀疑,但他知道了,他就像嗅到了血腥味一样,在你身上嗅到了阴谋。

"不如让森达尔和耶书亚跟着大人走,"马克里尔那双眯起的眼睛仍注视着维林,"我们杀进营地的时候很需要你的剑术。"

"在我们当中,他们最怕的是维林。"巴库斯说道,"有他跟着,他们不敢临阵脱逃。"

"我很荣幸与维林兄弟并肩作战!"艾尔·海斯提安兴奋地说,"这个主意很好。"

马克里尔慢慢地挪回视线,看着地图。"悉听尊便,大人。"他指着营地北面的斜坡说,"如果计划进展顺利,他们会从山坡上往河边跑。这是围堵他们的绝佳地点。愿逝者眷顾我等,将其一网打尽。"他抬起头,神情突然变得异常凶狠:"即便如此,这一仗也相当难打。渣滓们不会求饶,也不会对我们心慈手软。请您命令手下都跟紧点,使好手里的剑,别给敌人一丁点射箭的机会。告诉他们,这次一旦失败,就意味着我们全军覆没。开弓没有回头箭,这一仗,不是他们死,便是我们亡。"

他卷起地图,站起身来:"休息五个小时,然后出发。我们趁夜色行军,避开他们的耳目。这一路上大多都是雪地,我们必须急行军。任何人未经允许开口说话,或是行军途中掉队,杀无赦。等完事了才有酒喝。"他把地图扔给凯涅斯:"兄弟,你带路。"

———◆———

这次行军非常艰苦,士兵们的体力几乎到了极限,但面对死亡的威胁,再累也要继续前进。宗会兄弟走在队伍最前面,箭在弦上,眼睛在黑暗中搜寻库姆布莱斥候的蛛丝马迹。黑箭的手下偶尔趁夜骚扰他们的营地,射几支火箭掉进围栏里,但自从凯涅斯和马克里尔日落后开始捕杀他们,四个晚上便夺了四把长弓,他们来的次数就大大减少。如今库姆布莱人很少在天黑后靠近营地,士兵们行军也没有受到打扰。

他们跋涉了八个钟头,最终来到一块空地的边缘,此处的斜坡通向岩石堆,再往后便是库姆布莱人的营地。往右边,他们可以看见影影绰绰的隘谷,马克里尔即将带领宗会小分队从那里发动进攻。忽然之间,马克里尔做出祝好运的手势,带着十八个兄弟,以松散的突击阵型冲进空地。

有什么需要的?维林对凯涅斯打手势。

这位兄弟摇摇头,拉紧了黑貂皮猎装的束腰绳。他身穿这套缴获来的衣裤,把强弓换成长弓,皮带里塞把短柄小斧,还真是惟妙惟肖。他还是把自用的长剑绑在背后,因为敌人也从艾尔·海斯提安手下的士兵那里抢了不少阿斯莱样式的剑,应该不会显得突兀。

愿幸运眷顾你。维林打了个手势,拍拍他的肩膀。凯涅斯咧嘴一笑,转身便走,飞速穿过那块空地。他不会有事的,维林自我安慰。在马蒂舍的这段时间,维林对他的能力刮目相看,这个曾经被格瑞林宗师的硕鼠故事吓得发抖的瘦弱男孩,如今已是身轻如燕、心狠手辣的勇士,他似乎无所畏惧,杀人从不眨眼。

第三部

艾尔·海斯提安走过来，踩得积雪嘎吱作响。"你觉得需要多久，兄弟？"他低声问。

维林看着这位年轻贵族热切的脸庞，按捺住内心涌起的愧疚。你希望到时候他不知道是你下的手。那个无时不在的声音说道。你希望他去了往生，还相信你的谎言，当你是朋友……

"一个钟头左右，大人，"他低声回答，"可能要不了。"

"至少大伙儿可以休息一下。"他走去查看士兵们的情况，低声安慰和鼓励他们。维林尽量不去听，死死盯着黑乎乎的岩石堆。天色依然很暗，但隐隐透出浅蓝，预示着破晓时分即将到来。马克里尔希望在黎明前发起进攻，也就是隘谷的守卫换班前最疲惫的时刻。

维林稳住呼吸，计算着分分秒秒的流逝，估摸着实施行动的最佳时机。他要抛开一切杂念，避免功败垂成。他紧紧地捏着弓箭，只觉得手掌生疼。等了至少半个钟头，维林走到艾尔·海斯提安身边，蹲下来在他耳边悄声低语。

"岩石堆里边肯定有守卫，"他说，"我的兄弟会悄无声息地放倒他们。虽然他们人少，不足以用弓箭阻挡我们的攻击，但可以造成不小的杀伤。"他抬了抬长弓，"我先到前边去，等进攻开始，我要确保他们不给我们惹麻烦。"

艾尔·海斯提安站了起来："我跟你去。"

维林一把按住了他的胳膊："士兵们需要您来带领，大人。"

艾尔·海斯提安扫视着周围一张张焦虑不安的面孔，只好点点头："也对。"

维林勉强笑笑："我们等会儿在黑箭的大帐里共进早餐。"骗子！

"愿幸运眷顾你，兄弟。"

他不敢看艾尔·海斯提安的眼睛，略一点头，便往岩石堆跑了过去。似乎只一眨眼的工夫，他就冲过空地，藏身在石堆当中。这些巨大的岩石犹如沉睡的怪兽，自积雪中狰狞突起。他凝神张望，并没有发现哨兵的身影。从营地的方向飘来一阵淡淡的烟味,却没有警报声响起。凯涅斯此刻已经向隘谷的守卫们摸过去了。维林伸手从箭袋里取出一支裹着布的箭,解开包裹,露出灰黑色的箭杆和插有乌鸦羽毛的箭尾。这是库姆布莱人的箭,正是杀死艾尔·杰奈科大人的弓手带在身上的。这一箭,将在艾尔·海斯提安大人率军进攻敌人营地时,要了他的命。好死法,那个声音说。他的父亲必将以他为荣,我敢肯定。还记得你说过的话吗?记得你发下的誓言吗?我会杀人,但绝不谋杀……

别说了!维林啐了一口。我必须如此。在这件事情上,我别无选择。我必须完成跟国王的交易。

他将箭矢搭在弓弦上时,双手不断地颤抖,心脏在胸腔中剧烈跳动。够了!他握紧双手,继而张开,企图平静下来。我必须如此。我以前杀过人。多杀一个又有何妨?

他身后忽然传来一声微弱的金铁交鸣,紧接着是弓弦松开的劈啪声,喧闹的叫喊陡然响起。喊杀声很快传到了空地那边,维林看见艾尔·海斯提安带领手下从树林中钻了出来,发起进攻。年轻的贵族高举长剑,斗篷飘飘,迈着大步冲过来,在一群士兵当中极为惹眼。维林听见他正呐喊着鼓动士兵们勇敢前进。看到艾尔·海斯提安身后那支阵容齐整的军队,维林竟有种莫名的满足感,他原以为很多人会临阵脱逃。

他深深地吸了一大口气,寒意冷彻心扉,然后抬起弓,将弦拉到嘴边,箭杆上的乌鸦羽毛扫过他的脸颊,箭头直指艾尔·海斯提安飞速靠近的身体。谋杀很简单,他想着,弓弦慢慢地滑出手指。如同吹灭一支蜡烛。

黑暗中有什么东西咆哮起来。那东西似在移动,在雪地里沙沙作响。他只觉得后脑的头发被扯住似的一阵刺痛。

那种熟悉的异样感如同火焰般在内心燃起,他放下弓,转过身,

第三部

双手再次颤抖起来。

那头狼低吼着露出尖牙，眼睛在黑暗中闪闪发亮，颈毛如银针般根根竖立。当他们四目相对，它的吼声渐渐平息。它本是作势欲扑的蹲姿，这时站起了身，静静地注视着维林，那神情与多年前跋涉试炼时一模一样。

这一刻仿佛无穷无尽，在那头狼的注视下，维林无法动弹，脑海里只有一个声音：我在做什么？我不是杀人犯！

忽然，狼转身跑进雪地，如同银光闪过，一眨眼的工夫就不见了。

艾尔·海斯提安所率军队的呼喊声越来越近，维林这才回过神来，发现他们马上就要冲进岩石堆。这时，不到二十步远处闪出一个人影，身披黑貂皮，长弓搭箭，直指艾尔·海斯提安的胸膛。维林手中的箭呼啸而出，射进那个弓手的腹部。他几步赶了过去，挥起长刃匕首补了一刀，确保此人死透。

"多谢，兄弟！"艾尔·海斯提安喊着，跳过他身边，往营地冲去。维林跟在后面，扔掉弓，抽出剑。

营地里一片混乱，到处是尸体和烈火。库姆布莱人论弓术不逊于宗会兄弟，但近战起来完全不是对手，雪地上横七竖八全是尸体，好几座帐篷燃起熊熊大火。一个受伤的库姆布莱人跌跌撞撞地从浓烟中走出来，他有只血肉模糊的胳膊软绵绵地耷拉着，便用另一只完好的胳膊挥舞着短柄小斧，劈向艾尔·海斯提安。年轻的贵族轻松避开，一剑砍倒了对手。另有一人冲向维林，提一把长刃粗矛对着他的胸口刺来，瞪大的双眼中满是恐惧。维林矮身躲过，抓住矛头后的护柄，来了个顺手牵羊，那人直接撞上了他手里的剑。艾尔·海斯提安手下的一名士兵冲上前来，把剑捅进了一个库姆布莱人的胸膛，他兴奋而又狂怒的喊叫声，与身后士兵们的咆哮声汇聚在一起，他们见人就杀，毫不留情。

渡鸦之影 血歌

维林发现艾尔·海斯提安冲进浓烟里,便跟了上去,又见他接连砍倒两个人,第三个人跳到他背上,双腿紧紧箍住他的胸膛,举起匕首就要刺下。这时,维林的飞刀正中库姆布莱人的后背,那家伙疼得浑身一阵抽搐,艾尔·海斯提安趁机将其甩在地上,一剑划开了此人的胸膛。他举起长剑,无声地表达谢意,然后继续往前冲去。

当他们的军队一路杀过去,砍倒了几个尚有余力反抗的库姆布莱人,又给倒地的伤者补上几刀过后,这场杀戮已经变味了。维林亲眼目睹了许多噩梦般的场景:一名士兵举起库姆布莱人的首级,任鲜血喷洒在他的脸上;三名士兵轮流殴打一个库姆布莱人,打得他满地翻滚;有个库姆布莱人的肚子穿了个洞,肠子流出来,旁边的士兵一边拿起肠子往回塞,一边大声嘲笑对方。他见过这些人喝醉的样子,却从未见过他们如此嗜血。历经数个月提心吊胆的生活,艾尔·海斯提安手下的士兵疯狂地报复起这些折磨过他们的人。

他追上艾尔·海斯提安,发现这位贵族正犹豫地站在一个年轻的库姆布莱人旁边。这个孩子最多十五岁,跪在地上,双眼紧闭,嘴里念念有词。他的兵器搁在一旁,双手握在胸前。

维林停下脚步,借机喘口气,同时擦掉剑上的血。他听见河那边传来金铁交鸣和喊杀声,他的兄弟们正在解决黑箭剩余的手下。天亮得很快,营地里惨烈的景象已清晰可见——到处都是尸体,有些人还在抽搐,有些人则痛苦地扭动着,火光冲天的帐篷之间,鲜血染红了雪地。艾尔·海斯提安的手下四处游荡,洗劫死者,结果伤者。

"我们拿他怎么办?"艾尔·海斯提安说。他的脸上沾满了汗水和灰土,神情极为肃穆。手下人的嗜血并未影响到他,杀戮对他而言没有快感。令维林高兴的是,与国王的那笔交易被彻底抛之脑后了。

他必定龙颜大怒,那个声音说。

我届时找国王复命,维林回答。如果他想要我的命,那也悉听尊便。至少我死的时候不是杀人犯。

第三部

　　维林看了那孩子一眼。他似乎没有注意到他们说话，也没有听到周围的惨叫和哀号，只是专心致志地祈祷。他使用的是维林听不懂的语言，从唇齿之间流淌而出的调子很柔和，甚至称得上悦耳动听。他是请求他们的神接纳自己的灵魂，还是救他于濒死之际？

　　"看来我们终于抓了一个俘虏，大人。"他用靴子踢了踢小男孩，"站起来！不要再废话了。"

　　小男孩不理他。他仍在祈祷，表情毫无变化。

　　"我叫你起来！"维林伸手揪住小男孩的皮衣。他感觉颈部掠过一道气流，有什么东西擦着他的耳朵飞过去，紧接着是箭矢射进血肉之身的沉闷声响。维林抬起头，看到艾尔·海斯提安吃惊地扬起眉毛，瞪着没入自己肩膀的黑色箭杆。"信仰在上。"他吐出一口气，重重地倒在雪地里。抹在箭头上的毒汁迅速渗进血液，他全身都开始抽搐。

　　维林顿时感到一阵眩晕，扭头瞧见附近的树丛中腾起一团雪雾。他胸腔中燃烧着怒火，对找到弓手的极度渴望令他眼珠子充血。"那边的！"他冲一群士兵喊道，"照顾好你们的大人，快去找医师！"

　　他全速冲进林子里，所有的感官都活跃起来，仔细倾听森林之歌，在声音和气息的海洋中不断地搜寻和追捕。从他左边传来脚踩雪地的轻微声响，鼻子嗅到了因为恐惧而渗出的汗味，他冲了过去。他以前从没有这么真切地听到森林之歌，从没有如此刻这般渴望杀戮。他的嘴里充盈着唾液，脑子里除了嗜血，别无他想。他根本不知道追了多久，这是一场梦，梦中有着一晃而过的树影和若有若无的气味，猎物引他奔向森林深处。他不知疲惫地跑着，毫无紧张感。他此时只知道猎杀。

　　当他闯进一片林中空地，森林之歌忽然变了。因为他这个不速之客，迎接黎明的鸟鸣戛然而止。他停下脚步，努力调整呼吸，开启全部的感官进行搜索，不放过一丝一毫的迹象。旭日东升，照亮了林中

渡鸦之影 血歌

空地,阳光在最中央的一块怪石上跳跃。这块石头的某种特质吸引了他的注意力,与此同时,森林之歌渐渐淡去。石头高约四英尺,基座狭窄,顶部却是宽大的平台,类似蘑菇的形状,有些地方爬满了藤蔓。等走近后他才发现,这不是自然形成的,完全是人工雕琢,材料则是马蒂舍森林里随处可见的大花岗岩。

如果他的感官不是如此活跃,很有可能会遗漏弓弦拉紧的吱呀声。他一矮身,头顶掠过一道黑色的箭影。那个弓手跃出灌木丛,高举短柄小斧,发出狂暴而刺耳的战嚎。维林一剑砍中那人的手腕,连手带斧飞了出去,正当对方满脸错愕地蹒跚退却时,那柄长剑又回扫而至,割开了喉咙。不过几秒钟工夫,那人便血尽而亡。

维林感觉浑身无力。他的身体意识到这次追捕已然结束,追击和战斗引发的疼痛随即向四肢蔓延。他拼命地喘气,耳中只听得见脉搏的狂跳。他跌跌撞撞地退开,靠着那块大石头滑倒在地,疲惫得只想睡觉。维林望向弓手的尸体。此人饱经风霜的容颜证明他比大多数敌人都要年长。他就是黑箭吗?维林希望弄清楚,却累得无法动弹,没力气爬起来搜索尸体,证明此人的身份了。

他耷拉着脑袋躺在地上的时候,森林之歌又回来了,鸟儿的鸣叫嘹亮了许多。突如其来的温暖感觉唤醒了他,维林抬起头,发现林中空地沐浴在灿烂的阳光下。奇怪的是,太阳居然高高地悬在头顶上,他知道这次睡过头了。真是蠢货!他赶紧站起来,作势要拍掉斗篷上的积雪……可哪有雪的影子。斗篷和靴子上都没有积雪,地上没有,树上也没有,地上竟然覆盖着茂盛的青草,树上满是翠绿的树叶,刺骨的寒冷消失无踪,森林顶上的天空碧蓝如洗。夏天……这分明是夏天!

他慌忙四下张望。黑箭的尸体——如果真是他的话——消失了。他刚进林中空地时就注意到的石头,也没了藤蔓缠身,裸露出雕刻精美的灰色花岗岩基座,顶上的台子极为平整,只是中间有个圆形的浅池。他走上前去,伸出一根手指,划过石头的表面。

"你不该摸它。"

他急忙转身,抬剑平举,指着声音传来的方向。那是一个中等个头的女人,穿着织工松散的朴素长袍,是维林从来没见过的样式。她那一头乌黑的长发随意地搭在肩上,衬出瘦削而苍白的脸庞。不过,令维林吃惊的是她的眼睛,准确地说,她只有浑浊的粉红色眼珠,却没有瞳仁。等那女人面带淡淡的笑容走近,他看见眼珠上布满了细密的血管,就像两颗红色石球。瞎子吗?这怎么可能呢?那女人明明一直瞧着他,还看见他摸那块石头。女人身上的某些特征,激活了他埋藏了多年的记忆,那是一个精瘦如鹰、神情肃穆的男人,悲哀地摇着头,说着维林听不懂的语言。

"瑟奥达人,"他说,"你来自瑟奥达部落。"

她的笑容灿烂了些:"是的,你是迈厄利姆部落的伯纳尔·沙克·乌尔。"她举起双臂,示意这片林间空地,"这便是我们会面的时空所在。"

"我……我的名字是维林·艾尔·索纳,"这气氛太过诡异,令他舌头有点打结,"我是第六宗的兄弟。"

"是吗?第六宗是什么?"

维林瞪着她,一时无语。瑟奥达人素来与世隔绝,可眼前的女人既然懂他的语言,又怎么可能不知道宗会呢?

"我是侍奉信仰的战士。"他解释道。

"噢,你还在做那件事啊。"她又走近了些,歪着脑袋,皱起眉头,红色石眼一眨不眨地端详了他好一会儿。"啊,还是这么年轻。我以为等我们见面时,你应该长大了一些。你还有很多事情要做,伯纳尔·沙克·乌尔。真希望我能告诉你,那样就好办多了。"

"您这是在打哑谜,女士。"他望着四周不可思议的夏日奇景,"这是一场梦,是我脑子里的幻觉。"

渡鸦之影 血歌

"这里没有梦。"女人走过他身边,伸手悬于圆形浅池的上方,"这里只有时间和记忆,它们困在石头里,等待岁月将其化作尘埃。"

"你是谁?"他问,"你需要我做什么?是你带我来的吗?"

"是你自己来的。"女人收回手,转身对他说道:"至于我是谁,我名叫勒苏丝·希尔·霖,我想要的很多,但没有一样你能给我。"

他这才发现手里还拿着剑,感觉有点傻气,于是收剑回鞘。"我杀死的那个人,他去了哪儿?"

"你在这里杀了个人?"她闭上眼睛,语调里带有一丝哀伤,"我们有多么脆弱?真希望我错了,我的所见皆为虚妄。既然此地可见血光,那么一切已然发生。"她再次睁开眼睛,"我的同胞流离失所,对吗?他们躲进了森林,而你们还要将他们赶尽杀绝?"

"既然是你的同胞,你还不知道他们的处境?"

"请告诉我。"

"瑟奥达部落居住在北大森。我们没去那里,也没有追杀瑟奥达人。听说他们非常可怕,甚至比罗纳人更可怕。"

"罗纳人?这么说他们在你们手里幸存下来了。我早该知道大祭司能想出办法。"女人再次用空洞的目光审视维林,产生了难以抵挡的压迫感。那种异样的感觉又出现了。然而这次不一样,并不是危险的警告,而是茫然失措的感觉,似是他攀上高崖,低头望去,那苍茫大地带给他的惊叹。

"这么说,"勒苏丝·希尔·霖歪着头说道,"你能听见你的血之歌。"

"我的血?"

"就是你刚刚产生的那种感觉。以前也有过,对吧?"

"有过几次。大多数都是危险的时候。这种感觉……救过我的命。"

"那你很幸运,拥有这样的天赋。"

"天赋?"维林不喜欢女人说出这个词时的语气,言之过重,令他不太舒服,"这只是生死关头的本能罢了。我相信所有人都有。"

"所有人都有,但不是所有人都像你一样听得那么真切。血歌自有其音律,不单单是危险时刻的警报。假以时日,你自当熟悉它的曲调。"

血歌?"你是说我身上有黑巫术吗?"

她嘴角一抽,似有一丝戏谑之意:"黑巫术?啊,是的,对于你们所害怕而又拒绝理解的东西,你们当然会起这种名字。血歌可以是黑巫术,伯纳尔·沙克·乌尔,但也可以亮白如昼。"

伯纳尔·沙克·乌尔……"你为什么这样叫我?我有名字。"

"你这样的人,名字如同战利品,收之不尽。在你所有的名字当中,如此宽仁的并不多见。"

"它是什么意思?"

"我们相信乌鸦是改变的预兆。当乌鸦的影子掠过你的心,你的生命必将发生改变,或好或坏,无从知晓。在我们的语言中,伯纳尔即乌鸦,沙克即影子。至于你,维林·艾尔·索纳,侍奉信仰的勇士,便是渡鸦之影。"

女人称之为血歌的那种感觉,依然在他体内吟唱,而且感觉愈加强烈,却并不讨厌,只是令他不敢放松警惕。"那你的名字呢?"

"我是风之歌。"

"我们那里相信风可以传递往生的逝者之声。"

"那你们知道的比我所以为的多。"

"这个,"维林示意周遭的空地,"这是过去,对吗?"

"可以这么说。这是我对于此处的记忆,我将其困在石头里。之所以如此,是因为我知道有一天你会来这里,触碰石头,然后与我相遇。"

"这是多久之前?"

渡鸦之影 血歌

"远远早于你的时代，在不计其数的夏天之前。这片土地属于瑟奥达部落和罗纳人。很快，你们迈厄利姆部落——海洋之子——将会抵达我们的海岸，夺走我们的一切，我们只能退回森林。我之所以得见此景，是因为你的天赋是血歌，而我的则是穿越时空的眼界。唯有使用天赋之时，我的眼睛才能看见，这是我付出的代价。"

"你正在使用你的天赋吗？我是……"他搜肠刮肚地寻找合适的词儿，"一个幻象？"

"可以这么说。我们必须相遇，所以我们相遇了。"她转身走回树林。

"等等！"维林伸手拉她，却什么都没抓住，她的长袍仿佛是无法触摸的雾气。他迷惑不解地瞪大了眼睛。

"这是我的记忆，不是你的，"勒苏丝·希尔·霖脚步不停，口中说道，"你在这里没有力量。"

"我们为什么必须相遇？"血歌的调子忽然升高，疑问随之脱口而出，"你为什么召唤我来这里？"

她走到空地的边缘，转过身，露出阴沉却并不冷漠的神情："你需要知道你的名字。"

———◆———

"维林！"

他眨眨眼睛，一切都消失了——太阳、脚下茂盛的青草、勒苏丝·希尔·霖和她恼人的哑谜，全都消失了。体味过无数年前的温暖夏日，此时愈发感觉寒冷刺骨，白茫茫的雪地晃得他睁不开眼。

"维林？"是诺塔的声音，他就站在身边，脸上带着困惑而又担忧的神情，"你受伤了吗？"

他依然背靠基座瘫软在地，此时的基座爬满了藤蔓。"我那会儿……想要休息。"他拉着诺塔的手站起来。旁边的巴库斯正在死掉的那名老弓手身上摸索。

"你们找过来的?"他问诺塔。

"凯涅斯不在,找你可真不容易。你留下的踪迹很少。"

"凯涅斯受伤了吗?"

"他解决哨兵的时候胳膊上挨了一刀。不算很严重,但需要躺一会儿。"

"战斗怎么样了?"

"结束了。我们清点出了六十五具库姆布莱人的尸体。索恩利尔兄弟丢了一只眼睛,艾尔·海斯提安手下的五个士兵与逝者同行了。"

诺塔的眼神还是那么困扰,与当年他在找弗伦提斯的路上第一次杀人时一模一样。他和凯涅斯等人不同,对于杀人这件事始终习惯不来。维林露出阴郁的笑容,说道:"大获全胜,兄弟。"

维林想起箭矢掠过耳际的声响,那支箭射中了林登·艾尔·海斯提安。大获全胜……或许是一败涂地。

"他挣扎了很久吗?"

诺塔皱起眉头:"你问谁?"

"艾尔·海斯提安大人。他死的时候痛苦吗?"

"他的痛苦还没受完,可怜的家伙。那一箭没能要他的命。马克里尔兄弟不知道他能否撑过来。他一直在找你。"

维林心里一颤,深深的愧疚涌上心头。为了转移注意力,他走到巴库斯身边,后者正忙着从弓手的尸体上搜刮有价值的东西。"有什么东西能看出他的身份吗?"

"没啥东西,"巴库斯飞快地往怀里揣了几枚银币,又从挂在那人肩上的小皮袋里抽出一捆纸,"找到了几封信,没准能发现点什么。"

诺塔接过来,才读了开头几行,就扬起眉毛。

"写的是什么?"维林问。

渡鸦之影 血歌

诺塔小心翼翼地折起来:"必须交给宗老过目的东西。不过我觉得,这场小小的战斗怕是要变成一场超出这片森林的大战了。"

❖

林登·艾尔·海斯提安大人躺在铺着狼皮的床上,肤色发灰,全身盗汗,每一次长长的吸气都异常费劲,声音极为刺耳。马克里尔兄弟把插在他肩上的箭取了下来,又在伤口上敷了吸收毒素的药膏,但这只是安慰他罢了,不能救他的命。他们不顾艾尔·海斯提安大人的反对,给他用了红花,减轻了些许疼痛,但在血管里肆虐的毒药依然无时无刻不在折磨他。士兵们为他支了一座帐篷,里面恶臭难闻,令维林想起那次使用乔佛瑞根的痛苦经历。

"大人。"维林坐到他身边。

"兄弟。"年轻贵族苍白的嘴唇上挂着一丝淡淡的笑容,"他们说你去追黑箭了。追上了吗?"

"他……去见他的神了。"维林回答,其实他还没有确认那人的身份。

"那我们可以回家了吧?我想国王应该满意了,你觉得呢?"

维林看着艾尔·海斯提安的眼睛,从中看到了痛苦和恐惧。他知道自己回不去了,即将不久于人世。"他一定会满意的。"

艾尔·海斯提安颓然瘫倒在狼皮里:"他们杀了那个男孩。我说了放过他,可他们还是把他剁成了碎块。自始至终他都没有叫一声。"

"您的手下都很愤怒。他们非常尊敬您。我也是。"

"想起我父亲曾警告我,要我防着你。"

"大人……"

"我父亲和我的性格大不相同,我俩经常争吵。说实话,我不喜欢他,无论他是不是父亲。有时候我觉得他讨厌我,因为我没有他那样的野心。有野心的人看谁都是敌人,尤其在勾心斗角的朝廷之中。

我出发前他曾告诫我说，据传言有人在暗中对我不利，不过他终究还是没说出谁是幕后黑手。他只是说，我应该提防你。"

传言说有人在暗中……看来公主一直没闲着。

"你为什么要伤害我，我想不出来，"艾尔·海斯提安痛苦地喘息着，"你到时候替我告诉他，好吗？你告诉他，我们是朋友。"

"您到时候亲自告诉他。"

艾尔·海斯提安慢慢地收敛了笑容："别说笑了，兄弟。我在营地的帐篷里有一封信，是我在出发之前写的。如果你能帮我送出去，我必将感激不尽。是给……给我认识的一位女士。"

"一位女士，大人？"

"是的，莱娜公主。"他顿了顿，哀伤地叹了口气，"我来这儿是希望能得到国王的认可，让我们的结合拥有他的祝福。"

维林的牙齿咬得咯咯直响，心里痛骂自己愚不可及。他在见到艾尔·海斯提安的时候就知道，国王所描述的恶少形象纯属捏造，可他竟然没能看出国王的真实目的——除掉这个配不上公主的人。

"公主肯定很后悔，把你送到了这么危险的境地。"他说。

"她是个非常坚强的女人。她说为了爱情，再大的风险也要承担，否则不如不爱。"

我有很多事情要做，但我不会容许有人妨碍我……维林深深地厌恶自己。公主殿下，在你我之间，已经有一个天下最好的男人死于我们之手。

"我有个弟弟，名叫艾卢修斯，"艾尔·海斯提安说，"我想把我的剑留给他。告诉他……告诉他最好不要拔剑。我发现战争不太合我心意……"他闭上嘴巴，一阵疼痛袭来，令他面容狰狞，"至于莱娜……别跟她说这就像……"他突然住口，浑身痉挛，鲜血流到了下巴上。维林欲伸手相助，却只能眼睁睁看着艾尔·海斯提安躺在狼皮上痛苦地扭动。他再也看不下去了，便走出帐篷，在火堆旁找到了马克里尔兄弟。马克里尔正拿着酒壶,大口大口地灌着兄弟之友。

"没希望了吗?"维林哀声说道,"你什么都做不了吗?"

马克里尔看都不看他一眼:"所有的红花都给他用了。只要一挪地儿,他死定了。第五宗的医师可以减轻他临死的痛苦,不过也救不了他的命。"

身后的帐篷里传来惨叫声,维林露出痛苦的表情。

"给,"马克里尔递过酒壶,"喝了就听不太清了。"

"我们不能任他这样受折磨。"

马克里尔抬起头,与他四目相对。疑虑仍在,他本能地察觉到了维林内心的愧疚。片刻之后,他移开目光,准备站起来:"我来解决。"

"不。"维林往帐篷走去,"不……这是我的职责。"

"割喉。这样最快。他可能都感觉不到你下刀。"

他点点头,迈开僵硬的双腿,走回帐篷。无论如何,国王终究让我成了杀人犯。

维林在他身边跪下来时,艾尔·海斯提安的眼睛呆滞无神,看到匕首的寒光,眼珠子才恢复了些许生气。有那么一刻,他面露恐惧,接着又是一声叹息,至于是悲伤还是释怀,维林永远也无法得知了。他望着维林的眼睛,微笑着点点头。维林抱住他,将他的头搁在臂弯里,刀刃贴在他咽喉上。

艾尔·海斯提安开口了,在又一波汹涌而至的疼痛中,拼命挤出了最后一句话:"我很……高兴是你……送我上路……兄弟。"

第三部

第三章

"这些信件是从黑箭的尸体上找到的吗?"

宗老张开十指,压着面前的信件,双手活像两只苍白的蜘蛛。当他抬起那张长脸望向维林和马克里尔时,神情十分专注。维林估计他们俩的样子肯定是蓬头垢面、衣衫褴褛,毕竟长途跋涉了十二天才从马蒂舍森林回来。不过,宗老似乎毫不在意他们的外表,他听取过战况汇报后,要来了那些信件,飞快地读了一遍。

"我们认为那人很有可能是黑箭,宗老大人。"维林回答,"没有办法确定。"

"是的。你下次最好别那么快就使出绝技,兄弟。"

"是我疏忽。很抱歉,宗老大人。"

宗老不置一词,只是以难以觉察的幅度微微摇了摇头:"你们明白这些信件的意思吗?"

"森达尔读给我们听了。"马克里尔说。

"有没有宗会之外的人听过?"

"当晚我们发了双倍的口粮给艾尔·海斯提安的手下。估计他们什么都听不见。"

"很好。传话给兄弟们:不得与任何人谈论此事,知情者之间也不许提及。"他把信件收拾到一起,放进桌上一个硬木柜子里,将柜门关紧后,又挂上一把沉重的大锁。"两位兄弟,你们辛苦了。我代表宗会,感谢你们在马蒂舍森林的杰出贡献。马克里尔兄弟,你正式晋升为宗将,眼下请暂住本宗。索利斯宗师正在南岸率军作战,近来走私犯与疆国税务官的冲突愈来愈激烈了。由你接管他的教学工作。

我相信你还记得如何教授剑术。"

"遵命,宗老大人。"

"维林兄弟,明早八点马厩见。你陪我进宫。"

◆

"恭喜你,兄弟。"他们走向操场的时候,维林说道。艾尔·海斯提安的士兵在那里扎营,由于没有足够的兵营接纳他们,宗老准许他们暂住在宗会里。维林怀疑城里没有做好迎接他们的准备,因为国王根本没指望他们回来。

马克里尔停下脚步,一言不发地注视着他。

"既是宗将,又当宗师。"维林接着说道,这位追踪老手的沉默不语令他心慌意乱,"佩服之至。"

马克里尔走近一步,鼻翼翕动,吸了几口气。维林按捺住摸向猎刀的冲动。

"我不喜欢你的气味,兄弟。"马克里尔说,"有种不太自然的感觉。现在你又散发出愧疚的味道,为什么呢?"没等维林回答,他就转身走开了,只留下黑暗中那壮实的背影。他吹了一声短促而尖利的口哨,那只猎犬从阴影中现身,悄无声息地跟在他身边,一人一狗相伴走向主楼。

维林和兄弟们共住多年的塔楼宿舍已经分配给了一组新人,他们只好跟兵团在一起扎营。他看到兄弟们正围坐在火堆边讲述马蒂舍森林的故事,以满足弗伦提斯的好奇心。

"……直接射穿两个人,"邓透斯说,"就一支箭噢,我发誓。真是大开眼界了。"

维林在弗伦提斯身边坐下。蜷缩在弗伦提斯脚边的小花脸站起身走过来,用鼻子摩挲他的手,乞求他的爱抚,维林便伸手挠着它的耳朵。他真的很想念这只奴隶犬,却并不后悔把它留在宗会。虽说马蒂舍森林肯定有小花脸的用武之地，但维林不希望它再尝到人血的滋味了。

"宗老感谢我们做出的贡献，"他对兄弟们说着，伸手烤火，"不准谈论我们找到的信件。"

"什么信件？"弗伦提斯问。巴库斯拿起啃了一半的鸡腿朝他砸过去。

"他有没有说接下来我们去哪儿？"邓透斯递过来一杯酒，问道。

维林摇摇头："我明天陪他进宫。"

诺塔哼了一声，灌下满满一大口酒："不用借助黑巫术，我们也清楚未来是啥样子。"他口齿不清，说话声却很大，下巴满是红色的酒渍。"进军库姆布莱！"他站起身，遥遥举杯，"先杀进森林，再杀进封地。我们要把信仰带给所有的人，那帮绝信徒杂种，管他们喜不喜欢！"

"诺塔——"凯涅斯伸手想要拉他坐下，可他甩开了。

"好像我们屠杀的库姆布莱人还不够多啊，是吧？我在那片见鬼的森林里只杀了十个。你呢，兄弟？"他摇摇晃晃地走向凯涅斯，"你肯定不止这个数，对不对？要我说，至少翻倍。"他又往弗伦提斯那儿晃荡过去，"没去可真遗憾啊，小子。我们手上沾的血，可比你朋友独眼多多了。"

弗伦提斯的脸阴沉下来，神情颇为不快，这时维林搂住了他的肩膀。"再喝一杯，兄弟，"维林对诺塔说，"喝了好睡觉。"

"睡觉？"诺塔跌坐到地上，"最近都没好好睡过了。"他递过杯子等凯涅斯倒酒，然后愁眉苦脸地盯着火堆发呆。

大家在尴尬的沉默中坐了一会儿，幸好旁边火堆的一名士兵解了围。那人不知从哪儿找到一把曼陀铃，或许是从森林里某个库姆布莱人的尸体上搜到的，他弹奏得相当不错，旋律悠扬而哀伤，整个营地都安静下来。很快，演奏者身边挤满了听众，同声唱起了维林熟悉的

渡鸦之影 血歌

小调,名为《战士挽歌》:

> 战士的歌儿是孤独的旋律
> 大火遍地烧,转眼随风去
> 战士们歌唱离开的同袍
> 失意的败仗,血腥的结局……

一曲终了,士兵们热烈鼓掌,要求再来一曲。维林挤过去,只见演奏者是一个二十出头的瘦脸男人。维林认出他是挑选出来的三十人之一,参加了森林中的最后一役。他的前额缝了线,说明有过打斗。维林搜肠刮肚地想要回忆起他叫什么,可惜训练时压根没有费心记众人的名字。或许维林跟国王一样,没指望有人活下来。

"你弹得真好。"他说。

那人紧张地笑了笑。士兵们始终害怕维林,没几个人愿意跟他说话,大多数人尽量避免与他对视。

"我给一位歌手当过学徒,兄弟。"那人说。他的口音和那帮士兵不大一样,吐字清晰,语调婉转。

"那你怎么当兵了?"

那人耸耸肩:"我师父有个女儿。"

一帮大男人心照不宣地哄笑起来。

"不管怎么说,他把你教得很好。"维林说,"你叫什么名字?"

"简利尔,兄弟。简利尔·诺林。"

维林看到柯瑞尼克军士也在人群中。"军士,给他们发酒喝。弗伦提斯兄弟负责带你到地库找格瑞林宗师。告诉他,钱归我出,一定要拿好酒来。"

人们满怀感激地絮絮低语。维林掏出钱袋,取了几枚银币塞到简利尔手里:"再来,简利尔·诺林,弹首欢快的曲子应应景,今晚要庆祝嘛。"

简利尔皱起眉头:"庆祝什么呢,兄弟?"

维林拍拍他的肩膀:"庆祝我们活了下来,伙计!"他举杯对着周围的人群喊道,"为我们活下来干杯!"

◆

国王召集了御前会议。会议大厅铺有光亮的大理石地板,吊顶更是精美绝伦,装饰着金叶子和栩栩如生的石膏雕塑,墙上则是琳琅满目的彩绘和织锦。长长的议事桌周围,立着一大圈衣冠楚楚的殿前侍卫。那天晚上与维林谈条件的邋遢老人不见了,眼前的雅努斯王端坐正中,肩披貂皮花斗篷,额头戴有金箍。十位御前大臣坐于国王两侧,锦衣华服各不相同。维林协助身边的阿尔林宗老汇报完战况后,大臣们的目光纷纷投向了他。两名书记官正趴在旁边的小桌上一字不漏地记录。这是国王的原则:准确无误地记录每一次会议,每位议事大臣还要在落座之前陈述姓名和官职。

"这些信件的携带者,"国王说,"他的身份还是不知道吗?"

"我们没能通过俘虏问出他的名字,陛下,"维林回答,"黑箭的手下无人投降。"

"莫尔纳大人,"国王把信递给左侧一个肥肥胖胖的男人,他自称是财政大臣拉泰克·莫尔纳,"你和我一样熟悉穆斯托尔大人的笔迹,你看看有没有相似之处?"

莫尔纳大人眼睛贴着信件看了好一会儿:"很遗憾,陛下,在臣看来,信上的笔迹与封地领主的笔迹几无差别,措辞也一般无二。即便没有署名,臣也能认出这些信出自穆斯托尔大人之手。"

"可为什么呢?"舰艇大臣艾尔·朱恩利尔问道,他是坐在国王右侧的大胡子,"我以信仰发誓,我不喜欢库姆布莱的封地领主,可那家伙又不是傻子,为何在这些通关文书里签上大名,支持分裂疆国的叛逆行为呢?"

"维林兄弟,"莫尔纳大人说,"你和那帮异教徒打了几个月的仗,你觉得他们吃饱了吗?"

"他们看起来并没有因饥饿而作战乏力,大人。"

"那他们使用的兵器呢,你认为其做工如何?"

"他们所使弓箭的做工堪称上乘,刀剑均为精钢打造,不过有的兵器来自我方阵亡者。"

"这么说,装备精良,给养充足,而且是森林里鸟兽绝迹的隆冬时节。陛下,臣以为,这个黑箭背后必定有人大力相助。"

"而且我们知道了此人的身份,"又一位大臣说道,他紧挨国王就座,衣着最为华丽,正是国务首相凯登·艾尔·泰纳,"封地领主穆斯托尔本人坐实了罪状。我早就警告过诸位,此人假意维持和平,为的就是掩饰叛国行为。我们可别忘了,库姆布莱人是在血流成河之后才被迫加入疆国的,他们一直痛恨我们,以及我们所挚爱的信仰。如今,逝者引导勇敢的维林兄弟揭穿了真相。陛下,臣恳求您发起……"

国王抬起一只手,打断了他的话。"艾尔·杰恩利尔大人,"他扭头对右手边的灰胡子男人说道,"你是审判大臣,御前法庭的首席法官,或许算得上御前会议最聪明的人。这些信件是否足以作为审判的证物,或是尚需进一步调查?"

审判大臣捋着银灰色的胡子,若有所思地说:"倘若我们只从律法的角度考虑,陛下,臣以为这些信件尚存疑问,必须先解答疑问再提出指控。如果仅凭这一样证据就控诉某人叛国,臣实在不能送其上绞刑架。"

艾尔·泰纳大人正要说话,国王又制止了他:"是什么疑问,大人?"

艾尔·杰恩利尔大人拿起信扫了两眼:"信中允许持信人自由来往于库姆布莱边界,封地内各处官兵必须为持信人提供所要求的一切援助。诚然,如果签名和印章都是真的,那便确实出自封地领主之手。不过,信件没有注明收信人,我们当然也不知道携信赴死的人姓甚名谁。到底是封地领主写完后交给黑箭使用,还是信件遭人窃取,拿去另作他用呢?"

"那么,"莫尔纳大人说,"你是要我们把封地领主找来当庭质询吗?"

首席法官沉默了片刻,继而说道:"是的,我认为质询很有必要。"维林见他神情严肃,一字一顿,威仪堂堂。

大门突然打开,斯莫林队长走进来,在国王面前立正敬礼。

"找到他了吗?"国王问。

"找到了,陛下。"

"是在妓院还是在红花馆?"

斯莫林面无表情,只是眨了两下眼睛:"是前者,陛下。"

"他现在的状况适合问话吗?"

"他已经想办法清醒过来了,陛下。"

国王叹了口气,疲惫地抚着额头:"很好。带他进来。"

斯莫林队长敬礼,然后大步走出议事厅,很快又进来,身后跟着一个锦衣华服却污垢满身的男人。男人小心翼翼地迈着步子,仿佛担心随时会摔倒;他两眼通红,面如土色,满脸胡楂,看来过去的几个钟头相当疲累。维林见他四十来岁模样,不过实际年龄应当小一些,纵欲令人未老先衰。他经过阿尔林宗老身边时停下脚步,略一点头,然后向国王深深地鞠躬致意,身子却摇摇晃晃。"参见陛下。承蒙陛下召见,微臣深感荣幸。"维林听出此人的口音确是库姆布莱人无疑。

国王扭头对书记官说:"记下来,库姆布莱封地之继承者,雅努斯王廷之库姆布莱御命代言人,森提斯·穆斯托尔大人,现已列席会议。"他回过头,平视着库姆布莱人,"穆斯托尔大人,今早过得如何啊?"

艾尔·泰纳大人的嘴角露出无声的嘲讽。

"很好，陛下，"穆斯托尔大人回答，"贵城人民待我热情如故。"

"那就好。阿尔林宗老你肯定认识。这位年轻人是维林·艾尔·索纳兄弟，最近刚从马蒂舍森林班师回朝。"

穆斯托尔大人神色警惕地回头望了望维林，点头致意，语调仍是那么快活，却有些不够自然："啊，就是害我在剑术试炼时损失了十个金币的高手啊。很高兴见到你，年轻的先生。"

维林点头回礼，一语不发。提起剑术试炼，他的心情就不好。

"维林兄弟带回来一些文件。"国王从艾尔·杰恩利尔大人手中接过那些信，"这些文件令我们百思不得其解。我相信你看了以后，有助于我们辨明其意图。"维林注意到，穆斯托尔大人稍一犹豫，然后上前从国王手中接过信件。

"这是通关文书。"他翻了翻信件，说道。

"是你父亲签署的，对吗？"国王问。

"这个……看起来是的，陛下。"

"那么，或许你可以解释，维林兄弟为何在马蒂舍森林里，从一个库姆布莱异教徒的尸体上找到了这些信。"

穆斯托尔大人的目光投向维林，通红的双眼忽然流露出惊恐的神色，他又转回头看着国王："陛下，我父亲绝不会把如此重要的文书交付叛徒之手。臣以为，一定是偷来的，或许是伪造……"

"或许你父亲可以给出更明确的解释。"

"那、那是当然，陛下。如果您费心写封信……"

"我不写信。让他亲自来。"

穆斯托尔大人下意识退了一步，恐惧之色溢于言表。维林感觉他缩成了一团，在这次考验当中，这样的表现实在不尽人意。"陛下……"他结结巴巴地说，"我父亲……这不对啊……"

国王恼怒地长叹一声："穆斯托尔大人，我与你祖父打过两次仗，他勇气可嘉，却也狡猾过人。我不喜欢他，可我非常尊敬他，我认为，正值战火重燃之际，他肯定很庆幸没有亲眼看见自己的孙儿言行失措，与酒色之徒无异。"

国王抬手示意斯莫林队长上前。"在得到另行通知之前，穆斯托尔大人暂住王宫，"国王对他说，"请为大人安排合适的客房，确保没有意外的访客打扰大人。"

"您知道我父亲不会来，"穆斯托尔大人突然说，"他不会来接受质询。您要囚禁我，悉听尊便，可这样做没有任何作用。谁也不会把最心爱的儿子交到敌人手中。"

国王眯起眼睛，一言不发地端详着这位库姆布莱贵族。真没想到，维林心想，他居然有胆量说出来。

"到时候自然知道你父亲如何作为。"国王说道。他点点头，斯莫林队长带着穆斯托尔大人走出议事厅，两名卫兵紧随其后。

国王扭头对一名书记官下令："起草一封信，给库姆布莱的封地领主，命他三周内来见我。"他推开椅子站起身，"会议结束。阿尔林宗老，维林兄弟，请随我来。"

———◆———

国王书房里的陈设颇有气势，从精织地毯铺在地板上的角度，到摆在宽大橡木桌上的文件，样样令人感到压迫。维林发现这里与八个月前他去的那间密室完全不一样，那儿空间逼仄，堆满了书籍和卷轴。原来如此，国王在密室里处理事务，而这间书房不过是装装样子给臣民们看罢了。

"请坐，兄弟们。"国王在桌边坐下，尔后指着两把椅子示意他们，"我可以叫人送些点心来。"

"不必了，陛下。"阿尔林宗老轻声答道。他没有就座，维林也只好站着。

国王的目光在宗老脸上停留了好一阵子，才转而投向维林，掩藏在胡须底下的嘴唇露出笑意:"听听这语气,孩子。既不尊重,也不顶撞。你要好好学着。我怀疑你的宗老生我的气了。为什么呢?"

维林看了看宗老,他面无表情地站着,也不回话。

"怎么?"国王逼问道,"说吧,兄弟。你的宗老为何事生气?"

"我不能代表宗老大人说话,陛下。只能由宗老大人代我回答。"

国王冷笑一声,一拍桌子:"你听到了吧,阿尔林?他母亲的声音,一模一样。你有时候不觉得害怕吗?"

阿尔林宗老的语调没有变:"不觉得,陛下。"

"不觉得。"国王摇摇头,轻声笑着,伸手从桌上取过酒瓶,"不觉得,我知道你不觉得。"他倒了一杯酒,靠在椅背上。"你的宗老之所以生气,"他对维林说,"是因为他认为我把疆国推向了战争。他认为。当然这种想法也有道理,库姆布莱的封地领主乐于见到我砍掉他那个醉鬼儿子的脑袋,因此绝不会先钻出他的老巢。届时,我被迫派出疆国禁卫军去到他的封地,把他给揪出来,战争和流血不可避免,城市和乡镇势必火光冲天,丧命者不在少数。虽然宗老的天职是战斗,无论怎么说,他都是带来死亡的刽子手,但宗老始终认为此举可悲可叹。只是,他不会当面对我说出这些话。他总是这个样子。"

两人彼此相对,默不作声,维林忽然意识到,他们互相看不顺眼。国王和第六宗宗老都讨厌看到对方。

"告诉我,兄弟,"国王显然是在对维林说话,眼睛却依然盯着宗老,"你认为封地领主得知我抓了他儿子,命令他前来接受质询,他会作何反应?"

"我不认识那人,陛下……"

"他并非高深莫测之人,维林。但猜无妨。我相信你从你母亲那里继承了足够的智慧。"

维林不喜欢国王提及母亲时候的语气,但还是不动声色地回答道:"他会……生气。他会将您的举动视为威胁。他会提高警惕,召集兵力,把守边界。"

"好。他还会怎么做?"

"看起来他只有两个选择,服从命令或者无视命令,准备抵抗。"

"错,他还有第三个选择。他可以进攻,率领大军倾巢而出。你觉得他会这样做吗?"

"我怀疑库姆布莱人没有足够的兵力对抗疆国禁卫军,陛下。"

"你的怀疑没有错。除了数百个效忠封地领主的卫兵,库姆布莱便没有正规军队了。可他们有成千上万的乡巴佬弓手,如有必要,召之即来。这是一股强大的力量,我当年在箭雨中冲杀过一两回,深有体会。但他们没有骑兵,没有重装步兵。到开阔地带进攻阿斯莱、对阵疆国禁卫军,他们毫无胜算。库姆布莱的封地领主身上没什么值得称许的品质,但他继承了父亲的头脑,能够认识到自身的弱点。"

国王又笑了,他移开目光,洒脱地一挥手:"别担心了,阿尔林。两周左右,封地领主必定派来信使,先是奴颜婢膝地道歉,说不能亲自前来,然后为那些文书编一套似是而非的说法,没准还附送满满一箱子金币。等我那个爱好和平的贤明儿子劝服了我,醉鬼就能重获自由了。从此以后,我认为封地领主不会再为绝信徒签署通关文书了。最重要的是,他将牢牢记住他在疆国中的位置。"

"我是否可以认为,陛下,"宗老说,"您确信那些文书出自封地领主之手?"

"确信?不。但很有可能。比起维林兄弟在马蒂舍森林里解决掉的蠢货,他或许没有那么狂热,但他确实信仰伪神。他现在过了知天命之年,怕是担心永恒之境不接纳他吧。无论信是不是他写的,关系不大,问题仅仅在于这些通关文书确实存在。既然出现了,我也只能采取行动。至少,等我儿子登基,封地领主还欠他一笔人情债。"

国王一口气饮尽剩下的酒,站了起来:"不谈国事了,我和你们二人还有要事相商。过来。"他招呼宗老和维林来到隔壁的小房间。

房内的装饰依旧那么华丽,不过墙上挂的不是彩绘和织锦,而是一百多把寒光闪闪的宝剑,有的是阿斯莱式样,但还有很多维林从未见过的式样——长约六英尺的双手阔剑,刀刃弯度接近半圆的镰状军刀,没有剑刃、护手呈碗状的针形细剑。此外还有金银材质的剑,不过这类金属过于柔软,只可观赏,并不实用。

"多漂亮啊,不是吗?"国王说,"花了好多年才收集来的。有的是礼物,有的是战利品,还有的因为看着喜欢就买下来了。我时不时也会送人,"他看着维林,脸上又露出笑容,"送给你这样的年轻人,兄弟。"

初见国王时那种不安的感觉再次冒了出来。维林心知肚明,在国王那个庞大而神秘的计划之中,他只是一个小小的角色。那种异样的感觉,即勒苏丝·希尔·霖所称的血歌,又隐隐在他脑海里吟唱。如果国王给我一把剑……

"我是第六宗的兄弟,陛下,"他试着模仿宗老那种不动声色的语调,"我这种人无福消受王室所赐的荣誉。"

"此等荣誉赐给你是再合适不过了,雏鹰,"国王应道,"遗憾的是,我迫于无奈,常常赐给了不该受赏之人。今日正好改正。"他朝满墙的宝剑一摆手,"选吧。"

维林望向宗老,希望他能给出意见。

阿尔林宗老的眼睛微微眯起,表情却丝毫没变。他沉默片刻,然后开口,语调与之前一模一样,既无恭敬,亦不顶撞:"这是国王赐予你的荣誉,兄弟,即是赐予宗会的荣誉。你应当接受。"

"这样可以吗,宗老大人?一个人可以既是兄弟,又是疆国之剑吗?"

"以前有过先例。很多年前。"宗老看着国王说道,继而望向维林,目光温柔了几分,语气却是不容置疑,"你必须接受国王赐予的荣誉,维林兄弟。"

我不想要!他内心极度抗拒。这是报酬,杀人的报酬。这个诡计多端的老家伙想把我绑得更紧。

可他没有退路。宗老下了命令。国王给了荣誉。他必须接受一把剑。

维林按捺住失望的情绪,扫视着墙上琳琅满目的宝剑。他脑子里冒出一个恶意的念头——如果选把金剑,到时候可以卖掉——但他还是认为,挑把实用的兵器才是上上之选。没有必要选择阿斯莱式样的剑,因为不大可能超越现有的星银剑,而异邦兵器看起来似乎不趁手。最后,维林的目光落在一把宽刃短剑上,剑柄为木制,铜护手的式样很简单。他从墙上取下来,试着挥舞了几下,发现重量适中,手感很好,而且剑刃锋利无比,剑身光亮无痕。

"倭拉剑,"国王说,"不太好看,却很结实,在战斗正酣之际,人抬不起胳膊的时候,它最好用了。选得好。"他伸出手来,维林把剑递了过去。"通常要举行一个仪式,发一大堆誓言,还要跪半天,我们不如省掉这些繁文缛节吧。维林·艾尔·索纳,我任命你为疆国之剑。你愿意以剑盟誓,为联合疆国效力吗?"

"我愿意,陛下。"

"那便善加使用。"国王把剑递给他,"好了,既然你已是疆国之剑,我必须给你安排一个职位。我任命你为第三十五步兵团的将军。既然宗老慷慨地提供驻地,安置了我的军队,那么该兵团由宗会管辖是再合适不过了。你要训练士兵,届时率军参战。"

维林想看看宗老有何反应,结果宗老仍是板着一张脸,什么表情也没有。

"请原谅,陛下,如果兵团划归宗会调遣,那么马克里尔兄弟是更好的人选……"

"你说的是那个大名鼎鼎的绝信徒猎人吗?噢,我不觉得。我不大可能赐剑给他,你说呢?只有经王权任命的将军,才能统领疆国禁卫军的兵团。你认为训练多久可以开赴战场？"

"我们在马蒂舍森林里损失惨重，陛下。全军上下疲惫不堪，好几周没发军饷了。"

"是吗？"国王扬起眉毛，望向宗老。

"这笔开销由宗会负责，"宗老说，"既然兵团归宗会调遣，这倒也合情合理。"

"真是慷慨，阿尔林。至于兵员过少的问题，你可以到地牢里挑人，也可以从街上招募。我敢说，一听维林兄弟的大名，肯定有不少小伙子愿意进兵团服役。"他伤感地笑了笑，"对于那些没有见识过战争的人来说，战争只是一次冒险的经历罢了。"

第三部

第四章

"不要强奸犯,不要杀人犯,不要红花上瘾的人。"柯瑞尼克军士略一鞠躬,将国王的手令递给典狱长,"瘦弱的也不要。这一批要训练成士兵。"

"生活在监狱里,身体终归好不到哪儿去,"典狱长检查过手令上的印章,然后大致读了一遍,"不过,既然是陛下的要求,我们自当尽量满足,尤其是他派来了全疆国名头最响的战士。"他对维林笑了笑,那笑容既无讨好之意,也不带讽刺,看不出那张脏兮兮的面孔底下的真实想法。起先维林见典狱长衣着打扮不修边幅,满头满脸都是污垢,还当他是囚犯,不过他的腰围和皮带上一大串叮当作响的钥匙,表明了他的身份。

王家地牢原是海港附近一个内部贯通的古堡群,两百年前随城墙一道废弃了。不过,后来的统治者们发现此处洞穴状的地窖很适合关押罪犯。此处囚犯的数目难以准确统计。"时不时有人死掉,数不过来,"典狱长解释,"块头最大的,脾气最坏的,活得也最久,他们能抢到食物,你们懂的。"

维林向把守地窖的坚固铁门里望去,只看到浓重的黑暗。恶臭扑面而来,他恨不得拉起斗篷掩住口鼻。"你送了很多人去疆国禁卫军吗?"他问。

"这要看时局有多坏。梅迪尼安大战那阵子,这里基本都空了。"典狱长走上前开门时,腰间的钥匙叮当作响,然后他招呼四个魁梧的卫兵跟上来,"走吧,我们看看今天收获如何。"

收获不足一百人,个个面黄肌瘦,只是程度不同。他们披着破衣烂衫，身上厚厚的一层全是灰尘、血渍和污物。他们站在大院子里，在阳光的刺激下不断眨巴眼睛，紧张兮兮地瞄着高墙上的卫兵。那些卫兵人手一把上膛的弩弓，对准了底下的一大帮囚犯。

"你这就算尽力而为了？"柯瑞尼克军士半信半疑地问典狱长。

"昨天刚行过刑，"那人耸耸肩，答道，"没法子老养着他们。"

柯瑞尼克军士不好发作，只是摇摇头，挥起杖子，呵斥他们排好队。"讲究点秩序，渣滓们！你们要是站都站不直，疆国禁卫军要你们有什么用。"他不停地辱骂，直到囚犯们稀稀拉拉地站成了两排。然后，柯瑞尼克军士转身面对维林，啪的一声立正敬礼："请您视察新兵，大人。"

大人。这个称呼他还没习惯。他不像是贵族大人，气质和打扮仍是第六宗的兄弟。他没有土地，没有仆人，没有财产，只凭国王一张嘴，他就成了大人。这感觉像是谎言，诸多谎言中的一个。

他对柯瑞尼克军士点点头，沿着队列走过去，囚犯们睁大眼睛看他，眼神惊恐，维林与这么多人目光交接，还有些不大适应。这群人有的站得笔直一些，有的稍微干净一点，有的既瘦弱又憔悴，能站在这儿都是奇迹。他们浑身散发恶臭，维林很熟悉这种令人作呕的浓烈臭味——那是濒临死亡的气息。

他接着往前走，突然停下了脚步。有一双眼睛没有看他，直勾勾地盯着地面。维林走近了那个人。他的个头比大多数囚犯都高，块头也大，胸前的肉松垮垮的，看来是长时间的营养不良导致胸肌萎缩。他的前臂受过重伤，疤痕触目惊心，连厚厚的污垢都遮不住。

"还爬吗？"维林问他。

加利思抬起头，不情不愿地迎上他的目光："偶尔爬爬，兄弟。"

"这次是为了什么？又是一袋子香料？"

加利思憔悴的脸上掠过一丝笑意："银子。那是一座大宅子。要是给我放风的人没掉脑袋，我就成了。"

"你来这儿多久了?"

"一两个月吧。地牢里算不清楚时间。本来该昨天吊死,不过马车装满了。"

维林对着他伤痕累累的胳膊点点头:"这个对你有影响吗?"

"冬天有点疼,可我爬墙的本事还是谁也比不上。不用担心。"

"很好。爬手对我有用处。"维林走近一步,盯住他的眼睛,"你要知道,你企图对谢琳姐妹做的事情,我还记在心里,如果你胆敢跑掉……"

"想都不敢想,兄弟。我虽然是贼,但我说一不二。"加利思挺起胸膛,双肩后摆,努力做出当兵的样子,"这是多么光荣啊,能跟着……"

"好了。"维林一摆手打断他的话,然后走开几步,高声说道:"我叫维林·艾尔·索纳,第六宗的兄弟,国王钦命的第三十五步兵团将军。蒙雅努斯王开恩,改判你们来疆国禁卫军服役。未来十年,你们要为国王赴汤蹈火,以谢君恩。你们可以吃饱喝足,还可以领到军饷,但要绝对服从我的命令。任何人违反纪律或是无故醉酒,都将受到杖责。胆敢逃跑之人,就地处决。"

维林扫视众人,想看看他们听了后有何反应,结果发现大多数人都暗暗地松了口气。当兵的日子再苦,也好过在地牢里多蹲一个钟头。"柯瑞尼克军士。"

"在,大人!"

"带他们回宗会。我在城里还有事要办。"

◆

艾尔·海斯提安的宅邸坐落在最富庶的城北。这座红色砂岩堆砌的大宅气势恢宏,庭院深深,最外围是一道铁刺林立的石墙。衣冠考究的仆人站在门口,带着习以为常的漠然表情,听维林说明来访的原

渡鸦之影 血歌

因。他请维林稍等片刻,然后转身进去通报。片刻之后,他回来了。

"艾尔·海斯提安少爷在后花园里,大人。他欢迎您登门拜访,请您进来详谈。"

"领军大人呢?"

"艾尔·海斯提安大人今早进宫去了,晚上才会回来。"

维林暗自松了口气。要是同时面对父亲和弟弟,那场面只会更难堪。

他刚刚迈进大门,便看到一队在草地上巡逻的殿前侍卫,其中有个侍卫牵着一匹健美的白色母马。他好不容易得来的一丝轻松转眼间烟消云散,因为他猜到了侍卫和白马所代表的意义。维林走过时,侍卫们向他鞠躬行礼。看来他的新头衔已经广为人知了。他鞠躬还礼,快步向前走去,希望赶紧了结这件事,好返回宗会,一心一意地训练兵团。我的兵团。他至今难以接受这一事实。他刚刚十九岁,国王就给了他一个兵团。尽管凯涅斯一口气列出了很多年纪轻轻就率军打仗的名将,可维林还是觉得这件事很荒唐。离开王宫后,在返回宗会的路上,他希望宗老能够答疑解惑,可宗老只是叫他服从命令,除此之外什么也没说。不过,看到宗老紧锁眉头、心事重重的样子,维林知道,国王的举动也令他深感费解。

花园俨然是一座由绿篱和花圃组成的迷宫,时值春季,花圃里群芳斗艳。维林在一棵枫树旁找到了他们,两人正坐在树荫下的长凳上。公主一如既往的漂亮,巧笑嫣然,青葱玉指拨弄着红金色的头发,正聆听身边的少年大声念一本小书。艾卢修斯·艾尔·海斯提安与他哥哥不甚相似,这个单薄的少年十五岁左右,穿着丧服,外貌柔弱,甚至带有女性气质,尤其是那一头披肩的乌黑卷发。维林握紧了带来的剑鞘,深吸一口气,鼓足信心,大步走上前去。稍近,他听见少年正抑扬顿挫地念道:"我请求你别再哭泣,我的爱人,别再为我的逝去而落泪,向着天空扬起你的脸庞,让阳光擦干你的泪眼……"

当维林的影子落到他俩身上时，少年的声音戛然而止。

"艾尔·索纳大人！"艾卢修斯起身问候，他竟然伸出手来，完全不顾贵族礼节，这令维林很是为难。"见到您是我的荣幸。我哥哥在信中对您赞赏有加。"

维林的那点信心当即支离破碎，随风飘走。"你哥哥常常不吝称赞之辞，先生。"他与少年握了握手，又干净利落地向莱娜公主鞠了一躬，"公主殿下。"

她点头还礼："很高兴又见到你，兄弟。这段时间你是不是更喜欢别人叫你'大人'呢？"

他们四目相对，维林只觉怒火中烧，差点就要出言顶撞："随您怎么叫，公主殿下。"

她摸着下巴作思考状，一片片晶莹的淡蓝色指甲在阳光下闪闪发亮。"我想我还是叫你'兄弟'吧。这样好像更……合适些。"

言语之间，似有难以觉察的讽刺之意。维林不知道莱娜公主是因为当初的断然回绝而生气，还是嘲笑他愚蠢至极，错过了在权力盛宴中分一杯羹的良机。

"诗写得真不错，先生，"为免尴尬，他转而对艾卢修斯说，"是哪位大诗人的作品？"

"那倒不是，"少年仿佛有些难为情，赶紧把手里的小书放到一边，"不值一提。"

"别这么谦虚嘛，艾卢修斯，"公主嗔怪道，"维林兄弟，你很荣幸听到了疆国未来的大诗人亲口朗诵的诗句。我相信不久之后，今日之事必将成为你吹嘘的资本。"

艾卢修斯羞涩地耸耸肩："莱娜抬举我了。"他的目光落到维林手中的长剑上，一眼便认了出来，不禁黯然神伤，"这是带给我的吗？"

"你哥哥希望你留作纪念。"维林把剑递过去，"他嘱咐你，不要

渡鸦之影 血歌

拔剑出鞘。"

少年犹豫了片刻,接过长剑,紧紧握着剑柄,忽然恶狠狠地说道:"他从来就比我心软。此仇不报枉为人,我发誓。"

维林心想,这少年所说的话实在老套,不是哪个故事里提到的,便是引自某首诗歌。"杀你哥哥的人已经死了,先生。此仇已报。"

"马蒂舍森林有库姆布莱人派出的战士,不是吗?此时此刻,他们仍在密谋造反。我父亲听说了。是库姆布莱领主派出的异教徒杀害了林登。"

宫里的消息传得真快。"此事国王正在处理。我相信陛下自有裁决,为疆国选择正途。"

"唯有战争一途,我愿忠心追随。"少年说话时泪光闪闪,显然是肺腑之言。

"艾卢修斯,"莱娜公主轻轻搭着他的肩膀,柔声劝慰,"我相信,林登绝不希望你的心里满是仇恨。听维林兄弟的话——此仇已报。好好珍藏过去的记忆,遵照林登的遗言,不要拔剑出鞘。"

关切之情溢于言表,维林险些为之动容,可眼前浮现出刀架在脖子上时林登那张苍白的面孔,他心底刚刚浮起的敬意立时烟消云散。不过,莱娜公主这番话似乎对少年起到了作用,艾卢修斯脸上怒气尽消,只是泪水还在眼眶里打转。

"请您原谅,大人,"他结结巴巴地说,"我要一个人静一静。我希望……我希望再次与您相见,了解我哥哥和您一起时的情况。"

"你可以来第六宗找我,先生。无论你问什么,我知无不言,言无不尽。"

艾卢修斯点点头,转身在公主的脸颊上匆匆一吻,然后抽泣着往宅邸走去。

"可怜的艾卢修斯,"公主叹了口气,"他总是这么多愁善感,从小时候起就是这样。你听出来了吧?他想在你的兵团里谋求一席之地。"

维林扭头看着公主,发现她收敛了笑容,那张完美无瑕的脸上露出了严肃而专注的神情。"没听出来。"

"据说快要开战了。他希望跟随你前往库姆布莱的都城,找封地领主讨回公道。如果你拒绝他,我会非常高兴。他还是个孩子,我认为就算他长大成人,也当不了士兵,一旦上了战场,他只能是具漂亮的尸体。"

"从来就没有什么漂亮的尸体。如果他来找我,我自会拒绝他。"

她的脸色好看了些,玫瑰花蕾似的嘴唇微微一翘,绽放出温柔的微笑:"谢谢你。"

"就算我愿意,我也不能接受他。宗老已经决定,兵团内所有的官职都由宗会兄弟担任。"

"我明白了。"她的笑容中带了一丝感伤,因为维林显然不愿表露出有心帮忙的意思,"你认为我们和库姆布莱人会开战吗?"

"国王认为不会。"

"那你觉得呢,兄弟?"

"我觉得我们应该相信国王的判断。"他生硬地鞠了一躬,转身走开。

"最近我很幸运地见到了你的一个朋友,"公主开口,他只好停下脚步,"谢琳姐妹,是这个名字吧?她在沃恩克雷管理第五宗的医疗室。我代表父王去那儿送礼。那姑娘很可爱,就是做事专注过头了。我说我们是朋友,她请我代为问候你。不过,她认为你可能早把她忘了。"

什么都别说,维林心想,什么都别告诉她。消息就是她的武器。

"你有什么话要带给她吗?"她催促道,"我可以派信使替你转达。我最讨厌看见友情无缘无故就结束了。"

她的笑容特别灿烂,维林记得上次在那座私人花园里,她也有过

渡鸦之影 血歌

相同的笑容。笑容里透露出的是不容置疑的信心和与她年龄不符的世故,其中的意味很明显——她自认为看透了维林的心思。

"我很高兴,命运让我们再次相见,"见他不回答,公主接着说道,"我最近常常思考一个问题,或许你会感兴趣。"

维林迎着她的目光,依旧一言不发,拒绝配合她玩游戏。

"我有解谜的爱好,"她说道,"我解决过一个困扰了第三宗一百多年的数学谜题。当然我没告诉别人,公主不该展现出过人的才智。"她的语调又变了,有种苦涩的滋味。

"您冰雪聪明,无人不知,公主殿下。"他说。

她歪着脑袋,显然听不进这种毫无意义的恭维之辞。"但近来有件事情令我非常困扰,而你牵涉得很深——宗老大屠杀。我不明白怎么都这样说,明明只有两位宗老因此丧生。"

"这件不愉快的事情为何令您挂心,公主殿下?"

"当然是其中的神秘之处。这是一个谜。为什么刺客要在那天晚上袭击各宗宗老?当时第六宗的学徒兄弟们分布在三家宗会里,这一步棋似乎极不明智。"

不管维林怎么想,公主确实激起了他的好奇心。她有话要说。为什么呢?她这样做有什么好处呢?"于是您得出了什么结论,公主殿下?"

"阿尔比兰有个游戏叫做斗智棋,玩起来非常复杂,棋盘上有一百个方格,二十五颗各不相同的棋子。阿尔比兰人特别喜欢斗智,不论商场还是战场。我希望父亲日后能记住这一点。"

"公主殿下……"

她一摆手:"不提这个了。斗智棋这个游戏可以玩上好多天,聪明人一辈子也未必能掌握其中的奥妙。"

"我相信您已经掌握了,公主殿下。"

她耸耸肩:"不是很难,重点在开局。只有大约两百种变化,最好用的要数声东击西，看似层层布防，实则步步为营，暗藏杀招，不出意外的话，十步之内即可取胜。要想一击必杀，先要虚晃一招，把对手的注意力转移到别处。关键在于，杀招所针对的，只能是一颗棋子，也就是学者，它不是最厉害的棋子，却是防守链条上至关重要的一环。而对手呢，总以为四面八方皆是杀招。"

"攻击所有的宗老只是幌子，"维林说，"他们的目标只是其中一人。"

"也许是一个，也许是两个。其实，如果按照这种思路大胆地设想一下，也许你才是真正的目标，刺杀宗老只是顺手为之。"

"这就是您的结论吗？"

她摇摇头："所有的推论都建立在假设之上。而在此案当中，我假设凶手的目的是伤害宗会和信仰。直接杀死宗老们，当然可以实现目标，但新的宗老随即取而代之，比如滕吉斯·艾尔·佛尼，而我们有理由认为，他的晋升造成宗会之间生出罅隙。伤害由此实现。"

"您是说，这一系列的刺杀行动，目的是让艾尔·佛尼坐上第四宗宗老的位置？"

她扬起脸，面对天空，闭上眼睛感受暖暖的阳光。"是的。"

"您这些言论很危险，公主殿下。"

她笑了，眼睛仍未睁开："只对你说罢了。还有，我希望你叫我莱娜。"

承诺没有起作用，他心想，所以她又拿这些话来引诱我。"林登过去怎么称呼您？"

她稍一犹豫，转过脸来看着维林的眼睛："我们独处的时候，他叫我莱娜。我们是青梅竹马的朋友。他在森林时给我写了很多信，所以我知道他很佩服你。当我听说他不在了，我的心……"

"为了爱情，再大的风险也要承担，否则不如不爱。"维林带着怒火，冷冷地说道，同时凶狠地瞪着她。公主脸上的笑意消失得无影无踪。"这是您对他说的话吧?"

虽然只是一闪而过,但维林看到她神色微变,似是哀伤,而她的声音听起来头一次没那么笃定:"他痛苦吗?"

"毒素在他的血液里肆虐,他痛苦地哀嚎,浑身血汗淋漓。他说,他爱你。他说,到马蒂舍森林是为了得到国王的认可,这样你们才能成婚。在我割开他的喉咙之前,他要我带封信给你。火葬他的时候,我把信烧了。"

她闭上眼睛,这一幕美丽而又哀伤的画面,在她睁开眼睛后便彻底消失了。她的回答丝毫不带感情:"我一切听从父王的安排,兄弟。你也一样。"

听到这个残酷的事实,他仿佛挨了一鞭子。原来他们是同谋,他们一起实现了这次谋杀。虽然维林当时松开了弓弦,却还是把林登送上了死路,让他撞上了那支致命的毒箭,而正是莱娜公主,把林登送上了前往马蒂舍森林的征程。他忽然想到,这或许全都在国王的计划之中,这起卑鄙的谋杀把他们绑在一条船上。

维林终于知道了,他对公主的敌意只是幌子,只是为了避免内心的自责,即便如此,他依然如故。莱娜公主确实冷血无情,城府极深,不可信赖。但最重要的是,维林讨厌她始终占据上风,而且轻而易举就能引起自己的兴趣。

公主的眼里有什么一闪而过,维林这才意识到先前的情绪过于外露。是恐惧,他明白了。唯一一个令她害怕的人。

他再次鞠躬,心里既有内疚,也有满足:"失陪了,公主殿下。"

———◆———

吉尔玛姐妹身材丰满,天生爱笑,明亮的蓝眼睛快活地闪个不停。"以信仰的名义,高兴点嘛,兄弟!"第一次见面,她就调皮地捏了捏维林的下巴,"你这是把全疆国的责任都扛在肩上了吧。苦瓜脸兄弟，他们都这样叫你。"

"你真觉得我们兵团需要一名医师？"诺塔问。

吉尔玛姐妹笑了："噢，看来我要喜欢上你了！"她带着浓重的尼塞尔口音，半开玩笑地搡了诺塔一拳。

维林相当失望，但没有表露出来。埃雷拉宗老没有答应他的请求，派来谢琳姐妹，不过这并未出乎他的意料。"你需要的一切我们都会提供，姐妹。"

"那就好。"她大笑起来。这个月来，维林摸透了吉尔玛的脾气，她在讨论严肃的话题时喜欢纵声大笑，而当她一本正经地说话时，听起来温文尔雅，实则夹枪带棒。

"今天又有两个人断胳膊。"当维林走进用作医疗室的大帐篷时，她咯咯笑道，同时讽刺地摇了摇头。有四个人缠着绷带，躺在床上昏睡，她的助手正在处理另外两个伤者。助手是她硬要从兵团里挑出来的。令维林没想到的是，她挑选的两个囚犯，身子骨弱不禁风，无论怎么训练怕也成不了合格的士兵，但在照顾伤员时却心灵手巧。

"你要是再这么逼迫他们，一个月后就没几个人能上战场了。"她脸上挂着明媚的笑容，蓝眼睛忽闪忽闪。

"战斗是很残酷的，姐妹。软绵绵的手段只能造就软绵绵的士兵，接着只能变成软绵绵的尸体。"

她的笑容略有收敛："快要开战了吗？战争要来了吗？"

战争。人人都在谈论这个话题。自从国王传召库姆布莱的封地领主，已经四周过去了，此事依然没有下文。疆国禁卫军只能在兵营里待命，不得外出。流言以惊人的速度到处传播：大批库姆布莱人云集边界；有人在尤里希见到了库姆布莱弓手；隐秘的绝信徒教派企图使用黑巫术干出各种邪恶的勾当。山雨欲来风满楼，维林只能尽最大限度加紧训练士兵。如果风暴来袭，他们要做好准备才行。

"我知道的不比你多，姐妹。"维林向她保证，"还有人出疹子吗?"

"我去过女士们的营地之后就没有了。"

近来有不少士兵突然出疹子,始作俑者是一帮赚钱心切的妓女。不久前,她们在距离宗会大约两英里外的树林里扎了营。维林担心宗会附近有妓女的消息传到宗老耳朵里,便命令柯瑞尼克军士挑几个靠得住的士兵,把那些女人赶回城里去。出乎意料的是,这位老兵居然没有果断地领命:"您确定要这样做吗,大人?"

"现在有二十个人出了疹子不能受训,军士。本兵团归宗会管辖,不能容许有人溜出去找……以这种方式发泄欲望。"

军士眨巴眨巴眼睛,那张伤痕累累的老脸毫无表情,但维林可以肯定,军士忍住了笑意。跟军士说话时,他时常感到自己像个孩子,在对祖父下命令。"呃,无意冒犯,大人。兵团归宗会管辖,但兵团里的人不属于宗会。他们不是兄弟,只是士兵,当兵的隔三差五需要女人。不准他们……放纵,可能会有麻烦。并不是说他们不尊敬您,大人,这一点毫无疑问,我从来没见过这么害怕将军的军队。但是,这帮家伙毕竟不是疆国的精英,他们训练已经够苦了,要是被逼得太狠,就会溜之大吉,哪怕抓到了要被吊死。"

"那出疹子的问题怎么办?"

"噢,第五宗有很多办法。吉尔玛姐妹可以解决,让她去看看那些女人,很快就能处理好。"

于是他们找到吉尔玛姐妹。等维林结结巴巴地提出请求,吉尔玛神情漠然地看着他。

"你要我到一个满是妓女的地方,给她们治疹子?"她冷冷地说。

"当然有人保护你,姐妹。"

她别过脸,闭上眼睛,维林有种掉头就跑的冲动,但他忍住了。

"我在宗会接受了五年的训练,"她轻声说,"又去北方边界受了四年的折磨,那儿尽是蛮子和寒风暴雪。结果我得到了什么呢?跟疆国的一帮渣滓共同生活，还要照料他们的淫妇。"她摇头，"逝者肯定诅咒我了。"

"姐妹，我不是有意……"

"好吧！"她突然兴奋起来，"我去拿医药包。没必要派人保护了，不过我需要有人带路。"她眉毛一扬，问维林："你应该不知道怎么走吧，兄弟？"

想起当时他结结巴巴说不知道的样子，维林有些难堪。柯瑞尼克军士说得没错，疹子事件很快就过去了，士兵们都很满意。当然了，在兄弟们的棍棒之下，经过好几周的苦训，也不能对他们的满意度要求太高。维林有意不向宗老汇报此事，兄弟们也都心照不宣，绝口不提。

"你还有什么需要吗？"他问吉尔玛，"如果缺了什么，我可以派辆马车到贵宗去取。"

"存货目前还充足，斯蒙提宗师的药草园帮了很大的忙。他这人太好了，还教我手语，瞧。"她伸出肥嘟嘟却很灵活的手指，打起了手语，大意是：我是头讨厌的母猪。"意思是'我叫吉尔玛'。"

维林面无表情地点点头："斯蒙提宗师真会教人。"

他走了出去，让吉尔玛姐妹继续处理伤员。帐篷外，到处都是一队队围着兄弟们受训的士兵。兄弟们想把学了一辈子的技艺在短短几个月内灌输给士兵们，这常常令他们心灰意冷，新兵动作缓慢，笨手笨脚，连最基本的搏斗技能也知之甚少。在这样的情况下，维林又不允许兄弟们使用杖子，引来了众口一词的抱怨。

"杖子不在手，驯不成好狗。"邓透斯说。

"他们不是狗，"维林回答，"也不是小男孩，至少大多数不是。要惩罚他们，就增加训练量或者罚做苦役，削减朗姆酒配给，你们觉得怎么好就怎么来。就是不要打他们。"

兵团如今齐装满员，有来自地牢的囚犯，更有源源不断前来报名参军的人。国王估计得不错,很多人是听说过维林的传奇经历后慕名而来,更有人不远千里赶来从军。

"很多时候,当兵为的是求口饭吃,"柯瑞尼克军士对此评论道,"他们为的却是在雏鹰麾下求取功名。"

几周过去,训练有了效果。士兵们的体格明显壮了很多,这归功于很多人闻所未闻的健康饮食。他们的站姿比以前笔挺,动作比以前灵活,操持兵器也有了章法,当然,需要学习的技艺还有很多。爬手加利思没过多久就基本恢复了体型,他经常光顾妓女的营地,总是情绪高涨,成了兵团里的开心果,时不时抖点笑料,引得同袍们前仰后合。不过他很识趣,训练时知道管住嘴巴。虽然兄弟们不能使用杖子,但在对打的时候怎么打疼对手,他们的办法太多了。最令维林满意的是军纪严明,他们很少发生斗殴,有令必遵,也没有人企图逃跑。忍无可忍的时候,他还是下令杖责,或是活生生地吊他们一整天。战争即试炼,维林心说。他想起了在马蒂舍森林里度过的悲惨生活,想起了那些宁愿翻墙而逃、穿越遍布库姆布莱人的森林,也不愿在围栏里多熬一天的人。

他看到诺塔正给一队比较强壮的新兵教授弓术。新兵都接受了射靶测试,大多数不合格,眼神好一点的分去了弩手队,继续接受弓术训练的,是技巧和力量相对较好的一些人。他们只有三十人左右,不过即便人数少,技艺高超的弓手仍是兵团不可或缺的力量。诺塔在教人学艺方面再次展现出高超的本领:他手下的人目前都可以射中四十步远的靶心,还有一两个人能够以极快的动作连续射中,而这通常只有宗会的兄弟才能做到。

"嘴巴不要碰到弦。"诺塔指点一个学生。此人膀大腰圆,维林还记得他来自地牢。他叫布拉克或是布拉克斯,是臭名昭著的偷猎者,后来在尤里希肢解一头刚死不久的鹿时,被御命林官当场抓住。"箭尾拉到耳后再放弦。"

第三部

布拉克或是布拉克斯使出吃奶的劲,然后一松弓弦,箭矢呼啸而出,射中了靶心上方几英寸处。"不赖。"诺塔对他说,"但你放弦的时候弓臂还是往外摆了。记住,这是战斗用弓,你不是在打猎,要尽快地往后拉弦。"见维林走近,他拍拍手,让手下的人都看过来。"好了。把靶子往后挪十步。第一个射中靶心的人,今晚可以多喝一口酒。"

手下们挪动靶子的时候,诺塔转过身,向维林深鞠一躬:"见过大人。"

"别这样。"维林看着那群一边说笑一边从靶子上拔箭的士兵,"他们心情不错。"

"那是自然。每天吃穿不愁,还有酒喝,往林子里走几步,花不了几个钱就可以玩玩女人。大多数人做梦都过不上这样的生活。"

维林端详着他的兄弟,又看到了那种忧心忡忡的神情。自从他去了马蒂舍森林后,眼里便总是阴云密布。休息的时候,他看起来疲惫不堪,不愿搭理人,只对士兵们每晚调制的各种混合酒情有独钟。有好几次,维林差点脱口说出他家里人的命运,但国王严令禁止,因此终究没有开口。他似乎老了很多,维林心想。虽然还不到二十岁,可他有一双苍老的眼睛。

"巴库斯呢?"维林问他,"他应该来教战戟。"

"又去锻造场了。这些天他都没离开过。"

从马蒂舍森林回来后,巴库斯就不再排斥打铁的活计了,他主动找到耶斯廷宗师,整日在锻造场打造兵团所需的新兵器。尽管格瑞林宗师的兵器库相当大,但摆在架子上的兵器连供应全体士兵都不够,何况还要供宗会使用。维林并不反对巴库斯重新拿起锤子,尤其是看到这让巴库斯很开心,但如此一来,他不能履行在兵团的职责,也着实令人烦恼。维林觉得有必要跟他谈谈,跟诺塔也有必要谈谈。

"昨晚你喝了多少?"

渡鸦之影 血歌

诺塔耸耸肩:"六杯过后我就没数了。睡得倒是挺香。"

"那是。"他叹了口气,打心眼里不想说这些话,却又非说不可,"我不反对你喝酒,兄弟,可你是兵团里的军官。如果你一定要喝,请不要当着士兵的面。"

"可他们喜欢我,"诺塔假装无辜地辩解道,"他们总是说:'跟我们一起喝吧,兄弟。你跟雏鹰不一样。我们没那么怕你,真的没有。'他们甚至邀请我跟他们一起去嫖妓。我很感动。"他看到维林惊骇的模样,不由大笑起来,"别担心,我还没有堕落到那种地步。而且我听说,去了那个营地,十有八九裤裆子里火烧似的难受。"

维林决定不把疹子已经控制住的消息告诉诺塔。他朝那些弓手们点点头:"他们何时能准备好?"

"七年左右,他们就能赶上我们的水平。你觉得库姆布莱人能给我们这么长时间吗?"

"只能说,但愿吧。我的意思是,他们能上战场吗?能打仗吗?"

诺塔看着他的手下,那双忧郁的眼睛神色漠然,毫无疑问,他正想象着他们在战场上砍杀、流血。"他们能打,"他最后说道,"这帮可怜的家伙。他们可以打。"

第三部

第五章

弗伦提斯进来叫醒他时,维林正在做马蒂舍森林的梦。他又回到了那片林中空地,听到勒苏丝·希尔·霖打着恼人的谜语。但她那双红色的石眼变得乌黑如墨,如同独眼男人空眼窝里的那块石头。他上次见到的林中空地沐浴在温暖的夏日阳光里,而此时地上积满了厚厚的雪,寒气冰冷刺骨。她的话语依然那么残酷无情,令人费解。

"你将会不断地杀戮,伯纳尔·沙克·乌尔。"她脸上的笑容令人厌恶,眼窝里的黑球闪着星星点点的光芒,"你将在血红太阳底下见证收获死亡的一幕。你将为信仰杀戮,为国王杀戮,而当火女王崛起,你将为她杀戮。你的传奇将举世皆知,那必是一首鲜血之歌。"

他跪在雪地上,双手握着匕首柄,刀刃沾满湿滑的鲜血,在月光下闪耀着黑色的光泽。在他身后有一具死尸,他可以感觉到那人的躯体渐渐冰冷。他认得死者的脸,他知道那是他所爱的人,他知道自己杀死了他们。"这不是我要的,"他说,"我不希望这样。"

"希望毫无意义,宿命才是全部。你只是命运的玩偶,伯纳尔·沙克·乌尔。"

"我自己选择命运。"他说道。可惜话语苍白无力,仿佛孩子徒劳地抗议冷漠的父母。

她嘲弄地笑了起来:"所谓选择不过是谎言,最大的谎言。"

有只手摇着他的肩膀,女人满是仇怨的面孔消失了。"兄弟!"他悚然一惊,醒了过来,蒙眬的睡眼里,弗伦提斯那张面色苍白、神情忧虑的脸逐渐清晰。"有信使来了,"他的兄弟说,"从宫里来的。宗老找你。"

渡鸦之影 血歌

维林迅速穿好衣裤。在前往主楼的路上,他强行驱散了残存在脑子里的噩梦。他走进宗老的房间,宗老正在阅览一份盖有国王印鉴的卷轴。"库姆布莱的封地领主死了,"宗老开门见山地说,"看来是他的次子干的。他杀了父亲,自称领主大人,召集了库姆布莱的所有贵族以及伪神的忠实仆从,背弃了他所谓的暴君及异教徒雅努斯王。他下令信仰之教众必须全部离开封地,否则他要替天行道,一律处决。据说有些人已经被烧死了。"他顿了顿,身子前倾,盯着维林的脸说,"你知道这意味着什么吗,维林?"

结论显而易见,只是令人心寒。"要打仗了。"

"没错。打仗,流血,焚烧城镇。"宗老苦涩地说道,他随手把国王的信扔到桌上。"陛下命令疆国禁卫军全体集结。我们的兵团于明日正午前开到北门待命。"

"得令,宗老大人。"

"他们准备好了吗?"

维林想起诺塔的话,以及平日他所见的严明军纪。"他们能打,宗老大人。如果时间充足些,他们还能更好,但他们可以上战场了。"

"很好。马克里尔兄弟带领一支由三十位兄弟组成的侦察队随行,为兵团打探敌情。我本希望人数再多一些,但宗会在疆国各地都有任务,没时间召人回来了。"

宗老走近维林,神情前所未有的严肃:"记好了。兵团执行国王的命令,但也是宗会的一部分,而本宗乃信仰之剑。既为信仰之剑,便不可沾染无辜者的鲜血。去了库姆布莱后,你将会见到很多很多可怕的事情。他们是背弃信仰的人,沉迷于伪神崇拜,但他们依然是疆国的臣民。届时你将会受到极大的诱惑,你可能怒火难耐,放纵手下虐待那里的人民。你必须把持住。任何人犯下强奸、偷盗和虐待之举,必须施以鞭笞或绞刑。你要仁慈地对待库姆布莱的平民百姓。你要让他们亲眼见证,信仰不是来复仇的。"

第三部

"我谨记在心,宗老大人。"

宗老走回桌边,颓然坐下,修长的十指交相扣住,搁在膝上。他消瘦的面容憔悴不堪,眼神尽是哀伤之色。"我曾希望有生之年都不用再看见疆国燃起战火,"宗老又开口说道,"这就是我们辅佐国王的原因,你明白吗?这就是信仰与王权两相结合的原因。为了和平,还有……"他薄薄的嘴唇挤出一丝苦笑,"统一。"

"我……怀疑国王的用意是以战争结束这场危机,宗老大人。"维林说道。

宗老突然抬头看着他,哀伤之色瞬间消失,取而代之的是维林自小就熟悉的笃定神情。"国王的用意不是我们能知道的。牢记我的话,维林。效忠信仰,愿逝者指引你前行。"

◆

兵团开拔时,天色青灰,一堆乌云遮蔽了夏末的太阳,人们的心情也糟糕至极。士兵从集结到出发的时间远比维林预计的久,在向城里开进的一路上,他不断地发脾气。

"捡起来,笨蛋!"他冲一名士兵吼道,那倒霉的家伙失手把战戟掉在了地上,"这东西比你值钱多了。军士,此人今晚不准饮酒。"

"是,大人!"柯瑞尼克军士时刻陪在他身边,眼神虽然恭敬,却也带有几分谨慎。维林认为军士并非次次都严格遵照指示惩罚士兵,有的时候他只当没看见,不过今天,他不打算轻易放过去。

他们于正午前一小时抵达北门,士兵们站在路边吵吵闹闹,有人抱怨一路上没歇脚,但不敢大声说。

"他们人呢?"巴库斯看着空空荡荡的平原,问道,"不是说疆国禁卫军都来了吗?"

"也许他们迟到了,"邓透斯推测,"我们行军速度快,所以来得早。"

渡鸦之影 血歌

"马克里尔宗将或许知道原因。"凯涅斯往大门处点头示意,马克里尔在那儿现身,带着一小队斥候策马飞驰而来。

"疆国禁卫军在西大道上集结,"宗将说道。他一扯缰绳,马蹄前灰尘弥漫,"战争大臣命令我们在此等候。"

"战争大臣?"维林问。自从他父亲辞去这一职务后,疆国就没有战争大臣了。

"国王已册封领军将军艾尔·海斯提安为战争大臣,由他率领疆国禁卫军讨伐库姆布莱,全力攻取都城。"

艾尔·海斯提安……国王把疆国禁卫军的军权交到了林登父亲的手中。维林这时候倒希望把林登的剑交给他弟弟那天能碰见领军将军,那样就有机会摸摸此人的脾气,至少知道他的报复心强烈与否。倘若不幸如此,那么宗老对库姆布莱无辜民众的担心不无道理。

他扭头对柯瑞尼克军士说:"传令下去,全军节约用水,不准生火。我们不知道要在这里停留多久。"

"是,大人。"

他们在阴沉沉的天空下等待,士兵们成群地聚在一起掷骰子或扔木板,宗会的游戏在兵团里也很受欢迎。和在宗会里一样,飞刀成了一种货币,在士兵当中是身份的象征,不过维林还是极力避免士兵们沾染上宗会的陋习,比如偷盗,以及就餐时吵个不停。

"信仰啊,巴库斯!这是什么玩意?"

邓透斯瞪着巴库斯从马鞍包里拿出来的东西。那是一把长约一码、双面开刃的兵器,铁柄雕成旋形样式,在暗沉的天色中异常闪耀。"双刃战斧,"巴库斯回答,"耶斯廷宗师帮我打造的。"

维林看着这把武器,血歌不安地低吟。他知道巴库斯与铁器之间存在疑似黑巫术的神秘联系。如此一来,他的情绪越发低沉了。

"斧头里有星银吗?"诺塔问道。这时众人都围拢来瞧个新鲜。

"当然有了,不过只在斧刃上有。斧柄是中空的,以保证轻巧趁手。"他一甩手将战斧抛起来,战斧旋转了好几圈,最后稳稳地落回他的掌中。"看到了吧?打下半空中的麻雀也不成问题。来试试。"

巴库斯把战斧递给诺塔,诺塔试着挥了两下,听见斧刃劈开空气的鸣响,不由得扬起了眉毛。"听着像唱歌。你们听。"他又挥了一下,空中竟有隐隐的乐声。维林感到血歌的调子愈发低沉,只觉得反胃,不由自主地退开了。

"试试吗,兄弟?"诺塔递过斧头。

维林没有接过来,眼睛却着了魔似地盯着斧刃,只见锋刃处的星银闪闪发亮,中间的宽阔地带刻有铭文。"你给它取名字了?"他问巴库斯。

"本德娜。是我……认识的一个女人。"

诺塔凑近瞧着斧刃:"看不懂。这是什么语言?"

"耶斯廷宗师说是古倭拉语。这是铁匠的传统,在兵器上刻字时就使用这种语言,不知道为什么。"

"倭拉铁匠的技艺举世无双,"凯涅斯说,"据说他们是最早炼铁的民族。锻造场里的很多秘密都是他们发现的。"

"闲聊够了,兄弟们。"维林本能地想离那把武器远点,"管好你们的队伍,不要因为粗心大意在路上弄丢了重装备。"

一个钟头后,有一队人马穿过城门,是二十名骑马的殿前侍卫,领头的是个红头发的年轻人,胯下骑着俊美的黑色公马。此人旁边有个矫健挺拔的身影,维林一眼认出是斯莫林队长。

"快列队!"维林朝柯瑞尼克军士大喊,"站好了。来者是王室成员。"

他大步上前迎接王子,身后的兵团迅速列队,立正站好,踢起一团团久久不散的烟尘。王子的队伍缓辔慢行,与此同时,维林单膝跪地,俯首致意:"恭迎王子殿下。"

"请起,兄弟。"麦西乌斯王子对他说,"时间紧迫,省掉繁文缛

渡鸦之影 血歌

节吧。接着。"他扔给维林一卷盖有国王印鉴的文件,"给你的命令。除非另有通知,你的兵团现在归我调遣。"他回过头,维林循着他的目光望向侍卫的最前排,看到了一个面色蜡黄、眉毛粗黑、眼眶发红的人,一望便知此人长期纵欲过度。"我相信你见过穆斯托尔大人。"麦西乌斯王子说。

"见过。大人,令尊去世,在下深表哀悼。"不知道库姆布莱的继承人有没有听见他的问候,反正穆斯托尔大人没什么反应,只是坐在马鞍上扭来扭去地打哈欠。

"穆斯托尔大人与我们同行。"王子说着,扫了一眼整整齐齐的队伍,"可以出发了吗?"

"只等您发令,王子殿下。"

"那就不耽搁了。我们走北大道,天黑前要赶到布宁沃什河的那座桥。"

维林粗略估算了一下,大约要走二十英里,而且北大道与疆国禁卫军的路线相距甚远。他脑子里冒出无数疑问,但终究没有说出口,只是恭敬地颔首领命:"遵命,王子殿下。"

"我先行一步,前去扎营。"王子微微一笑,"我们今晚再聊,还欠你一个解释呢。"

他策马扬鞭,身后的侍卫紧跟着疾驰而去。他们路过的时候,维林在骑手中又看到了一张熟悉的面孔。此人年纪轻轻,脸庞瘦削,一头乌黑的卷发。他与维林对视了片刻,那神情分明是渴望维林认出他,甚至是获得赞许。艾卢修斯·艾尔·海斯提安。看来他到底还是要上战场了。维林转过身,开始发号施令。

◆

夜幕降临,兵团抵达了宽阔的布宁沃什河,一座木桥横跨在湍急的河水上。维林下令打桩扎营。"暂不配给朗姆酒,等任务结束再说。"维林刚从唾沫星的鞍上下来,腰酸背痛,只能一边摩挲后背,一边对柯瑞尼克军士说话,"估计还会有几天急行军,我可不希望他们因为醉酒影响了速度。有人抱怨可以当面来找我。"

"没人会抱怨,大人。"柯瑞尼克信誓旦旦地说道,然后大步走开,操着粗哑的嗓子传达命令去了。

维林把唾沫星交给马克里尔手下的一位兄弟照顾,然后在桥边的一棵柳树旁找到了王子一行人的帐篷。"维林大人,"斯莫林队长恭敬地问候,同时啪的一声敬礼,"很高兴又见到您。"

"队长。"自从斯莫林队长安排了他与莱娜公主见面,维林便对此人心存几分芥蒂。不过,这对队长未免有些不公,因为他很清楚,公主要说服一个男人是多么轻而易举。

"说实话,我很高兴有机会重上战场。"斯莫林队长往营火的方向一歪脑袋,那边围坐着一群身披斗篷的人,个个瞪着火苗发呆,时而啜一口瓶里的酒。"我实在不想再伺候新任的封地领主了。"

"他很难伺候吗?"

"倒也不算。我的职责主要是保证酒的供应,以及拒绝给他提供妓女。他开口就是女人和酒,除此之外很少说话。"队长伸手示意旁边的一座帐篷,"王子殿下吩咐过,请您一到就进去。"

维林看见王子正伏在案前,盯着面前铺开的地图。帐篷的角落里坐着艾卢修斯·艾尔·海斯提安,他正在卷轴上奋笔疾书,听到响动便抬起头来。

"兄弟,"王子热情地打着招呼,走上前握住他的手,"你们兵团的行军速度真快。我以为你们还要一两个钟头才能到。"

"一路上很顺利,王子殿下。"

"听你这么说我很高兴,因为我们还有很长的路要走。"他退回桌边,看了看艾卢修斯,"给维林兄弟斟酒,艾卢修斯。"

"多谢您款待,王子殿下,不过我还是喝水吧。"

"悉听尊便。"

小诗人拿起水壶倒了一杯水,递给维林。他的神情有些警惕,但依然那么渴望获得维林的认可。"很高兴又见到您,大人。"

"我也是,先生。"他不动声色地应道。看着艾卢修斯退回去的样子,维林知道他的想法都写在脸上了。

"你去看看马,艾卢修斯。"王子说道,"游侠要是没吃饱就会烦躁不安。"

"遵命,王子殿下。"艾卢修斯鞠躬离开,帐篷的门帘落下之前,他又警惕地看了维林一眼。

"他可怜巴巴地求我,"麦西乌斯王子说,"说就算我不准他来,他也要跟着我们。我只好收他为侍从,不然又能怎样呢?"

"侍从,王子殿下?"

"这是仑法尔的传统。服侍资格老的骑士,年轻的贵族从中可以学到很多东西。"他顿了顿,注意到了维林的表情,"我发现你和我妹妹一样不赞成这样做。"

"他哥哥不希望他这样。这是他哥哥的遗愿。"

"那我深表遗憾。不过,一个人必须自行选择人生的道路。"

"是的,成年人确实如此,可他仍是孩子。他对战争的所有认识来自于书本。"

"我跟随舰队赶赴梅迪尼安群岛时还不到十四岁。我以为战争是一场伟大的冒险,结果很快就发现自己想错了。艾卢修斯也会如此。是我们学到的教训,促使我们从男孩变成男人。"

"他受过训练吗?"

"他父亲请人教过他剑术,但他显然学得不怎么样。我让斯莫林队长给他指点一二。"

"斯莫林队长是优秀的军官,王子殿下,不过若您准许由我训练这个孩子,我自当感激不尽。"

麦西乌斯王子思索了片刻："看来，你当哥哥是朋友，所以也当弟弟是朋友？"

"与其说友谊，不如说是义务。"

"义务。我对这个词知之甚少。很好，既然如此，就由你训练他。虽然我想象不出你哪有这般闲心。你来看。"他低头看着地图，"我们的任务相当艰巨。"

这份地图详细地描绘了库姆布莱与阿斯莱之间的界线，从南海岸一直到与尼塞尔共有的北部山脉。"我们扎营的地方在这里。"王子指着布宁沃什河向西分叉的支流处，"与此同时，战争大臣艾尔·海斯提安带领疆国禁卫军，沿西大道赶赴马蒂舍森林北面的浅滩。他将从那里直取库姆布莱都城，一路上肯定烧杀劫掠。他可能于二十天后抵达都城，或许要二十五天，这取决于库姆布莱有没有足够的兵力正面抵抗。毫无疑问，等他抵达都城，必然纵火焚城，不知会有多少无辜之人葬身大火。"麦西乌斯王子与维林四目相对，他的眼睛一眨不眨，神情专注，"兄弟，对于这样的结果，我们的信仰之宗是哭还是笑呢？这么多绝信徒葬身火海，再也不会给我们惹麻烦了。"

"真正的信徒永远不因无辜者流血而笑，王子殿下，无论他们是不是绝信徒。"

"那么你认为我们应当抓住一切机会，阻止大屠杀的发生？"

"当然。"

"很好！"王子一拳砸在桌子上，然后走到门帘前，"封地领主穆斯托尔！请进来。"

库姆布莱的封地领主过了一会儿才应召而来，他胡子拉碴的面容比维林记忆中的更加憔悴。此人显然酒醉未醒，而令维林吃惊的是，他说话时舌头并不打结。

"维林兄弟，我应当恭喜你。"

"恭喜我什么，大人？"

"你现在是疆国之剑,不是吗?看来我俩是同时升官发达嘛。"他的笑声充满讽刺。

"我向维林兄弟说明了我们的想法,穆斯托尔大人,"麦西乌斯王子对他说,"他赞成我们的行动计划。"

"那太好了。我可不想继承一个堆满了尸体和灰烬的封地。"

"可不是,"王子低声说着,走到地图前,"封地领主穆斯托尔极其慷慨地告诉我们,他有理由确信那个篡权的弟弟藏身某处。虽然战争大臣指望在库姆布莱的都城找到他,但穆斯托尔大人认为,他实际上躲在这里。"他用手指点了点地图的北部,那是库姆布莱和阿斯莱交界处,灰峰之上的一处狭窄隘口。

维林凑近了仔细看地图:"这里什么都没有,王子殿下。"

封地领主穆斯托尔嗤笑道:"不管用什么地图都找不到那地方,兄弟。我们家族代代保守那里的秘密。那里名叫凌绝堡,我向你们保证,它真是名副其实,算得上整个封地最易守难攻的要塞,只怕在整个疆国也数一数二。花岗岩堆砌的城墙足有一百英尺之高,四面八方尽收眼底。从来没有人攻破过凌绝堡。我那个受人蛊惑的可怜弟弟肯定在那里,身边围着几百个死忠的狂徒。没准他们为了打发时间,正把《十经》压在胸口,一边引用里面的句子,一边为不虔诚的想法互相鞭打呢。"他闭了嘴,贪婪地四处张望,"您这里有没有什么喝的,麦西乌斯王子?我嗓子好干。"

维林看见王子颇为不满,却没有开口拒绝,指了指小桌子上的一瓶酒。"啊,太感谢了。"

"恕我直言,大人,"维林说,"既然这座凌绝堡固若金汤,我们如何接近篡权者呢?"

"用我家族最宝贝的秘密,兄弟。"封地领主穆斯托尔灌了一大口酒,咂巴着嘴说,"啊,威力什谷的上好红酒。您的酒窖真让人羡慕,王子殿下。"紧接着他又灌了一口,这次喝得更多。

"什么秘密,大人?"维林追问。

封地领主大惑不解地皱起眉头,继而舒展开来:"噢,你说要塞。是的,家族秘密,只传给长子,是要塞唯一的弱点。很多年前,那座要塞是我们家族的主城,我的某个祖先忽然担心臣民造反,认为那帮心怀不轨的人已经勾结了家族侍卫,要推翻他的统治。为了能在危急时刻及时撤离,他在山里挖了一条地道,然后将挖地道的民夫全都悄悄地毒死,只把地道的秘密告诉了长子。讽刺的是,他的担忧只是黑痘病的一种症状,这种病对人的脑子和身体都有很大的影响,几个月后,他就病逝了。"他一口喝干了杯中的酒,"这红酒真是极品。"

"明白了吧,"麦西乌斯王子说,"封地领主到时候带我们进地道,你们兵团将对要塞发起奇袭,篡权者无所遁逃,我们把他抓回去交给国王审判。"

"怕是不行,王子殿下,"穆斯托尔大人说着,又伸手取酒,"依我看,我那个弟弟必定千方百计地寻死,为世界之父尽忠。不过,我相信维林兄弟和那帮杀手完成这个任务是轻而易举。"

"我糊涂了,穆斯托尔大人,"维林说,"您弟弟为了篡夺封地的统治权而杀害了您父亲,正当疆国禁卫军攻向都城之时,他却躲进了与世隔绝的城堡当中?"

"我弟弟汉提斯是个狂信徒,"穆斯托尔大人耸耸肩,答道,"当事态逐渐明了,我父亲打算臣服于雅努斯王。汉提斯以召集秘密会议的名义,引来父亲,一剑插进他的心脏,以此表明对世界之父的忠心。毫无疑问,那些激进的牧师和追随者赞成这样的做法,但在库姆布莱这个地方,弑父上位的行为是不可接受的。不管平民们怎么想,我父亲的封臣不可能效忠汉提斯。他们别无选择,只能应战,但仅仅是为了保卫封地。我弟弟肯定在要塞,他没有地方可去。"

"我们……驱逐了篡权者之后呢?"维林问麦西乌斯王子。

"这场战争的理由就不复存在了,不过完全决定于我们的行动快慢。"他又盯着地图,手指从布宁沃什桥划到了凌绝堡所在的隘口,"估算的话,隘口距离我们约有两百英里。如果我们想要达成目的,必须有充足的时间通报战争大臣。"他从桌上拿起一卷封好的羊皮纸,"国王已经拟好旨意,只要我们此行成功,就下令疆国禁卫军撤回阿斯莱。"

维林草草估算了一下隘口与库姆布莱都城之间的距离,差不多有一百英里,快马大约跑两天。诺塔能行,或许邓透斯也可以。及时赶到要塞,这是最困难的地方。兵团每天要至少行军二十英里。

"可以做到吗,兄弟?"王子问。

维林的目光转向地图上标注分明的库姆布莱村庄。他希望知道这些西大道沿途的小村子里有多少人,他们是否知晓即将席卷而来的风暴。或许等这场战争结束,地图又要重新绘制了。去了库姆布莱后,你将会见到很多很多可怕的事情。"可以做到,王子殿下。"他以肯定的语气答道。如有必要,我就是一路抽打他们也要按时赶到。

于是他们上路了,一次连续行军四小时,一天走十二个小时。他们脚步不停,穿过布宁沃什河北岸的草地,走过丘陵和谷地,等他们进了山麓,便已置身边境地带。行军途中,凡是掉队的人都挨了踢,被逼着站起来继续走;那些倒在地上不能动的人,可以坐半天马车,然后接着步行赶路。维林下令,只有做好准备与逝者同行的人,才可以脱离队伍,他试图凭借士兵们的敬畏之心,督促他们马不停蹄。这一招目前还算有效。士兵们背负着沉重的兵器和干粮,又因为维林临时下达的禁酒令,个个脸色阴沉,情绪低落,但他们心里害怕,所以仍在前行。

每晚维林都去找艾卢修斯·艾尔·海斯提安,对他进行两个钟头的特训。小男孩最初因为受到重视而兴高采烈。"我倍感荣幸,大人。"他一本正经地说着,手握长剑站在前面,那姿势像是拿着一根拖把。维林挥剑一点他的手腕,那柄长剑便脱手而出。

"别荣幸了，集中精神。捡起来。"

一个钟头过后，事情很明显，相比起做个剑士，艾卢修斯更有诗人的天分。"起来。"维林说着，一剑平拍过去，击中了他的腿，艾卢修斯四仰八叉地摔在地上。同一个动作重复了四遍，小男孩还是注意不到这个招数。

"呃，我还要多练习……"艾卢修斯说道。他臊得满脸通红，眼里闪着泪花。

"先生，你没有使剑的天分。"维林说，"你反应太慢，动作僵硬，也不喜欢打斗。我恳求你，去请麦西乌斯王子放你回家吧。"

"是她让你这么说的吧。"艾卢修斯的语气中头一次带有敌意，"是莱娜。你们想要保护我，可我不要别人保护，大人。我哥哥的血债要清算，我要为他讨回公道。即使你们不要我，我走也要走到篡权者的要塞。"

这番话太孩子气，其中却也有一种力量和信念。"你勇气可嘉，先生，可你这样做必死无疑……"

"那就教我。"

"我试过了……"

"您没有试过！您只是想赶我走，仅此而已。好好教我，到时候我也不会怪您。"

确实没错。维林以为只要花一两个钟头羞辱小男孩，就足以劝他回家了。从现在起，真要教他了吗？维林看着艾卢修斯的姿势，那柄长剑紧贴着身体，显然是借力支撑。"这是你哥哥的剑。"他认出了长剑底部的青石柄头。

"是的。我认为带它上战场，可以为他增光。"

"他比你高，也比你壮。"维林考虑了片刻，走回帐篷，出来时手里拿着雅努斯王赐他的倭拉短剑。"给。"他扔给了艾卢修斯，"国王所赐。看看你换把剑是不是强一点。"

艾卢修斯的动作依然笨拙，还是很容易受骗，但多少灵敏了些，挡了几剑，甚至进行了一两次反击。

"今天就到这里。"维林见他汗如雨下，胸膛剧烈起伏，便说道，"你还是把你哥哥的剑绑在马鞍上别拿下来了。明天早些起来，练一个钟头我刚才教你的动作。明晚我们继续。"

于是他们每日白天行军，晚上训练，如此过了九天，维林尽全力把诗人教成剑士。

"不要直接封挡，转一下剑。"他告诉艾卢修斯。维林自感说话酷似索利斯宗师，不禁有些郁闷。"借力弹开，不要硬生生地接住。"

维林佯攻男孩的腹部，然后剑尖上抬，挽了一朵剑花，扫向他的双腿。艾卢修斯慌忙后撤，堪堪避开这一击，接着举剑向前突刺，虽说这一招很是笨拙，不够稳当，维林轻易便挡开了，但反击的速度确实快。维林虽然对他能否练成仍有疑虑，却也甚感欣慰。

"好了。今天到这里为止。磨好了剑就去休息。"

"刚才那一下还行吗？"艾卢修斯问，"我有进步吗？"

维林收剑回鞘，拍拍男孩的肩膀："看来你还是有点天分的嘛。"

第十天，马克里尔兄弟的一名斥候回报，距离隘口只有半天的路程了。维林下令兵团就地扎营，然后与麦西乌斯王子和穆斯托尔大人赶到前面，寻找地道的入口，马克里尔带人随行护驾。翠绿的山丘很快就变成了巨石遍地的荒坡，马匹难以行走。唾沫星发起了脾气，晃着脑袋大声嘶叫。

"你的坐骑脾气真坏啊，兄弟。"麦西乌斯王子说道。

"它不喜欢这种地。"维林下马，从鞍上取下弓和箭袋，"我们弃马步行，马克里尔兄弟可以派个人照料它们。"

"非要步行吗？"穆斯托尔大人问，"还有好几英里呢。"他神情憔悴，显然昨晚也没闲着，这一路没从马鞍上栽下来已经令维林吃惊了。

"那我们最好别磨蹭，大人。"

他们吃力地爬了一两个钟头，黑黢黢的灰峰始终高高在上，威仪堂堂，睥睨众生。峰顶直插云霄，太阳也不见了踪影，天光暗淡，周遭景物皆色若死灰。时值晚夏，此地却寒冷彻骨，恼人的湿气渗进了他们的衣物。

"世界之父在上，我讨厌这鬼地方，"歇脚的时候，穆斯托尔大人气喘吁吁地骂道。他倚着一块拔地而起的岩石，然后一屁股坐在地上，取下酒壶的塞子。"就是水。"穆斯托尔大人见王子神情不悦，赶忙解释，"说实话，我真希望这辈子都不要见到库姆布莱了。"

"您是领主宝座的继承人，"维林说，"怎么可能不想回来？"

"我可从没想过要坐上那把椅子。这份荣耀只有汉提斯消受得起，我那个凶残的弟弟最受父亲宠爱。他送父亲上路的时候，老混蛋的心肯定碎了。要知道，父亲一直都最喜欢他，弓术最好，剑术最好，脑子也快，又高又帅。才二十五岁，就有了三个野种。"

"听你这么说，他不像是很敬神的人。"麦西乌斯王子说道。

"他原先不是。"穆斯托尔大人举起酒壶，灌了好大一口，维林怀疑壶里不是水，"但自从那次他跟几个歹人发生冲突，脸上中了一箭之后就不一样了。父亲的医师取下了箭头，可我弟弟还是发起高烧，躺了好几天，眼看快要死了，据说一度心脏停跳。但是世界之父给了他一条生路，他康复后就变了个人。那个英俊潇洒、嗜酒好色的勇士，变成了脸上带疤、独尊《十经》的虔诚信徒。大家称他为真刃汉提斯。他和旧日的朋友断绝了来往，对众多情妇避而不见，与最虔诚最激进的牧师们为伍。他开始传道，热切地讲述起濒死之际所见的景象。我弟弟宣称世界之父传话给他，为他指出了一条自我救赎的光明大道。说白了就是传授《十经》，感化你们这些外邦的异教徒，必要时甚至可以刀剑相逼。我父亲别无选择，只好送走了他，还有他那帮越来越多的追随者。"

"你是说，他认为弑父是你们那个神的旨意？"王子问。

"我弟弟的信仰可没那么容易理解，连他的门徒也难以参透。不过，库姆布莱的封地领主向雅努斯王卑躬屈膝，绝对是他不能接受的，尤其是看到维林兄弟在马蒂舍森林里杀害了许多忠诚的战士。于是他借口希望回归，结束流亡的生活，以此邀父亲见面，然后趁着没有卫兵阻拦，杀死了父亲。"

他又喝了一口酒，目光停留在维林的脸上："据我得到的消息，你的名字在库姆布莱可谓人尽皆知，兄弟。汉提斯或许是真刃，可你是黑刃。这个说法来自《第五经》，即《预言之书》。几百年前，有个预言家提到了一名近乎天下无敌的异教剑士：'他必将毁神灭圣，杀害侍奉世界之父的信徒。见其剑，则识其人，因他的剑于非凡之火中锻造，以黑巫之音为指引。'"

黑刃？维林想起了血歌以及勒苏丝·希尔·霖的解释。或许他们的预言没错。他站起身来："我们赶紧上路吧。"

———◆———

"太他妈的有用了！"马克里尔宗将一口唾沫啐在穆斯托尔大人脚边。

封地领主吓得直往后缩，眼里闪过一丝恐惧。"十年前没封上啊。"他嘀嘀咕咕地抱怨道。

维林望向地道的入口——那是一条狭窄的裂缝，镶嵌在刀削斧刻的崖壁之上，如果不是穆斯托尔大人指出来，他们绝对注意不到。站在地道的阴影里，他完全理解马克里尔为何动怒——一大堆巨石把裂缝堵得死死的，凭他们这点人根本挪不开。马克里尔说得对，地道派不上用场了。

"奇怪了，"穆斯托尔大人说，"我那天看到的不是这样子。除了我和我父亲，再没有人知道它的存在。"

维林走进地道，伸手在一块巨石表面摩挲，感觉有的地方光滑，有的地方粗糙，然后摸到了一处凿子留下的痕迹。"有人敲过这块石头。如果我没判断错的话，就是最近的事儿。"

"看来你们家族最大的秘密泄露了，大人。"麦西乌斯王子说道，"如果按你说的，父亲更宠爱你弟弟，那他有可能选择把秘密告诉汉提斯。"

"那我们怎么办？"穆斯托尔大人哀怨地说，"没有别的路能进凌绝堡了。"

"只有强攻，"王子说，"可我们既没有时间，也没有人马，更没有攻城器。"

维林从地道里钻出来："附近有没有什么地方，我们既可以观察到要塞，又不会被他们发现？"

他们爬上一条岩石遍布的狭窄山道，这趟旅程相当危险，但他们行进的速度很快，只是穆斯托尔大人一路都在抱怨他的脚起泡了。最终，他们爬到了崖边，那儿有一块拔地而起的巨石，正好挡住了呼啸的山风。

"不要直起身子，"穆斯托尔大人告诫他们，"虽说眼睛再尖的哨兵也未必看得见我们，但不怕一万就怕万一。"他爬到石头的一侧，伸手一指："就在那儿，样子可不太好看，对吧？"

凌绝堡就在眼前。它依山而起，仿佛一根尚未开锋的枪尖破石而出。正如穆斯托尔大人所说，这座要塞缺乏美感，平实无奇，石雕和尖塔一概没有，光滑平整的城墙上只有星星点点的箭痕。城门上方的棱堡顶部插有一根长矛作为旗杆，旗子在风中猎猎招展，上面绣的是象征库姆布莱神的圣白火焰。从隘口到要塞，只有一条蜿蜒而上的狭窄小径。他们所在的高度与城墙顶部差不多，维林看见城垛上晃动着哨兵的影子。

"看见了吗,维林大人?"穆斯托尔说,"攻不进去啊。"

维林挪近了些,俯视要塞的底部——光滑平整的城墙矗立在嶙峋的巨石之中。爬石头不成问题,但城墙怎么上去?"您刚才说城墙有多高,大人?"

◆

"你真能做到吗?"

爬手加利思拿起一卷绳索套进脑袋,斜挂在肩膀上,又仰头看看高耸的要塞:"我就喜欢挑战,老爷。"

维林驱散了脑子里的疑虑,递给他一把匕首:"只当是帮我的忙,成了,或许我可以抛开过去的恩怨。"

"您说了赏一壶酒,有酒我就满足了。"加利思笑着说。他把匕首插进靴子,转身面对巨石,伸手摸索可抓之处,十根灵活的手指仅凭直觉四处游移。短短几秒钟,他找到了着手点,立时攀了上去。只见他的身子在绝壁上飞速移动,仿佛双手双脚可以各行其是,不受他操控似的。他爬了约十英尺高,稍一停顿,低头对着维林笑道:"比生意人的宅子好爬多了。"

维林看着他从绝壁攀上城墙,越爬越高,身影越来越小,活像一只在大树上挪动的蚂蚁。他身子不摇晃,脚下也不打滑,维林见他不太可能掉下来,这才松一口气,转过身准备布置下一步行动。四周的阴影中潜伏着一帮兄弟和士兵,有诺塔手下最好的弓手,还有马克里尔手下的兄弟,总共二十人。虽说与篡权者的卫兵数量相比,他们的人手明显不足,但再多就容易打草惊蛇了。其余的兵力全都布置在城门那条蜿蜒小道的路口,由马克里尔兄弟指挥,等城门打开,他便与麦西乌斯王子率骑兵进攻,凯涅斯带领步兵主力随后跟进。对于维林带队奇袭城门的计划,众人纷纷表示反对,凯涅斯一口咬定将军必须

第三部

在士兵身边。

"我是为篡权者而来的,"维林回答,"我要抓住他,最好是活捉。况且,我还想跟他谈谈。我相信他可以讲出很多趣事。"

"你就是想跟他比比剑术,"马克里尔说,"那位大人讲的故事引起了你的兴趣,对吧?你想知道他有多大能耐。"

是这样吗?维林不知道。其实他并无兴趣与真刃过招。扪心自问,如果两人狭路相逢,他相信能击败对方。维林只是想见见汉提斯,听听他的声音。穆斯托尔大人讲的故事引起了他的兴趣。篡权者自认为是替神行事,那些死在马蒂舍森林里的库姆布莱人也是如此。他们的动力何在?是什么驱使一个人为神而杀戮?其实维林还有别的原因——当他第一眼看见凌绝堡的时候,血歌就出现了。起先极其微弱,夜幕降临时愈来愈嘹亮。那调子并非警告,只是急促,仿佛在催他找出凌绝堡里的秘密。

他招来诺塔和邓透斯,细语声在漆黑寒冷的夜空中几不可闻:"诺塔,带人沿城垛前进,解决岗哨,控制大院。邓透斯,带兄弟们去守卫室,升起城门,等兵团主力抵达。"

"你呢,兄弟?"诺塔扬起一边眉毛问道。

"我进要塞。"他抬头看了一眼,加利思的身影仍在缩小,"诺塔,告诉你的人,掉下来也不要叫出声。逝者不带懦夫去往生。愿幸运眷顾你们,诸位兄弟。"

——◆——

维林抓住加利思扔下的绳子,率先爬上去,山风在耳畔呼呼作响,仿佛墙内有头看不见的怪兽,随时会扑出来将他撕碎。等他赶上了加利思,只觉得胳膊火烧火燎地疼,抓着绳索的手指冻得几乎麻木。这个曾经的盗贼仅用指尖扣住砖石,双腿顶住城墙,正在城垛的边沿底下歇息。究竟要用多大力量才能长时间保持这样的姿势,维林难以想象，只是惊叹不已。维林拽着绳子，爬到了铁爪所挂的地方，加利思点头致意，嘴里吐出的"老爷"两个字消失在强风中。维林单手抓住铁爪，屈伸右手的五根指头以图恢复知觉。他用询问的目光看着加利思。

"就一个。"加利思无声地说道，脑袋往城垛的方向一偏，"看来挺无聊。"

维林稍稍拉起身体，往墙内飞速地瞟了一眼。卫兵就在几码开外，裹着斗篷，缩在城垛内的凹处，他头顶上的火把在强风中明灭不定，撒出无数转瞬即逝的火星。卫兵使劲地搓着手，呼出一口口白气，矛和弓都斜靠在墙上。维林伸手从背后抽出长剑，深吸一口气，然后一个鱼跃翻过了城墙。他原本指望对方因为惊吓而手足失措，一时间发不出警报即可，而实际情况比预想更甚，那人似乎忘记拿起兵器，只是呆呆地站在原地，任星银之刃割开了喉咙。

维林走到城垛边沿，俯身招呼加利思翻上来。"接着，"他从尸体身上剥下满是血渍的斗篷，扔给爬手，轻声嘱咐道，"裹上，来回走走。要装得像库姆布莱人。如果有卫兵跟你说话，杀了他。"

加利思看了看顺着斗篷流下来的鲜血，面露嫌恶之色，却也没有抱怨，直接披在肩上，拉起兜帽，如此一来，旁人就看不清他的面容了。他慢慢从凹处踱了出来，一边沿着城垛往前走，一边搓着捂在斗篷里的双手，看上去就是一名百无聊赖的卫兵在寒夜里巡逻。

维林走到铁爪处，使劲一拉绳子，然后又拉了两下。过了许久，诺塔的脑袋从城墙上冒了出来，又过了好久，他手下的士兵才爬上来。邓透斯是最后一个上来的，他拼尽力气翻过城垛，然后慢慢地倒在地上，双手不停地颤抖。冷归冷，主要是他恐高。

维林数过人头，发现没人掉下去，便满意地"嗯"了一声。"没时间休整了，兄弟，"他一边耳语，一边拉起了邓透斯，"你知道做什么。动作尽可能轻一些。"

于是他们兵分两路，各自行动。诺塔带人引弓搭箭，沿着城垛向左而去，邓透斯带兄弟们往右突进城门。很快便传来弓弦的脆响，诺塔的手下解决了哨兵。有几个人闷哼一声，终究没叫喊出来，要塞里也无人应答。维林找到了通往大院的台阶，便疾步冲了下去。穆斯托尔大人对要塞的描述很是含糊，他记不得准确的方位了，但有一样非常明确：他弟弟应该住在凌绝堡中央的领主寝房，穿过正对城门的那扇门即可找到。

　　维林加快了脚步，血歌愈发嘹亮，调子暗含警告——找到他。维林刚推开门就撞见了两个壮汉，他俩坐在一张小桌边，正头碰头凑在烛火前吞云吐雾。桌上有瓶喝了一半的白兰地，两人当中有本摊开的书。第一个人刚刚站起身就死掉了，银光一闪，长剑划过他的胸膛，血肉和白骨应声裂开。第二个人企图伸手从腰间拔匕首，被维林一剑劈中脖子，当即倒地。可惜这一击不算利落，他挣扎了一会儿，破裂的喉咙竟然挤出一声惨嚎。维林捂住那人的嘴，鲜血透过指间喷涌而出，他狠狠地一剑捅进那人的肚子。对方抽搐了几下，维林始终按住不动，眼看他双眼暗淡下去。

　　他借用那人的猎装擦了擦血糊糊的手掌，打量起周遭的环境来。这间小房子里有条走道，通往要塞深处，而左边是楼梯。穆斯托尔大人说过，领主寝房就在平地上，于是维林挑了走道，慢慢地往里面挪步，毕竟黑暗的角落处处都可能存在危险。很快他来到一扇巨大的橡木门前，大门微微虚掩，门缝里透出了火把的光。

　　那家伙身边有多少卫兵？维林心里想着，手却已经推开了大门。太冲动了，我应该等他们过来……可是血歌如此嘹亮，迫使维林迈步向前。找到他！

　　居然没有卫兵。这是一间极为宽敞的石屋，六根石柱支撑房顶，石柱后的墙壁则隐藏在黑暗中。有个男人坐在远处的高椅上，此人高大魁梧，相貌英俊，可惜左脸颊有一条深深的伤疤。他的膝盖上搁着

渡鸦之影 血歌

一柄出鞘的长剑,式样简朴,剑身细瘦,维林见其没有护手,便知是仑法尔剑:库姆布莱人造弓之术闻名于世,但据说他们对于锻铁所知甚少。维林进来时,那人一言未发,纹丝不动地坐着,只是默默地打量他,眼中毫无恐惧。

此刻,维林站在猎物的面前,血歌不再尖利刺耳,化作轻柔却执著的低语,在他脑海里吟唱不休。这是它希望我来的地方吗?他心想。或者说,我必须来这儿?无论如何,他找不到踌躇的理由。

"汉提斯·穆斯托尔!"他大步向前,高声喝道,"国王命你接受叛国罪和谋杀罪的审判。放下剑,束手就擒吧。"

维林愈走愈近,汉提斯·穆斯托尔依旧不动,没有说话,也没有伸手取剑。等维林离他不过几码之距时,发现他左手腕上绕着一根黑铁链子,延伸至石柱之间的阴影处。穆斯托尔突然一扯,动作很快,只听链子一声脆响,猛地撞在石板上,火花四溅。他从阴影处扯出一个人来,那人身段苗条,被塞住了嘴,腕上绑有锁链。她跟跄着跪在穆斯托尔面前,维林只来得及瞥见她蓬乱的黑发和身上的灰袍,篡权者忽然起身,持剑抵住她的喉咙。

"兄弟,"他话语轻柔,几近哀伤,"我相信你认识这个年轻女人。"

她那双明亮的眸子饱含恐惧,仿佛在哀求什么。虽然喊不出声,只是疯狂地摇头,维林却明白她的意思。两人四目相对,她的心意再清楚不过。千万别为我牺牲!说不出话也罢,相隔这么多年也罢,全都不算什么。即使她化成了灰,维林也能认得出来。是谢琳!

第三部

第六章

"放下剑,兄弟。"汉提斯·穆斯托尔柔声说道。

维林本应勃然大怒,不顾一切地向穆斯托尔的胳膊甩出一枚飞刀,然后一剑深深地砍进他的脖子。但不知为何,他按捺下了那股冲动。对方身手极快,比多年以前的爬手加利思还要敏捷,不过维林倒不是在意这件事。他一时间有些糊涂,又很快知道了原因:血歌的调子没有变,依然那么轻柔而执著地在脑海中低吟,全无他所熟悉的那种异样的感觉和警告的意味。

"咣啷"一声,长剑落在穆斯托尔脚边,谢琳发出了绝望的呜咽声。

"那么,"穆斯托尔一脚把剑踢进了暗处,语调饱含敬畏,"他的话再次应验了。"他盯着维林命令道:"还有别的武器,全都扔掉。慢慢地拿出来。"

维林照做了,飞刀和靴子里的匕首全都丢进了墙角的暗处。"我现在手无寸铁,"他说,"你为何胁迫我的姐妹?"

穆斯托尔瞟了一眼谢琳憋得通红的脸颊,似乎刚刚记起还有这么个人。"你的姐妹。他告诉我,你并非当她是姐妹。她是你的爱人,对吧?她是解除你信仰之锁的钥匙。"

"你解除不了我的信仰,大人。我只是把剑给了你,仅此而已。"

"会的。"穆斯托尔点头说道,语气十分肯定,"他说你会。"

他疯了吗?维林心想。此人是狂信徒无疑,可这样就会失去理智吗?在森提斯·穆斯托尔讲的故事里,他变了一个人,声称世界之父传话给他……"是你的神吗?是他告诉你,我要来这里吗?"

"他不是我的神!他是世界之父,以其大爱,创造万物,通晓天地,包括你这样的异教徒。而我有幸聆听他的福音。他告诫我,你将要到来,你所使的黑巫剑技将要摧毁我,而以我罪孽深重的骄傲之心,我宁愿不这样耍弄心机,而是面对面与你对决。是他指引我去往这个女人所在之地。一切正如他的预言。"

"是他预言了你要杀害父亲吗?"

"我父亲……"穆斯托尔眼里的笃定消失了,他眨眨眼,露出防备的神情,"我父亲迷了路。他抛弃了世界之父的大爱。"

"他没有抛弃你。他把这座要塞给了你,不是吗?他给了你通关文书,确保你畅通无虞。他甚至告诉了你家族最珍贵的秘密——山中地道。他所做的这一切,全都是为了保证你的安全。你如此受宠,足以令旁人妒忌。而你的报答,就是一刀插进他的心脏。"

"他违背了《十经》的律法。他逆来顺受,容忍你们异教徒的统治,而我不能再放任他这样下去了。我别无选择,唯有行动……"

"好奇怪的神明,既然那么爱你,还要逼迫你做出弑父之举。"

"闭嘴!"穆斯托尔的喊声尖利刺耳,夹杂着悲伤的呜咽。他甩开谢琳,执剑平举,走向维林。"闭上你的嘴!我知道你是什么人。别以为他没有告诉我。你研习黑巫术。你背离世界之父的大爱。你什么都不懂。"

血歌的调子仍然没变,而此时篡权者手中的剑距离他的胸口仅一臂之遥。"你准备好了吗?"穆斯托尔问,"准备好受死了吗,黑刃?"

维林发现穆斯托尔的剑尖微微颤抖,又见他牙关紧咬,双眼潮红。"你准备好杀我了吗?"

"必做的事情我做定了。"他咬牙切齿地挤出这句话。他全身都在颤抖,胸脯剧烈地起伏,剑尖晃个不停,却停滞在原地,既没有收回,也没有往前送。在维林看来,他似乎正与另一个自我激烈交锋。

"冒昧地说一句,大人,"维林说,"你好像没有什么杀心。"

"只用再杀一个，"穆斯托尔低语道，"只用再杀一个，是他说的。然后我便可以歇息了。这一次，永恒之境将不再拒绝我，为我敞开大门。"

门外忽然传来交战的声响，许多人发出惊慌的叫喊，很快就淹没在铁蹄蹬地和刀剑相击的响声中。

"怎么回事？"穆斯托尔糊涂了，目光在维林和房门之间来回游移，"这是怎么回事？你使了什么黑巫幻术分散我的注意力吗？"

维林摇头道："我的手下正在攻打要塞。"

"你的手下？"他露出大惑不解的表情，"可你是孤身前来的。他说你将孤身前来。"他垂下剑尖，踉跄着退了几步，失神地望着远方："他说你将孤身前来……"

快杀死他！脑海中有个声音大喊道，维林以为它早在马蒂舍森林就消失了，那时他意图谋杀艾尔·海斯提安，那个声音就嘀嘀咕咕嘲讽个不停。长剑伸手可及，维林可以取回来，然后砍断对方的脖子！

它没说错，杀死他轻而易举！不管穆斯托尔是疯了还是脑子犯糊涂，他现在毫无防备。然而，血歌的调子没有变……况且他的话里疑点颇多。

"你受骗了，大人，"维林轻声对穆斯托尔说，"无论谁在你脑子里低语，总之是耍了你。我带领的是一个齐装满员的步兵团，还有一队骑乘战马的宗会兄弟。不管死的是我还是别人，往生怕是不会接纳你的。"

穆斯托尔错愕不已，差点跌倒在地。他呆住了，虽然只有片刻的工夫，但他一时间静如止水，固若冰雕。须臾，那张伤疤脸上的困惑表情消失了，取而代之的是极度自恋的迷醉之色。他带着戏谑的意味，讶异地扬起一边眉毛，但眼神依然冰冷，充满仇恨。穆斯托尔说话的声音令维林感到十分熟悉，那语调极为沉着笃定："你一次次地出乎我的意料，兄弟。可什么也改变不了。"

渡鸦之影 血歌

然后又变了,穆斯托尔再次露出了迷惑的表情。维林非常确定,穆斯托尔并不知道刚才发生的变化。他的意识里有另一种存在,可以通过他的口舌发声,而他完全不知情。

"汉提斯·穆斯托尔,"维林说,"国王命你接受叛国罪和谋杀罪的审判。"他伸出手,"交出剑来,大人。"

穆斯托尔低头看着手里的剑,旋动剑身,任其在火光中闪亮。"我洗了又洗,还用砥石打磨了好几个钟头。可我还是看得见,那血……"

"交出剑来,大人。"维林又说了一遍,同时走上前去,再次伸出手来。

"好……"穆斯托尔的声音弱不可闻,"好。你拿走了最好……"他调转剑身,剑柄朝前,递给维林。

这时,维林似乎听到雄鹰扑翅之声,与此同时,伴着掠过脸颊的柔风,一道黑影飞旋而过。血歌陡然高声咆哮,警告连连,气势之壮,令他为之震撼。维林本能地伸手去摸背后的空剑鞘,却见一把斧子深深地扎进汉提斯·穆斯托尔的胸膛,他顿时感到绝望透顶。那股冲劲掀翻了汉提斯,他摊开双手,轰然倒在地板上。

"砍中那混账了!"巴库斯大喊着,从阴影处冲了出来,"要我说,扔得真漂亮——"

维林一拳击中他的下巴,巴库斯当即倒地。"他投降了!"维林胸中怒火万丈,高亢的血歌令他难以自持,甚至有拔剑的冲动,"他那是缴剑投降,你这该死的呆子!"

"还以为——"巴库斯吐出几口血水,"还以为他要杀你……他有剑,你没有……而且还有姐妹躺在边上。我不知道啊。"他倒没有很生气,只是困惑不解。

那一刻,维林明显地感觉到有杀死巴库斯的冲动,这令他极为震惊,怒火随即熄灭。他弯下腰,伸出手:"来。"

巴库斯抬头盯着他看了一会儿，下巴上隆起了血红的肿块。"这一拳好重，你知道吗？"

"对不起。"

巴库斯拉着他的手，借力站起了身。维林看了看穆斯托尔的尸体，只见一摊黑血扩散开来。"你去照料我们的姐妹。"他吩咐巴库斯，然后走到尸体旁。巴库斯那把可怕的斧头还插在穆斯托尔的胸膛。这就是我当初不愿碰它的原因吗？血歌知道它将要作下何等恶行？

他指望穆斯托尔还有一丝生机，有足够的气力说出弑父的秘密，揭开伪神的面纱。然而，穆斯托尔的眼珠暗淡无光，身子一动不动。巴库斯的战斧瞬间要了他的命。

维林跪在尸体旁边，想起这人激昂的话语：永恒之境将不再拒绝我，为我敞开大门。他按着穆斯托尔的胸膛，轻声念诵："死亡为何物？死亡乃通向往生之途。死亡既是终结，亦为起始。须敬畏之，欣然受之。"

"这可不太合适。"森提斯·穆斯托尔，这位毫无争议的库姆布莱封地领主，正低头看着弟弟的尸体，神情复杂，既有恼怒，亦有厌恶。他提着一把光洁雪亮的长剑，胸脯起伏的节奏颇为奇怪。维林没想到他这么快就来了，可见一路上没遇到任何阻拦。"他需要的是《十经》的离世祷文，"穆斯托尔大人说，"世界之父的福音……"

"此神乃是谎言。"维林厉声接道。他站起来，草率地向封地领主鞠了一躬："我认为您的弟弟已经知道了这一点。"

◆

"多少人？"

"一共八十九个。"凯涅斯朝底下那座大院里的尸体点点头，"没人求饶，我们也没饶过谁，跟马蒂舍森林那次一样。"他神色阴郁地

渡鸦之影 血歌

看着维林,"我们损失了九人,另有十人受伤。吉尔玛姐妹正在给他们治疗。"

"大获全胜。"麦西乌斯王子说道。城垛之上寒风凛冽,他裹紧了漂亮的毛皮斗篷,一头红发恣意飞舞。"杀敌如此之多,损失如此之少。"

"他们要面对我们的战戟,还有城墙上诺塔兄弟的弓手……"凯涅斯耸耸肩,"真没什么机会,王子殿下。"

"封地领主对这帮死掉的库姆布莱人有何指示?"维林问王子。战斗刚刚结束,穆斯托尔大人就不知所踪,肯定是跑到要塞的酒窖去了。

"烧掉,或是扔到城墙脚下。无论怎么处理,那个醉鬼怕是没心思考虑了。"今早王子说话总是带刺。维林知道攻城的时候他冲在最前面,艾卢修斯·艾尔·海斯提安紧跟其后。大院里约有二十来个篡权者的爪牙,虽说没能抵抗太久,但战斗相当激烈。混乱中,艾卢修斯摔下马,不见了踪影。战斗结束后,士兵们从一堆尸体底下把他拉了出来。他没死,只是昏迷不醒,短剑沾满污血,脑袋上肿了一大块。吉尔玛姐妹正在照料他,目前他还没有恢复意识。

带他玩了十天剑,就骗他说他是战士了,维林心里很难过。还不如第一天就把他绑在鞍上,赶马儿回程。维林强行驱散了内疚的想法,扭头望向凯涅斯。

"你知道库姆布莱人通常怎么处理死者吗?"

"一般是土葬。戴罪之人,先行肢解,然后扔到野外,任其腐烂。"

"挺公道的。"麦西乌斯王子说。

"找些人来,"维林对凯涅斯说,"把尸体装进车里,运到山脚下埋了。从地图上看,路口南边五英里外有座村庄,派人骑马去请一位当地的牧师。他知道念什么祷词合适。"

凯涅斯迟疑地瞟了王子一眼："篡权者也一样处置吗？"

"一样。"

"他们肯定不喜欢这样……"

"我才不管他们喜欢不喜欢！"维林为艾卢修斯的事恼羞成怒，此时突然爆发了，随即又按捺住怒火。"随他们自愿，"他叹了口气，对凯涅斯说："最先站出来的二十个人，酒水配给加倍，另赏一枚银币。"他向麦西乌斯王子鞠了一躬，"请准我告退，王子殿下。我还有要事……"

"你已经派出了最好的骑手吧？"王子问。

"诺塔兄弟和邓透斯兄弟。如果一路顺遂，国王的命令将在两天内送到战争大臣手中。"

"很好。我不愿看到一切努力付诸东流。"

维林眼前浮现出艾卢修斯通红的脸庞，他认认真真地苦练剑术，一招一式虽然笨拙，却竭尽了全力。"我也一样，王子殿下。"

◆

他肤色苍白，摸起来湿乎乎的，一绺绺黑发紧贴在汗涔涔的头皮上。尽管他的胸脯起伏平缓，却减轻不了维林的内疚感。

"他很快就能康复。"谢琳姐妹伸手搭在艾卢修斯的额前，"烧退得很快，头上的肿块已经消了很多。还有，你瞧。"她指着艾卢修斯紧闭的双眼，维林看出来了，他的眼珠在眼皮底下转动。

"这是什么意思？"

"他正在做梦，所以他的脑子很可能没有受伤。再过几个钟头，他就会清醒过来，到时候难受归难受，但至少是醒了。"谢琳望着他的眼睛，绽放出明媚而温暖的微笑，"再次见到你可真好，维林。"

"我也是，姐妹。"

"你肯定是受了诅咒，每次都要救我。"

渡鸦之影 血歌

"如果不是因为我,你也不会遇到危险。"他环顾房间四周,这儿原是餐厅,吉尔玛姐妹将其改成了临时治疗室。此时,吉尔玛正坐在壁炉边,一边给简利尔·诺林胳膊上的伤口缝针,一边开怀大笑。这位曾经的学徒歌手为表感谢,给她念了一段相当下流的打油诗。

"我们可以谈谈吗?"维林问谢琳,"我想知道你被俘的事情。"

她的笑容有所收敛,然后点了点头:"当然。"

维林带她来到了城垛上,以避人耳目。大院中,士兵们正忙着把库姆布莱人搬上几辆马车,面对僵硬的尸体和干涸的血渍,他们仍是谈笑风生,虽说不太情愿,却也干得热热闹闹。看他们步子不怎么稳当,维林推断凯涅斯已经发放了额外的酒水配给。

"你打算埋了他们?"谢琳问道,话语中既无震惊,也无厌恶,令维林暗暗吃惊。看来,她这么多年行医治病,早已对死亡司空见惯了。

"似乎这样做才对。"

"即使是库姆布莱的民众也不一定这样做。他们都是背弃神明的罪人,不是吗?"

"他们不这样认为。"他耸耸肩,"况且,我也不是为了他们。这里发生的事情很快会传遍整个封地,很多库姆布莱的狂信徒会称其为大屠杀。如果我们尊重当地风俗安葬死者的事情传扬出去,或许可以少些仇恨,不至于让那帮狂信徒把水彻底搅浑。"

"你说话真像宗老。"谢琳的笑容明媚而又坦率,激起了维林胸中的陈年旧痛。她变了,五年前那个神情警惕、不苟言笑的女孩,如今是个自信满满的成熟女人。没有变的是本性,她伸手搭在艾卢修斯额前的那一幕,无言而疯狂地恳求维林不要为她牺牲的那一幕,足以为证。她胸中跳动的依然是那颗怜悯之心。

"我们总是天南海北不能相见,"她接着说道,"我去年有幸遇见了莱娜公主。她说你们是朋友,我请她代为问候你。"

朋友。那女人说起谎来眼睛都不眨。"她提到过。"看来谢琳并不知情，埃雷拉宗老从来没有说过他们为何总是相隔千里。维林立刻下定决心，永远不告诉她实情。

"他有没有伤害你？"他问，"我是说穆斯托尔。他有没有……"

"我被俘期间身上到处都有瘀伤。"她亮出手腕上的镣铐印，"除此之外就没什么了。"

"他什么时候抓住你的？"

"七八周以前吧，或许更久一些。我在要塞里面数不清日子。当时我从沃恩克雷被召回宗会，期待回到以前的岗位上，可埃雷拉宗老安排我研究新药。这份工作真是无趣极了，维林。没完没了地研磨草药、混合药剂，大多数闻着就吓人。我甚至跑去找宗老抱怨，可她告诉我，我需要全面地了解宗会的各项工作。总之呢，从我先前所在的驻地来了一个信使，说当地暴发了掐脖红，那时候我特别高兴。我调配的一种药剂有希望治愈这种病，多少能缓解症状。于是，当地的官员派人来请我回去。"

掐脖红。国王统一疆国之前，这种瘟疫曾经横扫四大封地，在噩梦般的两年时间里，夺走了数千人的性命。家家户户都有人染病，再没有什么疾病比它更可怕了。不过，这种疾病已有将近五十年没在疆国出现了。

"其实是陷阱。"他说。

她点点头："我独自前往，生怕瘟疫蔓延开来。可是那里没有疾病，只有死亡。驻地外面很安静，我以为没人。里面却到处是尸体，但不是因为掐脖红而丧命，全都是被砍杀至死的，甚至连病床上的病人也没有逃过这一劫。穆斯托尔的爪牙正在等我，就是他们杀光了这里的人。我想跑掉，可没办法逃出去。他们给我戴上镣铐，带到了这里。"

"我很抱歉。"

渡鸦之影 血歌

"这事不能怪你。你要是这样想，我会很难过的。"

他们再次四目相对，维林只觉得胸中愈发疼痛。"穆斯托尔有没有对你说什么？对于他的行为，有没有什么解释？"

"他经常到我所住的牢房来。刚开始他好像还很关心我的待遇，确保我吃饱喝足，我找他要书籍和羊皮纸，他也答应了。不过，他老是说个不停，似乎不是自愿的，说的也尽是胡言乱语。他絮絮叨叨地说起他信奉的神明，整篇整篇地复述库姆布莱人尊崇的《十经》。我最初以为他是在劝我改变信仰，后来我发现他不是跟我说话，他根本不关心我想什么。只是有些话他没法对追随他的人说，他就跟我说。"

"什么话？"

"就是怀疑。汉提斯·穆斯托尔怀疑他信奉的神明。倒不是怀疑神的存在，只是怀疑神的道理和意图。我当时还不知道他杀了他父亲，当然，肯定是神要求他这么干的。或许是内疚感把他逼疯了。我也对他说了很多话。我说，如果他认为利用我就能杀了你，那他绝对是疯了。我跟他说，你眨眼间就能杀死他。看来我想错了。"她认真地看着维林，"他是不是疯了，维林？所以才这么失常？或者是……别的什么原因？我感觉你知道的不少，却没有说出来。"

维林多么渴望全都告诉她，他有种急切的冲动，想要找人一吐为快。在尤里希和马蒂舍森林遇到的狼，与勒苏丝·希尔·霖的会面，等在暗处的神秘人，还有那个声音——两个死人的嘴里竟然吐出过相同的声音。可他终究没有开口。这次警告他的不是血歌，而是显而易见的道理。知道这些事，只能引来杀身之祸，而她因为我所遇见的危险已经够多了。

"我是一个只懂使剑的兄弟，"他说道，"这么多年过去，我自认为所知甚少。"

"你知道的够多了，至少你救了我的命。你知道穆斯托尔不愿意再杀人。我以为你一看到我，就会出剑砍死他……我为你骄傲，因为你没有那么冲动。疯子也罢,杀人狂也罢,我感觉到他不是邪恶的人,他心里只有悲伤和内疚。"

底下传来一阵骚乱的响动。维林俯身一看,只见封地领主穆斯托尔正在指责凯涅斯,他激动得手舞足蹈,瓶里的酒都洒在了大院的鹅卵石地面上。他披头散发,胡子拉碴,说话口齿不清,这次显然是喝过了头。"让他们烂掉算了!你听到我的话了,兄弟!在库姆布莱,罪人不配土葬,绝对不配!砍下他们的头,丢给乌——"他跌跌撞撞地踏上了一小摊湿滑依旧的血泊,重重摔倒在地,酒水泼了一身。他恶狠狠地骂着,凯涅斯伸手想要扶他起来,被他一巴掌拍开了。"我说,让这些罪人烂掉!这是我的要塞。管他什么麦西乌斯王子,维林大人!这是我的要塞!"

"那人是谁?"谢琳问,"他好像……不太对劲。"

"库姆布莱封地的合法领主,愿信仰帮助他们。"维林抱歉地冲她笑笑,"我该走了。兵团要驻守此地,等待国王的命令。我让马克里尔宗将派人送你回宗会。"

"我想在这里待一阵子。吉尔玛姐妹应该很高兴有我帮忙。而且,我们还没时间聊聊呢。我有很多事情要告诉你。"

还是那么坦率的笑容,维林胸中又是一阵疼痛。送走她。他脑子里有个声音命令道。把她留在这里,只是徒增痛苦。

"维林大人!"封地领主穆斯托尔的喊声打断了他的思绪,"你在哪儿?快拦住他们!"

"我也有很多事情要告诉你。"他说完,转身离开了。

一开始,封地领主穆斯托尔大发脾气,因为维林坚持对那些尸体进行土葬。穆斯托尔提高嗓门,一再重申他是要塞的主人,在自家封地上拥有绝对权威。维林的回应很简单,只说他是信仰的仆从,不受

世俗领主的约束。穆斯托尔恼羞成怒，找到麦西乌斯王子申诉，结果王子面有愠色，对他不理不睬。他只好钻进了弟弟生前所住的房子，酒窖中的大部分存货都堆在了这里。

他们在凌绝堡驻留了八天，焦急地等待战争结束的消息。维林忙于训练士兵和带队巡山。兵团士气高涨，鲜少有人抱怨，因为此战大获全胜，而且瓜分了从要塞各处和死者身上搜出的战利品，虽然不多，却满足了士兵最基本的掠夺欲。"带他们打胜仗，给他们金子，时不时再来个女人，"某天晚上，柯瑞尼克军士对维林说，"保证他们永远跟着你干。"

正如谢琳姐妹所说，艾卢修斯·艾尔·海斯提安恢复得很快，第三天就醒了。经过简单的测试，确认他的脑子没有受到永久性伤害，不过他完全不记得战斗的过程，也不记得是怎么受伤的。

"这么说，那个篡权者，"他问维林，"他死了？"这时，两人正在大院里观看兵团夜训。

"是的。"

"您觉得那些通关文书是他给黑箭的吗？"

"我想不出来还有别的可能。看来老领主是尽其所能地保护儿子。"

艾卢修斯拉紧了披在肩上的斗篷，他双目深陷，眼神苍老了许多，只是容貌依旧年轻。"区区几封信害得这么多人流血牺牲。"他摇摇头，"哥哥要是看见肯定会流泪。"他伸手到斗篷里，从皮带上解下维林的短剑。"还给您，"他说着递过剑柄，"我用不着了。"

"留着吧。我送给你。你上阵杀过敌，总该有个纪念。"

"我不能收。这是国王赐给您的……"

"而我转赠给你。"

"我不……我没资格接受这种礼物。"

男孩紧握剑柄的手微微发抖，维林想起人们把他从城门附近的尸堆里拖出来时,那把短剑上沾满了湿滑的鲜血。战争留给人的第一印象,总是那么丑陋。"谁有资格呢?"他扶着剑柄,轻轻推了回去,"等你回家了,把它挂在墙上。不用取下来了。我不会要回来的。"

男孩欲言又止,只好把剑挂回腰间:"悉听尊便,大人。"

"你会不会写点什么?可以作一首诗,你觉得呢?"

"一百首都可以,可我未必写得出来。以前那些字句源源不绝地从脑子里冒出来,可自从我醒来后,就再也没有这样的情形了。我试过,我坐好了,拿着笔,铺好纸,可什么都写不出来。"

"受伤了总是需要时间来恢复。吃好睡好,你的才华肯定能回来。"

"希望如此。"男孩无力地笑笑,"或许我该给莱娜写信,我相信我还是有话对她说的。"

维林更是有一肚子话要对公主说。他点点头,走向队列,看到防守阵型中有人把战戟举得过高,一股无名火突然冒了出来:"放低些,笨蛋!你都戳到天上去了,怎么割开战马的肚子?军士,此人加练一个钟头。"

每天傍晚,维林和谢琳相约在领主卧房见面,讲述这些年来彼此的经历。他发现谢琳去过的地方不仅很多,而且很远,包括第五宗在疆国四大封地上的所有驻地,甚至还搭船去过北疆的飞地,那里由守塔大臣梵诺斯·艾尔·默纳以国王之名管辖。

"那儿很热闹,就是太冷了。"她说,"什么地方的人都有。大多数农民其实是从南边的阿尔比兰帝国流亡过来的,个个高大英俊,皮肤黝黑。他们肯定触怒了皇帝,如果不坐船离开,就要人头落地,于是在北疆一住就是五十多年。守塔大臣的卫兵大多是流亡者,有关他们的传闻很是骇人。"

"我见过一次守塔大臣,还有他女儿。我觉得她不太喜欢我。"

"那个有名的罗纳人弃婴?我去的时候她正好不在,跟瑟奥达人

渡鸦之影 血歌

进了森林。看上去他们特别尊敬她和她的父亲,可能是因为和冰雪部落的那场大战。"

维林讲了他在马蒂舍森林的半年时光,讲了有关艾尔·海斯提安惨死的痛苦回忆,却没提策划已久的谋杀,他感觉自己是懦夫,是骗子。

"这是慈悲,维林,"谢琳看出了他的内疚,拉住维林的手说,"任由他遭受痛苦的折磨才是不对的,有违信仰。"

"我以信仰之名做了太多这样的事。"维林的手伤痕累累,而谢琳的手依然白皙光滑。一双是杀手之手,一双是医者之手。信仰啊,为何她的手掌如此温暖?

"我们都应该扪心自问,是否以信仰之名行错误之事,"谢琳说,"你问过吗,维林?"

"我杀过我不认识的人。有的是罪犯,有的是刺客,当然该死。而有的人,比如这儿的那帮狂信徒,他们只是受到了蒙蔽,有着另一种信仰罢了。倘若不是在这样的场景下相遇,或许我们能成为朋友。"

"他们都是杀人狂。他们为了抓我,把我们宗会驻地的人全部杀光了。你会这么残酷吗?"

她看不到。维林心想。看不到潜伏在我内心的杀手本性。"不,"不知为何,他又有说谎的感觉,"不,我做不到。"

----◆----

随着日子一天天过去,他开始寄希望于国王和宗会允许他们驻留此地,成为库姆布莱封地内的永久驻军。他就成了这座要塞的堡主,时刻提醒库姆布莱的狂信徒们,叛乱将要付出何等代价。而谢琳可以建立第五宗驻地,在这块偏远之地救死扶伤。他们俩便能快快乐乐地与世隔绝,为信仰和疆国效命下去。不过他也清楚,这只是白日梦罢了,是由虚幻的想象中滋生出的,海市蜃楼般的愿景。凯涅斯可以接

管要塞的藏书室，为当地的孩子建一所学校，教他们识字，认清信仰的真相。锻造场归巴库斯，马厩归诺塔，邓透斯当猎人总管。他可以把小花脸和弗伦提斯从宗会里接来。每天晚上，当谢琳离开之后，他就知道这只是幻想，是欺骗自己的谎言。因为他不希望这一切终结，他渴望有谢琳陪伴的安乐时光尽可能地长久。他甚至开始设想如何向阿尔林宗老提出正式申请，还一遍又一遍地修改措辞，可他明明能找凯涅斯执笔成文，却又迟迟不肯开口。这些话讲出来实在荒唐，他宁可接着做梦。

到了第九天清晨，他越发混淆了幻想与现实。他早早地醒了，就餐之前，他看了一眼城门的守卫情况，又到城垛上挨个视察岗哨。哨兵们虽说冻得浑身发抖，心情却很好，维林怀疑他们执勤的时候来了一点兄弟之友。他在城垛上站了一会儿，沉浸在令人敬畏的景色之中。你将在这处险恶的绝境度过余生。四野无声，静谧如圣地。

过了很多年，他都能清晰地回忆起当时的场景：朝阳似火，覆盖在周围山顶的新雪闪着银蓝色的光芒，碧空澄澈，朔风拂过脸颊。他永远不会忘记，那一刻过后，一切都改变了。

他正准备转身走开，忽然看到从谷底蜿蜒而上的小道上，有一名骑手正策马飞驰。尽管距离很远，他仍能看见马儿奋力爬坡时呼出的白气。骑手越来越近，他发现是邓透斯。只有邓透斯，不见诺塔。

邓透斯在大院里翻身下马，疲态尽显，神色晦暗，脸颊还有一块青色的瘀伤。"兄弟，"他无力地招呼道，语气中饱含哀伤。"我有事跟你说。"他步履有些蹒跚，维林赶紧伸手扶住。

"怎么了？"维林问，"诺塔呢？"

邓透斯干巴巴地一笑，脸上却阴云密布："可能已经跑到千里之外了。"他低着头，似乎不敢看维林的眼睛。"我们的兄弟企图杀死战争大臣。现在他是逃犯，一半的疆国禁卫军都在追捕他。"

◆

渡鸦之影 血歌

"那边打了一仗。"邓透斯说道。他坐在餐厅的火炉边,拿着一杯加了酒的热牛奶。维林找来了巴库斯、凯涅斯和麦西乌斯王子,还有刚刚给他处理了瘀伤的谢琳姐妹,听他讲述事情的经过。"库姆布莱人在绿水滩集结了五千人,抵抗疆国禁卫军。尽管实力还是很悬殊,不过据我估计,他们企图拖延时间,好让都城加强防备。他们本来可以半渡而击,杀伤大量的禁卫军兵士,可我们的战争大臣真是老谋深算。他把骑兵全都布置在南岸,吸引他们的注意,然后于凌晨时分,派出半数步兵从下游深水处渡河,有五十人淹死,其余尽数登陆。库姆布莱人还没拉开弓,他们就从右翼杀进。我和诺塔赶到的时候,战斗已经结束了,那地方的尸体堆积如山,血流成河。"

邓透斯顿了顿,抿了一小口牛奶,维林从未见过他的脸色如此阴沉。"他们乘胜追击的时候俘虏了几百人,"他接着说,"我们找到战争大臣的时候,他正在宣判,下令处决所有俘虏。恐怕他不太乐意听见我们带去的消息。"

"你把国王签署的命令给他了吗?"麦西乌斯王子问。

"给了,王子殿下。他见了封印,立刻召我们进了他的大帐。他读过命令后,想知道我们是否亲眼见过篡权者的尸体,那家伙是否真的死了,等等。诺塔向他担保这一切确凿无疑,可战争大臣打断了他的话。'叛徒儿子的话狗屁不算。'他说。"

"诺塔就为这个要杀他?"巴库斯问。

邓透斯摇摇头:"诺塔确实很生气,看样子当场就想杀了那混蛋,但他没有动手,只是咬着牙说:'我不是谁的儿子,大人。这是国王给你下达的命令,战争到此结束。您是否遵命?'"邓透斯陷入了沉默,双眼漠然无神。

"兄弟?"凯涅斯叫他,"怎么不说了?"

"战争大臣说,不用别人教他如何效忠国王。在他带领疆国禁卫军回家,离开这片背弃信仰的土地之前,他要秉公执法,处置那些胆敢举兵造反的逆贼。"

"他的意思是必须处死那批俘虏。"维林说。他想起从马蒂舍森林返回后,诺塔借酒浇愁时,眼神中饱含的无力和绝望。我们要把信仰带给所有的人,那帮绝信徒杂种。

"是。"邓透斯叹了口气,"诺塔说不能这么做,这违背了国王的命令。战争大臣放声大笑,说国王的信中没有提及如何处置抓获的绝信徒,还叫诺塔滚蛋,否则不管他是什么宗会兄弟,要送他到往生见他的叛徒父亲去。"

维林闭上眼睛,不大情愿地开口问道:"战争大臣伤得多重?"

"这么说吧,"邓透斯说,"从今以后,他只能用左手擦屁股了。"

"信仰在上!"凯涅斯吐了口气。

"活见鬼!"巴库斯说。

"诺塔怎么没结果了他?"维林问。

"我拦住了,不然怎么办?"邓透斯回答,"我没让他再砍下去。我恳求他,要他放下剑。他好像根本听不进我的话。诺塔发狂了,我看他的眼睛就知道,简直像条疯狗,拼命地扑向战争大臣。那混账跪在地上,直愣愣地盯着断肢看,鲜血直往外喷。我跟诺塔打成一团。"他抚摸着脸上的瘀伤,"我输了。算战争大臣走运,外面的卫兵听到吵闹声便进来了。诺塔杀了两个,伤了几个。又有好多卫兵进来了。他杀了好几个,然后跑出去骑上了马,一鼓作气冲出了禁卫军的营地,毕竟谁也没想到这个宗会兄弟刚刚砍断了战争大臣的手。我也趁乱溜走了。出了这种事,恐怕他们也饶不了我。我在一片林地里躲了几天,然后返回要塞,沿路听说有个宗会兄弟发了疯,一半的疆国禁卫军都在追捕他。据说,有人看到他往西边去了。"

"看来他去哪儿都有可能,"巴库斯说,"他们永远抓不到他。"

"太不幸了,兄弟,"麦西乌斯王子神情肃穆地对维林说,"宗会向来庇护兄弟,但这种事……"他摇摇头,"国王别无选择,只能签发死刑令。"

"那我们只能希望诺塔兄弟能够很快去到安全的地方，"凯涅斯说，"他算得上宗会里最好的骑手，野外生存能力也很强。疆国禁卫军不可能轻易地抓住他……"

"抓到他的不会是疆国禁卫军。"维林说。他走到桌边，利索地绑好剑鞘，拉紧皮带，披上斗篷。他感觉到谢琳的目光，却没有勇气与她对视。"凯涅斯兄弟，兵团由你代管。请你写信告知阿尔林宗老，我前去寻找诺塔兄弟，带他回来接受审判。兵团驻留此地，等待国王的命令。"

"你要去找他？"巴库斯大惊失色，"你听见王子的话了。如果你带他回来，他们肯定会绞死他。他是我们的兄弟……"

"依照国王的律法，他现在是逃犯，也是宗会的耻辱。我是想带他回来，可他未必给我这个机会。"他不忍地望向谢琳，搜肠刮肚地想找几句告别的话，最终却什么都没说。她的眸子明亮动人，泪水快要涌了出来。对不起，维林想向她道歉，可他说不出口，逼不得已要做的那件事太过沉重，令他难以承受。

"你凭什么以为你抓得到他？"巴库斯问，"他的骑术和野外生存能力都比你强多了。"

可他没有血歌的引导。邓透斯刚开始讲这件事的时候，血歌就出现了，最初的调子平淡无奇，而每当维林想到北边，调子便忽然上扬。"我能找到他。"

他转身向麦西乌斯王子鞠躬："失陪了，王子殿下。"

"你一个人去吗？"王子问。

"即使有人愿意陪同，我怕是也要拒绝了。"他挨个看着兄弟们。巴库斯生气了，凯涅斯糊涂了，邓透斯则悲伤不已，还不知道自己的下场如何。"照顾好兵团。"说完，他走出了房间。

第三部

第七章

仑法尔的喀都灵城坐落于北方山脉的一座丘陵之上。维林牵着唾沫星，缓步踱近城墙。城池内部街衢纵横，令他叹为观止：放眼望去，一条条鹅卵石铺就的街道向上延伸，愈发狭窄陡峭；砂岩堆砌的砖形房屋立于街道两边，屋顶盖满瓦片；城内四通八达，街区之间以走道相接，各墙之间有拱桥相连，形态优美，高悬半空。抬头仰望，这座城犹如一片石头森林。

城门口持矛的卫兵向他点头致意，然后挥手放行。宗会在仑法尔颇受尊敬，尽管统一战争中宗老们站在了国王一边，当地人对宗会的敬意却丝毫没有减少。走过城门，街上有人投来好奇的目光，这情形不比瓦林斯堡，那里的人常常直勾勾地盯着他，或是表现出认识他的样子，令维林颇感恐慌。

城门附近的一个马夫接过唾沫星的缰绳，为他指出了第六宗驻地的位置。"要爬一段路，兄弟。"那人说着拉紧缰绳，打算挠挠唾沫星的鼻子。

"别！"维林一把拉开那人的手，唾沫星张嘴咬了个空。"它脾气不好，这两周我们赶了很远的路。"

"噢。"马夫退了半步，笑着对维林说："看来只有你能制住它吧？"

"不，它也咬我。"

马夫没有夸张，第六宗驻地距离城池最高点不远，维林爬得双腿酸痛，终于来到驻地门前，拉响了挂在一旁的门铃。开门的那位兄弟身材魁梧，须眉浓密，瞪着一双精明的蓝眼睛打量他。

"是维林兄弟吗？"他问。

维林吃了一惊，皱起眉头："你知道我要来吗，兄弟？"

"两天前有快马从都城赶来。宗老说明了你的任务，命我满足你在此地的需求。我认为全疆国的各个驻地都收到了类似的信函。这事儿太不幸了。"他说着让到一边，"请进，你肯定饿了。"

维林跟着他走过一条幽暗的长廊，爬上一段楼梯，接着又是一段楼梯，再往后还有一段。"我是宗将亚丁，"大胡子男人自我介绍，"很抱歉，要你爬这么多楼梯。仑法尔人称喀都灵为多桥之城，其实应该叫无尽阶梯之城。"

"恕我冒昧，兄弟，你为何不在门前设岗？"维林问。

"没有必要。这是我到过的最安全的城市。郊外也没人为非作歹，有罗纳人在呢。"

"罗纳人本身就很危险吧？"

"噢，他们从不过来。显然是不喜欢城里的味儿，不好闻就代表运气不好。他们通常骚扰的是边境附近人数较少的聚居地。每隔几年，战酋就召集数千人进行一次大规模的劫掠，不过也很少靠近城墙。罗纳人不擅长攻城。"

他被领到一间大房，这里是驻地的餐厅，亚丁兄弟从厨房端来了一盘炖菜。吃过饭后，宗将在桌上铺了一张大地图。"这是我们第三宗诸位绘图兄弟的最新成果，"他解释道，"详细地标明了边境地区的地形。这里，"他指着一个城池模样的图案，"就是喀都灵。往北走便可到达司盖伦关，有三队兄弟在此地永久驻防，逃犯绝对无法逾越。罗纳人几十年前就放弃了。"

"那他们们是怎么到南边来的？"维林问。

"从丘陵的东边和西边。要绕很远的路，而且容易遭受攻击，不过他们既然跑来劫掠，也只能这么走。你怎么知道你的兄弟会冒险闯进罗纳人的地盘？"

"他已经不是我的兄弟了，维林很想说，却还是忍住了。他一想起诺塔就火冒三丈，但说出来并没有好处。"有没有隐蔽的路线可以进去？"他没有回答，反倒问起宗将来，"有没有哪条小路适合独行，而且不容易被他们发觉？"

亚丁兄弟摇摇头："只要我们闯进去，罗纳人就知道了，不管是隆冬时节一个人去，还是盛夏时节一整队兄弟去，根本没有区别。他们怎样都能知道。我寻思着，怕是跟黑巫术有关。这是毫无疑问的，兄弟，如果你跟着他进去了，迟早要撞见他们。"

维林的目光在地图上扫视，从代表北方山脉以及罗纳人老巢的山峰图案，看到百年前修建的司盖伦关——那时候仑法尔的领主极为重视罗纳人持续不断的骚扰，视其为重大威胁。当他的目光移到西边丘陵地带时，血歌忽然升调。他指着一个没见过的小图案，问道："这是什么？"

"失落之城？他不可能去那里。连罗纳人都不去。"

"为什么？"

"那可不是好地方，兄弟。完全荒废了，到处是石头。我远远地看过一眼，真是吓人，那种气氛……"他摇头道，"感觉很不舒服。罗纳人称其为 Maars Nir – Uhlin Sol，意思是丧魂之地。他们有好多故事，讲的都是去了那里的人们再也没有出来。大约一年前，有一帮第四宗的兄弟们进去搜捕北逃的绝信徒，那是在他们的新宗老上任之后。我们宗会当时拒绝继续协助第四宗追捕绝信徒。他们非要去失落之城，说是得到了消息，绝信徒就躲在那里，却拒不透露消息来源。他们不顾我的警告，说什么'信仰的仆人不用害怕蛮子的迷信说法'。三个月后，我们只找到了其中一个人，应该说是找到了一部分，在雪地里冻得硬邦邦的。有东西袭击了他，而且，那东西还挺饿。"

"也许他们只是迷路了，冻死了。狼或熊可能吃了他们的尸体。"

"那人的脸被冻住了，兄弟，他当时正在惨叫。我从没见过谁有那种表情，无论活人还是死人。他是被活生生吃掉的，吃人的东西体形比狼更大，性子更凶残。熊可不会留下那种脚印。"

维林又看了看地图："骑马几天能到失落之城？"

亚丁兄弟凑近了些，那双精明的眼睛盯着维林："你真觉得他在那里？"

我知道他在。"骑马要几天？"

"快马加鞭的话，三天。我放只鸟儿出去，召集一队人马陪你同行。可能要等几天时间，你就在这里休息……"

"我一个人去，兄弟。明早就走。"

"一个人去罗纳人的地盘？兄弟，说你莽撞都算是客气了。"

"宗老的信提到过不准我一个人去吗？"

"没有。只说给你一切必要的帮助。"

"很好，"维林走过去，拍了拍亚丁兄弟的肩膀，"好好休息一晚，路上有充足的补给，你就帮了我的大忙。"

"如果你一个人去，你必死无疑。"亚丁兄弟淡淡地说。

"那我希望死之前能够完成任务。"

◆

西边的丘陵遍地岩石，荒凉肃杀，支离破碎，道道沟渠似乎无穷无尽，维林只好往北边绕行。冬天来得奇快，冷雨倾盆而泻，无休止地洗刷着茫茫群山。唾沫星的脾气格外暴躁，维林每次骑上去，它都昂起脑袋打响鼻，他只好拿出从驻地带来的糖果，时不时喂几颗，才算安抚了它的情绪。他第一天赶了将近十五英里路，晚上在一块半悬的岩石底下宿营。维林缩在斗篷里，克制着生火的冲动——亚丁兄弟严厉告诫他千万别生火。睡意来袭，各种梦境却纷纷扰扰，接踵而至，醒来时天已破晓，晨曦微露，一个梦也不记得了。血歌沉静了许多，但依然清晰可闻，引领他前往失落之城——他知道诺塔在那里等待。

诺塔……一想到他，怒火就噌噌地往上蹿。他怎么可以做这种事情？他怎么能这样？自从邓透斯讲述了当时的经过，维林就意识到了残酷的事实——他必须追捕并手刃自家兄弟。对于断了一只手的战争大臣艾尔·海斯提安，他实在同情不起来，此人企图把一腔怨气撒在无力反抗的俘虏身上，根本不值得怜悯。但是诺塔……他会反抗，维林对此非常肯定。他会反抗，而我会杀死他。

他啃了块干牛肉当做早饭，然后冒着清晨时分的淅沥小雨出发了。岩石遍地，无法骑马，他只能牵着唾沫星徒步前行，走了几英里地，就遭到了罗纳人的袭击。

一个小男孩从高高的岩石上跳了下来，动作犹如高难度杂耍，半空中一个翻身，稳稳落在维林面前。他一手提战棍，另一手执弯刃长匕，袒胸露乳，瘦若灰狗，左耳上边的头发剃出复杂的图案，棱角分明的脸庞光洁无痕，却紧紧地绷着，时刻等待开战。维林估计他在十四到十六岁之间。他恶狠狠地喊了一句什么，显然是挑衅，但用的是维林没听过的语言。

"对不起，"维林说，"我听不懂你的语言。"

罗纳男孩看来是把维林的回答当成了辱骂或是接受挑衅，于是毫不犹豫地发起攻击。他一跃而起，战棍高举过头，长匕往后一拉，作势劈来。这一套动作极其熟练，招招精准。战棍落下之时，维林跨步闪开，不等长匕劈到，伸手抓住男孩的执匕之手，一掌拍在他的太阳穴上，男孩当即不省人事。

他伸手摸剑，同时四下搜寻敌人，目光掠过头顶的岩石。既然出现了一个，就有一群。亚丁兄弟告诫过他，罗纳人从来都是成群结队。然而，那里什么也没有，风中既无声响，亦无气味，雨滴敲打岩石，声声不停。唾沫星显然也没察觉到异样，张嘴啃起了包裹在男孩脚上的皮革。

维林上前去拉,唾沫星扬起前蹄就踢过来,幸好他堪堪避开。他蹲下来检查那个男孩的状况,对方呼吸平稳,耳朵和鼻子也没有出血。维林帮他摆正了身体,以防他的舌头堵住喉咙,然后拉着唾沫星往前走去。

又走了一个钟头,遍地的沟渠让位给亚丁兄弟所说的石砧。在他看来,这种地形见所未见,极其怪异,大部分区域都是裸露的岩石,崎岖的表面布满雨水砸出的小坑。拔地而起的石柱,如同巨大的畸形蘑菇。亲眼见到此等奇景,维林对于大自然的鬼斧神工只有惊叹的份儿。库姆布莱人宣称他们的神只用了一眨眼的工夫创造大地,但当维林抬头看见石柱上经风吹雨淋而形成的凹槽时,他确信需要成百上千年的打磨,才能形成如此奇特的地貌。

他骑上唾沫星,往北而去,走了十英里后,已是日暮西山。维林挑了一根最大的石柱,倚在旁边,裹紧了斗篷,等待睡意降临。可当他的眼皮刚刚耷拉下来,罗纳男孩又来了。

◆

维林正拿绳子绕过他的胸膛时,男孩用那种不知所云的语言大吼大叫起来,此时他的双手已被绑在身后,太阳穴有一处青紫的瘀斑,鼻子底下也有一处新添的伤——这里颇为敏感,此前维林一记老拳打过去,拳面指节突起,当即打得他昏倒在地。

"Nisha ulniss ne Serantim!"男孩朝维林大喊,那张青肿的脸庞绷得死死的,充满恨意,"Herin!Garnin!"

"闭嘴吧。"维林疲惫地说着,往男孩嘴里塞了块破布。

他任由男孩躺在地上打滚,自顾自地牵着唾沫星往前走去。尽管半轮明月足以照亮脚下的路,维林依然小心翼翼地在黑暗中迈步。他不停赶路,直到再也听不见男孩口齿不清的叫喊,才又找了一块巨石,躺在旁边等待睡意来袭。

第三部

◆

第二天，阳光终于露脸，时而穿透乌云，在冰冻的石砧上闪耀；石柱投下巨大的影子，风化的表层闪闪发亮。真美啊，维林心想，若不是肩负这样的任务该有多好。他心情沉重，连一点简单的快乐都消受不起了。

石砧延伸了五英里，最终让位给一座座低矮的山丘，处处都是北方常见的矮小松树。唾沫星的蹄子一踏上草地，立刻奔驰起来，它打着响鼻，为离开了硬邦邦的石砧而庆幸。维林松开缰绳，任其自由驰骋。唾沫星向来脾气暴烈，精力十足，如今见它翻山越岭、踏草飞奔的欢乐劲儿，着实是件新鲜事。夜色降临之际，失落之城所处的辽阔高原已近在眼前。维林决定在最后一座山丘的顶上宿营，那儿可眼观八方，附近的松树又提供了绝佳的掩蔽。

他把唾沫星拴在一根低垂的树枝上，然后找来柴火，堆在一圈石头当中，又加了些松木屑用以引火。他敲打燧石，照看火苗，等到营火烧旺，便盘腿坐下，剑在身后，弓在手边，箭已上弦。维林在等待。天色将暗之时，他就发现有人跟踪，已没必要听从亚丁的建议了。

很快，夜幕笼罩四野，天空乌云密布，令黑暗愈发深沉，火光之外，不见五指。又过了一个钟头，传来马蹄践踏草地的轻柔声响——有人来了。走近营地的那人身长至少六英尺半，肩膀宽阔，胳膊粗壮，一件及腰的熊皮背心紧贴胸膛，腰带上别着一根战棍和一把钢刃小斧；下穿鹿皮紧身裤，脚蹬一双皮靴。他和之前攻击过维林的男孩一样，头发剃出了错综复杂的迷宫图案，从一侧太阳穴绕到另外一侧；胳膊的刺青更多，从肩膀到手腕都覆盖着奇异的漩涡和钩子状的图案。他脸形瘦削，棱角分明，很难判断年龄，但在紧蹙的眉头下，那双满怀敌意的乌黑双眼显得饱经沧桑，如果维林没看错的话，他经

渡鸦之影 血歌

历过许多战斗。他牵着一匹结实的小马,马背上驮了一样东西——那东西被绳子绑得紧紧的,一边扭动一边呻吟。

罗纳人忽然从腰间抽出战棍和小斧,动作之快,维林几乎没有看清。见那人双手持兵器,熟练地耍了两下,他只感觉气血翻涌,好容易才按捺住拔剑的冲动。那人始终盯着他的眼睛,若有所思,似在算计。须臾,那人满意地咕哝一声,把两样兵器丢在火堆旁边,后退一步,举起双手,但脸上的敌意丝毫未减。

维林从背上解下长剑,放在他面前,也举起双手。罗纳人又咕哝了一声,走向小马,把那个五花大绑的男孩从马背上拉下来,随手扔到了火堆旁。

"这是你的。"他对维林说。口音浓重,却吐字清晰。

维林看了一眼那男孩——嘴巴被皮带牢牢箍住,眼神疲惫,暗淡无光。"我不要。"他回答罗纳人。

大个子沉默地看了他一会儿,然后走到火堆对面坐下来,伸手取暖:"我们这里的风俗是,有人走到你的火堆边,只要不是敌人,就该给人家吃肉、润嗓子。"

维林从马鞍包里掏出一块干牛肉和一个水袋,扔给火堆对面的罗纳人。他从靴子里抽出小刀,割下一条牛肉,嚼了嚼便咽下去,然后就着水袋灌了一口,却苦着脸吐到地上。"你们梅利姆赫最喜欢喝的酒呢?"他问。

"我很少喝酒。"维林又看了一眼男孩,"你不让他吃一点吗?"

"他吃不吃由你决定。他属于你。"

"因为我打败了他吗?"

"如果你打败了一个人,又不屑于杀死他,那他就是你的。"

"如果我不要他呢?"

"那他就躺在这里,饿死,或者被野兽吃掉。"

"我可以给他松绑,还他自由。"

罗纳人发出一声刺耳的大笑："他没有自由了。他现在是一具空壳，他败了，他毁了，在我们族人眼中，他连狗屎都不如。"那人言语中透出怒火，狠狠地瞪着男孩，"对于一个不听告诫、狂妄傲慢的家伙，这样的惩罚相当合适。给他松了绑，他将在此游荡，手无寸铁，无人理会，我们族人避之不及，他根本无家可归。"

他的目光又移了回来，维林发现，在他愤怒的眼神里，还藏着一丝别样的情绪，从他绷紧的下巴和嘴唇的形状可以看出来。那是关切之情。他为这个孩子担忧。

"既然他是我的，"维林说，"那我可以随意处置他？"

罗纳人飞快地瞟了男孩一眼，然后点点头。

"那我把他作为礼物送给你，感谢你准许我进入你们的地盘。"

罗纳人依然面无表情，维林却看出他的眼神里掠过欣慰之色。"你们梅利姆赫太软弱，"他讥讽道，"既无能又胆小。你们只是仗着人多势众，但不可能永远如此。总有一天我们会把你们赶进大海，浪花因你们的鲜血而泛红。"他站起身，走向男孩，用靴子里的小刀割开绳子，"我接受你这没用的礼物，你也没别的可给我了。"

"不客气。"

卸掉了绳子，男孩仍然无力地趴在地上，罗纳人一把将他拉起来，嘴里骂骂咧咧，又一巴掌扇了过去。男孩呜咽一声醒过来，扫见维林，脸上立即有了血色，敌意和杀气瞬间回归。他怒气冲冲地绷紧了身子，还想冲过来打，结果大个子罗纳人反手一巴掌，狠狠地抽在他脸上，男孩的嘴角登时流出血来。父亲粗暴地把他推到小马旁边，拎起来扔上马背，往山丘底下一指，神情十分严厉。男孩恨恨地瞪了维林一眼，策马驰入黑暗之中。

罗纳人走回火堆，又拿起干牛肉啃了起来，面色极为阴沉。

"父亲对儿子，向来是爱之深责之切。"维林说道。

罗纳人抬头一瞥，眼中再次闪现敌意："别以为我欠你什么。别以为你用我儿子的命,换来了行走于我们领地的权利。你之所以活着,是因为她的意愿。"

"她?"

罗纳人厌恶地摇摇头:"我们双方打了几百年,可你对我们还是一无所知。她是我们的向导和守护者。她是我们的智慧和灵魂。她统治我们,侍奉我们。"

维林想起了在马蒂舍森林与勒苏丝·希尔·霖相见的白日梦。她是怎么说罗纳人的?我早该知道大祭司能想出办法。"大祭司。是她领导你们吗?"

"大祭司。"罗纳人念了一遍,像是品尝某种陌生的食物,"这说法还行。你们的混账话很难对上我们的意思。"

"你很会说我们的混账话。你打哪儿学的?"

罗纳人耸耸肩:"我们突袭的时候抓俘虏,虽说没什么用。男人太无能,顶多挖一季的矿,女人怀的孩子有病。不过有一次我们抓了一个灰袍男人,他自称凯林兄弟。他会治病,也会学习,很快说我们的话就像说你们的话一样流利,于是我要他教我说你们的话。"

"他在哪儿?"

"去年冬天生了病。他老了,我们把他丢在了雪地里。"

维林明白了罗纳人声名狼藉的原因。"这么说,是大祭司要你们放我进来的?"

"山中传话过来。有个梅利姆赫将独自闯进我们的领地,是他们最伟大的战士,前来找他兄弟索命。任何人都不准伤害他。"

找他兄弟索命……看来大祭司知道得不少。"为什么?"

"她没有解释。山中之言不容置疑。"

"可你的儿子还打算杀我。"

"小子们总想着凭借违反禁令出人头地。他想的是打败了你,拿他的小刀缴来梅利姆赫最锋利的剑,便功成名就了。我究竟哪里触怒了诸神,害我有了这么个傻儿子?"他清清嗓子,往火堆里啐了一口痰,然后抬眼看了看维林:"你为什么饶他不死?"

"没必要杀他。滥杀无辜有违信仰。"

"凯林兄弟经常说起你们的信仰,尽是扯淡。人怎么可能只有教义可信,在违背教义之时,却没有神来惩罚他呢?"

"神即是谎言,谎言不能惩罚人。"

罗纳人又嚼起了干牛肉,然后摇摇头,表情仿佛有些悲伤:"我听过火神尼沙柯的声音,在冒烟的大山底下,黑暗之地的深处。那不是谎言。"

火神?显然此人把洞穴里的回声当成了神的声音。"他说了什么呢?"

"很多。没必要说给你听,梅利姆赫。"他把牛肉和水袋扔还给维林,"杀兄弟会带来厄运。你为什么要做这种事?"

维林很想不作理会,沉默不语,等罗纳人自行离开,因为实在没什么好谈的,他也不稀罕有人陪着,但他只觉得如鲠在喉,不吐不快。向陌生人倾吐心声并非难事。"他不是我的亲兄弟。我们在同一个宗会,他犯下了重罪。"

"所以你要杀死他?"

"到时候非杀不可。他肯定不愿意跟我回去接受审判。大祭司也说了放他通行吗?"

罗纳人点点头:"黄头发七天前骑马经过,去了 Maars Nir – Uhlin Sol。你打算跟过去吗?"

"非去不可。"

"那你找到的大有可能是黄头发的尸体。那片废墟里只有死亡。"

"我听说了。你知道去了失落之城的人是因何而死的吗?"

罗纳人面带愠色,脸部抽动了一下。谈及恐惧的话题往往令人不快。"我们族人不去那里,至少有五个冬天没去那里了,以前我们也

渡鸦之影 血歌

不喜欢那个地方,空气沉甸甸的,压住了人的灵魂。后来就有尸体出现了。经验丰富的猎人和战士被未知的东西撕裂了,他们死前的表情都是恐惧。被野兽杀死甚是可耻,即便是魔法造就的野兽。"他抬眼一瞥维林,"你要是去了,很快就跟你的兄弟一样变成死尸。"

"我兄弟没死。"他很清楚。从血歌始终如一的音调中,他能感觉到诺塔仍然活着,仍然等在那里。

罗纳人突然拿起兵器,站起身来,满怀敌意地盯着维林:"我们谈得够多了,梅利姆赫。再跟你待下去我都受不了自己了。"

"维林·艾尔·索纳。"维林说。

罗纳人面带疑虑地斜睨着他:"你说什么?"

"我的名字。你有名字吗?"

罗纳人无言地端详了他很久,眼中的敌意渐渐消散。最后,他摇了摇头:"这不是你的名字。"

然后他走了,悄无声息地离开火堆,跨进无边的黑暗。

◆

那座塔足有两百多英尺高,维林只能想象曾经的壮观景致——仿若一支由红色大理石和灰色花岗岩打造的巨箭,直指天穹。此时他脚下的路残破不堪,杂草丛生,向失落之城的中心地带延伸而去。他走近了才发现,那些碎石表面刻有精美的浮雕,是各式各样的野兽,以及裸身嬉戏的人类。在都城那些年岁更久远的建筑上,石雕皆为军事题材,战士们手持古代兵器,所参加的战争早已湮没于历史。然而此处没有战争,石雕的场景充满喜乐,常与肉欲相关,没有一点暴力。

朝阳已然升起,却隐在厚厚的云层背后,寒风凛冽,卷来雪花无数。维林知道风雪只会越来越大,他裹紧斗篷抵御严寒,同时催促唾沫星快些前进。尽管唾沫星不似以往那般倔强,但维林感觉到这畜生前所未有的紧张,它瞪大眼睛,听到风吹草动就焦虑地嘶叫。是因为这座城,他知道。气氛极其压抑,罗纳人和亚丁兄弟的说法并不夸张。当他走近前方那堆参差不齐的废墟,只感到气氛越来越压抑,后脑壳阵阵闷痛。血歌也发生了变化,调子不再平稳,有一种急迫的警告意味。

他领着唾沫星走向中央的一扇拱门,旁边应该就是高塔坍塌之前的基座。没走几步,唾沫星忽然浑身发抖,眼睛瞪得犹如铜铃,惊慌地昂起头东张西望。

"放松!"维林轻抚它的脖子,试图让马儿冷静下来,不料唾沫星反而受到惊吓,竟然失去控制——随着一声尖利的嘶叫,它的身子猛地一歪,把维林掀翻在地。没等他抓住缰绳,唾沫星就嘶叫着绝尘而去。

"回来,你这该死的畜生!"维林怒吼,可回答他的只有远去的蹄声。"早该割了它的喉咙!"他咕哝道。

"别动,兄弟。"

诺塔站在坍塌了一部分的拱门下方。他的金发长了许多,几乎与双肩平齐,下巴冒出了胡茬。他不再是宗会兄弟的行头,穿着鹿皮紧身裤和皮革猎装,腰间插一把猎刀,除此之外没有别的武器。维林原以为诺塔必然说些挑衅的话,外加惯常的轻蔑表情和讥讽口吻,但出乎意料的是,诺塔却是一脸忧心忡忡。

"兄弟,"他一本正经地称呼诺塔,"阿尔林宗老命令你立刻返回……"

诺塔似乎完全没听见他说话,举起双手,缓缓地向他走了过来。维林发现他的眼睛不停地往旁边看,似乎全神贯注地盯着他背后……

维林一旋身,背后的长剑瞬间出鞘。

"不要!"诺塔喊得太晚了,一个极其强壮的庞然大物从维林侧面撞过来,长剑当即脱手,他整个人飞了起来,落到足有十步之外的地上,一时间只有出气没有进气。

渡鸦之影 血歌

维林慌忙从靴子里抽出匕首，大口吸气。胸膛刺痛，说明至少断了一根肋骨。他痛嚎着强行站起身，突然一阵晕眩袭来，只觉天旋地转，不由再次翻倒在地。不止一根肋骨断了。他拼命地挣扎着，疯狂地挥舞匕首，想要重新起身，却发现诺塔站在身边。维林以为他要动手，匕首一转，打算挡开对方的突刺……

诺塔背对着他，举起双手，狂乱地舞动："不要！不要！放过他！"

有个声音随之响起，似是吠叫，又似咆哮，但没有狗能发出这种叫声。

维林在尤里希和马蒂舍森林见过野猫，但眼前的这头野兽，无论体型还是模样都与野猫大不相同，他甚至可以断定完全是另一种动物。野兽正常站立约有四英尺高，精瘦却强悍的身躯覆盖着雪白的毛皮，上面满是深黑条纹，紧抓地面的巨爪有两英寸长；面庞的毛皮条纹繁复，绿莹莹的双眼满是敌意。当维林与它四目相对时，野兽嘶嘶发声，露出象牙匕首似的尖牙。

"不要！"诺塔大喊着，挡在大猫和维林中间，"不要！"

大猫又咆哮起来，抬起一只爪子，恼怒地凭空抓了一把，然后挪向左边，打算绕过诺塔。维林惊呆了：莫非大猫害怕诺塔？

有人忽然击了一下掌，那声音穿透了凛冽的山中空气，显得格外响亮和刺耳。维林撇开那只龇牙咧嘴的大猫，看到不远处有个年轻女人。她身材苗条，一头红褐色的头发，那张鹅蛋脸美丽动人，甚是眼熟。

"瑟拉？"他叹道。一阵疼痛陡然袭来，令他头晕目眩，浑身抽搐。待维林神志清晰，发现她站在身边，正亲切地微笑着。大猫蹲在她旁边，用鼻子蹭她的腿，她则揉着大猫背部的毛。从她身后的废墟里又走出了几十人，男女老少都有。

"兄弟？"诺塔跪在他身边，面色苍白，神情关切，"你受伤了吗?"

　　"我……"他见诺塔的眼里尽是担忧,心里只觉无比羞愧。我是来杀你的,我的朋友。我这样子算什么人啊?"我没事。"他说着,勉强撑起身体。胸中忽然一阵剧痛,他当即晕了过去。

第八章

周围的声音吵醒了他,有人在低声交谈,听语气却是争论。

"……对我们所有人都很危险。"一个男人激烈地耳语道。

"不比我危险。"一个熟悉的声音回答。

"你和我们一样是逃亡者,兄弟。可他是宗会的一员,任务就是追杀我们这种人。"

"此人受我保护。谁都不准伤害他。"

"我不是说要伤害他。有很多办法,我们可以不让他醒过来……"

"现在说这个有点晚了。"维林说着,睁开眼睛。

他躺在一间空荡荡的大房里,床上铺着毛皮,墙壁和天花板绘满了褪色的画作,尽是些动物以及他说不出名字的海洋生命。地上铺着令人眼花缭乱的各色地砖,拼出的图案是一棵果实累累的梨树,周围环绕着陌生的符号和繁复的漩涡。诺塔站在门边,还有一个身形略瘦的男人,一头灰发,神色警惕。

"兄弟,"诺塔笑着说,"你还好吗?"

维林摸摸肋部,原以为一碰就痛,结果没感觉到疼;拉开盖在身上的毛皮,也没看见本应有的青紫瘀伤——他的身体竟然光滑无痕。"看来还好。还以为那家伙至少撞断了我一根肋骨。"

"何止一根肋骨,"瘦削的男人说,"韦弗照料了你大半夜。雪舞不太容易控制,连瑟拉也做不到。"

"雪舞?"

"那只大猫,"诺塔解释,"冰雪部落遗留下来的战猫。看来守塔大臣赶走它们后,有的误闯进了罗纳人的地盘。瑟拉发现她的时候,她还是一只小猫。不过到现在也没有完全长大。"

"够大,也够凶,足以保护我们。"那个男人说着,冷冷地看了维林一眼,"现在倒难说了。"

"这位是哈力克,"诺塔说,"他很怕你。他们大多数人都怕你。"

"他们是谁?"

"住在这里的人。他们是非常怪异的一群人。"诺塔走到一个角落里,那儿整整齐齐地摆放着维林的衣服和武器。他扔给维林一件外衣:"穿上,我带你到失落之城转转。"

外面艳阳高照,暖意融融,驱散了废墟的阴影。从外形上看,他们栖身的这座建筑,大概是为处理事务所用,不仅规模不小,出口处的门楣上还刻有一串符文,由此推断这里原是某个重要的场所。

"哈力克认为这里以前是图书馆,"诺塔说,"他曾在瓦林斯堡大图书馆当过管事,应该懂行。不知道那些书怎么样了。"他耸耸肩。

"这么多年过去,大概早就化成灰了。"维林说。环顾四周,满目皆是被破坏的美丽,令他震撼不已。整座城池容颜尽毁,但每一条曲线,每一处石雕,依然残存有昔日的典雅与荣光。他的目光掠过残垣断壁和面目全非的雕像,不见日久年深的裂纹,尽是刀削斧砍的断面。他望向别处,发现所有高大的建筑都是七倒八歪,毫无规则可言。显而易见,当年这座城池所受到的破坏程度,远远超过岁月和风雨的侵蚀。

"数百年前,这里遭到过袭击,"他喃喃道,"城市因此而毁掉。"

"瑟拉也这样说。"诺塔的脸色微微一变,"她偶尔做噩梦,梦见这里发生的事情。"

维林扭过头,细细端详他的脸庞。诺塔无疑变了许多,马蒂舍森林在他眼中蒙上的阴影已然消散,维林花了一点时间才看出来——他现在心情愉快。

渡鸦之影 血歌

"兄弟,"他说,"有件事我要知道。她碰过你吗?"

诺塔既感到好笑又有些警惕:"我父亲说过,有些事是真正的贵族不能提及的。"

诺塔竟然如此轻易地背弃当初的誓言,维林一时间也不知道该嫉妒还是愤怒。而令他意外的是,这两种情绪他都没有。"我是说……"

一阵急促的刮擦声突然传来,那是爪子踏过石块的声响,维林还没回过神,战猫雪舞就跃了过来——她跳过一根倒塌的石柱,硕大的脑袋顶住诺塔,嘴里发出咕噜噜的声音,险些将他撞翻在地。

"你好啊,黏人的小家伙。"诺塔打着招呼,伸手挠她的耳根,怎么看都像是在抚摸一只小猫。维林不由自主地往后退,这头畜生强大的气场令小花脸相形见绌。

"她不会伤害你,"诺塔一边对维林说,一边挠着雪舞的爪子,她则歪着脑袋享受,"瑟拉不会允许的。"

诺塔领着他穿过废墟,来到一片保存相对完好的建筑群。这里有三十来人,年龄各不相同,还有几个孩子在附近嬉戏追逐。看到维林,大多数成年人面露疑惧之色,有些人甚至满眼敌意。奇怪的是,他们并不害怕雪舞,有几个孩子还跑过来抚摸她。

"你怎么不拿走他的剑?"一个高个子男人问诺塔。他蓄着黑胡子,手里抓一根沉重的方头棒,有个小女孩躲在他身后,睁大了眼睛,既害怕又好奇地张望着。

"不是我的剑,不该我拿。"诺塔平静地回答,"我建议你也别试,兰尼尔。"

令维林困惑的是,当他们走过营地时,人们纷纷避免与他对视,有几个人还遮住了脸,而维林根本不认识他们。血歌依然低吟浅唱,那调子从未有过,隐隐有认同之意。

诺塔走到一个块头很大的年轻人身边。此人与众不同,根本不在意他们。他坐在一堆灯芯草当中,运指如飞,不假思索地把长长的草茎编织在一起。他旁边搁着一些做好的锥形草篮,看起来都一模一样。

"这位是韦弗,"诺塔对维林说,"你的肋骨完好无损,都是他的功劳。"

"你是医师吗,先生?"维林问这个年轻人。

韦弗抬起那张宽脸,双眼无神地看着维林,露出若有若无的微笑。须臾,他眨了眨眼,似乎刚刚认出维林。"里面全断了,"他语速很快,吐字含混,维林听不大清楚,"骨头、血管、肌肉和内脏。要修补。很费时间。"

"你修好了我?"维林问。

"修好了。"韦弗重复道。他又眨眨眼睛,继续做工,手指一刻不停地上下翻飞。等到诺塔拉走维林的时候,他依然没有抬头。

"他脑子有点迟钝吗?"维林问。

"谁知道呢。他整天坐在这儿编篮子,很少说话,只有在给人治伤的时候才停手。"

"他打哪儿学来的医术?"

诺塔站住脚,卷起左臂的袖子——前臂有一道细细的伤疤,非常浅,不仔细看几乎难以发觉。"我从战争大臣的大帐里冲出去的时候,有只乌鸦投出的长枪刺中了我。我尽力缝合了伤口,可毕竟不是医师。等我进了大山,伤口开始化脓,周围的皮肉乌黑发臭。后来到了这帮人当中,韦弗放下灯芯草,走过来把手搭在我的胳膊上。那感觉……很暖很暖,像要烧起来似的。等他把手拿开,伤口就变成了现在的样子。"

维林回头看着坐在灯芯草和篮子当中的韦弗,血歌又低吟浅唱起来。"黑巫术。"他说着四下张望,看到一张张神情警惕的面孔,终于明白了这种调子的含义,"他们都有黑巫术。"

诺塔靠近了,轻声说道:"你也有,兄弟。不然你是怎么找到我的?"看到维林吃惊的样子,他笑了起来:"你藏得好深,这么多年了,我们全都毫无察觉。可你瞒不过她。她说了你为她所做的事,对此,我要向你致以最诚挚的谢意。要不是你,我们也不会相遇。走吧,她在等我们。"

他们在城中央的大广场找到了瑟拉。广场的营地里,吊在火堆上的炖锅正热气蒸腾。她不是独自一人,唾沫星在一旁快活地打着响鼻,享受瑟拉的抚摸。当维林走近时,它一如既往地耍起脾气,高声嘶叫,似乎对来人颇为厌恶。

瑟拉给了他一个大大的笑容和一个温暖的拥抱,维林注意到她戴了手套,以避免两人肌肤相亲。她的手语依然是那么流畅。你长高了。她说。

"你也一样。"维林往唾沫星那边点头示意——它正用鼻子蹭一丛金雀花灌木,故意不理会主人,"它喜欢你。通常它见到谁都讨厌。"

不是讨厌,她打着手语。是生气。它能记住很久以前的事,大多数马儿做不到。它还记得生长的那片草原。那儿有无边的草地,无际的天空。它渴望回家。

诺塔极为自然地把瑟拉搂了过去,她不再打手语,两人的嘴唇贴在一起。这一幕令维林有些不适。看来,瑟拉早就碰过他了。

唾沫星忽然惊恐地嘶叫起来,原来是看见了雪舞,要不是瑟拉抚着脖子安慰它,它又要逃走了。她扭头看着战猫,雪舞当即驻足不动。当瑟拉的目光停留在大猫身上时,维林感觉到了血歌的低语。很快,雪舞眨了眨眼,迷糊地摇摇头,往旁边纵身一跃,迅速消失在废墟之中。

她想找你的马玩儿,瑟拉说。从现在开始,雪舞不会靠近它了。她走到火堆边,从架子上取下炖锅。

"你愿意跟我们一起吃饭吗,兄弟?"诺塔问。

维林这才感觉饥肠辘辘。"当然好了。"

炖锅里煮的是山羊肉,加了百里香和鼠尾草,这几种香料在废墟里随处可见。维林把餐桌礼仪抛诸脑后,狼吞虎咽地吃光了一碗。他注意到诺塔望向瑟拉,脸上流露出歉意,而她只是笑着摇了摇头。

"邓透斯怎么样了?"诺塔问。

"脸肿了,你差点打断他的颧骨。"

"他也差点打断了我的颧骨。这么说,乌鸦们没抓到他?"

"他平安回到凌绝堡了。"

"那我放心了。他和兄弟们生气了吗?"

"没有,他们都很担心你。我生气了。"

诺塔小心翼翼地挤出一丝笑容:"兄弟,你是来杀我的,对吗?"

维林直视着他的眼睛:"我知道你不肯跟我回去。"

"没错。那么现在呢?"

维林指着戴在诺塔脖子上的吊坠,示意他递过来。诺塔稍一犹豫,取下挂有盲战士徽章的链子,扔到维林手里。

"现在没必要了。"维林说着,把链子戴到脖子上,"你身受重伤,慌不择路,逃进罗纳人的地盘。你打倒了几个罗纳人,却遇到了蛰伏在失落之城附近,人们谈之色变的无名猛兽,最终没能逃过惨死的命运。"他摸了摸徽章,"要不是这个,我都认不出那些残肢碎肉是你。"

他们会相信你的话吗?瑟拉问。

维林耸了耸肩:"我以前说过的有关你的事情,他们都相信了。况且,最重要的是让国王相信。我认为他愿意相信我的话,不会再追究此事。"

"你果然和国王有私交,"诺塔若有所思地说,"我们一直对此有所怀疑。战争大臣还活着吗?"

"看来是的。疆国禁卫军返回了阿斯莱,穆斯托尔大人在库姆布莱都城承袭封地领主之位。"

"那些库姆布莱俘虏呢?"

维林犹豫不决。他从亚丁兄弟那里听说了俘虏的下场,不知道诺塔听说后会作何反应,但他认为诺塔有权知道真相。"战争大臣深受乌鸦的爱戴,这你知道。你下手之后,他们发起暴动,把俘虏统统杀光了。"

诺塔沉下脸,哀伤地说:"看来一切都白费了。"

瑟拉伸出手,捏了捏诺塔的手掌。没有白费,她打着手语说。你找到我了。

诺塔强作笑颜,随即站起身来。"我该去打猎了。"他吻了一下瑟拉的脸颊,然后挎上弓和箭袋。"肉快吃完了,而且你们俩应该有很多话要说。"

维林目送他走向城北。没过多久,雪舞现身,悄无声息地跟上了他的脚步。

我知道你在想什么。他转回头时,瑟拉说。

"你碰了他。"维林回答。

不是你想的那样,她打着手语辩解道。我有东西在你那里。

维林点点头,伸手从衣领里掏出她以前给的那条丝巾。他从脖子上解下来,递给瑟拉,心里竟有一点不舍。这些年来,丝巾就是他的护身符,没了它,感觉很怪,令人不安。

瑟拉露出悲伤的笑容,她接过丝巾,放在膝盖上,手指摩挲着用金线编织的精美图案。母亲一辈子都戴着它。她打手语说。母亲去世后,便留给了我。丝巾所包含的寓意对于和我们有相同信仰的人来说很重要。你看。她指着丝巾里的一幅众星拱月图。月亮,代表静思,由此得来理性与平衡。你瞧这里。她指着一幅烈焰环日图。太阳,激情、热爱与愤怒的源泉。她又指着丝巾最中央的树形图案。我们生活在这里,在日月之间。我们生长于大地,受太阳之温暖,月夜之寒凉。你兄弟的心,离太阳之域太近,身心燥热,满怀愤怒和懊恼。现在他以月亮为引导,身心早已冷静。

"是他自己的选择,还是因为你碰了他?"

她略带羞涩地笑了。那时雪舞召唤我,我得知他的到来,感到很害怕。我们找到他时,他已经从马上摔了下来,因为身上有伤,他发着高烧,胡言乱语。他们都想杀死他,但被我拦住了。我知道他是什么人,而武艺如此高强的人,对我们是很有用的,于是我碰了他。她说到这里停了下来,低头看着戴有手套的双手。可什么都没有发生。头一回出现这种情况,没有力量的奔涌,没有操纵的感觉。她的脸颊慢慢地泛起绯红。我可以碰他。

我敢肯定,这对他来说是好事,维林尝到了妒忌的滋味。"他不是按你的命令行事?他没有……"他搜寻着合适的词语,"被你奴役吗?"

母亲曾说过,会有这样的情况出现。终有一天,我会遇见某个人,他不受我的触碰影响,我们将会在一起。我们这样的人,迟早会等到这一天。你的兄弟一如既往的自由。她收敛了笑容,眼里流露出同情。我认为,比你更自由。

维林避开了她的目光。"他讲过韦弗所做的事,"他想换个话题,"这里所有的人都接触了黑巫术,是不是?"

她皱起眉头,气愤地打起手语。黑巫术是愚昧之人使用的说法。这里的人是天赋者。不同的力量,不同的才能,但都是天赋者。你也一样。

他点点头:"很多年前,你就看到了我拥有的能力。你比我先知道。"

你的天赋极为稀有和珍贵,我母亲称之为猎人的召唤。四大封地时期,也叫战之天眼。而瑟奥达人……

"血歌。"他说。

她点点头。比起我们上次见面时,它成长了许多。我可以感觉到。你磨炼过,你懂得它的韵律,但你还有很多需要学习的。

"你能教我吗?"言语之间,维林满怀期望,连他自己都感到吃惊。

她摇摇头。不行,但有人可以,拥有同样天赋的、更年长更具智慧的人。他们可以引导你。

"我如何找到他们?"

血歌是你们的纽带。它可以找到他们。你所要做的就是跟随。记住,你的天赋非常罕见。或许要花上许多年,你才能找到可以引导你的人。

维林犹豫了片刻,才问出接下来的问题。这个秘密藏在心里太久,想要吐露出来已是千难万难。"有件事我想知道。我见过两个男人,他们如今已死,但他们死前的声音却是一模一样的,这是怎么回事?"

她忽然沉下脸,露出警惕的表情,过了好一会儿才打起手语。他们对你有恶意,是不是?

维林想起第四宗宅子里的刺客和杀气腾腾的汉提斯·穆斯托尔。"是的,他们心怀恶意。"

奇怪的是,瑟拉的手势忽然有些犹豫,之前从未见过她这样。有关天赋者的传闻……古老的传闻……神话传说……有的天赋者可以回来……

他皱起眉头:"回来?从哪儿回来?"

从我们旅程的终点……从往生……从死亡回到现世。他们占据活人的躯体,如同披了一件斗篷。至于这种事情是真是假,我不知道。你所说的……太令人困扰了。

"以前有七个。你知道这句话的含义吗?"

以前你们的信仰旗下有七个宗会。这是一个古老的传闻。

"是真是假?"

她耸耸肩。毕竟不是我的信仰,我对其历史知之甚少。

维林回头看了看营地里那些面有惧色的人:"他们都追随你的信仰吗?"

她短促地笑了一声,摇了摇头。这里只有我一人笃信日月教。我们当中有追寻者、至上信徒、库姆布莱神的信徒,甚至还有人追随你的信仰。我们共处一地,不因信仰,只因天赋。

"是艾林把他们带到这里的?"

有的是。他第一次带我来时,这里只有哈力克等几个人。其他人后来才到,都是为了逃离因为天赋所招致的恐惧和憎恨。这个地方,她伸出双手示意周围的废墟,有过强大的力量。这里曾是天赋者的庇佑之所,甚至引以为荣。那个年代的回音依然嘹亮地召唤着我们。你也能感觉到,对吧?

维林点点头。当他明白了这一切,城里的气氛似乎没有之前那么压抑了。"诺塔说你做过有关失落之城的噩梦,梦见这里发生的事情。"

不全是噩梦。有时候我梦到这里衰亡之前的样子,这里有很多的奇迹,是艺术家、诗人、歌手和雕刻家的天堂。他们精通各种技艺,学识极其渊博,自以为无懈可击,觉得生活在城里的天赋者即可提供一切必要的保护。他们一代代安享太平盛世,连战士也不曾有过,而当风暴来袭,他们根本无力抵抗。

"风暴?"

很久很久以前,我们的族人尚未登陆这片海岸,罗纳人和瑟奥达人还没有出现之时,这样的城市遍布大陆,可谓人丁兴旺,美丽富饶。随后风暴袭来,摧毁了这一切。那是钢铁和邪恶力量的风暴。他们扫灭了顽强抵抗的天赋者,将所有的憎恨发泄在此城之中,这是他们最为憎恨的城市。她顿了顿,打了个寒战,不禁拉紧了披在肩上的围巾。强奸，屠杀，焚烧孩童，大啖人肉……你所能想象的一切惨剧，都在此地发生过。

"他们是谁？什么人竟然做出这等事？"

她茫然地摇摇头。我在梦中并不知道他们是谁，从哪里来。也许是因为生活在这里的人们也不知道。我的梦只是他们生前的回音，他们只说出了他们所知道的事实。

她闭上眼睛，驱散了脑海中的回忆，然后熟练地折好膝盖上的丝巾，递给维林。

"我不能接受，"他说，"这是你母亲的遗物。"

瑟拉用戴着手套的手按住维林的手，硬把丝巾塞给他。这是礼物。我万分感谢你，唯此才能表达我的谢意。

傍晚，他们分吃了几只烤兔——那是诺塔打猎的收获——还给瑟拉讲述了他们在宗会生活的趣事。奇怪的是，那些事似乎过去了许久，仿佛他俩是回忆陈年旧事的老人。维林明白了，对诺塔来说，宗会的生活已是过去，他已经跨过了这道坎，维林和兄弟们不再是他的家人。他现在有了瑟拉，他们和众多的天赋者寄居在废墟之中。

"你知道此地不宜久留，"维林对瑟拉说，"罗纳人不可能永远对你的战猫无动于衷。滕吉斯宗老迟早会派出一支强大的远征军到此解开谜团。"

她点点头，双手在火光中挥舞。我们很快就要离开了。我们还有别的地方可以躲藏。

"跟我们走吧！"诺塔提议，"说到底，你比我更有资格加入这个奇异的团队。"

维林摇头道："我属于宗会，兄弟。你知道的。"

"我只知道，如果你还留在那里，你的未来就只有战争和杀戮。"

而且，如果你暴露了秘密，他们又会如何处置你？"

维林耸耸肩，掩饰内心的不安。诺塔所言当然没错，但他的信念是不可动摇的。尽管背负着这么多秘密，双手沾满了鲜血，尽管谢琳和他永远不能相认的妹妹是心中的痛，他仍然清楚地知道，他属于宗会。

他犹豫了片刻，终于怀着沉重的内疚感，说出了非说不可的话，保守了太久的秘密。"你的母亲和姐妹都在北疆，"他对诺塔说，"你父亲被处决后，国王找了个地方安置她们。"

诺塔的表情极为复杂："你知道多久了？"

"剑术试炼过后我知道的。我早该告诉你，对不起。我听说守塔大臣艾尔·默纳容忍异教徒生活在他的领地，或许你们可以去那边。"

诺塔绷着脸，一言不发地盯着火堆。瑟拉抱着他的胳膊，头靠在他的胸前。诺塔轻抚着她的头发，表情逐渐恢复了自然。"是的，你早该告诉我，"他对维林说，"但我还是要感谢你现在告诉了我。"

几个孩子从黑暗中跑了出来，围着诺塔咯咯直笑。"讲故事！"他们高呼，"讲故事！讲故事！"

诺塔本想打发他们走，推说今天太累，可他们不依不饶，诺塔只好让步："什么样的故事？"

"打仗的！"一个小男孩大声回答，他们围着火堆坐了下来。

"不听打仗的。"有个小女孩抗议，维林认出她就是在营地里睁大眼睛，既好奇又害怕的那个。"打仗的不好玩。讲吓人的故事！"小女孩爬到瑟拉的膝盖上，靠在她的怀里。

孩子们此起彼伏地喊了起来，诺塔挥手要他们安静，然后摆出一副严肃的表情。"那就讲吓人的故事。不过，"他举起一根手指，"容易尿裤子的胆小鬼还是免听为妙，因为这个故事非常可怕，等我讲完，你怕是要骂我不该讲出来。"他压低声音，几近耳语，为了听清他的话，孩子们不由自主地倾过身子。"这个故事叫做女巫的私

渡鸦之影 血歌

生子。"

维林知道这个古老的传说：在仑法尔的一座村庄里，有个女巫沾染了黑巫术。她引诱当地的铁匠上了她的床，两人的结合诞生了一个有着人类男孩模样的邪恶怪物，它命中注定要毁灭村庄，杀死父亲。他觉得给孩子们讲不大合适，因为这个故事通常是用来警告人们切勿沾染黑巫术的，但孩子们全都睁大了眼睛，聚精会神地倾听诺塔的开场："很久很久以前，还没有王国的时候，在古仑法尔最黑暗的树林里最黑暗的地方，有一座村庄。这座村庄里住着一个女巫，外表眉清目秀，内心却比最黑暗的夜晚还要幽深……"

维林默默起身，穿过阴影四伏的废墟，来到了大营地，住在临时帐篷里的人纷纷投以怀疑的目光。有几个人略为生硬地向他点头致意，但没有一个天赋者开口说话。他们肯定知道我和他们一样，维林心想。但他们还是怕我。他接着往前走，回到了早上醒来时所在的建筑，也就是诺塔称之为图书馆的地方。门内有微弱的火光，他在外面踌躇了片刻，确定里面没人说话。他希望找哈力克——也就是那位曾经的图书馆员——私下里谈谈。

他看见那人正在火堆边读书，青烟透过屋顶的洞飘了出去。走近了些，维林才发现火堆里烧的东西不寻常，竟然不是木头——火舌舔着卷曲焦黑的书页，以及不断起泡的皮质封面。他的猜测得到了证实：哈力克翻完书的最后一页，合上书将其扔到火里。

"有人对我说过，烧书是十恶不赦的大罪。"母亲经常教育他学习的重要性，此时他想起了其中的一句话。

哈力克吓得站起来，紧张地退了几步。"你要干什么？"他说话时声音发抖，毫无威慑力。

"谈谈。"维林走进屋子，蹲下来烤火，看着逐渐化为灰烬的书籍。哈力克一言不发，抱着胳膊，不愿与他对视。

"你是天赋者，"维林接着说道，"肯定是，否则不会来这里。"

哈力克瞟了他一眼："你是说受害者吧，兄弟？"

"你不用怕我。我有问题要问，唯有学识渊博的人或许能回答。最好此人还是天赋者。"

"如果我回答不了呢？"

维林耸耸肩："那我再找别人。"他往火堆点头示意，"身为图书馆员，你好像不怎么尊重书籍。"

哈力克生气了，愤怒瞬间压倒恐惧。"我把全部的生命都奉献给了知识。我不需要向一个无所作为、杀人如麻的刽子手解释。"

维林一歪脑袋："悉听尊便，先生。但我还是想问你问题，你愿意回答就回答，不愿意就罢了，随你。"

哈力克沉默地思索了片刻，走向火堆边那张铺有毛皮的凳子，坐了回去，然后谨慎地抬眼迎上维林的目光："问吧。"

"信仰的第七宗是否真的灭亡了？"

那人的目光当即垂了下去，脸上再次露出恐惧的表情。他沉默了许久，再说话时，声音几不可闻："你是来杀我的吗？"

"我不是为你而来的。你知道。"

"可你在寻找第七宗。"

"我是为信仰和疆国而来的。"他皱起眉头，忽然意识到哈力克那句话的含义，"你是第七宗的人？"

哈力克似乎吓到了："你的意思是你不知道？那你来这里做什么？"

维林真不知道是该放声大笑，还是给这个倒霉蛋一耳光。"我只是来找逃亡的兄弟，"他耐心地对哈力克说，"我并不知道会找到什么。我对第七宗知之甚少，希望多些了解。仅此而已。"

哈力克面色僵硬，生怕任何一点表情的变化出卖了自己。"你会泄露你们宗会的秘密吗，兄弟？"

"当然不会。"

"那就别指望我泄漏我们宗会的秘密。你可以折磨我,我知道,但我什么都不会说。"

维林注意到哈力克插在膝间的双手不住地颤抖,不由佩服起此人的勇气来。他以为如果第七宗真的还存在,那应该是一个涉及黑巫术的邪恶组织,其成员尽是阴险狡诈之徒,可眼前这个吓得发抖、有胆无谋的家伙,说明他所想的不完全对。

"是第七宗策划并杀害了森迪斯宗老和莫文宗老吗?"他的语气出乎意料的严厉,"在我参加跋涉试炼时,是他们安排人暗杀我的吗?是他们哄骗汉提斯·穆斯托尔弑父的吗?"

哈力克直往后缩,嘴里挤出的声音半是呜咽半是发笑。"第七宗守卫神秘之力,"他似在引述哪里的原话,"为侍奉信仰而施展神秘之技。向来都是如此。"

"数百年前,宗会之间爆发过一场战争。是第七宗挑起的战争。"

哈力克摇着脑袋:"是第七宗自身爆发的战争,是内乱,其他宗会只是卷进了冲突之中。这场战争漫长而惨烈,数千人为此丧命。战争结束后,当时的权贵和平民全都毫无道理地怀疑和害怕第七宗余下的成员。议会决定铲除第七宗,令其永远消失。宗会的宅子被拆除,书籍被焚烧,兄弟姐妹四散而逃,亡命天涯。然而,信仰需要第七宗的存在,无论隐秘还是公开。"

"你是说他们没能真正地铲除第七宗?第七宗仍在暗中活动?"

"我已经说了太多。别再问我了。"

"宗老们知道吗?"

哈力克紧闭双眼,只字不答。

维林突然暴怒地一把抓住他,从凳子上提了起来,按在墙上:"宗老们知道吗?"

哈力克抖抖索索地缩成一团,说话时嘴里直吐唾沫:"他们当然知道。他们什么都知道。"

哈力克的话打开了回忆的闸门。他第一次说出"以前有七个"那句话时,索利斯宗师眼珠子转动,埃雷拉宗老瞬间闪现惊恐的神色;当他说出独眼的黑巫异能之后,索利斯和她交换过目光。还有阿尔林宗老避而不答的眼神。我是傻子吗?他心想,次次视而不见?宗老欺骗了信徒长达数百年。

他放开哈力克,走回火堆边。书籍几乎完全烧成了灰烬,唯余焦黑且翻卷的皮质封面。"其他的天赋者并不知道,对吧?"他看了哈力克一眼,"他们不知道你的真实身份。"

哈力克摇摇头。

"你在这儿有任务?"

"我不能再说了,兄弟。"哈力克很紧张,但语气异常坚决,"请别再问我了。"

"如你所愿,兄弟。"维林走到门口,望着月光下的废墟,"不管你向宗老汇报何事,只要不提到诺塔兄弟还活着,我必将感激不尽。"

哈力克耸耸肩:"我不关心诺塔兄弟的事情。"

"多谢。"

◆

他在废墟里徘徊了几个钟头,任回忆如潮水般奔涌。他们知道,从来都知道。他们知道。他心里满是困惑,却不知是因为遭受了背叛,抑或更深层次的原因。宗老代表的是信仰的价值所在。宗老即信仰本身。如果他们说谎……

"我真心希望你跟我们走。"他抬起头,看见诺塔正站在一尊倒塌的巨大石雕之上。维林看了好一会儿,才发现这尊石雕是一个大胡子男人的头部,表情作沉思状。肯定是城里某个名人的雕像。他是哲人还是国王?或许是神祇也说不定。维林靠在石雕的前额旁,抚摸着凿在眉毛里的纹路。不管他是什么人或神,如今已被遗忘。在这座城市里，无人知晓他的姓名，他只是一块巨石，等待岁月将其风化成灰。

"我……做不到。"沉默许久，他终于对诺塔开口了。

"听你的口气不太肯定。"

"也许吧。即便如此，我还有很多事情要搞清楚。只有在宗会里才能找到答案。"

"什么问题的答案？"

有东西正在暗中壮大。它极其危险，威胁到我们所有人的生命。这种感觉我早就有了，然而如今我才真正地意识到。维林并没有说出心里的想法。诺塔有了新的前程，新的家人。告诉他，只是徒增烦恼罢了。"我们都在寻找答案，兄弟。"他说，"只不过你的似乎已经找到了。"

"我找到了。"诺塔从石雕上一跃而下，送上长剑，"你应该把我的剑连同护身符一起拿走。这样你的话更为可信。"

"你还用得着，前往北疆的路途不仅遥远，而且危机四伏。这些人需要你来保护。"

"保护他们还有别的方式。我这把剑已经沾了太多血。我此生都不想再伤人性命。"

维林接过他的剑："你们什么时候出发？"

"没必要等到冬天。只是说服大家可能不太容易，他们当中有人在这儿住了好多年。"他顿了顿，忽然面露羞怯："其实我没有干掉那头熊。"

"什么？"

"野外试炼的时候，我没有杀死那头熊。我搭的棚子被风吹垮了。我冷得不行，绝望地在雪地里瞎转悠，后来找到了一个洞穴，还以为是逝者保佑我。不幸的是，洞里的熊似乎不怎么欢迎有人拜访。它追了我好几英里，一直追到了悬崖边。我拼了命抓到一根树枝，熊就没有这么好的运气了。结果我好长时间都不缺肉吃。"

维林放声大笑,笑声在废墟中回荡,与周遭的环境格格不入。"你这该死的骗子。"

诺塔笑了:"射箭和骗人都是我的拿手好戏。"他收敛了笑容,"我会想念你,还有他们。不过,战争大臣的事情,我没法向你道歉。"

他俩并肩走回营地,给将要熄灭的火堆添了柴火,然后谈起宗会和兄弟们,足足聊了几个钟头。最后,诺塔钻进了他与瑟拉共同的住处,维林则裹着斗篷睡下了。不知为何,他心里很清楚,明天他必定起个大早,不辞而别。睡意姗姗来迟之际,他终于明白了这样做的原因:我想留下来。

第四部

　　雅努斯王炮制了诸多谎言，污蔑阿尔比兰为背信弃义的侵略者。除此之外，他还需要一个发动战争的合法借口，因此颇费了一番工夫翻查王室档案，最终找出了一份约四百年前的、鲜为人知的协议。真实情况是，该协议由阿斯莱领主与当时的独立城邦乌恩提什和玛贝里斯签订，乃极为规范的关税协定，且早已失效。而雅努斯王的审判大臣揪住了其中一个小小的条款——内容是在镇压梅迪尼安海盗方面形成合作意向对原为阿尔比兰文的条款进行了别有用心的翻译，以及毫不讲理的诡辩，将其内容扭曲为主权要约。如此一来，他们美化了侵略行径，谎称只是要夺回本属于国王的领土。

　　阿鲁兰皇帝（赞美他的睿智与仁慈）登基第九十六天，侵略军的舰队抵达阿尔比兰海岸。近来我帝国（愿其长治久安）与联合疆国关系恶化，某些御前谋士担心对方可能挑起侵略战争，然而雅努斯王的舰队规模之小，大大消解了他们的忧虑。御前算师瑞里恩·阿尔图斯通过计算得出，把疆国禁卫军运送到我国海岸，至少需要一千五百艘战船，而疆国的船只还不到五百艘，其中仅有一半是战船。遗憾的是，我们没能料到梅迪尼安海盗一族（愿海水淹没他们的岛屿）的险恶之举，他们同意运送疆国大军渡过艾瑞尼安海。关于雅努斯为此支付的回报，可谓众说纷纭，有的说不低于三百万金币，还有的说他把女儿嫁给了梅迪尼安的位高权重之人，但无论如何，代价必定相当高昂，足以令海盗抛却他们对北方人的旧恨——毕竟二十年前北方人烧了他们的城池。

最为不幸的是，在此紧要关头，"希望"带了一百名帝国骑卫，正在参拜乌恩提什的缪西尔女神庙，距离登陆点只有十英里之遥。一个惊慌失措的渔民跑来告诉他，有一支梅迪尼安掠袭队已然登陆，人数之多，前所未见。"希望"立刻召集当地的卫戍部队，约有三千骑兵和五千枪兵，于夜半启程，迎击敌军，誓要将其驱赶入海。集合与行军耗费了数个钟头之久。假如我军的速度再快一些，趁敌军仍在海岸集结之时，"希望"或许有机会发起致命一击。然而，此时此刻，第一支登陆的疆国禁卫军兵团，已在通向海岸的窄道上列队迎战。为首的是联合疆国异教旗下最狂热和残忍的神职战士——维林·艾尔·索纳（永远诅咒其名）。

——佛尼尔斯·阿利希·苏梅伦，《救赎之战》，
第一卷（未修订版本），阿尔比兰帝国档案

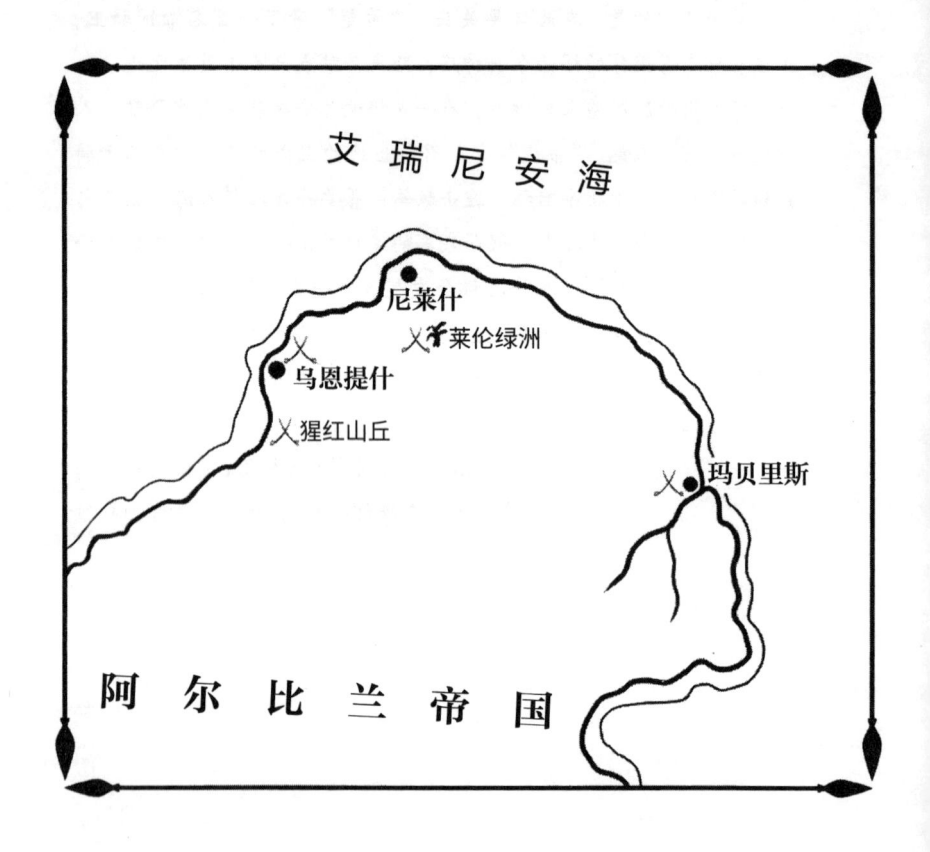

艾 瑞 尼 安 海

尼莱什
莱伦绿洲
乌恩提什
猩红山丘
玛贝里斯

阿 尔 比 兰 帝 国

第四部

佛尼尔斯的记述

"你肯定很痛苦吧,"我说,"发现了你兄弟的尸体。看到他……的残肢碎肉。"

北方人站起来,摩挲着僵硬的腿,然后伸展腰肢,舒服地呻吟了一声。"那场面可不大好看。"他认同我的话,"我把遗体烧了,带上他的剑和徽章返回宗会。国王和阿尔林宗老接受了我的说法,并无质疑。但战争大臣不大相信我,这也情有可原,他骂我是叛徒和骗子。我相信,要不是国王令他闭嘴,他非跟我打一场不可。"

"杀死诺塔的神秘野兽,"我说,"你有没有查清楚它是什么东西?"

"听说北方的狼个头很大。在东方的岩壁上,生活着一种性情极其残忍的猿猴,面貌似狗,块头是人的两倍。"他耸耸肩,"野外有各种各样的危险。"

他攀上了通往甲板的梯子。"我要换口气。"

我跟着他来到舱外的夜色中。夜空无云,明月皎洁,给在海风中摇晃的绳索染上了一层淡蓝。我所能看见的船员只有一名舵手,在高高的主桅杆上还有个男孩的影子。"船长说了,要你们待在船舱里。"舵手吼道。

"那你去叫醒他吧。"我回应道,然后跟上艾尔·索纳。他撑着栏杆,眺望月光粼粼的海面,神情冷漠。

"米西斯之牙。"他指着远处的点点白斑说道。那是一排参差不齐的礁石,在起伏的海潮中激起朵朵浪花。"巨蛇米西斯是梅迪尼安人的狩猎之神,与巨鲸玛津提斯大战了一天一夜。战斗太过激烈,海洋为之沸腾,陆地四分五裂。等一切结束,米西斯死了,漂浮在海面,尽管尸身腐烂,牙齿却存留下来,成为见证它死亡的纪念碑。它的灵魂与海洋交融,当梅迪尼安人在海浪中捕猎时,他们所寻求的正是它的指引,因为它的牙齿标记了家乡的方位。我们到了梅迪尼安人的海域。贵国的船只必定不敢来此冒险。"

"梅迪尼安人都是海上的强盗,"我直言不讳,"我国的船只可以卖大价钱。"

"艾梅伦夫人所乘的船只就是在此处遭劫的。"

我未置一词。此事我亦有诸多不明之处,但着实不愿提出来与他讨论。

"听说他们放走了所有船员,连船也没要,"他接着说道,"只抓走了那位夫人。"

我咳了两声:"海盗显然看出她更值钱,想要赎金。"

"也有可能他们不是要赎金,而是要我与他们的冠军斗士作战。"他的嘴角微微抽动,原来他是要套我的话。

我想起艾梅伦面见皇帝那惊心的一幕,在此之前,审判北方人的时候,她当庭请求皇帝更改判决。"血债血偿,"她恨恨地说道,姣好的容貌因愤怒而扭曲,"众神之愿,民心所向。'希望'为国惨死,我儿丧父,我身为死者的妻子,请求陛下还我们一个公道。"

一番慷慨激昂过后,是死一般的沉默。皇帝端坐不动,一言不发,当朝的侍卫和群臣深感惊恐,死死地盯着地板,大气也不敢出。最终,皇帝开口了,语调冷淡,不急不怒。他当众下令,因艾梅伦夫人不尊君上,将其驱逐出朝堂,等待另行通知。据我所知,他们从此再也没有说过一句话。

"随你怎么猜测,"我对艾尔·索纳说,"但要知道,皇帝从不搞阴谋诡计,从不为仇恨蒙蔽心智。他的一言一行都是为了帝国。"

他大笑起来:"您的皇帝送我去群岛赴死,大人。如此一来,梅迪尼安人就可以父债子偿，那位夫人就可以亲眼见证杀她丈夫的凶手偿命了。真不知道这是谁想出的主意。"

我无法否认他的推断。当然了，有人想要他死。"希望杀手"之死，将是双方战争创伤的终结，恩怨史诗的收场。当皇帝同意梅迪尼安人的提议时，是否也持有这样的想法，我不得而知。无论怎样，艾尔·索纳似乎毫不畏惧，顺从天命。莫非他真的指望在与海盾的决斗中胜出？据说对方是从古至今最强的剑士。"希望杀手"的事迹令我毫不怀疑他杀人取命的能力，但毕竟被囚多年，剑术无疑有些荒废。即便他赢了，梅迪尼安人也不可能轻易放过焚城者的儿子，任他逍遥自在地乘船而去。他的命运必然在此终结。我知道，他显然也知道。

"雅努斯王是何时向你透露进攻帝国的计划的？"我想在登陆之前挖出更多他的故事。

"大约在疆国禁卫军启航前往阿尔比兰海岸的一年前。三年来，我们兵团辗转疆国各地，镇压叛乱，剿灭匪徒，包括南海岸的走私贩、尼塞尔的一帮杀手，甚至库姆布莱的狂信徒。某个冬天，罗纳人发起了新一轮的掠袭行动，我们又赶赴北方作战。兵团不断壮大，新增了两队人马。完成了在库姆布莱的任务后，国王赐给我们专属的旌旗，于是在凌绝堡上出现了一头奔跑的狼。然后士兵们开始自称奔狼。我总认为这个词儿很蠢，但他们似乎都很喜欢。不知为何，年轻人蜂拥而至，自愿参军，并不全是穷人，所以我们没必要再从地牢中招募新兵了。前往宗会的人数过多，宗老只好安排了一系列的试炼，主要是考核他们的力量和速度，也有针对信仰的考核。最终只接收那些信仰最坚定、身体最强壮的人。等到我们乘船开战之时，我麾下有一千两百人，可能是全疆国训练最有素、经验最丰富的战士。"他神情黯然地低下头，看着海浪拍打船身，无数蓝白相间的泡沫来而复去。"战争结束时，活下来的人不到三分之二。整个疆国禁卫军更惨，大约只有十分之一。"

活该。我这样想,却没说出口。"他是怎么跟你说的?"我问道,"雅努斯给出的侵略理由是什么?"

他抬起头,凝视着慢慢消失于海平面的米西斯之牙。"青石、香料和丝绸,"他的语气略带苦涩的滋味,"青石、香料和丝绸。"

第四部

第一章

维林的手掌上托着一颗青石。此乃国王所赐，石面光滑，在新月的照耀下微微闪光，其中有一道细细的银灰色纹理，使得整体呈现完美无瑕的碧蓝之色。大多数青石只比葡萄大一点，而这是现存最大的一颗青石，巴库斯垂涎欲滴地告诉他，拿它换来的金子足以买下大半仑法尔。

"你听到了吗？"邓透斯的语气仍是那么沉稳，但维林注意到他眼底的肌肉微微一抽。大约一年前，他们把一大帮前来掠袭的罗纳人逼进了北边的一个箱状峡谷。罗纳人照旧拒绝投降，高唱死亡之歌，不断冲击他们的防线。这一仗相当短暂，打得丑陋不堪，激战正酣之时，邓透斯的脸部肌肉出现了异常的抽动，但他并未受什么伤。这一奇特的现象似乎总在战斗之前出现。"好像是雷声。"他笑了起来，脸部却仍在抽动。

维林把青石塞进口袋，眺望从海岸绵延而去的广袤平原，黑暗中，稀疏的荒草和低矮的树丛几不可见。看来阿尔比兰帝国北部海岸的草木并不算茂盛。在他身后，数千疆国禁卫军集结海岸，低沉的喧嚣夹杂着海浪的咆哮，还有此起彼伏的船桨划水声——仍有许多梅迪尼安战船正在向岸边驶来。在各种声音当中，他清楚地听到了黑暗中远远传来的雷鸣。

"他们用不了多久就到了，"巴库斯说道，"说不准他们知道我们要来。"

"该死的梅迪尼安杂种，"邓透斯清清嗓子，往沙地上啐了一口，"我就信不过他们。"

渡鸦之影 血歌

"也许他们只是看见了我们的船队,"凯涅斯说,"八百艘船不难发现。从这里骑马到乌恩提什找来守军花不了几个钟头。"

"他们知不知道无关紧要,"维林说,"紧要的是他们要做什么,今晚咱们有的忙了。兄弟们,请归队。邓透斯,带弓手去那片高地。"他转身看着简利尔·诺林,这个曾经的落魄歌手,如今已是兵团的号手和掌旗手,"吹集结号。"

简利尔点点头,把军号拿到嘴边,吹响了紧急备战的号声。士兵们立刻响应,从所歇息的沙地里爬起来,匆忙列队。训练有素的士兵不假思索便迅速地完成了指令,一千二百人只用五分钟就集结完毕。无人交谈,也无人恐慌。大多数士兵已经习以为常,新兵们则有样学样。

维林等兵团集合完毕,便一路走过去检查军容,时而颔首赞许,时而厉声斥责,批评那些铠甲松垮、头盔还未系紧的士兵。奔狼的装甲在疆国禁卫军中最为轻便,并不穿戴常见的铁胸甲和宽边头盔,只有锁子甲和内衬铁片的皮帽。全军轻装上阵,便于在地形复杂的山区和密林之中追击小股罗纳人和匪徒。

检查军容其实是柯瑞尼克军士的职责,但维林亲身实践,已成战前的固定仪式,如此一来,士兵们在投身乱战之前,得以见到将军,不至于过分关注即将到来的杀戮,同时也省去了他大发豪言的麻烦——别的将军更倾向于发表战前演说。他很清楚,士兵们之所以忠诚于他,主要是出于敬畏他越来越响的名头。他们并不喜欢这位将军,但维林坚信,他们必定誓死追随他,无论演说与否。

他在某人面前停下了脚步,此人曾是爬手加利思,如今是第三队的加利思军士。加利思潇洒地举手致敬:"老爷!"

"你要刮胡子了,军士。"

加利思咧嘴一笑。这个玩笑经常开,他什么时候都需要刮胡子。"我们要对付骑兵吗,老爷?"

第四部

维林扭头瞥了一眼,夜色沉沉,不见一物,但雷声越来越响。"是的,军士。"

"但愿他们比罗纳人好杀。"

"很快就会知道了。"

他走到队伍后面,简利尔·诺林等在那里,紧张兮兮地拉着唾沫星的缰绳,尽可能躲开它那口臭名昭著的大牙。唾沫星朝维林打了个响鼻,任由他骑了上去,没像往常那般烦躁地撅蹄子。以往开战之前它总是如此,不知为何,即将到来的激战反倒令它平静。虽说它有这样那样的缺点,算不上听话的坐骑,但过去四年的经历证实,唾沫星的确是一匹强悍的战马。"该死的畜生。"维林说着,拍拍它的脖子。唾沫星高声嘶叫,在沙地上蹬起了蹄子。横渡艾瑞尼安海的航程中,一路颠簸,行动受限,令它受够了折磨,此时面对辽阔的平原、即将开始的战斗,它表现得很是兴奋。

在他附近还有斥候队的五十名骑手整装待发,领头的是个身强力壮的年轻兄弟,脸庞瘦削,容貌英俊,有一双明亮的蓝眼睛。看到维林,弗伦提斯挤出了一丝笑容,举手致意。维林点头还礼,努力压下涌上心头的内疚感。我应该想办法不让他来。但他实在想不出办法把弗伦提斯留在疆国,一个武艺出众、新近正身的宗会兄弟对兵团大有助益。

简利尔·诺林飞身上马,肃立一旁。"通知全军,准备迎战骑兵。"维林对他说。号声立刻响起,三短一长。队伍当即波动起来,士兵们纷纷摸索着佩在腰间的铁蒺藜。这还是凯涅斯的主意,那时罗纳人喜欢骑矮种马冲击兵团的巡逻队,铁蒺藜效果非凡,最后使得罗纳人干脆放弃了这一战略。但这一招对阿尔比兰人有效吗?

远处的黑暗里,雷声戛然而止。维林终于看到了他们,在黎明前的天光中,隐约可见一长队骑兵,战马喷着白雾,出鞘的军刀和枪尖闪烁寒光。他粗略估算了对方的人数,着实难以高兴。

渡鸦之影 血歌

"肯定超过一千,大人。"简利尔的声音响亮且悦耳,却流露出了战前的紧张情绪。四年以来,他多次证明他在战场上英勇无畏,但杀戮之前的等待,令最坚强的心也禁不住战栗。

"接近两千,"维林嘀咕道,"而且我们还没有看到全部。"训练有素的两千多骑兵对阵一千二百步兵,此战不容乐观。维林回头看了看沙丘,希望那儿忽然露出疆国禁卫军的枪尖。他派去通知战争大臣的骑手此时应该到了,不过他怀疑艾尔·海斯提安不会么热心增派援军。那人始终心怀不满,每当维林不幸出现在他面前,战争大臣的眼神,还有配在他断肢上的铁钩,无不流露出深深的敌意。他是否愿意输掉一场战争,只为看我死去?

阿尔比兰的骑兵停了下来,列队准备冲锋,盔甲和刀枪闪闪发光。有人高声呐喊,或是下令,或是鼓动,然后骑兵们异口同声地吼出了一个词:"SHALMASH!"

"是必胜的意思,大人,"简利尔的上唇密布汗珠,"Shalmash。我以前遇见过几个阿尔比兰人。"

"知道也好,军士。"

阿尔比兰人动了起来,三排骑兵队列齐整,先是策马小跑,然后大步慢跑,人人身穿锁子甲,头戴尖刺盔,外套白罩袍。他们纪律严明,纹丝不乱,步伐惊人的一致。维林很少见到如此齐整的骑兵队列,连疆国骑卫在阅兵场上的表现也难以匹敌。他们接近到两百步之内,一阵军号响起,随着此起彼伏的叫喊声,催马奋进,俯身向前,平举长枪,发起冲锋。原本齐整的队列逐渐散开,一时间刀枪如林,万马奔腾,蹄声隆隆,犹如一只巨大的铁拳打向兵团。

无须维林下令,奔狼早有类似的经验,只是敌手未有如此规模。第一排向前跨步,奋力扔出铁蒺藜,然后跪下,第二排重复这一动作,接着是第三排。前方的地面顿时铁刺林立,杀过来的骑兵无论如何也躲不开。第一匹冲进五十码内的战马惨嘶一声,蹄子鲜血淋漓,随即轰然倒地，还带倒了旁边的一人一马，后面的骑手为免重蹈覆辙，纷纷扯起了缰绳。一时间或人仰马翻，或掉头惊走，阿尔比兰骑兵攻势顿挫，前进的速度大为减缓。然而，他们毕竟人马众多，冲劲仍在，全军依然杀奔兵团而来。

在维林背后的沙丘上，邓透斯正在估算放箭的时间。这几年来，弓手队发展到了两百人，而且很早就放弃了装填速度极慢的弩，全换成了宗会的强弓。弓手都是技艺高超、经验丰富的老兵，他们的第一轮齐射至少撂倒了五十名骑手，尔后抢臂如风，箭如雨下。在接连不断的箭雨面前，阿尔比兰人攻势大减，继而止步不前，原先高傲的三列骑兵，此刻乱作一团，长枪摇晃不定，骑手暴躁如雷。

维林又向简利尔点头，三声长号响起，这是全军冲锋的信号。阵列中爆发出一阵呐喊，四队士兵冲向前方，高举战戟砍向骑手。很多阿尔比兰人丢掉长枪，抽出军刀迎战，顿时杀声四起，金铁交鸣。维林看见巴库斯疯狂拼杀，那把骇人的双刃斧起起落落，连人带马纷纷砍翻在地。左边，凯涅斯带队斜刺里杀进了阿尔比兰人侧面，围追堵截，防止他们包抄兵团的侧翼。

维林老练地观察交战双方，等待必然出现的转折点，届时，必有一方势起，一方势衰。他见过太多次了，士兵们拼杀起来貌似悍不畏死，不知为何便突然掉头逃窜，似有直觉告诉他们即将战败。眼看着身穿白罩袍的阿尔比兰骑兵不顾坐骑毙亡、箭如雨下，依然凶猛地劈砍奔狼，维林有种预感，此战不会出现一方溃败的局面。这帮家伙作战果敢，严守纪律，如果他没判断错，他们已经有了奋战到死的觉悟。兵团杀敌不少，但依然寡不敌众，阿尔比兰人在右翼逐步占据上风，伊尼什兄弟的队伍渐渐不支，骑手们强行策马冲进人群，劈砍招架不住的步兵。邓透斯带领的弓手仍在放箭，攻势不减，但他们的箭矢很快就会耗尽，而阿尔比兰人依然人多势众。

维林又一次回头看去，沙丘上仍没有援军的身影。这一仗我要是

渡鸦之影 血歌

活下来，就去杀了艾尔·海斯提安。他拔出剑，扫视战场，发现一群阿尔比兰人的中央高高地竖着一杆旌旗，蓝绸上绣有银色车轮的纹章，旗子迎风招展。他一摆手，唤过弗伦提斯，然后举剑指向那面旌旗。弗伦提斯点点头，拔出剑来，一声号令，所有人持剑待命。

"跟紧点。"维林嘱咐简利尔，然后催促唾沫星飞奔而去。弗伦提斯带领斥候队紧随其后。他们绕过了伊尼什兄弟摇摇欲坠的队伍，始终保持一定的距离，不至于太早卷入战斗，然后突然掉转头去，杀向暴露出来的阿尔比兰军侧翼。五十对阵两千。然而，只要找到了正确的血管，蝰蛇也能杀死公牛。

他杀死的第一个阿尔比兰人身材强壮，肤色黝黑，头盔的护颚底下露出修饰齐整的胡子。此人骑术高超，剑法精湛，见维林冲过来，他敏捷地驭马旋身，举刀格挡的姿势无懈可击，可星银闪耀的剑刃将他的胳膊齐肘斩断。唾沫星一跃而起，啃咬阿尔比兰人的坐骑，见骑手摔下马鞍，又扬起蹄子踩踏，那人的断肢喷出一股股黑血。维林飞驰向前，砍倒第二名骑手，先猛砍他的腿部，接着削向脸部，此人翻身坠马，下巴吊在脑袋上晃悠，喊不出声，只有汩汩的鲜血从嘴里涌出。第三名骑手疾速冲来，长枪平举，铁青的脸庞满是怒火和杀气。维林勒住唾沫星，在马鞍上侧身一拧，枪尖擦身而过，他举剑挥下，砍进对方坐骑的脖子。那畜生倒在血泊之中，骑手摔出了马鞍，赶紧爬起来，抽出军刀。唾沫星再次跃起，一蹄子蹬去，阿尔比兰人当即人事不省，头盔也远远飞出。

维林暂且停手，估算此次进攻对战局造成的影响。旁边的弗伦提斯一剑捅穿了一个落马的阿尔比兰人，与此同时，斥候队在敌人聚集之处杀出一条血路，不过他看到战场中有三具穿着蓝色罩袍的尸体。他又望向伊尼什兄弟的队伍，发现队列已然稳固，在阿尔比兰人冲势锐减的同时，兵团的阵线逐渐拉直了。

弗伦提斯大喊起来，把维林的注意力拉回到战场上。有个阿尔比兰人手持军刀，策马冲来，接着突然身子一歪，斜挂在鞍上，原来是后方沙丘上的兵团弓手一箭射穿了他的胸膛。不过，那人的战马仍在前进，瞪着惊恐的眼睛，冲向唾沫星的侧腹，这一撞，双方都倒在了地上。

唾沫星飞快地站起来，愤怒地打着响鼻，对撞倒它的马又踢又咬，那匹惊马转身逃跑，它旋即追了上去。一个骑着灰色公马的阿尔比兰人持刀刺来，快若闪电，维林堪堪躲开，只有招架之力，直到弗伦提斯策马冲过来砍倒了那家伙。"等着，兄弟！"战场喧闹，他只有高声叫喊，同时拉紧缰绳，准备下马。"骑我的马！"

"你别下马！"维林喊道，又指向阿尔比兰队伍当中高高飘扬的旌旗，"接着杀！"

"可是，兄弟——"

"快去！"听到命令中不容置疑的语气，年轻的兄弟犹豫片刻，只好转身骑走，冲进了战场的漩涡。

维林四下环顾，发现简利尔也下马了，他的战马倒在一旁，已然死亡。歌手的腿部有一道深深的伤口，他撑着军旗，吃力地砍杀靠近的阿尔比兰人。维林狂奔过去，躲开刺来的枪尖，抬手就是一枚飞刀射了出去——那名骑手高举军刀正要砍向简利尔，寒光直插他的脸膛，那人当即逃开。

"简利尔！"没等他倒下，维林一把扶住他，发现他肤色苍白，面孔扭曲，痛苦不堪。

"对不起，大人，"简利尔说，"骑不了您那么快……"

一个阿尔比兰人逼过来，长枪刺下，维林猛地把简利尔拉到一边。枪尖插进土里，维林一剑砍断枪身，接着反扫过去，削断了骑手的腿，同时抓过对方坐骑的缰绳握紧，制住这头畜生，任由那名骑手惨叫着摔下马鞍。他尽可能安抚受惊的战马，然后把简利尔扶了上去。"回沙滩去，"他下令，"找吉尔玛姐妹。"他用剑身一拍马腹，战马立刻飞奔起来,载着摇摇欲坠的歌手穿过血肉横飞、刀光剑影的战场。

维林拿起旌旗,笔直地插进土里,奔狼的纹章在刚猛的晨风中呼啦啦地飞扬。护旗,他想着,居然不合时宜地露出了微笑。不正是团战试炼吗?

大约二十码开外,阿尔比兰的队列忽然一阵波动,骑手们纷纷策马转身,只见一名骑手挥舞着军刀冲了出来,同时大声发令,胯下是一匹威武雄壮的白色战马。这名骑手外罩镀有珠白珐琅的胸甲,其上用金线勾勒的圆形图案,与高高竖立在阿尔比兰队列当中的车轮纹章一模一样。他没戴头盔,留着胡子,古铜色的脸庞满是怒容。奇怪的是,围在他身边的骑手都想要制止他,甚至有人伸手拉他的缰绳,但听白甲男子厉声呵斥,那人便顺从地缩回了手。他策马慢跑,然后站住了,挑衅地用军刀指着维林,接着一抖缰绳,直冲过来。

维林等在原地,剑尖低垂,不摇不晃,呼吸缓慢而平稳。白甲男子越来越近,龇牙咧嘴,纵声咆哮,眼中怒火腾跃。愤怒,维林想起了索利斯的话,那是很多年前的一堂课。愤怒会害死你。若是你饱含愤怒,而对手已准备妥当,那么在你施出第一击之前,你就已经死了。

一如既往,索利斯的话总是没错。这个披挂精良白甲、跨骑威武战马的人,这个勇猛无畏、怒气冲天的人,已经死了。勇气也好,武器和盔甲也罢,统统毫无意义。在他冲过来的那一刻,他杀死了自己。

他们还跟着老疯子壬希尔宗师学了一门极其危险的课程——如何击败一个正面冲来的骑兵。"当你没有骑马,而敌人骑马的时候,他只有唯一的优势,"多年前,眼神狂野的马房总管在操场上对他们说,"那就是马。让他下马,他就跟你一样了。"接下来的一个钟头,他骑着一匹脚力奇快的猎马,绕着操场追赶他们。"下蹲,打滚!"他跟疯子一样尖声喊叫着，"下蹲，打滚！"

维林等到白甲男子的军刀仅距他一臂之遥时，闪向右侧，下蹲躲过声若雷鸣的马蹄，就地一滚，抡起剑往战马的后腿砍去。战马昂头嘶鸣，轰然倒地，血溅了他一身，白甲男子挣扎着正要起身，只见维林跃过扑腾不起的畜生，一剑扫开军刀，然后猛劈下去，珐琅胸甲登时裂为两半。白甲男子倒在地上，咳出几口血，一命呜呼。

阿尔比兰人全都停止了动作。

他们僵住了。高举的军刀悬在半空，然后软绵绵地垂了下去。正在冲锋的骑兵纷纷紧扯缰绳，瞪大眼睛瞧着这边。目睹这一幕的阿尔比兰人全都放弃了战斗，只顾着望向维林和白甲男子的尸体。甚至有人被箭射中或是被奔狼砍倒时，目光仍未移开。

维林低头看了看那具尸体，血染的胸甲上，金色车轮断为两截，在朦胧的晨曦里闪烁着暗淡的光芒。莫非是他们的某个贵族大官？

"Eruhin Mahktar！"一个阿尔比兰人跌跌撞撞地徒步走来，他捂着胳膊上的伤，泪水划过血迹斑斑的脸颊。听他的语气，不是愤怒，亦不是控诉，而是极度的绝望，维林从未听过这样的腔调。"Eruhin Mahktar！"这句陌生的话语，他未来还要听千万遍。

受伤的男人蹒跚而至，见对方手无寸铁，维林打算用剑柄的护手打昏他。可那人没有报复的意思，他一瘸一拐地走过维林身边，跌坐在白甲男子的尸体旁，哭得像孩子一样。"Eruhin ast forgallah！"他放声哀嚎。接下来的一幕令维林大为惊恐：那人从腰间抽出一把匕首，毫不犹豫地刺进自己的喉咙，然后软绵绵地趴在了白甲男子的尸体上，鲜血汩汩地从伤口流出。

此人当场自杀，似乎解除了定住阿尔比兰人的魔咒，敌军阵列突然爆发出一阵怒号，所有的眼睛都瞪着维林，他们纷纷平举军刀和长枪，向维林靠近，每一张面孔都写满了深深的仇恨。

忽然有异响传来，仿佛一千把锤子同时敲击一千块铁砧，阿尔比

渡鸦之影 血歌

兰人的队列再次摇晃起来,维林看到有人被撞飞到半空中,不知道是哪里来的力量冲进了敌军后方。阿尔比兰人赶紧掉转马头,迎战新的对手,可太迟了,一把铮亮的铁锥已然穿透了他们的阵列。

一个全副武装的巨大身影,跨骑一匹高大的乌黑战马,碾过阿尔比兰人的轻骑,如入无人之境。他手中的钉头锤挥舞如风,连人带马一起砸死。在他身后,数百名身披铁甲的骑兵同样大开杀戒,长剑和钉头锤犹如暴风骤雨,此起彼落。阿尔比兰人怒不可遏,奋起迎击,不少骑手葬身于铁蹄之下,面对如此猛烈的进攻,无奈他们兵力不足,手中的武器也不大顶用。战斗很快结束了,阿尔比兰人死伤无数,没有一人逃走。

那个高大的人影把钉头锤挂在鞍上,驾着黑马朝维林小跑过来。然后,他收起面甲,露出一张饱经风霜的宽脸,断过两次的鼻梁和沟壑丛生的眼角格外醒目。

维林鞠躬致意:"见过塞洛斯领主大人。"

"维林大人。"仑法尔的封地领主环顾残酷的战场,大笑一声,"我敢打赌,你还从没像现在这么乐于见到一个仑法尔人吧,小子?"

"的确,大人。"

一名高个儿年轻骑士策马来到封地领主身边,他英俊的脸颊满是汗水和鲜血,那双深蓝色的眼睛打量着维林,眼神中藏着显而易见的恶意。

"达纳尔大人,"维林向他致意,"我代表我个人,以及全军将士,感谢您和您父亲及时相助。"

"还活着啊,索纳?"年轻骑士回应道,"起码国王是很高兴的。"

"闭嘴,小子!"塞洛斯厉声喝道,"抱歉,维林大人。犬子说话向来不知轻重,这要怪我们做父母的。他母亲给我生了三个儿子,只有这一个不是死胎,信仰保佑。"

维林留意到年轻骑士握剑的手微微抽搐,脸颊因愤怒而充血。又是一个憎恨父亲的儿子,他心想。常见的毛病。

"失陪了,大人。"他再次鞠躬,"我要去看看部下的情况。"

清晨的曙光照亮了血腥的战场,维林跨过死尸和垂死的伤者,向海滩走去。他再次掏出那颗青石,举起来对着初升的旭日,令其闪闪发亮。那天国王把青石硬塞到他手里,那天达纳尔大人恨上了他,那天莱娜公主痛哭失声。

那天,血歌默然无语。

"青石、香料和丝绸。"他轻声说道。

第二章

　　夏令集市上的仑法尔骑士比武是近年来的新项目，但很快就广受欢迎。维林走向王室大帐时，人们正在围观一场惊心动魄的长枪比武，喝彩声震耳欲聋。他拉低兜帽遮住脸庞，以免有人认出他来。竞技场上，碎屑如雨，一名骑手翻下马鞍，他的对手将破烂不堪的长枪扔向欢呼的人群。

　　"那个哭鼻子的小杂种再也爬不起来了！"一个面色红润的男人评论道，维林倍感好奇，他们究竟是在欣赏激烈的比武，还是为富家子弟缺胳膊断腿而幸灾乐祸？

　　大帐门口的卫兵向他深鞠一躬——凭他的身份本不该承受如此大礼——扫了一眼他出示的国王手谕，便拉起门帘，没半点耽搁就请他进去。他刚从北方回来不过两天，但大胜罗纳人的英勇事迹已经妇孺皆知。

　　维林卸下满身的兵器，由卫兵领进观礼台，毫无意外地见到了独自一人的莱娜公主。"兄弟。"公主微笑致意，并伸出一只手给他亲吻。维林一时间窘迫不安，因为她以前从未如此示好，而且是当着台下那么多人的面。他单膝跪下，嘴唇轻触公主的指节。维林没想到她的皮肤如此温暖，不禁心旌摇曳，同时也对自己的反应大为恼火。

　　"公主殿下，"他开门见山地说，尽力保持语气自然，却不大成功，"您的父王召见我……"

　　公主摆了摆手："他就来。看来还没找到最爱穿的那件斗篷。这些天他总要披着斗篷到外面来。"她抬手示意旁边的座位，"坐吗？"

　　维林坐了下来，观看起台下的骑士比武，以分散注意力。两组选手聚集在场地两端,每组约三十人,一方打的是红白格子旗,绣有一只鹰,另一方的绿旗上绣的是一只红狐狸。

"仑法尔比武的高潮就是团战,"公主解说道,"红狐狸是修林·班德斯男爵的旗子,那个披挂锈蚀盔甲的就是他,以前是封地领主塞洛斯的首席封臣。鹰旗属于达纳尔大人,封地领主的继承人。两人长期不和,这次团战显然正中他们下怀。"她从身边的桌子上取过一条白色丝巾,"我的任务就是,看到哪个呆子打架比较厉害,就把这玩意儿送给他。当然咯,全身铠甲的汉子们打得鼻青脸肿,如此激情澎湃的场面,理应令我芳心大动才是。"

"这是完全错误的想法,公主殿下。"

公主扭头看看他,笑道:"你就不太可能这样想,兄弟。"

"但愿不会。"他看到两组人分别一字排开,相互行礼,然后舞起手中的长剑和钉头锤,全速冲向对方。一时间血肉相撞,金铁大震,维林和公主都为之动容。随后的战斗完全乱作一团,只见场上人仰马翻,刀光剑影。维林早就知道,骑士们必须使用剑身拍打对方,但大多数人显然无视这一规则,混战之中至少有三个全身铠甲的人躺在地上一动不动。

"看来是动真格的。"莱娜说道。

"算是吧。"

"你看他怎么样?封地领主的继承人。"

维林看到达纳尔大人倒转剑柄,猛地砸向对手的头盔,那人当即倒地翻滚,鲜血透过面甲喷射而出。"他打得很好,公主殿下。"

"可还是不如你,我敢肯定。他既没有你的洞察力,也没有你的诚实品质。女人愿意为他的权势和财富跟他上床,而非爱情。男人愿意为报酬或责任追随他,而非忠诚。"她顿了顿,脸上闪过一丝恼怒,"可我父亲认为,他对我来说是个好丈夫。"

"我相信,您的父王想要最好的……"

"我父亲想要我生儿育女罢了。他希望满宫殿都是哇哇大哭的小崽子，个个都是艾尔·尼埃壬家族的后代，拥有仑法尔封地领主的血脉，为双方的联盟加上最后一道封印。我为疆国做了那么多，但在我父亲看来，我只是一头生崽的母猪。"

"结亲教理写得很清楚，公主殿下。任何人，无论男女，都不可违背意愿，被迫成亲。"

"我的意愿。"她苦笑道，"我只要没有结婚，我的意愿便一年不比一年重要。你有剑，有飞刀，有长弓。而我的武器唯有智慧、容貌和我的子宫所能孕育的力量。"

这次谈话的坦率程度令维林深感不安。这种不安从何而来，是他们共有的内疚感吗？别忘了，他暗暗告诫自己。别忘了她是什么人，我们做过什么事。莱娜的目光始终追随着达纳尔，那眼神分明是在评断和算计，而她微微翘起的嘴角，透露出掩藏不住的厌恶和讥讽。"公主殿下，"他说道，"我以为，您这次安排我们见面，恐怕不是为了说您不愿嫁给谁，然后问我对此人有何看法。您是不是有别的事情找我？"

"如果你指的是宗老大屠杀，那我的看法仍然没有改变。不过，我发现了一件事。告诉我，你听说过第七宗吗？"

莱娜凑近了些，端详着维林的脸庞，他知道公主能分辨谎言。"有故事提到过。"他耸耸肩，"只是传说而已。以前信仰旗下有个宗会专门研究黑巫术。"

"你不相信这是真的？"

"历史上的事儿，我从来都留给凯涅斯兄弟考虑。"

"黑巫术，"公主轻声念叨这个词，"研究起来倒是挺有趣的。当然咯，全都是迷信，但在史书里总有一席之地。我去过大图书馆，要求查阅有关黑巫术的所有典籍。结果听说大多数古籍被人偷走了，我一时气愤，还引发了一点点骚乱。"

维林想起在失落之城时,哈力克兄弟把书本扔进了火堆。"这个传说与宗老大屠杀有什么关系吗?"

"故事讲的通常都是不幸的事。我决定尽可能多地收集这样的故事,当然是暗中行事了。那些故事大多荒谬不经,每转述一次,便夸张一分,尤其是与你有关的故事,兄弟。你知道吗,你曾经单手杀死了十个刺客,他们所持的刀剑有种魔力,专吸死者的血。"

"我不记得还有这种事,公主殿下。"

"我想也是。虽然那些故事胡说八道,却有着共同的主题,个个都涉及到了黑巫术,其中最为离奇的故事提到了第七宗。"

尽管维林颇为提防,但他不能否认公主确实机敏过人。从前以为她有点小聪明,原来只是她极具智慧的其中一面。过去的三年里,他无数次回想着哈力克在失落之城吐露的真言,企图把不同的线索串起来,却终究没有成功——宗老们对信仰的背叛,独眼的奇异力量,蛰伏于汉提斯·穆斯托尔脑中的神秘人所发出的熟悉声音。他绞尽脑汁也想不出这当中有何联系。他始终感觉到答案就在空中飘摇,可怎么抓也抓不到,其中的奥妙,连血歌也无法解答。不过,莱娜可以做到吗?即使她可以,我能放心地把这些事告诉她吗?信任莱娜,这个念头确实荒谬可笑。但纵使不可信任,也可以善加利用。

"说说看,公主殿下,"维林说,"为什么有人专心致志地读完了一本书,就毫不犹豫地将其扔进火里呢?"

她疑惑地皱起眉头:"这有关系吗?"

"如果没有关系,我会问您吗?"

"不会。我甚至觉得,如无必要,你不会问我任何问题。"

仍在场上作战的骑士已经减至十二人左右。达纳尔大人此时与班德斯男爵交起了手,男爵攻势凶猛,那身锈迹斑斑的盔甲似乎毫不碍事。

"若此人当真专注于读书,"公主接着说道,仿佛忘了先前说的话。"那么焚书对他而言应是大罪。以前有过焚书的事情发生,疯王拉克里尔曾将瓦林斯堡里所有的书籍付之一炬,为此臭名远扬,他宣称凡人可读的一切著作都是大逆不道,应当判处死刑。值得庆幸的是,第六宗很快就将他罢黜。不过,拉克里尔的狂言也有一定道理。书的价值在于它所包含的知识,而知识从来就是危险的。"

"这就是说,烧掉了书本,也就解除了知识所形成的危险。"

"或许吧。你说那是个博学之人,有多博学呢?"

维林犹豫了片刻,不愿说出他的名字:"他曾是大图书馆的学者。"

"那确实博学。"她一撇嘴,"你知道吗,一本书我从不读两遍。没必要。我清晰地记得每一个字。"

公主的语气平淡无奇,维林知道她并非自夸。"所以有同样能力的人无须保留书籍,尤其是危险的书籍。一旦读过,他就记住了其中的内容。"

她点点头:"或许此人这样做是为了保住书中的内容,而不是将其销毁。"

那么这便是哈力克的任务了。他从大图书馆偷走与黑巫术相关的典籍,焚毁书本,使其内容不能流传于外,而在焚书之前,他先读过一遍,记住其中的内容。可他为什么这样做呢?

"你不打算告诉我,对吧?"公主问,"此人是谁,以及你是在哪里见到他的。"

"只是我见过的一桩怪事……"

"我尊重你,可并没有得到相同的回报,兄弟。我知道你对我的印象不太好。但我对你的看法从来都基于事实,那就是你从不对我说谎。你口中的真相或许非常残酷,但从来都是事实。现在请你把真相告诉我吧。"

维林迎上她的目光,发现莱娜眼中竟有泪光闪烁。这是真心的吗？可能吗？"我不知道能否相信你，"他坦率地说，"我们一同干过那么可怕的事……"

"我当时并不知道！"公主激动地低声说道。她靠拢过来，语气非常急切："林登来找我，说什么他要远征马蒂舍森林。我父亲要我赞许他的英勇之举。我没有对林登承诺过什么，我确实爱他，但那只是兄妹之情。而他对我的爱超越了兄妹之情，也听到了他想要的回答。我发誓我真不知道父亲的真实想法。毕竟你也要去那里，我知道你是不会谋害别人的。"泪水溢出她的眼眶，划过鹅蛋般圆润的脸颊。"我做过一番调查，维林。我知道你没有杀他，我知道你只是结束了他的痛苦。我跟你说这些，是因为你现在必须相信我。你必须听我的话。无论我父亲今天要你做什么，你都必须拒绝。"

"他要我做什么？"

"莱娜·艾尔·尼埃壬公主！"身后响起了一个浑厚的声音，威仪堂堂，一派王者气度。维林有一年没见过雅努斯了，发现他如今越发苍老，皱纹愈加深刻，华发添了许多，腰身日渐佝偻。不过，他的声音依然气势非凡。维林和莱娜站起来鞠躬致意，台下的人群忽然间鸦雀无声。

"艾尔·尼埃壬王室之女，"国王接着说道，"联合疆国的公主，王位的第二继承人。"国王从貂皮长袍底下伸出一只枯瘦如柴、满是斑痕的手，指着他们身后的竞技场，"你忘了自己的职责。"

维林转过头，看见达纳尔大人单膝跪在王室大帐前，身后是在团战中落败的骑士们，有的一瘸一拐地走开，有的被人抬出竞技场，身着锈蚀盔甲的班德斯男爵也在其中。尽管达纳尔大人摆出卑躬屈膝的姿态，但他没有低头，头盔抱在身侧，死死地盯着维林的眼睛，目光中饱含难以遏制的狂怒，令人不由心惊。

莱娜迅速擦干脸上的泪水，再次鞠躬："请原谅我，父亲。"她的语气不大自然，"我很久没有和维林大人说话了……"

"维林大人不是来找你的,公主。"

她脸上闪过一丝怒意,但稍纵即逝,继而强颜欢笑。"当然。"她转过身,拿起丝巾递给达纳尔大人,"打得真漂亮,大人。"

达纳尔大人刻板地鞠了一躬,抬起戴手套的手接过丝巾,身子却一僵——原来公主竟没等他亲吻,直接抽回了手。他退了一步,双眼又瞪向维林。"我知道,维林大人,"他的声音因愤怒而微微颤抖,"第六宗的兄弟不能接受挑战。"

"正是,大人。"

"实在是遗憾。"骑士又向莱娜和国王鞠躬致意,然后头也不回地大步走开了。

"看来你惹这个神气的小子厌恶了。"国王说道。

维林迎上国王精于算计的目光,发现那眼神与他们初次见面、达成那笔可怕交易的时候一模一样。"我早就习惯了遭人厌恶,陛下。"

"不过我们很喜欢你,对吧,我的女儿?"国王问莱娜。

她面无表情地点点头,一言不发。

"怕是喜欢得有点过头了。她还是小姑娘的时候,我还担心她的心太冷,不会迷恋任何男人。如今,我真希望她的心再冷下来。"

维林从未如此窘迫过,恨不得找个地洞钻进去。"您找我有事,陛下。"

"是。"国王又看了看莱娜,"是的,我有事找你。"他抬手示意大帐的门帘,"我要介绍一个人给你认识。女儿,你留在这里,尽可能告诉这些平民百姓,我们的样貌或许不老,却是你们的衣食父母。"

公主的声音丝毫不带感情:"遵命,父亲。"

维林单膝跪下,轻轻握住她伸过来的手,又吻了吻她温软的肌肤。纵使不可信任,也可以善加利用。"公主殿下,"他起身说道,毕竟国王在场,有些话不能讲明白,"我不大确定您说得对不对。"

"什么对不对?"

维林接下来所做的事无论怎么说都不合规矩，甚至是有违礼数。他走上前，吻了公主的脸颊，然后耳语道："黑巫术不是迷信。到城区打听独眼男人的故事。"

———◆———

"你这是考验我吗，雏鹰？"

此时，他们走到了大帐的后面，身边仅有两名卫兵。国王深一脚浅一脚地走过泥地，貂皮长袍的下摆沾满了泥巴。不知怎的，他看起来矮了不少，头顶勉强够到维林的肩部，兴许是年纪大了，难免有些弯腰驼背。

"何出此言，陛下？"维林问。

国王突然厉声斥责："休要耍我，小子！"他死死地盯着维林，"想都别想！"

维林毫不回避，迎上国王的目光。或许国王仍是猫头鹰，但他已不是耗子了。"我和莱娜公主之间的友情触怒了您，陛下？"

"你们之间毫无友情可言。你非常厌恶她，这是理所当然的。"国王偏过头，若有所思地眯起眼睛，"她是想要你看看那个神气的小子，勾起你的妒忌之心。是这样吗？"

斗智棋，维林想起莱娜在艾尔·海斯提安家后花园里提过的那种游戏。声东击西。明修栈道，暗渡陈仓。达纳尔大人只是虚晃一招，这是她父王的把戏。无论我父亲今天要求你做什么，你都必须拒绝。

他耸耸肩："或许是的。"

"你对她说了什么？我知道你不是趁机吻她。"

维林局促不安地笑了笑："我说，当容颜衰老，良机也随之消逝。"

国王哼了一声，继续步履艰难地在泥地中跋涉。"你何必这样折磨她。你千万不要成为她的敌人。这是为了疆国，你明白吗？"

"我明白,陛下。"

"公主不想嫁给他,对不对?"

"恐怕是的。"

"我就知道她不愿意。"国王疲惫地叹了口气,"可惜那傻小子看不出来。女儿太聪明,做父母的就遭罪。美貌岂可与智慧兼得,简直不合常理。依我的经验,真正美貌的女子,要么拥有非凡的魅力,要么极其刁钻古怪。她的母亲,我挚爱的亡妻,生前可谓倾国倾城,却也刁钻古怪到了极点,所幸的是不太聪明。"

这不是实情。维林心想。又是虚晃一招。他编造了一个貌似诚恳的谎言,诱我中招。

他们走到一辆装饰华丽的马车前。木头刻有繁复的花纹,镶着闪闪发亮的金叶,车窗挂的是黑天鹅绒帘子,车前有四匹戴辔的灰斑骏马。国王示意维林打开车门,然后吃力地爬了进去,又招呼他进来。国王在一张柔软的皮椅上坐定,抬起瘦骨嶙峋的拳头,敲了敲头顶的木板:"回宫!走慢些。"

外边传来一声马鞭的脆响,马车一晃,由着四匹灰马拉向前去。"这是别人送的,"国王解释道,"这辆马车,外加四匹马。是艾尔·泰纳大人送的,你还记得他吗?"

维林想起御前会议上那位衣着华丽的男人:"国务首相大人。"

"对,那小混蛋挺卑鄙的,不是吗?他希望我没收库姆布莱封地领主四分之一的土地,作为对他弟弟谋反的惩罚。当然了,他愿意承担治理之责,顺带收取当地的税金。我感谢他送的马车,罚没了他名下四分之一的土地,税金由封地领主穆斯托尔收取。暂时别让他离了美酒和妓女为好。我要让艾尔·泰纳大人记住,一国之君是收买不了的。"

国王在斗篷里摸索了一会儿,掏出一个皮袋子,只有苹果那么大。"接着。"他把袋子扔给维林,"知道这是什么吗?"

维林打开袋子，发现里面有一块很大的蓝色石头，表面有灰色的纹理。"青石。好大一块。"

"是的，现存最大的一块青石，是七十多年前从北疆的矿场里挖出来的。当时我的祖父是第二十任阿斯莱领主，他最早带人到那里安居乐业，建起高塔。知道这块青石价值几何吗？"

维林又看了一眼石头，只见石面光滑如水，闪闪发光。"肯定值一大笔钱，陛下。"他把石头放回袋子，递给国王。

老人的双手仍捂在斗篷里，并没有伸出来。"拿去。此乃国王赐给他心爱之剑的礼物。"

"财富对我而言没有用，陛下。"我也是收买不了的。

"即便是第六宗的兄弟，终有一天，也是需要财富的。收下吧，你就权且当作护身符。"

维林拉紧袋子，系在腰间。

"青石，"国王接着说道，"乃世上最珍贵的矿石。举世之人皆视其为珍宝，无论阿尔比兰人、倭拉人，还是极西之地的商贾国王。它比银子、金子和钻石贵重多了，而且大多见于北疆。当然，疆国还有别的好东西，比如库姆布莱的佳酿、阿斯莱的精铁，诸如此类，但正因为有了青石，我才能造船，才能打造疆国禁卫军，有了这二者，我才能维护疆国的统一。守塔大臣艾尔·默纳报告说，青石存量已经明显减少，二十年后，连用以支付矿工开采的存量也将告罄。那时我们怎么办，雏鹰？"

维林耸耸肩，他对于商业并不熟悉。"如您所说，陛下，疆国还有别的好东西。"

"可远远不够，除非加重赋税，大肆盘剥贵族和平民，只是如此一来，我和孩子们的首级挂在宫墙上，必定是他们喜闻乐见之事了。你已经见识过疆国可以动荡到何种程度，而这还是在我们拥有疆国禁卫军的前提下，如果没有他们，不知要流多少血，死多少人。不，远远不够,我们需要香料和丝绸。"

"香料和丝绸?"

"香料和丝绸的主要贸易路线是在艾瑞尼安海上。香料产自阿尔比兰帝国的南部省份,丝绸产自极西之地,两者汇集于阿尔比兰帝国的北岸海港。任何一艘船到港口停泊都要付钱给皇帝,并为货物上税。阿尔比兰商人依靠这些贸易富裕起来,有些甚至比西方的商贾国王还要富有,而他们全都要向皇帝进贡。"

维林愈加不安。他不敢往下想了。"您希望把他们吸引到我们的港口来做交易?"他试探性地问道。

老人摇摇头:"我们的港口太少,也不够大。而且海岸飓风频仍,过于靠北,吸引不来如此巨量的贸易。如果我们想要,就只能去抢。"

"陛下,我对历史知之甚少,不记得阿尔比兰帝国曾经侵略疆国或是封地,连骚扰似乎也未有过。两国人民之间没有血仇。教理有言,只有在保护土地、生命和信仰之时,战争方为正当之举。"

"阿尔比兰人崇拜神明,对吧?整个帝国都不接受我们的信仰。"

"信仰只能主动接受,不可胁迫,更不能强加在整个帝国头上。"

"可他们企图到我们国家宣扬异端邪说,摧毁我们的信仰。他们的探子无处不在,假扮成商人,四处传播亵渎信仰的言论,用黑巫术举行邪恶的仪式,荼毒我们的年轻人。一直以来,他们的皇帝不断扩军,大肆造船。"

"您说的哪一条是真的?"

国王微微一笑,猫头鹰般的眼睛里精光一闪:"自会成真。"

"您指望疆国上下全都相信这种谎言吗?"

"人们从来都是相信他们愿意相信的话,无论真假。记得宗老大屠杀时,仅仅因为一些流言,无数绝信徒和疑似绝信徒的人死于暴乱。只要谎言有理,他们自然相信。"

马车颠簸着驶过北城区的鹅卵石街道,维林沉默地看着国王,他心明如镜，只觉周身寒彻。国王所说绝非虚言，他真要这样做。"您想要我做什么，陛下？为何对我说这些？"

国王摊开瘦骨嶙峋的双手："我要的当然是你的剑。既然是打仗，怎能少了全疆国名头最响的战士呢？若你拒绝将信仰之剑指向绝信徒的帝国，老百姓会怎么看你？"

"您指望我为了几句谎言便发动战争，屠杀那些与疆国无冤无仇的人？"

"那是自然。"

"我为何要这样做？"

"忠诚即你的力量。"

林登·艾尔·海斯提安的脸庞，脖子上鲜血汩汩的伤口，苍白如云石的脸色……"忠诚不过是您的又一个谎言，用来套牢那些疏忽大意之人。"

国王眉头一皱，似是动怒，忽而又大笑一声。"当然是这样了。你以为国王是做什么的？"他的笑意瞬间消失，"你忘了我们之间的交易。我下令，你服从。记得吗？"

"我没有完成那笔交易，陛下。我在马蒂舍森林并没有服从您的命令。"

"可林登·艾尔·海斯提安去了往生，死在你的刀下。"

"他的伤势太重，我只能结束他的痛苦。"

"没错，正好免了麻烦。"国王恼怒地一摆手，明显不想再谈这个话题，"这不重要，我们毕竟达成了交易。你是我的人，雏鹰。你和宗会的关系只是幌子，你我都很清楚。我下令，你服从。"

"阿尔比兰帝国这次不行。除非您能给出比青石短缺更好的理由。"

"你敢抗命？"

"是。如果您要处死我，那随您了。我绝对二话不说。我受够了您这些阴谋诡计。"

"处死你?"雅努斯又大笑一声,比先前还要响亮。"好一句豪言壮语,你明知我这样做,只会激起平民暴乱,引发信仰之战。况且,我女儿已经非常恨我了。"

国王突然拉开天鹅绒窗帘,外面的光照亮了他的脸膛。"啊,是寡妇诺娜的面包房。"他又敲敲马车顶板,高声命令,"停车!"

他钻出马车,两名负责护送的疆国骑卫欲上前搀扶,国王摆摆手拒绝了。他望着维林,像是面对人高马大的孩子,笑道:"跟我来,雏鹰。这里有全城最美味的糕点,说不定整个封地也就独此一家。你就满足一个老头子的小嗜好吧。"

寡妇诺娜的面包房内暖意融融,满是面包新鲜出炉的香味。她一看见国王,急忙绕过柜台走上前来。这女人身高体胖,红通通的脸颊,头发沾满面粉。"国王陛下!大人!二位的光临令小店蓬荜生辉!"她一边笨拙地鞠躬,一边奉承,然后耸动肩膀,撞开旁边的客人,"挪开!给国王挪位子!"

"夫人,"国王拉起诺娜的手亲吻,她的脸颊更红了,"有机会享用你的糕点,我岂能错过。况且维林大人也很好奇,他少有吃蛋糕的机会,对吧,兄弟?"

诺娜的目光在维林的脸上游移,像是要生吞活剥了他,而此时店里的客人们纷纷单膝下跪,鬼鬼祟祟地瞟着他们,露出令人厌恶的谄媚相。"我对蛋糕不怎么熟悉,陛下。"他回道,唯愿话里没有流露出厌恶的语气。

"你这儿有没有后房供我们享用美食?"国王问寡妇,"我不想耽误你做生意。"

"当然有,陛下。当然有。"

她领着两人来到面包房后面,走进一个类似储藏室的房间,四周靠墙的架子上堆满了各种罐子和面粉袋,还有一张桌子和几把椅子。

桌旁坐着一个体态丰腴的年轻女人，穿一身布料低廉、花色艳俗的衣裙，染着红发，嘴唇涂得猩红，领口敞得很低，露出深深的乳沟。国王走进来时，她站起来恭敬地鞠躬致意。"陛下。"她说话粗声粗气，吐字含混，是街巷底层的口音。

"德菈，"国王打了个招呼，又对面包师说道："来点苹果饼，诺娜夫人，可以的话请再上杯茶。"

寡妇鞠了一躬，退出房间，顺手关上房门。国王找了把椅子坐下，示意那个体态丰腴的女人站起身来。"德菈，这位是著名的维林·艾尔·索纳大人，第六宗兄弟，疆国之剑。维林，这位是德菈，作为妓女没什么名气，作为给我效力的探子，可谓功勋卓著。"

女人端详了维林好一会儿，神情似笑非笑："认识您很荣幸，大人。"

维林点头回礼："夫人。"

她笑意更甚："当不起。"

"不要调戏他，德菈。"国王劝道，"维林兄弟真心效忠于信仰。"

她扬起描过的眉毛，嘬起嘴巴："没意思。好几笔赚钱的生意都是跟宗会的人做的。特别是第三宗，那些好色的书呆子。"

"她很讨人喜欢，是不是？"国王问，"一个脑子聪明的女人，又没有什么道德的束缚，只是偶尔发发脾气。德菈，你上次捅了那个商人多少刀？我都忘了。"

维林仔细地观察德菈的表情，发现她毫不动容，没有骗人的意思。"五十多刀，陛下，"她朝维林眨了眨眼，"他想打死我，再奸尸。"

"没错，那混蛋确实变态，"国王承认，"不过相当有钱，在朝中颇有人脉。我发现你很有用处，便安排你假装自杀，捡回这条命。为此，我下了很大力气。"

"我永远感激不尽，陛下。"

"理应如此。你瞧,维林,国王的职责就是在臣民中挑选能人异士,各司其责,各尽其用。我有好些个德菈这样的人,潜伏于四大封地的各处,直接向我汇报情况。他们能拿到很多金子,同时也知道,他们的辛劳维护了疆国的稳定。"倦意忽然袭来,国王的眼皮直打架,他双手撑住下巴,揉着眼睛对德菈说,"你上周给我的报告,再对维林大人重复一遍。"

她点点头,流利而一本正经地讲了起来:"普伦索月的第七天,我在猛狮酒馆后面的小巷里观察一座房子,我知道至上邪教的绝信徒常在此处出入。时近午夜,一群人走进了房子,其中有一个高个子男人、一个女人和一个十五岁左右的女孩。他们进去后,我从送煤槽钻进了那座房子的地窖。我躲在地窖里,听见上面的房间正在举行邪教仪式。大约两个钟头后,我估摸着仪式快结束了,便离开地窖,返回小巷,又看见那三个人一同离开。那高个子男人看起来很眼熟,我便决定跟着他们。他们走向北城区,最后走进守望角的一座大房子,看起来像是磨坊。男人进去后点亮了灯,我这才看清他的脸,认定他就是克拉利可·艾尔·索纳大人,前战争大臣,疆国第一剑士。"

她望着维林,神色如常,既不害怕,也不担忧。国王挠了挠灰色的胡楂。"那帮绝信徒并不总是这样,你知道吗?"他说,"在我小的时候,他们就小心翼翼地生活在我们周围,我们倒也容得下他们。我的第一位剑术老师就是追寻者,他是个好人。宗会提防着他们,但从不限制他们的活动,毕竟我们这里数百年前是流放之地,我们都是因为信仰和神明而被驱逐到这片海岸。当然了,信仰从来占据统治地位,拥有最多的教众,但也有别的教派与之并存,异教徒与信仰教众共同生活,尽管很多教众并不喜欢这样,但大多数人也不是特别在意。后来,掐脖红暴发了。"

国王摸着脖子上的紫红色伤疤,眼神飘忽,沉浸在回忆当中。"他们称之为掐脖红,是因为它留下的痕迹,如同爪子掐住脖子,抓破了皮肉。一旦出现这种病症，相当于被判了死刑。你想想，维林，区区几个月的时间，这片土地便荒无人烟。你认识的每一个人，无论男女老少，无论有钱没钱，想想他们当中的一半人就此死掉。想想吧，他们全都死于这种折磨人的疾病，他们胡言乱语，浑身抽搐，放声惨叫，吐得连胆汁都不剩。尸体堆积如山，人人怕得要死，恐惧成了唯一的信仰。不能再来一次这样的瘟疫了，而这一定是黑巫术干的好事。于是我们的视线转向绝信徒。他们也和我们一样遭罪，但他们人数少，所以受的罪也少。暴民们漫山遍野地游荡，追捕他们，杀害他们。有的教派被赶尽杀绝，他们的信仰永远地湮灭了，有的则被迫藏在暗处。等掐脖红停止肆虐，唯有我们的信仰和库姆布莱人的神存留下来。其他教派藏了起来，只能暗中活动，害怕被我们发现。"

国王的眼神恢复了常态，他盯着维林，冰冷的目光中满是算计："你父亲似乎有了不良的爱好，雏鹰。"

血歌响了起来，洪亮且刺耳，其强烈程度前所未有，其中的含义也异常清晰。此处极为危险。这个妓女兼探子所掌握的消息很危险，国王的意图很危险，但最为危险的是，血歌要他杀了眼前的二人。

"我没有父亲。"他咬着牙说。

"或许是没有，但你有个妹妹。先去黑牢接受第四宗照料，然后被割了舌头挂在城墙上，她年纪尚轻，承受这般酷刑着实可怜。她的母亲自然也是一样的下场，两人笼子挨笼子，面对面叽里呱啦，等到饿得没了力气，半死不活的时候，就有乌鸦来啄她们的肉。你想要更好的理由，这就是。"

那对乌黑的眼珠，和他一模一样，还有那双捧着冬华的小手。娘说你会来跟我们住，当我的哥哥……

血歌咆哮起来。维林的双手止不住地抽搐。我从来没有杀过女人，他心想，也没有杀过国王。眼前这个打着哈欠、摩挲着膝盖的老人，掐住他细瘦的脖子，轻轻一拧，就像折断小树枝一样轻而易举。

那该是多么痛快……

维林捏紧拳头，止住抽搐，重重地坐在桌边。

血歌戛然而止。

"说真的，"国王站起身来，"我还是不等蛋糕了。请好好享用。"他枯瘦的手搭在维林的肩膀上，犹如猫头鹰的爪子。"等阿尔林宗师找你商量时，我不用指导你该如何回答吧。"

维林没有看他，害怕血歌再度响起，只是生硬地点点头。

"很好。德菈，你再陪他一会儿。我相信维林大人还有些问题要问。"

"遵命，陛下。"国王离开时，她又恭敬地鞠了一躬。维林坐着没动。

"我可以坐吗，大人？"德菈问他。

维林一言不发，于是她坐在了对面的椅子上。"见到您这么有名的贵族老爷是我的荣幸，"她接着说道，"很多贵族老爷都跟我做过生意。国王陛下对他们办事的习惯很有兴趣，越野蛮，他就越是有兴趣。"

维林依然不说话。

"我想知道，关于您的那些传闻都是真的吗？"她问道，"今日一见，我认为确实是真。"见维林始终不回话，她有些坐立不安了："这寡妇烤蛋糕真够慢的。"

"不会有蛋糕送来，"维林对她说，"我也没什么问题要问。他留下你，是让我杀了你。"

维林看着她的眼睛，头一回看到了不加掩饰的情绪——恐惧。

"寡妇诺娜无疑很擅长悄无声息地处理尸体，"维林解释道，"我认为他这些年带了不少毫不知情的傻瓜到这儿来。比如我们俩这样的傻瓜。"

德菈忽然望向房门，又看着他的眼睛，嘴角不住地抽动，满肚子的恶言恶语最终还是没说出口。她心里很清楚，她不能和维林斗起来。"我不会束手就擒。"

"你上衣里藏了一把小刀，背后还有一把。发簪子也很锋利吧。"

"我对雅努斯王忠心耿耿，五年来——"

"他不在乎。你掌握的消息太危险了。"

"我有钱……"

"我不需要钱。"他腰间的青石袋子沉甸甸的，"完全不需要。"

"好吧。"她往后靠去，双手垂到两侧，撩起裙子，露出张开的双腿，脸上仍是似笑非笑的神情，丝毫不比先前诚恳。"那就请您行行好，先上了我，别事后再上。"

维林想笑，却没有笑出声来。他别过脸，双手搁在桌上，十指紧扣。"我不会伤害你，可他就未必了。你应该立即离开都城，最好是离开疆国，永远不要回来。"

她慢慢地站起身来，小心翼翼地往房门挪去，然后一只手去摸门把手，另一只手背在身后，显然握紧了小刀。她拧开门把手，忽然停下来说道："有您这样的儿子，是您父亲的幸运，大人。"然后她走了出去。在久未上油的铰链拉扯下，房门缓缓地关闭。

"我没有父亲。"他对着空荡荡的房间轻声说道。

第三章

阿尔比兰海岸之外，灌木丛不再生长，变成了荒无人迹的广阔沙漠，刚猛的南风疾扫而过，吹起了一条条顶天立地的沙尘巨龙，幽灵般在沙丘上四处游弋。军队沿着沙漠边缘向乌恩提什开进，队伍绵延两英里长。看着蜿蜒的行军队伍，维林想起了一条巨蛇，那是在一艘来自极西之地的船上，他亲眼目睹巨蛇从笼子里溜出来，身体横跨整个甲板，鳞片在阳光下闪闪发亮，就像此时疆国禁卫军头顶的矛尖。

他身处四周都是岩石的一块高地，距离大部队尚有数英里之遥。此时，他正举着水壶喝水，唾沫星则在旁边嚼着一丛荒漠灌木，那叶子着实干枯乏味。弗伦提斯带着从海滩一战中幸存的斥候，在高地附近扎营，同时监视东边的地平线。

维林想起两天前的那场战斗，还有那个白甲男子，以及几个前来索要尸体的人。那四名帝国守卫军的兵士穿过沙漠而来，个个神情肃然，要求面见战争大臣。艾尔·海斯提安骑着马出来接见，还带了一支威仪堂堂的军队，不可谓不正式，然而阿尔比兰人无动于衷，稳稳地坐在马鞍上。他宣读了国王关于正式兼并乌恩提什、尼莱什和玛贝里斯三座城市的公告，其中一名卫兵打断了他的话，此人体格健壮，头发灰白，讲起疆国话来十分流利：“别费口舌了，北方人。我们是为 Eruhin 的遗体而来。交给我们，不然就杀了我们，我们绝不空手而归。”

艾尔·海斯提安不太沉得住气，恼得满脸通红："Eruhin 是什么？"

"身披白甲之人。"维林说道。没人叫他来参加这次接见，但他仍然策马来到近旁。维林很清楚，战争大臣必定不愿当众吵闹，赶他离开，毕竟艾尔·海斯提安第一次与敌人会面，不能砸了场子。"你说的 Eruhin 是指他吗？"他问那个卫兵。

卫兵盯着他，从头到脚地打量，又细细端详他的脸。"是你？就是你杀了他？"

维林点点头。有一名卫兵怒吼着，半把军刀出鞘，却被灰发男人厉声喝止了。

"他是什么人？"维林问。

"他的名字叫塞利森·麦克斯托·阿鲁兰，"卫兵回答，"Eruhin 在你们语言里是希望的意思。他是皇帝亲选的皇储。"

"我们对此深表同情，"战争大臣顺势接过话头，"对贵国皇帝的巨大损失深表遗憾，但我们名正言顺地到此……"

"你们来此侵略我国、掠夺财富，北方人，"灰发男人说，"你们在我们的土地上什么也别想得到，唯有一死。我们不会再来会面，也不可能谈判，你们杀死了我们的希望，我们势必将你们赶尽杀绝。别指望我们心慈手软。立刻交出他的遗体。"

达纳尔大人举起酒壶灌了一口，含在嘴里漱了漱，一口吐在帝国卫兵的马蹄旁。"这人如此无礼，哪有会面的样子，大人，"他看着艾尔·海斯提安，"这家伙不杀不行。"

"不可。"维林策马行至两队人当中，对帝国卫兵说，"我领你们去取他的遗体。"

他们策马往尸体所在的地方行去时，维林能感觉到战争大臣的愤怒，以及达纳尔大人的憎恨，不禁回想起阿尔林宗老对他说过的话：自恋之人，最反感有人灭了他们的威风。

帝国卫兵翻身下马，把他们的希望抬起来，放到一匹驮马的背上。灰发卫兵拉紧皮带，将遗体固定好，然后转身面对维林，眼里闪着泪光。"你叫什么名字？"他声音嘶哑地问。

维林想不到拒绝回答的理由。"维林·艾尔·索纳。"

"你帮了我的忙,却也无法减轻我的恨意,维林·艾尔·索纳,Eruhin Mahktar,希望杀手。身为军人,我或许应该自绝性命,但我要带着仇恨活下去。从现在起,我只有一个梦想,那就是亲眼目睹你的末日。我的名字是奈力森·奈斯特·海弗伦,帝国守卫军第十步兵大队的将军。别忘了。"

说完,他和同僚策马飞驰而去。

有时候,信仰需要我们付出一切。他又想起宗老的话。那是去年冬天,宗老与维林并肩走在积雪覆盖的操场,听他讲述国王的计划。那天寒气极重,往年的韦斯林月没有那么冷过,学徒兄弟们在雪地里跌跌撞撞地跑步、对战,承受宗师们的杖责。

"这场战争与我们所知晓的战争都不一样。"宗老说着,呼出的气在空中凝成白雾,"将会牺牲无数人命。我们的很多兄弟将有去无回。你明白吗?"

维林点点头,他听宗老说了很久的话,却不知该回答什么。

"可你必须回来,维林。你要拼尽全力战斗,尽你所能杀人。无论你的手下和兄弟死了多少,你必须回到疆国。"

维林再次点头,宗老笑了。这是维林头一次看见宗老露出笑容,从许多年前他来到宗会大门前直到现在,仅有这一次。不知怎地,笑容令他看来格外苍老,眼角和唇边露出了细密的皱纹。他从未如此苍老过。

"有时候看着你,我就想起你的母亲。"宗老悲哀地说道,然后转身走开了。他高大的身影穿过雪地,脚步没有一丝一毫的蹒跚。

※

小花脸嘴里叼着一只野兔,大步跑上高地,身后扬起一溜尘土。此地的灌木丛中盛产这种宽脚大野兔,而且极易捕捉,跟小花脸一样，疆国禁卫军很快就尝到了甜头。奴隶犬把野兔丢到维林脚边，短促且刺耳地吠了一声。

"多谢，笨狗，"维林挠挠它的脖子，"你自己吃吧。"他提起野兔，扔下山丘，小花脸高兴地吠了一声，蹦蹦跳跳地追过去。

"我们往常出征，你都把它留在宗会。"弗伦提斯说着坐下来，拔出水壶塞子。

"想着在这片新猎场，它能有用武之地。"

"这么说他是皇帝的儿子？"弗伦提斯问，"穿白盔甲的那个人。"

"是他挑选的皇储。皇帝似乎在他的臣民中挑选继承人。"

弗伦提斯皱起眉头："他是怎么选的呢？"

"跟他们的神有关吧，我觉得。"

"我觉得他应该挑个更能打的人，那傻小子坐在马上都不稳当。"尽管这位年轻的兄弟说话不经思考，维林仍能感觉到他的关切之情，"何必上战场呢。"

"别担心我，兄弟。"他朝弗伦提斯笑笑，"我没觉得有压力。"

弗伦提斯点点头，望向南面的广阔沙漠："真想不通国王怎么想要这种地方。我们登陆后连一棵树也没见着。"

"我们依据古老的协议，来此寻找本属于我们的土地，以及为帝国绝信徒对我们的所作所为找回公道。"

"是啊，这我也想不通。你知道的，我唯一见过的阿尔比兰人就是码头附近的水手和商人。他们穿得好滑稽，说起来比大多数人懂礼貌一点，可跟其他的水手和商人也没啥区别，还不是喜欢妓女和钱。我以前那帮野小子朋友，好像从来没有谁被抓走，用黑巫术仪式虐待，当然我是例外，可独眼也不是阿尔比兰人。"

"你质疑国王的话，兄弟？"

弗伦提斯的手伸进了斗篷，毫无疑问又在摩挲旧时的伤疤："不管是他说的还是别人说的，我该质疑就质疑。"

维林笑了:"很好,保持下去。"

"大人!"有个斥候喊他,伸手指向东边的地平线。

维林走到高地的另一边,眺望远方,沙地在阳光的炙烤下热浪滚滚,泛着微光。"要我看什么?"

"我看到了。"弗伦提斯手持小望远镜说道。这东西极其昂贵,内里是黄铜管,外罩鲨鱼皮。维林觉得最好别问他从哪里搞到的,因为载他们过来的梅迪尼安大帆船的船长就有这么个类似的玩意。跟巴库斯一样,弗伦提斯的偷盗本性没有完全消失。

"多少人?"

"我算数不好,兄弟,你知道的。不过,我敢拿屁股打赌,至少比我们的人数还多三分之一。"

◆

"我敢肯定你知道他在哪里。"战争大臣眼神阴郁,充满憎恨。

"大人……"维林心急如焚地看着平原上的景象,数千阿尔比兰士兵摆出攻击阵形,正稳步向他们所在的高地行进。战争大臣命令维林率领全团将士登上高地,然后将旌旗插在最高处。在西面的斜坡,阿尔比兰人看不见的地方,布下了五千库姆布莱弓手。国王对外宣称,在举国皆知的篡权之乱结束后,封地领主穆斯托尔特支援一批弓手为国效力,以示忠诚。而实际上他们只是国王雇来的一帮使弓箭的佣兵,其中没有一位库姆布莱贵族。高地的两边,疆国禁卫军步兵以兵团为单位列阵,站成四排。后方,五千尼塞尔轻装步兵整队待命,其右侧是疆国禁卫军的一万骑兵,左侧是仑法尔骑士。在他们后面是四支骑兵队,一支来自第六宗,另有三支疆国骑卫队,由麦西乌斯王子率领。这是联合疆国召集的有史以来最强大的军队,如今第一次与敌方正面交锋,战争大臣似乎一点都不担心。

"那杂种把我搞成了这副模样。"艾尔·海斯提安举起右臂,只见断肢上罩着皮套,伸出的倒钩在正午的骄阳下闪闪发光。他瞪着维林,似乎忘了阿尔比兰大军正在靠近。"艾尔·森达尔。你找到的绝不是他被什么奇怪野兽吃剩的残骸。"

维林对于战争大臣安排他到高地来很是吃惊,虽说这样可以很好地观察全局。但最令他吃惊的是,此人竟然选择在火烧眉毛的时刻申冤诉苦。"大人,或许我们可以稍后再谈……"

"我知道我儿子的死,并不是所谓的结束痛苦,"战争大臣接着说道,"我知道谁想害死他,我知道你就是他们的工具。我一定要找到艾尔·森达尔,说到做到。我要跟他算账。我先替国王打赢这场战争,然后找你算账。"

"大人,如果您当时不是执意要屠杀手无寸铁的俘虏,那您的这只手定能保住,我也不会失去我的兄弟。您儿子是我的朋友,我结束他的生命,只是为了他不再受罪。对于这两件事情,国王听取了我的解释。既为王室和信仰效力,我对此也没有什么可说的了。"

两人无声地对峙着,战争大臣气得发抖:"既然如此,那你就躲在宗会和国王后面吧。"他咬牙切齿地说,"等我们赢了这场战争,谁都救不了你。你和你那帮宗会的兄弟,一个也别想逃过。宗会是疆国的祸患,容许出身低贱的渣滓踩在上等人的头上作威作福……"

"父亲!"一个容貌俊美、身材颀长的年轻男子站在一旁,神情甚是窘迫。他身穿二十七骑兵团的将军制服,一根乌鸦羽毛在胸甲前飘动,背上绑有一把青石柄头的长剑,腰间佩着一把倭拉短剑。"敌人,"艾卢修斯·艾尔·海斯提安一晃脑袋,示意在平原上行进的大军,"可不是来玩的。"

维林原以为战争大臣必定对儿子大发脾气,结果他只是有些懊恼和失望,随即咽下满腔怒火,鼻孔大张大合。最后,他狠狠地瞪了维林一眼,大步走开,站在自家旌旗底下——旗子上绣有一朵雅致的血色蔷薇,与其主人的脾性颇不搭调——几个黑鹰卫兵紧贴在他身旁,不时地向周围的奔狼投以怀疑的目光。两个兵团结怨已久，一旦在都城里遭遇，酒馆和大街十有八九就变成了战场。维林竭力确保双方在行军时保持足够的距离。

"接下来咱们要在大热天干活了，大人。"艾卢修斯尽量用开玩笑的语气说道。艾卢修斯在父亲的军团中任职，这令维林非常失望，他本希望这个年轻的诗人在凌绝堡的时候就厌倦了杀戮。其后几年，他们常常见面，每当国王召他出席一些毫无意义的典礼，两人便凑到一起谈笑风生。维林知道艾卢修斯的天赋又回来了，如今他的作品广为流传，年轻女人趋之若鹜。只是他眼里仍有哀伤之色，那是他在凌绝堡时所留下的印记。

"你的胸甲要再绑紧一些，"维林对他说，"你抽得出背后那玩意儿吗？"

艾卢修斯苦笑道："一日为师，终身为师吗？"

"你为何要来，艾卢修斯？是你父亲强迫你来的？"

诗人收敛了苦笑："其实父亲说我应该待在家里写写画画，陪着那个出身高贵的荡妇。有时候我觉得我说话的方式全拜他所赐。不过，我最终说服了他，我说他的光辉战绩经由疆国最著名的年轻诗人书写，对我们家族大有好处。不必担心我，兄弟，他不准我离开他半步。"

维林看着越来越近的阿尔比兰大军，无数军旗高高飘扬，如同一片丝绸森林，军号和战歌高亢激昂。"战场上没有安全的地方，"他冲着艾卢修斯腰间的短剑点点头，"还记得怎么使吗？"

"我每天练习。"

"很好，跟紧你父亲。"

"我会的。"艾卢修斯伸出手来，"再次与你并肩作战是我的荣幸，兄弟。"

维林握住他的手，却没想到他握得那么紧，两人四目相对。"跟紧你父亲。"

艾卢修斯点点头，露出羞怯的笑容，然后走回战争大臣身边。

计中计。维林思索着战争大臣的话。雅努斯向他作出了承诺，如果此战获胜，便要我死。我要救我的妹妹，而战争大臣要为他儿子报仇。国王很可能做了不少交易，编织了许多谎言，才把这帮人送到了此处的海滩。不知他费了多少口舌，封地领主塞洛斯才带来了这么多精锐的骑士。不知他付出了多大代价，梅迪尼安人才答应运载大军过海。维林很是好奇，不知雅努斯能否记清他所编的网，如果结网的蜘蛛织错了一根线，后果如何？不过这个念头实在可笑。雅努斯不会忘记他所设的局，正如莱娜公主不会忘记她所读的书。维林又想起了宗老，想起了他下达的命令，以及老人错综复杂的算计将要如何落空。

"ERUHIN MAKHTAR！"

兵团全体将士放声高喊，声音之大，足以让接近的阿尔比兰军队听见，足以盖过他们的战歌和呼号。

"ERUHIN MAKHTAR！"士兵们举起寒光闪闪的战戟，众口一词地大喊刚刚学会的词。"ERUHIN MAKHTAR！"高地的最高处，简利尔挥舞着一根二十英尺长的旗杆，平原上的敌我双方都能看见迎风飘扬的奔狼战旗。"ERUHIN MAKHTAR！"

最靠近山丘的阿尔比兰军队已经有了反应，士兵们步伐加快，队列摇晃不齐，有节奏的鼓声淹没在奔狼们的嘲讽声中。"ERUHIN MAKHTAR！"

战争大臣的判断没错，维林看到领头的阿尔比兰军队完全失去控制，队形逐渐散乱，有人跑了起来，冲向山丘，战嚎变成了愤怒的吼叫。那几个帝国的卫兵送了我们一样武器。一个词，一面旗。Eruhin Makhtar，意思是希望杀手在此，来杀他吧。

他们来了。从两边冲过来的数队人马打散了队形，后边的军队有样学样,混乱的状态迅速扩散开来,越来越多的队伍把纪律抛诸脑后,猛冲向山丘。

"没必要等了。"维林对邓透斯说。此时他和弓手站在一起,手里也备好了长弓,箭在弦上。"他们一进射程就放箭,说不定能让他们跑得更快些。"

邓透斯举起长弓,仔细地瞄准,弓手们纷纷照做。只见一支箭矢划过一道弧线,飞向越冲越近的阿尔比兰人,两百支箭矢紧随其后,如雨而至。一批士兵当头摔倒,有的爬起来接着冲锋,有的躺在地上一动不动。看见有几个人不顾箭矢深深地插在胸膛或是脖子里,仍然拼命地往前爬,维林对此颇为赞赏。他接连放了四箭,与此同时,箭雨开始倾泻而下,而兵团的嘲弄声始终不断:"ERUHIN MAKHTAR!"

他们冲到半山腰时,至少有上百个阿尔比兰人倒下了,但他们丝毫没有犹豫。假如他们冲锋时步调一致,那么此时山脚下必定挤满了往上爬的士兵,个个都怀着干掉希望杀手的愿望。维林看见整支阿尔比兰大军都在冲锋中乱了套,两侧的军队手足无措,不知是要攻击面前的疆国禁卫军,还是调转方向攻打山丘。这一仗已经胜了,他意识到。阿尔比兰大军如同一头公牛,被一捆新鲜干草诱进了屠宰栏,余下的只是屠杀而已。无论战争大臣犯过什么错,他毕竟在带兵打仗上很有一手。

等猛冲而来的阿尔比兰人接近到两百步之内时,战争大臣指示掌旗官发出命令,要库姆布莱弓手向高处移动。他们手持长弓,飞跑上前,从灌木丛中拔出早已插在沙地上的箭矢,按照指令,果断地搭弓放箭。

维林与库姆布莱人对战过很多次,对于他们拿长弓杀人的技艺最是熟悉,然而他从未见过这么多箭矢集中发射的威力。五千支箭矢划过一道弧线,破空的尖啸有如巨蛇的嘶鸣,狠狠地扎进正在冲锋的人群,登时响起了一片惨叫和惊呼。阿尔比兰人的先头部队似乎一瞬间全部倒下，五百多人倒在箭雨之中。库姆布莱人连续不断地放箭，箭雨遮蔽了维林头顶的天空，他回头一望，不禁大为震撼，他们从沙地上拔箭、搭弓、放箭，一气呵成，快若流星，一名弓手射出的第一支箭尚未落地，又有五支箭射了出去。

阿尔比兰人面对暴风骤雨般的箭矢，放慢了进攻的步伐，士兵们艰难地爬过成堆的死人和伤者，同时始终举着盾牌抵挡致命的箭雨，虽说这起不到有效的保护作用。尽管如此，他们依旧为愤怒所驱使，不断地冲向前，有的人盔甲上插满了箭矢，仍跌跌撞撞地跨过堆积如山的尸体。等他们冲到距离最高处五十步之内时，战争大臣发出指令，命疆国禁卫军各兵团向山丘两侧包抄。他们平举长枪，猛冲过来，压向阿尔比兰军队业已混乱不堪的后方。阿尔比兰的各标人马一时大乱，但很快又集合起来，稳住阵地，同时后方的骑射手开始反击。他们沿着阵线飞驰而过，箭矢飞过严阵以待的同僚头顶，射向疆国禁卫军。

战场右边，尘土飞扬，阿尔比兰的骑兵集中向疆国禁卫军的侧翼发起反冲锋，战争大臣发觉情况有变，立即指示掌旗官疯狂舞旗，命令骑兵出动。队列齐整的疆国骑兵移动起来，准备布阵迎战阿尔比兰骑兵，搅得黄土漫天。百支长短不一的军号吹响了冲锋的号角，一万骑兵冲向阿尔比兰的长枪武士，双方轰然相撞。隔着激荡的尘土，旁人只能看见两军战成一团，金铁交鸣，人仰马翻，黑影起落。随着尘土越发浓密，已很难窥见战场形势，不过阿尔比兰的攻势明显受阻。疆国禁卫军步兵团丝毫未受影响，继续发动攻击，强压之下，阿尔比兰军的右翼开始崩溃。

阿尔比兰军的指挥官反应迟钝，此时方才开始调动兵力，派出后备的步兵团支撑逐步瓦解的阵线。五队人马跑步向前，试图抵挡疆国禁卫军进攻的势头，可惜为时已晚，阿尔比兰军的阵线弯曲变形，摇摆不定，最终破开一道口子，疆国禁卫军如潮水般涌进缺口，从后方包抄临近的阿尔比兰军。短短几分钟之内,阿尔比兰军全线崩溃。战争大臣不肯放过任何一丝机会,当即派出封地领主塞洛斯率领的骑士,一群重甲骑兵雷鸣般发起冲锋,杀得阿尔比兰人溃不成军,接着又策马迂回,肆意屠杀挤在山脚下的阿尔比兰军残余,毫不顾忌库姆布莱弓手发射的箭雨。

战场左边,阿尔比兰人看见他们的同僚在山丘上惨遭屠戮,大为惊恐,阵线逐步瓦解。整整一个大队的人马吓得撒腿就逃,无论军官如何呼喊也不愿回头。疆国禁卫军杀进阵线的缺口处,旁边的几队人马随即逃散,导致全线溃败。不久,平原上的数千阿尔比兰人全部掉头逃跑,扬起遮天蔽日的尘土,整个战场掩藏在阴影之中。

维林面前的斜坡上,幸存的阿尔比兰人终于放弃了进攻,企图逃离疯狂的箭雨和仑法尔骑士的猛攻。他们已精疲力竭,逃跑途中跌跌撞撞,不是捂着伤口,就是扶着插在身上的箭矢,骑士策马冲杀之时,他们已连躲开的力气也没有,纷纷倒在钉头锤和长剑之下。到处都有一群群的士兵拼死顽抗,如同一座座岛屿,最终淹没在钢铁和战马的洪流中。没有一个敌人靠近山丘最高处,奔狼没有损失一名士兵。

而在战场右边,尘土激荡不止,可见阿尔比兰骑兵气势不减,于是战争大臣命令宗会骑兵队参战。外罩蓝色斗篷的兄弟们立刻掩身于尘土之中,几分钟过后,阿尔比兰的骑手出现在视野中,往西边策马飞驰,马腹汗水淋漓,马嘴吐着白沫。原本打算攻击疆国禁卫军侧翼的上千骑兵,只余区区几百人。

维林抬头看了一眼暗淡的天日,透过飞扬的尘土,太阳染上了一层血红。你将在血红太阳底下见证收获死亡的一幕……这是他在梦中听见的,勒苏丝·希尔·霖的幽灵所说的话。一想起那个梦可能是对未来的预言,他的胸中便涌起一股冷彻心扉的寒意。雪地里的尸体渐渐冰冷,那是他所爱的人,那是他杀死的人……

"信仰在上!"邓透斯在维林身边叫道,他表情复杂地望着惨烈的战场,既为之惊叹,又深感厌恶,"这可是头一回见。"

"别指望见第二回了。"他摇摇头,驱散残留在脑子的梦,"今天我们对阵的不过是北海岸的卫戍部队。等皇帝的大军开至北边,不知道他们是否还会让我们轻松取胜。"

第四章

乌恩提什的总督府邸坐落在风景如画的山顶，恰好俯瞰山底的海港，那儿桅杆林立，犹如一片水上森林，其实是大批商船正在逃亡。府邸花园里，橄榄树随处都是，各色石雕举目可见，夹道两侧种满合欢。战争大臣征用总督府后，一小队园丁依然留在此地进行日常打理。府邸里的其他仆人也大抵如此，不声不响地照常干活，即便如此，也丝毫没有缓解战争大臣内心的不安。他身边的卫兵始终警惕地盯着那些仆人的一举一动，餐食必须检验过两次方能呈给战争大臣。府邸里的仆人无言地顺从，城里的大多数人也是如此。之前有几十个伤兵惹了些麻烦，他们是所谓的猩红山丘之战的幸存者，当疆国禁卫军开进主城门时，他们发动了一次混乱不堪的袭击，其下场可想而知。不过大多数情况下，阿尔比兰人保持了沉默，显然是奉他们的总督之命——总督发出公告，命令所有人不得抵抗，然后领着家人服毒自尽。看来，这位指挥阿尔比兰军兵败猩红山丘的指挥官，自觉杀人太多，良心不安，不愿背负更重的罪孽面对所信奉的神明。

虽说没有遇到抵抗，但维林发现，人们投向他的目光都饱含憎恨，流露出屈辱。他们无言地忙碌着，邻里之间也没有眼神交流。毫无疑问，很多人在猩红山丘一战中失去了儿子或丈夫，只能沉默地舔舐伤口，等待着皇帝必将到来的回应。城里的气氛极其压抑，尤其在疆国禁卫军沉闷地开进城门之后。战争大臣下令抛弃重伤员，同时不准在疆国新近占领的城中抢掠，使得士兵们胜利的喜悦烟消云散。进城的第二天，中央广场竖起了绞刑架，上面吊着三具尸体，都是疆国禁卫军的士兵，挂在尸体脖颈上的牌子写得很明白，一人是盗贼，一人是逃兵,还有一人是强奸犯。国王的命令再清楚不过,他们要做的是占领城市,而不是破坏城市,战争大臣只是一丝不苟地执行命令,对此丝毫不觉内疚。人们从此称他为血蔷薇,借此嘲讽他的家徽。看来艾尔·海斯提安既有打仗的天赋,也有招致怨恨的天赋。

维林骑着唾沫星,沿着两侧种满合欢树的夹道,从总督府的大门走到庭院。他翻身下马,把缰绳递给旁边的一个马夫。那人静立不动,垂着脑袋,眼睛盯住地面,双手微微颤抖,炎热的午后烈日下,他的皮肤上挂满了晶莹的汗珠。维林环顾四周,发现别的马夫也是一样的姿势,站着一动不动,不看他,也不看马,似乎并不在乎有什么后果。Eruhin Makhtar. 他想到这儿,叹了口气,把唾沫星的缰绳拴在一根柱子上,确保它够得到水槽。

府邸主厅里的军事会议已经开始。这是一间用大理石砌成的宽敞大厅,墙壁和地板上以各色石砖拼接出一幅幅图画,描绘的是阿尔比兰各大主神的传说故事。与往常一样,军事会议上的讨论很快变成了激烈的争吵。维林曾在夏令集市上见过班德斯男爵,当时他被达纳尔大人打昏在地,如今此人又恢复了封地领主塞洛斯麾下首席封臣的地位,正与尼塞尔协军的将军马文伯爵相互辱骂。两人对着指指戳戳,嘴里不时冒出诸如"爬上来的乡巴佬"和"操马的蠢货"此类的脏话,他们骂得兴起,同僚们怎么拦都拦不住。自从猩红山丘一战后,尼塞尔人与其他队伍便生出了罅隙,这支协军始终没有出击,直到敌人溃逃才开始进攻,而且绝大多数人更有兴趣搜掠阿尔比兰人的尸体,而不是乘胜追击逃敌。

"你迟到了,维林大人。"骚乱之中响起战争大臣的声音,争吵立刻停止。

"我离这儿很远,大人。"维林回答。艾尔·海斯提安命令他的兵团驻扎在距离城外五英里多的一片绿洲处,名义上是保卫接下来行军所需的水源补给地,实则是防患于未然,如果维林常在城内露面,市民们可能发生暴动。同时也给了战争大臣一个机会,每次召开军事会议都能指责他迟到。

"那就骑快些。"战争大臣厉声说道。"你们俩到此为止。"他命令两位互不相让的大人,两人正一言不发地瞪着对方。"省点力气对付敌人吧。你也不必费心挑衅班德斯男爵,我绝不会取消对决斗的限制令。你们都坐回去。"

维林坐在唯一的一张空椅子上,扫视了一圈参加军事会议的人。列席的有麦西乌斯王子、封地领主塞洛斯以及大部分将官,还有一个级别相对较低的第六宗兄弟,不过此人在宗会的资历远比维林高。索利斯宗师还是那么瘦,只是额头添了几道皱纹,短发里多了少许灰白,可见岁月流逝的痕迹。他那对灰眼珠冷冷地端详着维林,既无热情,亦无敌意。剑术试炼过后的这些年,他们只见过一次,那是在宗老召他去汇报罗纳人掠袭的最新情况时,他俩有过一次紧张且短暂的交流。维林知道他麾下有一队宗会兄弟,但并没有费心来找他,只因如果见到当年的剑术宗师,激起尘封已久的回忆,他唯恐自己控制不住怒火。我的妻子,乌里安·尤腊尔临终前吐出的最后一句话,我的妻子……

"我请诸位到此,"战争大臣说道,"是要宣布此次征战的下一阶段部署。"他讲话时抑扬顿挫,意在使众人体会到这是一次严肃且重要的发言,不过当他目光一转,看儿子有没有记录下来的时候,他想要的效果便打了折扣。艾卢修斯坐在众人之外的一张桌子旁,见父亲望过来,便微微一笑,低头在皮面本子上草草写下一两行字。维林注意到,等艾尔·海斯提安的目光挪回参加军事会议的成员时,他就停下了笔。

"我们此番大捷,或许是疆国历史上最伟大的一次胜利。"战争大臣接着说道,"但如果就此认为战争结束了,那才是傻瓜。若要完成国王的命令,我们必须乘胜追击。六个月后,冰雪风暴将席卷艾瑞尼安海，届时，我们的补给线势必无法依靠。在此之前，我们必须拿下尼莱什和玛贝里斯。国王有令，援军将于本月内在乌恩提什登陆，约有七个新近组建的兵团，包括五个步兵团和两个骑兵团。我们的兵员可以得到极大的补充，守城的问题也迎刃而解。等他们抵达，我们就开拔。现在要决定的是，我们下一步攻打何地。我们很幸运地得到了最新情报，可以据此拟定战略。"他扭头对索利斯说："兄弟，请讲。"

索利斯的声音比维林记忆中更为嘶哑，他常年高声下令，嗓子早已磨得粗粝刺耳。"奉战争大臣之命，我率队对尼莱什和玛贝里斯的防御工事进行了侦察，"索利斯说道，"根据附加防御工事的规模以及可见的军队数量来看，从猩红山丘败退的残军应该是在玛贝里斯集结，这是北岸最大的城市，守住的可能性也最大。通过废弃的房屋以及村庄数量来看，不少平民也逃到了该城寻求庇护，虽然扩充了卫戍部队的实力，却也增加了物资消耗。相比之下，尼莱什准备不足，目力所及，城墙上只有几十个哨兵，卫戍部队驻在城内，没有出城巡逻。城墙维护不当，不过似乎做了一些修补工作。另外，该城没有新增防御工事，城墙外的壕沟也未深挖。"

"唾手可得啊？"封地领主塞洛斯说道，"先占尼莱什，再攻玛贝里斯。"

"不。"战争大臣矢口否决。他佯作深思状，伸出一根手指摸着下巴，不过维林一眼就看出来了，他早在开会之前就制定好了战略计划。"不行。虽然尼莱什貌似容易拿下，但要白白耗费好几周的行军时间。从乌恩提什到玛贝里斯这条路更近，而玛贝里斯是我们能否最终获胜的关键所在，拿不下来，我们的一切努力都将付诸东流。所以我们的目标很明确，必须兵分两路。维林大人。"

维林迎着战争大臣的目光，内心第一千次祈祷，唯愿血歌没有抛弃他。每当这种情况出现，他便尤其怀念血歌的暗示。"大人请盼咐。"

"你带领三个步兵团,外加马文伯爵的军队和五分之一的库姆布莱弓手,即刻出发,前往尼莱什,速战速决,夺取该城,并坚决守住。麦西乌斯王子率领卫队留在乌恩提什,依照疆国律法治理该城。等国王派来的援军抵达,大部队向玛贝里斯开拔。如此一来,寒冬降临之前,我们便可夺占三座城市。"

一时间举座无言,气氛尴尬,有人惊讶,有人疑惑不解,但最先开口的是麦西乌斯王子:"派疆国禁卫军出去打这么危险的一仗,还要我留在这里?"

"这不是我的决定,王子殿下。这是雅努斯王在开船前颁布的密旨。若您需要过目,我有手抄的副本。"

维林看得出来,王子已恼羞成怒,正咬紧牙关,尽力控制情绪。片刻过后,他又开口了,但听其语气,已然无法自持:"你指望维林大人仅凭八千人就夺下一座城?"

"根据各方面的情报来看,此城几不设防。"战争大臣反驳道,"我相信,维林大人这么厉害的将军,担得起这样的任务。"

马文伯爵咳了好几声,满脸通红。依照尼塞尔人的风俗,他的头发剃得只剩灰白的短楂,残缺的左耳戴了一枚金耳环,看起来活像不法之徒,他的手下也大多都是这样的形象。"大人,"他对艾尔·海斯提安说,"我无意冒犯维林大人,可我必须说清楚,我的级别……"

"相比能力和经验,级别并不重要。"战争大臣打断了他的话,"维林大人不仅打过,而且打胜过很多仗,至于你,只是跟封地上那帮阴魂不散的强盗土匪小打小闹罢了。"

马文伯爵怒目圆睁,尽管他火冒三丈,却闭紧了嘴巴没说出来。

"我不相信,"麦西乌斯王子说,"我父亲竟然同意这种计划。"

"雅努斯王给了我最高指挥权,王子殿下。"艾尔·海斯提安的恭敬口吻明显是刻意为之,谁都能看出来,他对这位王子完全没有好感。

争吵继续，嗓门越来越大，维林则陷入了沉思。根据索利斯所说的情况，或许夺城不是难题，难在如何守住。目前为止，还没有人提到阿尔比兰大军可能已经向北方开进，其兵力肯定相当可观，而尼莱什坐落在一条横穿沙漠东边丘陵地带的大道尽头。此处无疑是阿尔比兰大军转战玛贝里斯之前的首要目标，更吸引他们的是希望杀手在此守城。要说这个战略位置易受攻击，只怕都过于保守了，战争大臣很清楚这一点。

如此一来，便没有人与他争功了，维林心想。他早知阿尔比兰人必定全力攻打尼莱什，找希望杀手报仇雪恨，必然大大消耗实力；与此同时，他攻占玛贝里斯，坚守城池，赢取一世英名。置我于危险之地，阿尔比兰人便有大把机会替他报仇。维林皱起眉头，回想起宗老的指示。易受攻击……远离大部队，远离这么多双好奇的眼睛。一个诱人的靶子……

"我认为这个计划非常好。"他高声说道，压过了会场的喧嚣。

麦西乌斯王子瞪大眼睛，错愕不已："大人，你说什么？"

"对于战争大臣艾尔·海斯提安来说，这是一个艰难的选择。不过我军首战大捷，诸位岂可怀疑他的战略眼光？如今我们不能对他丧失信心。我很高兴接受这个任务，另外，"他恭敬地朝艾尔·海斯提安深鞠一躬，"感谢战争大臣给我这份荣耀。"

◆

"这是圈套，你应该看出来了吧？"

维林从柱子上解开唾沫星的缰绳，牵着它走上碎石小路，头也不回地对索利斯说："这段时间我看出了很多事情，宗师大人。"

"是兄弟，"索利斯纠正，"如果你不愿这样称呼，那就叫我宗将好了。你称呼我为宗师的日子已经一去不复返。"

渡鸦之影 血歌

"不过，"维林检查过绑在马鞍上的皮带，又拍掉唾沫星腹部的尘土，"一切仿佛就在昨天。"

"你不再是孩子了，兄弟。爱生气的小子成了疆国之剑。"

维林转过身，只觉怒气上涌。索利斯坦然与他对视，没有后退。从来没怕过他的人屈指可数，索利斯正是其中之一。他知道，应当感谢有这样的人陪在身旁，然而剑术试炼犹如一道诅咒，横亘在他们之间。

"我肩负宗老的命令，"他对索利斯说，"我敢肯定，您也一样。我不过是服从命令罢了。"

"宗老命令我带队跟这帮傻瓜过来玩。他没有解释为何要来。"

"是吗？他告诉我的，比我想知道的还要多。"维林盯着索利斯的脸，准备观察他接下来的反应。"您对第七宗知道多少，兄弟？对于伺伏者，您有什么可以告诉我的吗？您有没有打探到有关宗老大屠杀的消息？"

索利斯眨了眨眼。这是他仅有的反应。"没有。我知道的，你都知道了。"

"那就容我钻进这个圈套吧。"他一脚踏上马镫，翻身坐进马鞍，低头看了一眼索利斯，却看到了他最不想看到的表情——犹疑。"如果您日后回到疆国，而我没能回去，"维林说，"请转告宗老，我尽力了。所有的宗老，七大宗会的宗老，都应该找莱娜公主寻求帮助，她是疆国的希望所在。"

他双腿一夹，唾沫星飞驰起来，踏着四溅而出的碎石，欢快地奔向此行的终点——尼莱什城。我要在尼莱什找到答案。

◆

"这计划真够聪明的。"

尼莱什城总督霍卢斯·内斯特·阿茹安，是个五十来岁的肥胖男人,每根短粗的手指都戴有一枚宝石指环。他那张胖脸上的表情十分复杂,既有恐惧,亦有愤怒。他们在总督府内走廊旁的一间小书房里找到的他,他的手腕有一块青紫的瘀伤,那是弗伦提斯从他手中夺过匕首时造成的。他拒不回答维林的问话,只往五颜六色的地砖上啐了一口,然后闭上双眼,沉沉地叹了口气,显然是等着受死。

"这家伙还挺有种的,不是吗?"邓透斯说道。

"在城墙上留了个缺口,"维林接着说,"看起来像是修补不善,其实你们在后头挖了一道壕沟,沟底布满尖刺,只等我们摔进去。真是聪明。"

"杀了我,痛快点。"总督咬牙切齿地说,"尽说些不着调的话,我受够了。"他夸张地吸了口气,不禁皱起鼻子,"你们北方人都是这么臭烘烘的吗?"

维林低头看了看沾满秽物的衣裤。弗伦提斯和邓透斯也一样,浑身散发出难闻的恶臭。"你们的排水沟要好好修修,"他答道,"有几处堵住了。"

总督这才恍然大悟,不由面露嫌恶之色,轻声呻吟道:"原来是港口的下水道。"

"正是,退潮的时候很容易钻进去,拆掉栅栏即可。这位弗伦提斯兄弟花了足足四个晚上,每夜趁着退潮爬过沙滩,一点点刮掉了灰浆。"维林走到窗口,伸手指向城门上方的高塔,可以看见有支燃烧的火把在黑暗中来回舞动。"这是获胜的信号。我们已经占领了城墙,俘虏了您的卫戍部队。这座城归我们了,阁下。"

总督凑近了打量维林,仔细端详他的脸庞和衣着。"身穿蓝袍子的高个儿战士,"他眯起眼睛,喃喃道,"豺狼般狡诈的黑眼珠。希望杀手。"他露出意味深长的哀伤神情。"你这一来,相当于害了我们所有的人。一旦皇帝知道你在我们城中,他必定派兵烧了整座城市,只为了烧死你一人。"

"不会的，"维林向他保证，"如果我任由他们烧掉国王刚刚收回的领土，他必定要生我的气。"

"你的国王是疯子，你是他的疯狗。"

弗伦提斯大怒："你说话注意点……"

维林抬手制止了他，然后说道："如果辱骂我可以减轻您的内疚感，敬请随意。不过请您至少听我说完我们开的条件。"

总督大惑不解地皱起眉头："条件？哪里还有什么条件？你已经征服我们了。"

"您和您治下的市民如今属于联合疆国，拥有一切必要的权利。我们既不是奴隶贩子，也不是强盗。这儿的海港十分繁荣，雅努斯王希望保持原样，尽可能维持现有的局势。"

"如果你的国王指望我为他效命，那他真的疯了。我这条命已经没救了，皇帝指望我自行选择荣誉的做法，不然就交给他来办。"

"Hasta！"门口传来一声大喊，一个十几岁的女孩冲进了房间。她一袭棉质白衫，瞪着惊恐的眼睛，手握一把小刀。弗伦提斯走过去打算拦住她，但维林摆了摆手，任由她跑到总督身边。女孩挡在父亲面前，手里的小刀冲着维林胡乱挥舞，眼里满是挑衅的神色。她的口音很重，维林想了想才算听懂。"别碰我父亲！"

总督伸出双手搭在她的肩上，柔声在她耳边说着什么。女孩浑身发抖，眼里泪水充盈，手中的小刀也抖个不停。维林看见总督温柔地安抚她，并拿走了小刀，她哭着倒在父亲怀里。

"在乌恩提什，"维林说，"总督和家人被迫自杀。你们这儿的习俗有点奇怪。"

总督愤愤地看了他一眼，接着抚慰怀里的女儿。

"她多大？"维林问，"是你唯一的孩子吗？"

总督没有回答，只把女孩抱得更紧了。

"她不用害怕我，还有我们的士兵，"维林对他说，"他们都接到了命令,尽可能避免流血。他们会严格遵照我们的命令扎营,不会巡街。我们会付钱购买所需的食品和货物。如果我们的士兵有虐待本城市民的行为,请您向我报告,由我将其处决。请您继续行使管辖权,为本城尽职尽责。现有的赋税照常收取。我的一名军官,凯涅斯兄弟,明天找你详谈其中细节。您同意这些条件吗,阁下?"

总督抚着女儿的头发,略一点头,接着流下了羞愤的泪水。维林恭敬地向他鞠了一躬:"请原谅我们不请自来。我们到时候再谈。"

他们正向门口走去,维林忽然挨打了,是血歌在他的脑子里猛地挥了一锤。他从来没有听过如此响亮和清晰的调子。嘴里尝到了铁的味道,他舔了舔上唇,发现鼻子正汩汩地流血。他感到浑身发冷,不由得跪倒在地,邓透斯慌忙伸手来扶。鼻血洒在五颜六色的地板上,脸颊也湿乎乎的,他知道耳朵也在流血。

"兄弟!"邓透斯惊慌地高声喊道。弗伦提斯也有点慌了,急忙拔出剑来,警惕地瞪着总督,总督则低头看着维林,满脸的恐惧和疑惑。

他的视线模糊了,总督府随之消失,周遭全是浓雾和阴影。黑暗中有个声音,那是铁器敲击石头的铿锵闷响,他模模糊糊地看到有把凿子正在雕刻一块大理石。凿子不断移动,越来越快,凡人之手不可能有如此惊人的速度,石头上逐渐浮现出一张脸来……

够了!

这是血歌的声音,他有种直觉。但却是另一支血歌。与他的血歌调子不一样,这支血歌更为刚猛,更有节制。脑海中又出现了一个声音,石头上的人脸消融殆尽,飘然而逝,如同疾风卷走黄沙。而那把凿子的声音戛然而止,不再响起。

你的歌声未经引导,那声音说道。你因此易受攻击,必须谨慎才是。并非所有的歌者都是朋友。

他想回答,却说不出话。要用歌声,他明白了。对方只能听见歌

渡鸦之影 血歌

声。他挣扎着召唤脑海中的曲调，唱出他的回答。可他只能发出微微的颤音。

不要怕我，那声音说。等你恢复了知觉，来找我。我有东西给你。

他拼尽全部的力气，用歌声挤出了一个词——哪里？

他眼前又浮现出凿子和石头，不过那块大理石仍是原样，那张脸藏在石中，并未显露，凿子静静地搁在石头上。你知道在哪里。

第四部

第五章

他醒来时闻到了一股比尼莱什城下水道更臭的气味。有个既潮湿又粗糙的东西在他脸上刮蹭，继而他感到胸口被压得喘不过气来。

"快下来，你这肮脏的畜生！"听见吉尔玛姐妹的厉声呵斥，他睁开了眼睛，发现小花脸正凑在面前，高兴得呼噜呼噜直叫。

"你好啊，笨狗。"维林呻吟着打招呼。

"下去！"吉尔玛姐妹吼道，小花脸只好快快地跳下床，呜咽着钻进角落里。它向来对这位姐妹敬畏有加，或许是因为吉尔玛一点儿也不怕它。

维林扫视四周，发现这间房里只有一张床和一张桌子，吉尔玛姐妹在桌上摆放了大小不一的瓶瓶罐罐，里面装的是药物。窗户大开，传来海鸥的声声啼叫，吹进阵阵咸腥的海风。

"凯涅斯兄弟征用了尼莱什城商贸行会的老房子，"吉尔玛姐妹一边解释，一边试了试他的前额，又摸了摸他手腕的脉搏，"城里条条道路通码头，这座房子又闲置着，看来作为兵团指挥部是不错的选择。你那只大狗狂躁不安，只有放进来才安静。它自始至终都陪在这里。"

维林应了一声，然后舔了舔干燥的嘴唇，问道："多久了？"

吉尔玛那对明亮的蓝眼珠仔细地看了他一会儿，然后走到桌前，往杯子里倒了些绿色的水，又加了些白色粉末。"五天，"她头也不回地说，"你流了很多血。我真没想到，一个人流了那么多血还能活着。"她咯咯地笑了两声，待转过身来，脸上果然带着明媚的笑容。她把杯子递到维林嘴边："喝了。"

渡鸦之影 血歌

药汁有点苦涩，倒不至于难以下咽，而他周身的疲惫感几乎是立刻便消失了。五天。他完全没有意识到，脑子里也没有残余的梦境或幻觉。五天转瞬即逝。怎么回事？那个声音，另一支血歌，他依然听得见，那是一种似有若无却又持续不断的召唤。他的歌声与之应和，石头和凿子的场景依然鲜活地浮现在他的脑海。瑟拉在失落之城说过的话越发清晰：还有其他人存在，拥有同样天赋的、更年长更具智慧的人。他们可以引导你。

"我必须……"他挣扎着起身，想要掀开毯子。

"不行！"吉尔玛的语气不容置疑，她伸出胖胖的手，把维林推回到柔软的病床上。他发现身上没力气，一推就倒。"绝对不行。你必须静卧养神，兄弟。"吉尔玛拉起毯子，把他盖得严严实实。"城里很安静，一切都在凯涅斯兄弟的掌握之中，没什么事需要你操心。"

她挺直身体，忽然一脸严肃地问道："兄弟，你知道你发生了什么事吗？"

"没见过这种情况吗？"

她摇头道："没有，从来没见过。流血通常是因为受伤，刀剑割伤，或是皮开肉绽，诸如此类。可你完全没有受伤的迹象。脑髓肿胀也可能导致出那么多血，那样的话你必死无疑，而你现在还活着。军队里流言疯传，说阿茹安总督使了黑巫术之类的邪恶魔法，企图杀死你。凯涅斯只好给他的府邸派了个卫兵，还鞭打了好些人，这才稳住了局面。"

鞭打？维林心想，我从来不用鞭打他们。"我不知道，姐妹，"他老老实实地说，"我不知道为什么出现这种情况。"我只知道是什么引发了这种情况。

◆

又过了两天，吉尔玛姐妹才放他自由，却仍严厉警告他不可活动过量,另外每天必须喝两大杯水。他在守卫室的房顶上召集将官开会,在此可以看见防御工事的进展情况。只见尘土飞扬,士兵们挥汗如雨,正在加深城外的壕沟,给年久失修的城墙增加防御力。

"等完工了有十五英尺深,"凯涅斯说起壕沟的情况,"目前挖到了九英尺。维修城墙的进展较慢,我们这么点人里面找不出几个熟练的泥瓦匠。"

维林只觉嗓子干涩,啐了一口浓痰,又举起水壶猛灌。"还要多久?"他嘶声问道,心下有些烦躁。他此时疲态尽显,眼圈发黑,肤色苍白,浑身湿冷,知道这副模样不可能令大家安心。他看到了兄弟们关切的眼神,也看到了马文伯爵和其他几位将官疑虑的目光。维林心里明白,他们怀疑我不能坐镇指挥。他们的怀疑或许不无道理。

"至少还要两周,"凯涅斯回答,"如果能够从城里募集劳力,就能加快速度。"

"不行。"维林语气坚决,"既然我们决定好好地治理本城,那就要赢得人民的信任。给他们的手里塞把铲子,强迫他们辛苦劳作,只能适得其反。"

"我们是来打仗的,大人,"马文伯爵的语气虽然轻描淡写,看他的眼神却是深思熟虑,"挖沟根本就不是士兵的分内之事。"

"要我说,这就是士兵的分内之事,大人。"维林回答,"至于打仗,过不了多久,他们肯定不缺仗打。若有人抱怨,烦请你转告他们,我准许他们离队,逃到乌恩提什去不过六十英里路。搞不好在那里还能找艘船回家呢。"

一阵倦意袭来,他站立不稳,急忙靠在城垛上以免尴尬。他越来越感到坐镇指挥的压力非同寻常,面对盟友和下属,一举一动皆不可疏忽大意,着实令人厌烦。血歌持续不断的召唤,还有那块他明知道位于城中何处的大理石,令维林越发焦躁不安。

"你不舒服吗,大人?"马文伯爵劈头问道,丝毫不留情面。

维林恨不得一拳打在尼塞尔人的脸上，他按捺住动手的冲动，转头望向布伦·安提什——库姆布莱弓手的指挥官。此人身强力壮，在将官之中最为沉默寡语，开会时几乎从不发言，每当维林说解散，他第一个走人。他从来都是一副拒人于千里之外的表情，显而易见，他既不希望也不需要他们的认可和接纳。他现在听命于被库姆布莱人称为黑刃的家伙，或许内心有诸多不满，但至少没有表露出来。"你的手下呢，将军？"维林问他，"对于当苦力有抱怨吗？"

安提什依然是那副表情，维林怀疑他的回答直接引用了《十经》里的句子："诚实的劳作使我们更为接近世界之父的大爱。"

维林应了一声，又望向弗伦提斯："斥候队有没有打探到什么消息？"

弗伦提斯摇头道："没有，兄弟。所有的道路都没有异常，山里也没有斥候或者探子的踪迹。"

"也许他们去了玛贝里斯。"艾尔·柯德林大人说道。他统率第十三步兵团，此兵团号称青鸟，士兵的胸甲上绘有天青色羽毛。他长得挺结实，却总是一副惴惴不安的样子。猩红山丘之战中，他折了胳膊，到现在还吊着绷带，当时他位于右翼，损失了三分之一的士兵。维林怀疑他不太想打接下来的一仗，这也不能怪他。

维林扭头问凯涅斯："总督那边情况如何？"

"他很合作，只是情绪比较低落。他对商贸行会和市政议会都讲了话，恳求他们保持镇定，到目前为止，城中百姓尚无太大反应。据他所说，政务官和税务官仍照常办事，在这种情况下算是不错了。贸易减少了许多，这是肯定的。当时听说我们占领了这座城，大多数阿尔比兰人的船只都离港出海了，余下的船主拒不开船，还威胁说如果我们胆敢抓人，他们就放火烧船。倭拉人和梅迪尼安人似乎很想利用这个机会。香料和丝绸的价格已经涨得非常高了，而在疆国那边肯定还要再翻两番。"

一听此言，统率十六兵团的艾尔·特伦德大人吐了口气，明显心有怨愤，却不敢表露得太明显。因为担心发生贪腐事件，维林禁止军队参与当地的贸易活动，为此，这帮有钱没处花、有钱不能赚的贵族大人失望至极。

"食物储备呢？"维林没有理会艾尔·特伦德。

"非常充足，"凯涅斯肯定地说，"若有大军围城，足够我们挺过两个月，严格控制份额还可以管更久。城里的水主要是城内的井水和泉水，所以不大可能短缺。"

"前提是城里的人不下毒。"布伦·安提什说。

"说得好，将军，"维林向凯涅斯点点头，"在比较大的井边安置岗哨。"他直起身体，发现晕眩感暂时得以缓解。"我们三天后再碰面，感谢你们前来参加会议。"

将官们离开后，城墙上只剩下凯涅斯和维林。"你没事吧，兄弟？"凯涅斯问。

"只是有点累。"他望向平滑无痕的沙漠，正午的日照之下，地平线似在微微晃动。他知道，总有一天会在这里看到一支阿尔比兰人的军队。问题是，他们还有多久就会到来？他有没有足够的时间完成任务？

"你觉得艾尔·柯德林的推测对吗？"凯涅斯试探地问，"这时候战争大臣应该去攻打玛贝里斯了，那是北海岸最大的城市。"

"希望杀手不在玛贝里斯。"维林说，"战争大臣计划得很好，等皇帝的军队过来对付我们的时候，他便可放手攻打玛贝里斯。我们不该抱有幻想。"

"我们能守住。"凯涅斯斩钉截铁地说。

"你向来都这么乐观，兄弟。"

"这座城在国王的计划之中，我们只不过向更强大的联合疆国迈出了第一步。到时候，我们所守卫的土地将成为疆国的第五大封地，在雅努斯王及其后人的保护与统治之下，这里的人民将不再迷信无知，也不必因为某个皇帝的一时心血来潮，就生活在水深火热之中。我们必须守住。"

维林试图从凯涅斯的话语中揣摩出讽刺的意味，却只看到了这位兄弟对国王一贯的愚忠。他不止一次想对凯涅斯说心里话，把几次与雅努斯会面的详情和盘托出，不知道这位兄弟知道了国王的真面目之后，是否还会如此忠诚于那个老人。然而，维林还是没有说出口。凯涅斯为忠诚二字而活，忠诚是他的盔甲，为他抵挡侍奉信仰之时常有的疑虑和谎言。究竟凯涅斯为何如此忠心耿耿，维林无法参透其中道理，却也不愿卸掉他的盔甲，尽管这身盔甲或许只是幻象而已。

"我们当然会守住。"维林的语气很肯定，笑容却很严肃，心想，至于值不值得守住，那就另当别论了。

他向城垛后面的台阶走去："我想到城里转一圈，还没怎么看过呢。"

"我去找几个卫兵来，你不能一个人上街。"

维林摇摇头："不用担心，兄弟。还不至于那么虚弱，我可以保护自己。"

尽管凯涅斯不大相信，但还是勉强点了点头。"随你了。噢，"维林刚刚迈步，他又说道："总督请求我们派一名医师去他家。他女儿生病了，当地的郎中没有能力治她的病。我今早派了吉尔玛姐妹过去，兴许她能赢得几分美名。"

"要说有人能做到，那非她莫属了。代我祝福总督的女儿早日康复，好吗？"

"当然，兄弟。"

◆

维林站在一家石匠铺门前，开门的是个女人，用满含敌意的目光打量他。听到维林问好,她皱起了原本光滑的眉头,乌黑的眼睛也眯了起来。她看起来年近三十,身材苗条,长长的黑发束成马尾,裹了一件沾满灰尘的皮围裙。从她身后传来了铁器敲打石头的声响,颇有节奏。

"日安,夫人,"他说,"冒昧前来打扰,请您原谅。"

她抱起胳膊,用阿尔比兰语简单地应了一句。通过语气推断,对方并不欢迎维林进去喝杯冰茶。

"有人……要我来这里。"维林接着说道,然而女人依旧怒目而视,闭着嘴巴一言不发,看样子并没有理解他的话。

维林回头看了看空空如也的街道,怀疑自己理解错了幻象的指示。然而血歌始终激昂不休、确信无疑地回荡,迫使他不断地走街串巷,直到他走到一扇门前,看见招牌上的凿子和铁锤,血歌方才沉寂。维林按捺住推门而入的冲动,强作笑容道:"我是来谈生意的。"

她越发皱紧了眉头,带着浓重的口音,一字一顿地说道:"我们不跟北方人谈生意。"

维林感觉到血歌微弱地低语了一声,铺内的敲击声戛然而止。一个男人用阿尔比兰语喊了句话,女人愤愤地扮了个怪相,两眼瞪着维林,身子闪到一边。"这儿的东西很神圣,"维林走进去的时候,她又说道,"你要是偷东西,诸神会诅咒你。"

石匠铺内极为宽敞,屋顶高耸,地面铺有大理石砖,约三十步见方。阳光穿过敞开的天窗,照亮了屋内随处可见的雕塑。它们尺寸各异,有的只有一两英尺高,有的则是真实大小,而有一尊至少高达十英尺,是一个肌肉异常发达的巨人正与雄狮搏斗,仿佛冻结了人狮争斗最为激烈的一瞬间,其形态之栩栩如生,其细节之惟妙惟肖,令维林叹为观止。旁边有一尊较小的雕像,是一个真实大小的绝美女子,她张开双臂作祈祷状,姣好的容颜却带着深沉的哀伤。

"审判女神赫利亚,她在第一次审判时泪流满面。"一听见此人说话,血歌的调子突然升高,但不是警告,而是欢迎。男人双手叉腰站在维林身后,身上系着围裙,口袋里装有一把凿子和一柄铁锤。他个子不高,但身材健硕,裸露在外的胳膊肌肉虬结,浑身上下沾满灰尘,没有沾到灰的皮肤微微泛着金色的光泽。他的脸庞棱角分明,颧骨突出,一双虎目望着维林。

"你不是阿尔比兰人。"维林说。

"你也不是,"男人笑着回答,"但我们都来这儿了。"他扭头用阿尔比兰语对女人说了几句话,那女人瞪了维林一眼,转身消失在石匠铺后面。

维林对着那尊雕像点点头:"她为何如此哀伤?"

"赫利亚与一个凡人相爱,但他的爱情驱使他犯下了重罪,于是赫利亚审判了他,将其送去地底深渊,锁在一块岩石上,他的肉体将永遭恶虫啃食。"

"那一定是弥天大罪了。"

"正是,他偷了一把魔法宝剑,并使用此剑杀了一位被他误以为是情敌的神灵。其实那是她的兄弟——梦神伊克斯特斯。现在,每当我们遭受梦魇的折磨时,就是这位死去的神灵对凡人的报复。"

"神只是谎言。但你讲的故事很有趣。"他伸出手,"我是维林·艾尔·索纳……"

"第六宗的兄弟,联合疆国之剑,现在则是一军之将,统率异邦军队占领了我们的城市。说来确实很有趣,不过我们歌者通常都是如此,歌声引领我们走上不同的道路。"男人跟他握手,"我名叫阿姆·林,出身卑微的石匠,愿为你效劳。"

"这些全是你的作品?"维林指着一排排雕像问道。

"可以这么说。"阿姆·林转身走向石匠铺深处,维林跟了上去。一尊尊造型奇妙、仪态万千的石雕,令他目不暇接。"这些都是神吗?"他问。

"不全是。你看这个,"阿姆·林驻足在一尊面容严肃、眉头深锁、鼻如鹰钩的男性半身像前,"卡穆伦皇帝,阿尔比兰帝国的第一位皇帝。"

"他似乎很困扰。"

"情有可原。他的儿子得知无法继位,于是企图弑父。得益于诸神的协助,继位者不以世袭,而从人民当中挑选,可谓破除传统的伟大举动。"

"他儿子怎么样了?"

"皇帝剥夺了他的财产,割掉了他的舌头,挖出了他的眼珠,将其驱逐出宫,他从此沿街乞讨,了此残生。大多阿尔比兰人认为皇帝此举太过仁慈。他们都是好人,态度谦恭,慷慨大度,到了令人发指的地步,但激愤之时更是不依不饶。你最好牢记这一点,兄弟。"他斜睨了维林一眼,维林不知该如何回应。"不得不说,歌声把你领到了这儿,实在让我吃惊。你也知道,你们的这次侵略注定失败。"

"我的血歌……近来反复无常。它有很长时间没有指引我。在我听到你的声音之前,它沉默了一年多。"

"沉默。"阿姆·林大为震惊,露出好奇的表情,"那是什么感觉?"他的语气中带有一丝羡慕。

"就像断了条胳膊。"维林如实回答,他终于意识到当血歌沉默之时,那种失落感是多么强烈。而当血歌回归之时,他才接受了事实——歌声并不是痛苦的折磨。瑟拉说得对,这是天赋,他逐渐理解了这种天赋的可贵之处。

"我们到了。"阿姆·林张开双臂说道,他们到了石匠铺的后面,在一条长台上整齐地摆放着一堆令人眼花缭乱的工具,有铁锤、凿子以及维林说不上名字的奇特器物。旁边有一架梯子,斜靠着一块巨石,已完成的部分石雕显露出来。维林一看见它,便惊讶地站住了。他的血歌唱出了清晰而又温暖的调子,那是一种似曾相识的感觉。

狼。在尤里希森林救过他的那匹狼。在第五宗,当汉娜姐妹企图杀他时,发出嚎叫以警告他的那匹狼。在马蒂舍森林使他放弃谋杀的那匹狼。

"啊……"阿姆·林揉着太阳穴,表情痛苦地说,"你的歌声好强烈,兄弟。"

"抱歉,"维林集中精神,尽力平息血歌,花了好一会儿才令它有所缓和,"这是神吗?"他抬头望着那匹狼,问阿姆·林。

"算不上。它是一种古老的魔灵,阿尔比兰人称之为无名者。在很多讲述有名有姓的神灵的故事里,狼这一形象常常出现,扮演的是引导者、守护者、战士或复仇之灵的角色。但它从来没有名字,永远只是狼,人们对它敬畏有加。"他专注地端详着维林,"你见过,对吧?真实的狼,而不是石雕。"

维林突然警惕起来,一时不敢再对此人透露更多的事情。这个陌生人的血歌差点杀死了他,但他的血歌依然是欢迎的调子,他便也打消了疑虑:"它救过我。有两次是救了我的命,还有一次比救命更重要。"

阿姆·林脸上掠过一丝疑似恐惧的神情,但他很快又展露笑颜:"看来用有趣来形容你不太恰当,兄弟。这是为你准备的。"他指着旁边那条长台上的一块大理石,有把凿子搁在石头上。那是一块雪白无瑕的方形大理石,与阿姆·林的歌声击倒他的时候,他所看到的那块一模一样。维林伸手触摸,只觉石面光滑如水。

"你为我准备的?"他问。

"很多年前的事了。那时我的歌声非常强烈。藏在石中的东西等了你很久,等你揭开它的面目。"

等我……维林摊开手掌压在石上,感到血歌汹涌如潮,调子里既有警告,又有决然之意。是伺伏者。

他拿起凿子,用凿尖碰了碰石头。"我从没凿过石头,"他对阿姆·林说，"连一根像样的手杖都削不来。"

"你的歌声会引导你的手，正如我的歌声引导我的手。这些雕像与其说出自我的技艺，不如说是我的歌声所造就。"

他说得没错，血歌逐渐增强，清清楚楚地引导凿子悬在石头上。他从长台上取过一根木槌，敲击凿子的末端，一块碎片从石头上剥落下来。他的手不断游走，歌声激昂澎湃，他完全沉浸在雕刻中，阿姆·林和石匠铺在他的意识里消失了。他心无杂念，唯有歌声与石头。他忘了时间，也无法感知歌声之外的世界，只知道他的肩膀在一次次敲击中耸动。

◆

"维林！"见他没有反应，巴库斯又推了他一下，"你在干什么？"

维林发现满是灰尘的双手紧紧抓着石雕工具，斗篷和武器搁在一旁——他不知道是什么时候卸下来的。石头的形状完全改变了，上半部是刀削斧砍的粗糙圆顶，中间有两个浅窝，底座像是人脸的下巴。

"你手无寸铁，也不带卫兵，可劲儿地在这儿敲石头，"巴库斯的语气里夹杂着愤怒和惊讶，"随便哪个路过的阿尔比兰人都能杀死你。"

"我……"维林眨巴着眼睛，一时没回过神来，"我刚才……"他没有说下去，因为无论怎样也解释不通。

阿姆·林和先前给维林开门的女人站在旁边，女人怒气冲冲地瞪着巴库斯带来的两名士兵。阿姆·林则比较放松，一边无所事事地用砥石打磨凿尖，一边朝维林微微一笑，似是赞许之意。

巴库斯看了看石头，又看了看维林，浓密的眉毛皱成一团："这是什么玩意儿？"

"无关紧要。"维林取过一块亚麻布盖在石头上，"你找我什么事，兄弟？"他言语中透露出不满。

"吉尔玛姐妹找你。她在总督府。"

维林不耐烦地摇摇头，又伸手去取工具："总督的事情由凯涅斯负责。去找他。"

"他已经去了。吉尔玛姐妹要你也过去。"

"肯定不是什么急事……"巴库斯一把抓住维林的手腕，凑到他耳朵边，小声地说出三个字。维林二话没说，不顾血歌的强烈抗议，当即扔下雕刻工具，抓起斗篷和武器。

◆

"是掐脖红。"吉尔玛姐妹站在总督府大门内，不准他们再往前走。她头一次没了欢颜笑语。她的脸色苍白如纸，因为恐惧，往常明亮的眼睛也暗淡下来。"目前只有总督的女儿染病，但很快就会有别的病人出现了。"

"你确定吗？"维林问她。

"我们宗会的每一个人，从参加宗会的第一天起就学习察颜观病。没有疑问，兄弟。"

"你检查过那女孩吗？你碰过她了？"

吉尔玛默然地点点头。

维林克制住内心涌起的悲伤。现在不是软弱的时候。"你需要什么？"

"总督府必须封锁，派人把守，不准任何人进出。你必须留意全城范围内是否还有人发病。我的看护员知道怎么确认病症。一旦发现有人带病，必须带到这里来，如有必要，不惜使用武力。处理他们的时候，一定要戴口罩和手套。还有，全城必须立即戒严，任何船只不得离港，所有马车不准离城。"

"这样势必会引起恐慌，"凯涅斯提醒他们，"当年，掐脖红害死的阿尔比兰人和我们国家的人一样多。等消息传开，他们肯定不顾一切地逃跑。"

"那就需要你们阻止他们了，"吉尔玛姐妹直截了当地说，"我们绝不能再来一次天灾。"她盯着维林，"你明白吗，兄弟？你必须尽一切努力。"

"我明白，姐妹。"他想起了凌绝堡那时候的谢琳姐妹，不由得黯然神伤。他一直不愿触碰那段回忆，因为那种巨大的失落感令他难以承受，但他必须回想起在汉提斯·穆斯托尔死后第二天，谢琳说的那些话。篡权者的手下放出假消息，说沃恩克雷爆发了招脖红，诱她自投罗网。我调配的一种药剂有希望……

"谢琳姐妹，"维林说，"她曾经告诉我，她有治疗这种病的药剂。"

"疗效存疑，兄弟，"吉尔玛回答，"只是理论上可行，总之我没有这个能力去判断。"

"这段时间谢琳姐妹驻扎在哪里？"维林不甘心。

"留在宗会，我听说是的。她现在是药剂宗师了。"

"顺风的话坐船二十天，"凯涅斯说，"回来再二十天。"

"这是阿尔比兰和疆国的航船速度。"维林若有所思地说。他扭头对吉尔玛说道："姐妹，请总督发布一份公告，说明你希望采取的措施，命令市民们配合，由凯涅斯兄弟拿去复写多份，在城中各处张贴。"又对凯涅斯说："兄弟，负责守住各处城门和总督府。城墙上加倍派兵值守，尽量只用我们的人。"维林回头看着吉尔玛姐妹，强作笑颜地鼓励她："希望为何物，姐妹？"

"希望乃信仰之心。放弃希望，实为背弃信仰之举。"她无力地笑笑，"我的营房内有一些器具和药品，请取来给我吧。"

"交给我来办。"凯涅斯肯定地说。

维林转身离开，匆匆走上满是碎石的小道。"码头怎么办？"凯涅斯在身后喊他。

渡鸦之影 血歌

维林头也不回地说:"我来管码头。"

◆◆◆

矮壮的梅迪尼安船长坐在桌子后面,扬起一张清瘦的脸庞,疑虑重重地瞪着维林。他戴着软皮手套,双手握拳搁在桌上。这座老宅子属于商贸行会,他们所在的房间是地图室,此时只有他们两人,弗伦提斯在门口放风。外面,夜幕正迅速降临,整座城市即将悄然入睡,对翌日清晨即将面临的危机一无所知。这位船长及其手下的船员是被拖出船舱的,被扒光衣服,接受过吉尔玛姐妹手下看护员的检查后,才被带到这里。即便他有什么抱怨的话,也应该知道不说出来为好。

"你是卡瓦尔·努林?"维林问他,"红隼号的船长?"

男人慢慢地点点头。他的眼睛不断地扫视着维林和弗伦提斯,时不时瞟一眼他俩身上的剑。维林并不想缓解这个男人的不安,令对方害怕更便于达成目的。

"据说你的船是这个码头最快的,"维林接着说道,"从梅迪尼安造船厂里出来的最漂亮的船体,大家都这么说。"

卡瓦尔·努林一歪脑袋,依然没说话。

"你没有坑蒙劫掠的坏名声,这对于你们岛上的船长来说很不寻常。"

"你想干什么?"男人的嗓子粗糙刺耳,维林看到他脖子上缠着黑丝巾,底下露出了伤疤边缘的一片白斑。不管此人是不是海盗,他在海上是遇到过麻烦的。

"雇用你,"维林温和地回答,"你多快能到瓦林斯堡?"

船长紧张的神色缓和了些,但脸上依然疑云密布。"有过十五天的记录。当时乌德诺慷慨地刮了北风。"

维林知道,乌德诺是梅迪尼安的一位神祇,据说主宰风向。"还能更快吗?"

第四部

努林耸耸肩:"也许吧。不载货,多几个人操帆。献给乌德诺两头山羊,这个不能少。"

这是梅迪尼安人的一贯做法,每每在危机四伏的航行之前,就献祭动物给他们敬仰的神祇。维林亲眼见过,在他们侵略帝国的船队起航前,屠杀牲畜时流淌的鲜血把港口的海水都染红了。

"我们提供山羊,"他说着,示意弗伦提斯上前,"弗伦提斯兄弟和另外两个人上船。你带他去瓦林斯堡,他接一个乘客上船,然后你带他们返回这里。整个行程不能超过二十五天。可能吗?"

努林思索了片刻,点点头:"可能吧。但我的船做不到。"

"为什么?"

努林松开双拳,慢慢地脱下手套,露出一双惨不忍睹的手,从腕部到指头的皮肤全都斑驳褪色。"告诉我,内陆人,"他边说边举起双手给维林看,灯光洒在他苍白而畸形的皮肉上,"你试过徒手灭火吗,在你的姐妹和母亲被活活烧死的时候?"梅迪尼安人的嘴唇扭曲出冷酷的笑容。"不,我的船不受你的指使。阿尔比兰人称你为希望杀手,对我来说,你是焚城者的崽子。船老爷们或许卖身给了你们的国王,但我不会。无论你怎么威胁我、折磨我,我都不会——"

只听一声脆响,维林把青石放到桌子上,顺手一拨,青石转了几圈,银纹纵横的石面闪闪发光。卡瓦尔·努林惊讶地瞪着它,露出了不加掩饰的贪婪。

"我对你母亲和姐妹的事情感到很遗憾,"维林说,"还有你的手。肯定很疼。"他接着拨弄青石,努林的眼睛死死地盯着没动。"但我觉得,你毕竟是个生意人,多愁善感不利于赚钱。"

努林吞着口水,伤痕累累的双手激动地抽搐。"我能得到多少?"

"如果能在二十五天内回来,全归你。"

"你骗人!"

"偶尔骗人,但现在没有。"

努林的目光终于从青石上挪开,迎上维林的目光:"我能得到什么保证?"

"我的承诺,身为第六宗兄弟的承诺。"

"瘟疫才相信你的话,还有你们宗会。你们装神弄鬼的废话对我毫无意义。"努林戴上手套,皱起眉头算计着,"我要一份签名的担保书,由总督做见证人。"

"总督他……情况不允许。不过商贸行会的会长肯定乐意帮忙。可以吗?"

◆

红隼号明显与维林见过的其他船不一样。它比大多数船都小一些,船体狭窄,有三根桅杆,而普通的船上只有两根。甲板只有两层,共有二十名船员。

"造出来是为了运茶,"当维林提到这艘船不同寻常的设计时,卡瓦尔·努林不耐烦地解释道,"越新鲜越能卖高价。一小船新鲜茶叶卖的价钱,比满满当当塞了一大船的高出三倍之多。在港口之间的运输速度越快,赚到的钱就越多。"

"没有桨?"弗伦提斯问,"我还以为梅迪尼安船都有桨。"

"当然有,"努林指着下层甲板的密闭船舱,"没风的时候才用,北方的海域经常起风。红隼号只需要微风就能开动。"

船长驻足环视码头,那儿静静地停泊着一排排空荡荡的船只,奔狼在码头周围拉起了警戒线。他们要求所有水手今晚不可在船上过夜,这一过程不算顺利,那帮水手们正在附近一个重兵把守的仓库里疗伤。"头一次看见尼莱什城的码头如此安静。"努林叹道。

"战争对于做生意而言不是好事,船长。"维林回答。

"上个月这些船还来来往往,如今空空荡荡地泊在这儿,水手们全关了禁闭。只有我们的红隼可以出航……"

"小心为上，"维林友好地拍拍他的背，吓得他浑身一抖，"附近有很多探子。你什么时候出发，船长？"

"再等一个钟头，潮汐对头了就出发。"

"那么请允许我失陪，不耽搁你们了。"

努林很想出言讥讽，最终只是点点头，走上踏板，连吼带骂地向船员们下令。

"你觉得他知道实情吗？"弗伦提斯问。

"他有所怀疑，但他不知道。"维林抱歉地朝弗伦提斯笑笑，"我应该给你多派几个人，但那样太惹人怀疑了。吉尔玛姐妹的看护员说了要看什么吧？"

弗伦提斯点点头："脖子有肿胀，出汗，头晕，还有手臂出疹子。如果他们得了病，三天内就会有这样的症状出现。"

"很好。兄弟，如果任何船员，包括你在内，出现了掐脖红的症状，这艘船就不能停靠瓦林斯堡，哪里都不行，你明白吗？"

弗伦提斯点点头。维林看得出来，他并不害怕，也没有不情愿。血歌唱出的是不可动摇的信任，以及无条件的忠诚。许多年前，在宗老房里求他帮忙的那个弱不禁风、衣衫褴褛的小男孩早已不在，他历经千锤百炼，成了一名经验丰富、武艺超人的战士，从不质疑维林的命令。有时候，给弗伦提斯指派任务不是好事，反倒令人有种压力。他这把剑千万要小心使用，一旦拔出来，就没有剑鞘的保护了。

"我……很遗憾，只能如此，兄弟，"他说，"如果有别的办法……"

"你还没给我上过那一课。"弗伦提斯说。

维林皱起眉头："哪一课？"

"投掷飞刀，你说你要教我的。我当时以为我学到的够用了。我想错了。"

"你后来学了很多。"维林忽然有种内疚感，为这个轻信于人的少年所经历的战火，受到的创伤，所冒的一切生命危险。"你那时想成为宗会兄弟，"他没能掩藏住语气里的内疚，"我们这样对你，是对是错？"

他没料到弗伦提斯竟然笑了起来："是对是错？你几时错过？"

"独眼折磨你。试炼伤害你。你跟我打的仗，受的痛。"

"不然我又会怎样呢？饥饿，恐惧，再来上一刀，任由我歪在小巷子流血而死。"弗伦提斯抓住他的肩膀，"如今我有了愿意为我牺牲性命的兄弟，我也愿意为他们而死。如今我有了信仰。"他很激动，笑容中带着坚定，以及确信无疑。"信仰是何物，兄弟？"

"信仰是全部。信仰吞噬我们的灵肉，还我们以自由。信仰塑造我的生命，无论此界，还是往生。"当维林念出这几句话时，他的声音格外坚定，信仰格外深沉，连他自己也为之动容。他见识了大千世界，无数神祇，然而唇齿之间吐露的言语依然是那么不可动摇。我听见了母亲的声音……

第四部

第六章

　　红隼号出发后，日子很快变得单调而紧张。每天早晨，维林来到总督府大门前跟吉尔玛姐妹说话。目前唯一新增的病例是总督女儿的侍女，这个中年妇女估计熬不过本周了。至于总督女儿，毕竟年纪轻轻，依然顽强地与病魔抗争，不过怕是也很难熬到下个月。

　　"你呢，姐妹？"他每天早上都问，"你还好吗？"

　　她每天都展露明媚的笑颜，微微地点头。维林特别害怕有一天，等他走过小路来到大门前，吉尔玛姐妹却没在这里等他。

　　瘟疫暴发的消息一传开，城里的气氛明显变得恐慌起来，只是人们的反应各不相同。有些人，大多是家境富裕的市民，纷纷收拾好细软，带上妻儿老小，赶到距离最近的城门要求出城，遭到拒绝后，他们又是威胁又是贿赂。贿赂行不通，有人便偷偷召集起全副武装的家丁仆从，企图趁夜幕降临强行冲出城门。奔狼们轻松地击退了这次突袭，拿着棍棒就把他们统统赶了回去，凯涅斯早在之前就预料到可能出现这样的情况。幸运的是无人伤亡，但城内的贵族对此颇为不满，而且担惊受怕到了极点。有人在自家门外设置了路障，不准任何人靠近，甚至放箭射杀胆敢闯进来的人。

　　没那么有钱的人也一样害怕，不过他们相比富人更加克制，到目前为止尚未发生暴动。大多数人仍在处理日常的事务，只是尽可能不在街上逗留，不与邻居打交道。所有人都带着一副听天由命的表情，乖乖地接受定期检查，确定是否有病症出现。目前城里还没有新增病例，不过吉尔玛姐妹非常肯定地认为，这只是时间问题。

　　"掐脖红总是从港口城市开始，"一天早晨，她说，"跟随船只漂洋过海。毫无疑问，它就是这么传到这里来的。阿茹安总督告诉我，她女儿喜欢去码头，观看来来往往的船只。如果发现了新的病例，那多半是水手。"

维林和市民们一样担心，但他更担心手下的士兵们。奔狼们纪律严明，极易管束，可其余的军队就没这么听话了。马文伯爵的尼塞尔士兵和库姆布莱弓手之间发生过几次严重的斗殴，两边都有人受重伤，他不得不鞭笞了行为最恶劣的首犯。疆国禁卫军中也有为数不多的逃兵，艾尔·柯德林大人麾下的五只青鸟，带着抢来的干粮翻过城墙，企图逃往乌恩提什。虽然维林很乐意任由他们死在沙漠里，但这毕竟是个杀鸡儆猴的机会，于是派巴库斯带领斥候队出城追捕。两天后，他带着尸体回来了——维林命令他追到逃兵后就地处决，不必带回来当众绞死。尸体在主城门外不远处焚烧，便于城墙上的士兵看个清楚，并转告各自的战友：任何人都不得出城。

到了下午，维林四处巡视城墙和城门，尽量多和士兵们说话，但他们明显不大适应。疆国禁卫军的士兵们个个恭敬有礼，只是面露恐惧之色，尼塞尔人则死气沉沉，库姆布莱人看见黑刃都流露出憎恶之情。尽管如此，维林总要花些时间与他们对话，询问他们的家人以及参战前的生活。面对将军礼节性的寒暄，士兵们的回答总是千篇一律、一板一眼，但维林心里清楚，他们之间隔着无形的鸿沟，但士兵需要见到他，知道他不害怕。

有一天，他在西门附近看到了布伦·安提什，此人正伸手遮挡阳光，仰头观察一只盘旋在头顶的鸟儿。

"是秃鹫吗？"维林问。

这位库姆布莱人的领袖从来不敬礼，这次也一样，维林倒也没什么意见。"是鹰。"他回答，"以前从没见过这种鹰。看起来有点像家乡的燕子。"

在所有的将官当中，安提什是瘟疫暴发后最为冷静的，他竭力安抚手下,向他们保证不会有危险。他的话语清晰有力,头头是道,至今没有一名弓手企图逃军。

"我很想感谢你,"维林说,"你们军队的纪律如此严明。他们肯定非常信赖你。"

"他们也信赖你,兄弟。尽管他们也同样恨你。"

维林觉得没必要为此争论。他走到安提什身边,靠着城垛说道:"不得不说,国王竟然能从你们封地上招募到如此多的人,着实令我吃惊。"

"森提斯·穆斯托尔坐上封地领主的宝座后,第一项举措就是废除日常弓术训练的律法,于是按月发放的军饷也就没了。我手下大多数都是农民,军饷是他们收入的主要来源,没了这笔钱,很多人无法养家糊口。他们或许打心底里憎恨雅努斯王,但憎恨是不能喂饱孩子的。"

"你真相信我就是你们的《十经》提到的黑刃?"

"你杀死了黑箭,还有真刃。"

"其实是巴库斯兄弟杀死了汉提斯·穆斯托尔。还有,直到今天,我还不确定在马蒂舍森林杀死的那个人是不是黑箭。"

库姆布莱将军耸耸肩:"不管怎么说,《第四经》里记述了敬神之人无法杀死黑刃。不得不说,兄弟,你确实符合书中的描述。至于说使用了黑……咳,谁又能说清楚呢?"安提什神色有变,似乎料到对方要指责他说出这种大逆不道的话。

维林觉得应该换个话题为好:"那你呢,先生?你参军也是为了养活孩子吗?"

"我没有孩子,也没有妻子。只有我的弓和这一身衣服。"

"那国王给的金子呢?不用问,你肯定拿到了。"

安提什似乎有些激动,他扭过头,又一次望向翱翔于蓝天的那只鹰。"我……弄丢了。"

"据我所知，每人预付了二十枚金币。那你丢的可不是小数目。"

安提什没有回头："你找我有什么事吗，兄弟？"

血歌发出短促不安的低语，不是攻击来袭之前的尖利警告，而是对谎言的觉察。他有所隐瞒。"我想知道更多有关黑刃的事，"维林说，"如果你愿意告诉我的话。"

"那就意味着你会知道很多《十经》的内容。你不怕知道了这些知识，灵魂遭受玷污吗？不怕解除了你的信仰吗？"

库姆布莱人的一席话令他想起了汉提斯·穆斯托尔，维林仿佛又看到篡权者眼里的内疚和疯狂。血歌的低语声逐渐变大。眼前的库姆布莱人认识他吗？追随过他吗？"我不相信有什么知识会玷污人的灵魂。当初我也这样告诉你们的真刃，我的信仰是不可能被解除的。"

"《第一经》教导我们，要把世界之父的爱讲述给希望聆听的每一个人。如果你愿意，下次再来找我，我会告诉你更多。"

◆

到了晚上，他便去阿姆·林的店铺，石匠的妻子阴沉着脸给他倒茶，石匠则教给他有关血歌的知识。

"我的族人称其为天籁之音。"一天晚上，阿姆·林解释道。此时他们正在石匠铺里的狼雕像旁，拿一个小瓷碗啜饮茶水。维林每来石匠铺一次，都见那石雕更逼真一分，令人望而生畏。石匠的妻子每次倒完了茶，便躲进一间房里，那间房是不准维林进去的。他犯过一次错，提议由他们自己来倒茶，结果石匠的妻子目露凶光，害他为茶水里有没有下毒犹豫了许久，直到看见阿姆·林端起茶碗喝了一口才算完。

"你的族人？"维林问。他曾经推测石匠来自极西之地。不过他对于那片土地知之甚少，仅限于水手们讲的故事，以及稀奇古怪的传说，比如那儿幅员辽阔，有无边无际的田野，城市人口众多，统治一切的是商贾国王。

"我出生在金-萨,那是伟大而仁慈的商贾国王洛尔-丹治下的一个省,他非常清楚那些拥有异常天赋之人的价值。村里的长者知道我有天赋之后,便带着十岁的我离开家,去了王宫,教导我天籁之音。我记得当年非常想家,但从没有逃跑过。我们那里的律法是,如果儿子犯了叛国罪,父亲同罪,我不希望父亲因为我抗命而受罚,但我真的很想回到他的店铺,有机会再次雕刻石头。你能猜到吧,他也是一名石匠。"

"在你的家乡,拥有黑巫术不是坏事吗?"

"不,我们视其为幸事,是上天赐予的礼物。家里出一个拥有天赋的孩子,那是莫大的荣誉。"他的脸蒙上了阴影,"大家都是这样说的。"

"这么说他们教你如何运用歌声?你知道如何使用,也知道它从何而来。"

阿姆·林悲哀地笑了:"歌声没办法学到,兄弟,也不是从哪里来的。它就是你本身。你的歌声不是你体内的另外一种存在。它就是你。"

"我的血之歌。"他念叨着勒苏丝·希尔·霖在马蒂舍森林里说过的话。

"我听人这么说过,这名字还挺合适。"

"既然它是没办法学到的,那他们教你什么?"

"如何控制,兄弟。它和歌曲一样,要想唱好,必须多加练习,不断精进。我的导师是一位名叫辛-娜的年长女人,她真的很老了,必须坐轿子来到王宫,只能看清眼前一两英尺之内的东西。但她的歌声……"他回忆着当时的场景,摇头叹道,"她的歌声犹如烈火,熊熊燃烧,光芒万丈,震耳欲聋,忽然之间,你感觉眼睛看不见了,耳朵也听不见了。她第一次对我唱歌时,我差点昏倒在地。她笑个不停,叫我小耗子,唱歌的小耗子,阿姆·林在我们的方言里就是这个意思。"

"这位导师听上去很严厉嘛。"维林不由想起了索利斯宗师。

"严厉,是的,她确实很严厉。她有很多东西可以教我,而留给我学习的时间不多。我们的天赋极其罕有,兄弟,她这辈子侍奉过商贾国王和国王的父亲,可从没遇到另一个歌者。我是接替她的人。她的课程非常严格,而且令我疼痛难忍。她不需要拿手杖责打我,光是歌声就可以令我痛不欲生。她先从辨识真相开始教我,每次带两个人进来,其中一人犯过某种罪,而那两人都自称无罪,她要我分辨谁是罪人。只要我说错了——最初的时候这事儿经常发生——她就用灼热的歌声鞭打我。'真相是心灵之歌,小耗子。'她每每这样说,'如果你听不出真相,那你什么都听不到。'

"等我掌握了聆听真相的技艺,课程变得更为复杂了。一个仆人收到一件物品,比如珍贵的珠宝或是饰物,任其藏在王宫的某处。如果夜幕降临前我还没能找到,他们就可以留下那件物品,我则因为失掉了物品而受到惩罚。再后来,一大群人在院子里一边高声交谈,一边胡乱转悠,其中一人在长袍底下藏了一把匕首。我只有五分钟时间找出匕首,否则她的歌声将如匕首一般刺向我,而在现实中,那把匕首便会刺向我们的君主。她从不忘记提醒我,我的一切全由他所赐,辜负了他,那将是我永远的耻辱。"

"商贾国王利用你的歌声吗?"

"是的,确实如此。在极西之地,经商就是生命,善于经商之人必是伟人,甚至能成为王。而成功的经商需要信息,尤其是他人想要隐藏的信息。"

"原来你是探子?"

阿姆·林摇头道:"我不过是见识了伟人与富人的处世之道罢了。最初,洛尔-丹要我坐在正殿的角落里,与他的孩子们一起玩耍,假如有人问起,我就回答说国王是我的监护人,我是他远房亲戚的孤儿。自然,大多数人认为我是他的私生子,虽说微不足道,在王宫里也有尊贵的地位。在我玩耍的时候,正殿里人来人往,所执之礼各不相同,通常先要大发感慨,向国王致敬,或是深表歉意,自认地位卑贱,有辱大殿威仪。我发现,那些人越是锦衣华服,仆从如云,越是在言语中自轻自贱,而洛尔-丹再三告诉他们不必多虑,还为礼数不周而道歉。双方一来一去可能花上一两个钟头,然后拜访的真实目的才会浮出水面,通常都是为了钱。有人想借钱,有人欠了钱,而所有人都要更多的钱。他们交谈的时候,我就听着。最后他们走了,国王承诺他们尽快答复,并为耽搁了时日、无法及时回应而深表歉意,随后国王便问我,在他们的交谈过程中,天籁之音是何种歌声。

"那时我只是个小男孩,不知道那些事务的重要性,但我的歌声不必知道一个人为何撒谎或是欺瞒,或是笑里藏刀,阳奉阴违。当然咯,洛尔-丹知道原因,知道是亏是赚,甚至关系到生死。

"我就这样在商贾国王的宫殿里生活,跟辛-娜学习,告知洛尔-丹我所听到的歌声。我结交了几个朋友,奉命监护我的朝臣只准我跟他们玩。他们来自并非大富大贵的商人之家,大多反应迟钝,生性爱笑,不乱提问,那些商人为他们的后代在王宫里买下一席之地。我很快发现玩伴们都是特地挑选出来的,脑子不灵光,个个老实巴交。如果有头脑机敏的伙伴,我也会变得聪明些,就能认识到这种舒适且富足的生活其实是华丽的囚笼而已,而我被禁锢在其中。

"当然也有奖赏,等我成年了,情欲自然而然地勃发。我想要女孩就有女孩,想要男孩就有男孩。只要我开口,就有美酒和各种各样令人神魂颠倒的魔水,但我的歌声从未因此而迟钝。等我长到了一定的年龄,不适合再跟洛尔-丹的孩子们玩耍时,我成了他的书记官,每次会议至少有三名书记官,似乎没人注意到我笔迹潦草,常常无法辨认。我的笼中生活很简单,高墙之外的严酷世界完全影响不到我。

后来，辛-娜死了。"

　　他眼神茫然，迷失在回忆中，目光饱含悲痛："身为歌者，听见另一位歌者的死亡之歌，绝非易与之事。那歌声异常嘹亮，我怀疑全世界都能听见。那是夹杂着愤怒和悔恨的尖叫，令我头晕目眩，神志不清。有时候我觉得她想带我走，倒不是恶意，而是出自责任。听见她最后的歌声，我才明白她奉献给洛尔-丹的忠诚只是谎言，是她教导我这么多年，从来都小心翼翼隐藏在歌声中的弥天大谎。她最后的歌声，是一个从未离开过主人的奴隶的哀号，她不愿留下我独自一人。她用歌声给我展现了一幅景象，那是一座荒废的村庄，四处浓烟滚滚，尸横遍野。那是我出生的村庄。"

　　他摇摇头，言语满含哀伤，维林意识到他这是头一次对人讲起这个故事。"我瞎了眼，"沉默片刻后，阿姆·林接着说道："我居然没能察觉到，我这种天赋的价值在于没人知道它的存在，除了洛尔-丹和我即将替任的那位老妇人。我想起辛-娜在授课时所用到的那些人，那些嫌疑犯和仆人，多年过去，恐怕用过好几百人。我明白，当他们知道了我的天赋，肯定没办法活下来。我只是出现在他们的面前，便害了他们的性命。

　　"当我从辛-娜所导致的眩晕中清醒过来，我感到灵魂中有一样新的感觉在燃烧。"他扭头看着维林，眼中闪烁异彩，仿佛在回顾当年的疯狂举动。"你懂得何为仇恨吗，兄弟？"

　　维林想起消失在晨雾中的父亲，莱娜公主的眼泪，还有他差点控制不住，想要扭断国王脖子的冲动。"我们的信仰教理说，仇恨是灵魂的负担。我认为这句话包含了许多真理。"

　　"仇恨确实令我们的灵魂不堪重负，此话不假，但也能放你自由。我带着仇恨，开始留意洛尔-丹要我出席的会议，一丝不苟地记录下他们的对话。我开始思考他的领地到底有多大，知道他拥有上千艘船，还有兴趣再造上千艘。我知道了开掘出黄金、珠宝和矿石的矿场，知道了他真正的财富所在的广袤土地，那里有数不清的农田，种满了小麦和稻谷，是他每一笔交易的坚实保障。我不断地学习和寻找，在我记录的文字当中，搜寻这张贸易大网的漏洞。我又学习和寻找了四年多，舒适的宫廷生活早就抛诸脑后，我费尽心思瞒过我的监护人——如今我知道他们是我的看守——他们不认为我突如其来的好学热情有什么害处，而且从始至终，我都毫不犹豫地坦白歌声中的真相，忠实地将歌声所解读的事实告知洛尔-丹，包括所有的谎言和秘密、阴谋和欺骗。他对我的信任与日俱增，渐渐地，我不仅仅是他的鉴真师了。很快，我成了他的心腹，知道了更多的信息，也知道了贸易大网中更多的脉络，我不断地寻找和等待，可什么都没有发现。商贾国王对他的生意了如指掌，他编织的大网完美无瑕。只要我说一句谎话，他必定能很快揭穿，我的人头也要随之落地。

"有时候我想，干脆拿把刀插进他的心脏，毕竟我有很多机会这么干，可我还年轻啊，尽管我恨他恨得咬牙切齿，但我还想活下去。我是懦夫，是囚犯，而他所知如此之多，囚笼如此之大，我困在其中无法逃脱。绝望开始吞噬我的心。我又开始放纵自己，借酒色和魔水麻痹自己，我放纵到了无以复加的地步，如此下去，命不久矣。可正在此时，异邦人来了。

"我在洛尔-丹的王宫里混了这么多年，从没见过一个异邦人。当然了，我听过有关他们的故事，说他们是来自东方的怪人，皮肤非黑即白，极其野蛮。他们涉足商贾国王的领土就是奇耻大辱，而容忍他们的唯一原因，是他们所带货物的价值。来拜访洛尔-丹的那群人，在我看来确实很怪，他们身着奇装异服，讲着难懂的语言，更不用提他们在礼节方面的笨拙无知。但令我震惊的是，他们当中有一个女人，而她也有歌声。

"作为女人，唯有商贾国王的妻妾和女儿可以面见国王。在我的家乡，女人不能参与经商，也不能拥有财产。通过翻译的解释，我才

渡鸦之影 血歌

搞明白,那个女人出身高贵,如果拒绝她出席,那么对她的族人是极其严重的侮辱。无论那些异邦人打算提出的是什么交易,在洛尔-丹眼里必定是大大的好处,否则他不可能准许女人走进正殿。

"翻译还在讲话,可我无暇顾及他讲了什么,那女人的歌声充满了我的脑子,我忍不住盯着她看。那女人很漂亮,兄弟,可我只能说,她像一头漂亮的母豹子。她的双眼光彩异常,发色乌亮,犹如黑檀,当她听见我的歌声时,她露出的笑容带有一种残酷的消遣。

"'这么说斜眼猪也有歌者咯。'她的歌声所说的话,外加虚情假意的笑声,令我浑身发抖。她很有力量,我能感觉出来,她的歌声远远强过我。辛-娜或许可以与她匹敌,但我不行,正如耗子遇见了大猫,无能为力。'你能告诉我什么呢?'她在我脑子里唱道,歌声冲进了我的意识深处,毫不费力地触摸到了我的记忆和感知,一把挖出了我的仇恨和密谋。得知我蓄谋背叛国王,她欣喜若狂,得意洋洋。'议会还跟我说这很难做到。'她唱道,目光在我脸上驻留了片刻,'如果你真想要商贾国王死,就要他拒绝我们的提议。'然后歌声消失了,撤出了我的脑海,只留下确定无疑的冰冷滋味。只要洛尔-丹拒绝他们的提议,那女人就会杀死国王,而且她想要杀死他。对她而言,谈判的结果毫无意义。她跋涉半个世界来到这里,就是为了杀人,而且绝不会空手而归。"

阿姆·林回忆起当时的疼痛,不禁绷紧了脸。"有时候,我们可以通过歌声接触他人的思想,多年以来,我虽非自愿,却也接触过数千人的意识,没有一个人的想法比那女人更黑暗。后来的好几年,我常常做噩梦,梦见屠杀的场景,那是处心积虑、残酷无情的谋杀,男女老少都在惨叫,恐惧冻结在他们的脸上。我还看见了从没去过的地方,听见了无法听懂的语言。我以为自己快疯了,后来才明白,那是她在我脑海里留下的部分记忆,或许是无心之举,或许是突发奇想的恶意。年岁日久,那些噩梦渐渐淡去。但即便是现在,我仍会在某天夜里尖叫着醒来,泪流满面,任由妻子抱着我。"

"她是谁?"维林问,"她是哪里人?"

"翻译报给国王的名字是假的,我还没听到她的歌声就感觉到了,在她留给我的记忆里,也没有任何线索表明她的名字或是家族。至于她来自哪里,那时对我而言毫无意义,但我记得使节团是代表倭拉帝国高等议会向国王致意。以我对倭拉人的了解,我认为她很有可能是那里的人。"

"那你照做了吗?你是不是要商贾国王拒绝他们的提议?"

阿姆·林点点头:"我毫不犹豫地做了。即便我当时那么震惊,也未忘记多年对国王的仇恨。我告诉他,他们说的都是谎话,他们的诡计是不花一分钱,耗尽他的财富。其实我根本没搞清楚他们的提议是什么,也不知道他们说的是真是假。不过和往常一样,他毫不怀疑地相信了我的结论。"

"那她遵守诺言了吗?"

"最初我以为她背叛了我。第二天早晨,洛尔-丹便给了他们答复,然后他们搭船启航了。他看起来很健康,似乎不会有什么意外发生。失望和恐惧击垮了我。这是我头一次对商贾国王说谎。毫无疑问,我的谎言很快就会被揭穿,随后我必将丑陋地死去。一个月过去了,我始终担惊受怕,拼命掩饰我的恐惧,这时候洛尔-丹慢慢地生病了。最初并不严重,只是持续的轻微咳嗽,当然也没人敢说什么,后来他的皮肤变得苍白,双手开始颤抖,几周后就咳出了血,时不时胡言乱语。他死的时候只剩皮包骨头,连自己的名字也想不起来了。我对他没有一丝同情。

"他当然有继承人,是他的第三子马-洛尔,前两个儿子刚成年不久就被悄悄地毒死了,因为他们的才智显然不及父亲。马-洛尔则完全复刻了他的父亲,头脑极其聪明,又受过专门的教育,拥有登上商贾国王宝座所需的狡诈和冷血。不过,最令我高兴的是,他不知道

渡鸦之影 血歌

我有天赋。洛尔-丹病得太急,没来得及告知他儿子,我在朝中所扮演的真实角色。在马-洛尔看来,我只是一个可靠的臣子,而他有自己的亲信。我被安排到王宫储藏室担任记账官,从舒适的住处搬了出来,领到的薪水只有过去的零头。按常理,我应该因为失宠而羞愤自杀,很多洛尔-丹的仆人被弃用后正是这样做的。但我没有,我离开了,我对王宫大门的卫兵说到城里办事。我走出去的时候他看都没看我一眼。那时候我二十二岁,头一次尝到了自由的滋味。那是我一生中最甜美的时刻。

"自由改变了我的歌声,它激昂地歌唱,寻找世间的一切新奇事物。我跟随歌声的指引,横穿马-洛尔的王国,跨越了边界。歌声引导我找到坐落在高山上的一座小村庄,那儿有一名石匠,他没有儿子也没有学徒,答应教我手艺。我学得飞快,他似乎对此深感不安,倒不是说我的手艺有什么过人之处,但等他没有可教我的了,我走了,他似乎也松了口气。

"歌声引导我来到港口,搭上了一艘驶向东方的船。随后的二十年,我不断地旅行、工作,从一座城市到另一座城市,从一个镇子到另一个镇子,在不计其数的房屋、宫殿和神庙里留下过足迹。我甚至在你们疆国逗留了一年,为一位尼塞尔老爷的城堡雕刻喷泉石像。我什么都不缺,手头拮据的时候,歌声引导我找到食物和工作,当世间不太平的时候,我依靠它找到安宁,与世隔绝。我从未质疑过它,从未反抗过它。五年前,它引导我来到这里,找到了我的好妻子肖阿娜,她的父亲去世不久,留下来的石匠铺正在艰难维持。她有手艺,但富有的阿尔比兰人不愿意跟女人做生意。从那以后,我在这里定居了。我的歌声从未要求我离开,我对此感激不尽。"

"即便是现在吗?"维林很好奇,"城里暴发了掐脖红。"

"当你第一次听说这里发病的时候,你的歌声有没有变得更加响亮?"

维林想起他对吉尔玛姐妹可能遭遇的命运感到绝望,但他知道这并非血歌带来的感觉。"没有。确实没有。这意味着没有危险吗?"

"差不多吧。无论出于何种原因,这意味着我们都应该留在这里。"

"这就是……"维林寻找着合适的词,"我们的命运吗?"

阿姆·林耸耸肩:"谁知道呢,兄弟?关于命运,我知道得不多,但要我说,我这辈子见过太多风云变幻、祸福难料的事情,所以我不知道是否真有所谓的命运。我们走自己的路,但要遵循歌声的引导。记住,你的歌声即是你。你可以聆听,也可以歌唱。"

"怎么唱?"维林凑过来,求知的欲望令他的语气颇为急不可耐,他不禁有些难堪。"我怎么才能唱?"

阿姆·林指着长台,维林雕刻了一部分的石头还搁在台上,从他第一次来过后就再没摸过了。"你已经开始了。我认为你已经唱了很久,兄弟。歌声让我们拿起不同的器物——笔、凿子……或是剑。"

维林低头看了一眼,那把长剑靠在桌边,触手可及。我这么多年来就是在做这件事吗?杀出一条血路?那些飞溅的鲜血、消逝的生命,只是在谱写一首歌?

"你为什么不雕完呢?"阿姆·林问。

"只要我再次拿起铁锤和凿子,我必定一鼓作气地完成它。但眼下情况危急,我必须心无旁骛。"他知道这不是全部的真相。石中显现出一张人脸的轮廓,似曾相识,令他深感不安。目前为止维林还认不出那张脸,但他已经可以断定,最后看到的样子必定是他熟悉的某个人。虽然这样不对,但掐脖红的到来毕竟是个好借口,他希望迟些再揭晓谜底。

"你不应当忽略自己的歌声,兄弟,"阿姆·林告诫他,"你还记得我第一次呼唤你的时候,我对你造成的伤害吗?你觉得那是为什么?"

渡鸦之影 血歌

"我的歌声沉默了。"

"正是。它为何沉默?"

国王脆弱的脖子……那个妓女知道的秘密……"它要我动手,做可怕的事情。而那时我不能做,于是歌声沉默了。我以为它抛弃我了。"

"你的歌声不仅引导你,还保护你。没了它,如果遇到我们的同类,比如那个倭拉女人,你容易受到伤害。相信我,兄弟,任由她伤害你可不是什么好事。"

维林望向那块大理石,目光在尚未成形的人脸上游移。"等红隼号返航,"他说,"我就来完成它。"

◆

红隼号出发后的第二十天,城内水手暴动,发动了一场蓄谋已久的袭击。他们冲出用作临时监狱的仓库,杀死了卫兵,逃向码头。凯涅斯立即做出回应,命令两队奔狼守住码头,派马文伯爵的手下封锁周围的街道。库姆布莱弓手守在屋顶,待水手们受阻于纪律严明的军队之时,他们又射杀了几十人,迫使水手们连滚带爬地回到城内。凯涅斯当即下令追击,等维林赶到现场时,这场短暂却血腥的暴乱已近尾声。

他发现凯涅斯正与一个大块头的梅迪尼安人对峙,那人手持一根粗制滥造的棍棒,对着面前的兄弟胡乱挥打,而凯涅斯身轻如燕,绕着他不断闪躲,出剑如风,在他的胳膊和脸上划出一道道伤口。"投降吧!"他说着一剑削中了大个子的前臂,"结束了!"

梅迪尼安人疼得大吼一声,愈发狂暴地攻向对手,棍棒却次次打空,凯涅斯接着跳起致命的舞蹈。维林拿起弓,搭箭上弦,在四十步之外干脆利落地射中了梅迪尼安人的脖子。这是他射得最好的一次。

"此时不可留情,兄弟。"他对凯涅斯说道,拔出长剑,跨过梅迪尼安人的尸体。不到一个钟头，暴乱结束了，死了将近两百个水手，受伤的人至少也有这个数。奔狼损失了十五人，其中有一个曾经的扒手，唤作偷儿，是马蒂舍森林战役期间挑选出来的三十人之一。他们把水手们统统押回仓库，维林把幸存的船长们带到了码头，有四十余人，个个面貌硬朗，饱经风霜，一望便知其常在海上讨生活。船长们被五花大绑，在码头附近跪成一排，大多数人抬头瞪着维林，或忐忑不安，或满不在乎。

"你们的行为愚蠢且自私，"维林对他们说，"万一你们上了船，你们将把疾病带到上百个码头去。这场可悲的闹剧害我损失了好些优秀的士兵，我完全可以把你们全部处死，但我不打算这么做。"他指着码头，那儿泊有许多本城商队的船只，"人说船长的灵魂与船同在。你们杀了我十五名士兵，我要你们赔偿十五个灵魂。"

疆国禁卫军花了很久时间，使劲地划桨，才把那些船拖出海港，离岸抛锚，又在甲板上泼洒沥青，给船帆和绳索浇上灯油。最后的工作由邓透斯带领的弓手完成，他们射出一排排火箭，暮色中，大火吞没了十五艘船，火焰直冲天际，与星光交相辉映，照亮了周围数英里的海域。

维林观察着船长们的脸色，见他们饱经风霜的脸上露出悲痛，有人甚至热泪盈眶，他这才获得了些许满足。"如果有人胆敢再做出此等愚行，"他说，"我就把你和你的船员们绑在桅杆上，连人带船一起烧掉。"

◆

到了早上，维林发现等在总督府门口的是阿茹安总督，没有吉尔玛姐妹的影子，他只觉得通体冰凉，恐惧攫住了心脏。

"我的姐妹呢？"他问。

总督原本胖乎乎的脸因为担惊受怕瘦了不少，皮肤也变得松松垮垮的,不过没有感染掐脖红的迹象。他神色警惕,干巴巴地说道:"她昨晚染病了,来得比我女儿和侍女都快得多。想起我母亲很多年前说过,疾病就是这样。有人熬了很久,甚至好几周,有人挺不过几个钟头。你的姐妹不准我靠近我女儿,坚持要独自照顾她,甚至不准我和我的仆人走到宅子的那一头。她说必须如此,要阻断疾病的传播。昨晚我发现她倒在楼梯上,神志不清。她不让我碰她,自己爬回了我女儿的房间……"见维林的脸色愈发阴沉,总督的声音越来越微弱。

"我昨天还跟她说过话。"维林愣愣地说。他仔细地观察总督的脸,想知道是不是误会了,却只看到了遗憾,还有胆怯。他操着浑浊的嗓音,明知故问:"她死了吗?"

总督点头道:"侍女也死了。我女儿还在受罪。按照你的姐妹的指示,我们烧掉了尸体。"

维林紧紧地抓住大门的铁栏杆,指节泛白。吉尔玛……那个眸子明亮、笑容满面的吉尔玛死了,化成了灰。而就在这几个钟头,我去处理那些愚蠢的水手了。

"她留话了吗?"维林问,"有什么遗言吗?"

"她很快就离世了,阁下。她要你务必按照她的指示做,等到往生再见。"

维林端详着总督的脸。他在说谎。吉尔玛什么都没说,只是病了,死了。不过,他打心眼里感激总督的谎言。"谢谢您,阁下。您有什么需要吗?"

"需要油膏给我女儿涂疹子。最好来几瓶酒,给我的仆人们提提神,我们的存货不多了。"

"我这就去办。"他松开抓在栏杆上的手,转身欲走。

"夜里燃起了大火,"总督说,"在海上。"

"水手暴动了,企图逃跑。我烧了几条船以示惩戒。"

维林原以为对方必定出言斥责，不料总督只是点点头："很有分寸的回应。不过，我建议你给商贸行会赔钱。我不能出门，他们就是城里唯一的权威，最好别跟他们敌对起来。"

维林更倾向于鞭打那些胆大包天、咋咋呼呼的商人，不过他拨开悲伤的迷雾，看到了总督言语中的智慧。"好的。"他不知为何又停下脚步，觉得还应该说点什么，以感谢总督善意的谎言。"我们不会停留太久，阁下。或许还有几个月吧。等皇帝的军队到达后，势必又有流血牺牲，火光四处，但是无论胜败，我们很快就会离开，届时城市又回到您手中了。"

总督一脸茫然，怒气冲冲地问道："诸神在上，那你们为什么要来呢？"

维林放眼眺望这座城市。清晨的阳光洒满了屋顶和空荡荡的街道；海面上泛着金光，雪白的浪花拍打着海岸；湛蓝的天空没有一丝云彩……吉尔玛姐妹死了，接下来还会有成千上万人丧命。"我有必须办的事。"他说完便走了。

━━━◆━━━

进港口左边堤岸的另一端有座灯塔，维林在塔顶找到了邓透斯。他正坐在塔顶平台的边缘，双腿悬在空中摇晃，一边盯着远处的大海，一边举着水壶啜饮兄弟之友。长弓搁在一边，箭袋空空如也。维林在他身边坐下，邓透斯把水壶递了过来。

"你不会是来听我们的姐妹说话的吧。"维林喝了一小口便把水壶还了回去，白兰地与红花混合的酒水烧得喉咙发热，他不禁微微皱了皱眉头。

"是我有话要说，"邓透斯低声说道，"她听见了。"

维林低头看了看灯塔的底部，水里漂浮着许多死掉的海鸥，每只死鸟身上都插着一支箭。"看来海鸥也听见了。"

渡鸦之影 血歌

"练练手。"邓透斯说,"吃腐肉的臭鸟,吵死了,实在受不了。格罗叔叔管他们叫屎鹰。他过去就是水手。"他喉咙里挤出一声冷笑,又喝了一口酒,"没准我昨晚杀了他。真想不起来那混账的长相了。"

"你到底有几个叔叔,兄弟?我一直很好奇。"

邓透斯的脸阴云密布,许久没有说话。等他开口的时候,嗓音格外低沉,维林从未听过他发出这种声音:"一个都没有。"

维林不解地皱起眉头:"斗狗的那个呢?教你射箭的呢……"

"我自学的射箭。以前我们村子有个猎人老爷,但他不是我叔叔,养狗的大坏蛋也不是。他们都不是。"他瞟了维林一眼,哀伤地笑了笑,"我亲爱的老娘是村里的妓女,兄弟。那些进我家门的男人,她统统说他们是我的叔叔,要他们对我好些,否则不能上她的床。他们谁都有可能是我亲爹,可我不知道究竟是哪个,也懒得去管。一帮窝囊废。"

"不管我娘是不是妓女,她从来都对我很好。我没挨过饿,身上有衣服,脚上有鞋子,比村子里大多数孩子好多了。身为妓女的崽子是很惨,还遭人嫉妒,那就更惨了。大家都传说,我爹应该是村子里某个三十多岁的男人,别的孩子都叫我'哪来的野种?'我大约在四岁的时候第一次听到他们喊:'哪来的野种?哪来的野种?谁给你的鞋子,哪来的野种?'就这样子,年复一年。有个孩子,是巴布叔叔的儿子,那小混蛋坏透了,每回都带头喊。有一天,他带着一帮孩子朝我扔东西,有的很锋利,在我身上划了好多伤口,我很生气。于是我拿起弓,一箭射中那孩子的腿。我看着他流血不止,惨叫着在地上翻滚,真心不同情他。不过从那之后,"他耸耸肩,"我不能留在那里了。没人愿意收妓女的野种当学徒,尤其我还伤过人,于是我娘把我送到了宗会。我还记得我坐在马车里离开她的时候,她哭得好伤心。后来我再没回去过。"

邓透斯说完举起水壶痛饮起来,看到他苍老的容貌,维林深为震撼。额头上的皱纹犹如深深的沟壑，两鬓的短发早早地泛出了灰白，长年征战和艰苦的生活使他未老先衰。还有吉尔玛姐妹的死对他的打击。在所有的兄弟当中，她和邓透斯走得最近。等我们返回疆国，我要请求宗老把他留在宗会。维林心下决定，却很快意识到，他们可能全都没有机会回到疆国了。他所能带给邓透斯的，更可能是血淋淋的结局。他又想到阿姆·林店铺里的大理石，他知道已经拖了太久，该去完成此行的任务了。如果赶在阿尔比兰大军抵达之前实现目标，或许可以避免一场屠杀，只要他愿意付出代价。

他站起来，拍了拍邓透斯的肩膀作为道别："我还有事……"

邓透斯疲惫的眼睛忽然一亮，他兴奋地指着海平面："有船！看见了吗，兄弟？"

维林伸手遮挡阳光，目光扫向海面。那只是一个小点，海天之间的一点灰斑，但明明白白是一艘帆船。红隼号回来了。

◆·◆·◆

努林船长打头走下踏板，他那张饱经沧桑的瘦削脸庞疲态尽显，但眼中闪耀的除了凯旋的神采，还有贪婪——维林清楚地记得第一次见面时他的神情。"二十一天！"他狂喜地喊道，"真没想到在这么晚的时节还能做到，乌德诺听见了我们的呼唤，慷慨地赐予大风。要不是在瓦林斯堡耽搁了太久，带了太多乘客，十八天就能回来了。"

"太多乘客？"维林问。他望向踏板，期待有个黑发飘飘的苗条身影出现在眼前。

"一共九个人。虽说我想不通，一个还不到我肩膀高的姑娘，居然要七个卫兵。"

维林皱起眉头，扭头问他："什么卫兵？"

努林耸耸肩，冲踏板的方向一摆手："你自己看吧。"

一个全副武装的男人走上来，压得踏板变了形。此人满脸横肉，

渡鸦之影 血歌

死气沉沉,扫视着维林和周围的奔狼。更令人不安的是,他外披代表第四宗的黑色罩袍,腰间佩剑。

"是维林兄弟吗?"他淡淡地问道,毫无恭敬之意。

维林点点头,心里越发不安,便也没有打算向对方致敬。

"本人乃伊尔提斯宗将,"黑袍男人自我介绍,"来自第四宗护信军。"

"没听过你的大名,"维林对他说,"谢琳姐妹和弗伦提斯兄弟呢?"

伊尔提斯兄弟眨了眨眼,对方如此失礼,他显然有些不适。"囚犯和弗伦提斯兄弟在船上。我们有些事情需要讨论,兄弟。必须做些安排……"

维林只听到了一个词。"囚犯?"他声音虽轻,却明显含有威胁的意味。伊尔提斯兄弟又眨了眨眼,收敛了阴沉的脸色,疑虑重重地皱起眉头。"什么……囚犯?"

木板的嘎吱声吸引了维林的目光。又是一个第四宗的兄弟,同样佩剑,领着一个手戴镣铐、黑发散乱的年轻女人。谢琳比他记忆中更加苍白,也瘦了一些,但当他们四目相对时,她脸上绽放的明媚笑容依然如昨。还有五个兄弟跟在她身后登上码头,散开站在两侧,目光冰冷,怀疑地扫视着维林和周围的奔狼。最后走出来的是弗伦提斯,他羞愧难当,不敢正视维林。

"姐妹。"维林正要走向谢琳,伊尔提斯却突然挡在身前。

"囚犯是不能与信徒交谈的,兄弟。"

"给我让开!"维林一字一顿地命令道。

伊尔提斯面色苍白,却站在原地没动:"我也有命令在身,兄弟。"

"到底怎么回事?"维林的胸中腾起怒火,"为何我们的姐妹戴着镣铐?"

伊尔提斯身后的谢琳举起戴着镣铐的手，愁眉苦脸地说："很抱歉，你又看到我戴镣铐了……"

"未经允许，囚犯不得说话！"伊尔提斯突然冲她吼道，同时猛地一拉铁链，镣铐瞬间擦过她的皮肉，疼得她浑身一抖。"囚犯不可污染信徒之耳，宣扬叛国言论和异端邪说！"

谢琳慌忙望向维林，恳求道："你别杀他！"

第七章

谢琳生气了,他看得出来。她绷着脸,前往总督府这一路上都有意避开维林的目光。那只沉重的药箱则压在他的肩上。

"我没有杀他。"维林开口说道,沉默实在令他难以忍受。

"那是因为弗伦提斯兄弟拉开你了。"谢琳瞥了他一眼。

当然,她说的是事实。要不是弗伦提斯拉开他,说不准他会在码头上把伊尔提斯兄弟活活揍死。当维林一拳把那人打翻在地时,几个第四宗兄弟很不明智地伸手拔剑,结果奔狼们一拥而上,立刻将他们缴了械。他们只能站在原地,眼睁睁看着维林打得伊尔提斯面容扭曲、鲜血淋漓。他收不住手,也听不见谢琳的恳求,最后还是弗伦提斯把他拉开了。

"怎么回事?"他甩开弗伦提斯的手,吼道,"你怎么允许这种事情发生?"

维林从没见过弗伦提斯露出如此羞愧而又痛苦的表情。"这是宗老的命令,兄弟。"他轻声回答道。

"打扰一下!"谢琳摇晃着手上的锁链,瞪着维林说道,"能不能先给我解开镣铐,照料这位兄弟,别等他流血而死?"

谢琳给伊尔提斯宗将处理伤口的同时,盼咐人把药箱从船上搬下来,然后往他的伤口涂抹药膏,继而缝合。维林猛揍伊尔提斯的时候,把他的额头撞在了鹅卵石地面上,在眉骨处留下了一道很深的伤口。整个过程中,谢琳一言不发,双手与他记忆中一样灵活,动作干净利落,但多少有些用力过猛,看得出她压抑着怒火。

维林知道,她不喜欢这样。她不愿看到我体内的杀手本能。

"把这帮家伙关起来，"他抬手一指第四宗的兄弟，对弗伦提斯说，"要是他们胆敢惹麻烦，拿鞭子抽。"

弗伦提斯点点头，犹犹豫豫地说："兄弟，关于姐妹……"

"我们迟些再谈，兄弟。"

弗伦提斯再次点头，走过去处理那些囚犯。

一旁的努林船长清了清喉咙。"什么事？"维林问。

"您的承诺，大人。"精瘦的船长说道。刚刚发生的暴力事件令他底气不足，却又不愿畏畏缩缩的，于是鼓起勇气望向维林的眼睛："我们签了协议，有见证人的。"

"噢。"维林从腰间扯下装有青石的袋子，扔给努林："悠着点花。军士！"

一旁的奔狼军士当即立正敬礼："在，大人！"

"把努林船长及其船员与其他水手关到一起。彻底搜查船只，确保没人躲在里面。"

军士敬礼后转身离开，高声传达起命令。

"关起来，大人？"努林紧紧地捏着手中的青石，此时极不情愿地抬起头来，"可我还有急事……"

"我相信你有急事，船长。不过，城内出现了掐脖红，你一时半会不能离开了。"

船长眼中的贪婪之色突然变成了赤裸裸的恐惧，他连连退了几步："掐脖红？这儿？"

维林扭头看着谢琳姐妹，只见她打好了结，正拿一把小剪刀剪掉多余的线头。"是的，"他喃喃道，"不过，应该不会太久了。"

"我对你说过，"他们站在前往总督府的路上，谢琳说道，"决不容许有人因我而死。我是认真的，维林。"

"对不起。"维林的语气之真诚，连自己也没料到。他伤害了谢琳，揍向伊尔提斯的每一拳，都像是打在谢琳的心头，更别提他爆发出来的杀手本能了。

她叹了口气,收敛了些许怒容:"说说掐脖红的情况。现在死了多少人?"

"到目前,只有吉尔玛姐妹和总督府的一名侍女死了。总督的女儿还活着,不过现在或许已经不在了。"

"没有其他病例?城里别的地方没有出现吗?"

他摇头道:"我们严格执行了吉尔玛姐妹的指示。"

"或许她采取的措施非常及时,拯救了这座城市。"

他们走到总督府门口,一名卫兵摇铃通知总督。等待的时候,维林望向那一扇扇黑漆漆的窗户,自从吉尔玛姐妹去世后,这个地方就变得死气沉沉,疏于打理的花园平添了许多萧条的意味。他心底抱着一丝希望,如果没人出来应门多好,如果掐脖红在府内肆虐,只留下空荡荡的房屋,他便可以付之一炬了。他为有这样的想法羞愧不已,居然希望一切结束在府邸,城内别处不再暴发,如此一来,就不必将谢琳送入险境了。

"那人就是总督吗?"她问。

"正是。"当阿茹安总督肥胖的身影从府邸里出现时,维林可耻的希望落空了,"他恨我们,但很爱女儿。我就是这样让他投降的。"

"你威胁她?"谢琳目瞪口呆地看着他,"信仰啊,这场战争把你变成了怪物。"

"我不会伤害她……"

"别再说了,维林。"她摇摇头,厌恶地闭上眼睛,别过脸去,"不要说话,求你了。"

总督向门口走来时,他俩都默不作声,气氛冰冷。维林感到谢琳的怒气仿佛一把刀,狠狠地插进他的心脏,而卫兵们全都识趣地望向别处。等总督走到门口,维林作了介绍,才把钥匙插进把守大门的沉重挂锁。"她更虚弱了,"阿茹安说着拉开大门,歇斯底里的语气中还带有一线希望,"昨晚她还能说话,可是今早……"

"那就别再耽搁了,阁下。请您帮我一把。"

维林放下药箱,谢琳姐妹和总督一同提起来,向府内走去。她连句道别的话也没说。

"需要多久,姐妹?"他问。

她站住了,回头一望,面无表情地答道:"准备药剂需要几个钟头,一旦使用应该能立刻见效。明早再来。"她说完便转回头。

"你为什么戴着镣铐?"趁她还没走远,维林赶紧问道,"为什么要派人看守你?"

她没有回头,说话声几不可闻:"因为我想要救你。"

◆

他打发走了卫兵,坐下来等待,接着燃起一堆火,裹紧了斗篷。冬天已然降临,从海上刮来的北风带来丝丝寒意。维林反复咀嚼谢琳的话,回想她先前的愤怒。我想要救你……

日落之后,弗伦提斯出现了,坐在他对面,往火堆里添了些柴火。维林抬头看着他,什么也没说。

"伊尔提斯宗将死不了,"弗伦提斯故作轻松地说,"真遗憾。现在他还没法说话,因为下巴不能动,只能哼哼唧唧。没啥,这一路上我听够了他的废话。"

"你说这是宗老的命令,所以你容许他们这样做。"维林说,"为什么?"

弗伦提斯面露难色,他不想说出这个势必令人不快的消息:"谢琳姐妹被定罪为疆国的叛徒,背弃信仰的绝信徒。"

谢琳被关在黑牢。一想到这个场景,他顿时深感内疚,忧心忡忡。她在那里遭了什么罪?

"船一靠岸,我就直接去找了埃雷拉宗老,"弗伦提斯接着说,

"完全按照你的吩咐。她听完我的话,便带我去找阿尔林宗老。他说得上话,可以请求国王把姐妹放出王宫。"

"王宫?她没在黑牢?"

"第四宗刚开始逮捕她的时候是关在那儿,但莱娜公主把她救出来了。据说她直接走进黑牢,要求他们释放姐妹,交由她监管。典狱长以为她是奉国王的命令办事,就把犯人交给她了。据说滕吉斯宗老听说后暴跳如雷,但也无能为力。谢琳姐妹还是囚犯,只是换了个条件好的牢房。"

"她到底做了什么事,竟然犯了叛国罪,甚至成了绝信徒?"

"她抨击这场战争。不是一次两次,是很多次,只要有人听,她就说。她说这场战争是基于谎言而发动,违背了信仰。说你和我们都在毫无缘由地走向末日。如果只是无名之辈随口一说,并不会造成太大影响,但她在都城的贫民区名声很响,那些她帮助过的人都很欢迎她。所以她说话,大家就听着。看来国王和第四宗都不喜欢她的言论。"

又是那个老人的诡计吗?维林心想。或许国王知道他爱慕谢琳,囚禁谢琳是另一种意义上的施压。但转念一想,又感觉不太可能,雅努斯已经确保他服从指令了,逮捕谢琳似乎只是因为害怕——国王不能因为反对的声音而终止这场战争。维林知道国王的为人,可公然逮捕深受人民爱戴的第五宗姐妹,实在不像他的行事风格——他喜欢玩阴招。他肯定试过别的办法,维林推测,目的是让谢琳闭嘴或者收买她。如此看来,谢琳拥有对抗他的力量,而我没有。

"国王答应放走谢琳,但她必须身戴镣铐,一路上由卫兵押送。"弗伦提斯接着说,"未经允许,她不得跟任何人说话。"弗伦提斯从斗篷里抽出一个信封,递给维林,"具体的都写在里面。阿尔林宗老说我们应该遵守……"

维林接过信封,扔进火里,看着带有国王印章的封蜡迅速融成了水，流进火中。

"看来国王撤销了对谢琳姐妹的指控，命令我们即刻释放她，"他用不容置疑的语气对弗伦提斯说，"以此感谢她长久以来对疆国和信仰的奉献。"

弗伦提斯看了一眼烧得焦黑的信封，很快回答道："是的，兄弟。"他不安地挪动身子，显然有话想说，却又不知该不该说。

"怎么了，兄弟？"维林疲惫地问道。

"有个姑娘，在我们准备启程的时候，来到码头，请我把这个转交给你。"他从斗篷里掏出一个用白纸包裹的小物件，"好漂亮，我是说那姑娘。我差点就后悔加入宗会了。"

维林接过来，打开一看，里面是用蓝丝带捆住的两块薄木片，当中夹着一朵冬华，压在一张白色卡片上。"她说什么了吗？"

"只说要我转达她的谢意。没说是为啥。"

维林的嘴角露出一抹笑意，连他自己都觉得吃惊。"谢谢你，兄弟。"他把木片用丝带重新绑好，放进口袋里。"带了吃的没有？我饿死了。"

弗伦提斯回到山下，半个钟头后，他跟凯涅斯、巴库斯和邓透斯一起来了，人人都背了食物和铺盖卷。

"好几周都没有在星空底下睡觉了，"凯涅斯说道，"我好怀念啊。"

"噢，可不是。"巴库斯慢慢吞吞地说着，打开铺盖卷，"我的后背真怀念硬邦邦的土地，还有说来就来的大雨。"

"你们都没有职责在身吗？"维林问。

"我们决定不管那么多了，大人。"邓透斯回答，"你要鞭打我们吗？"

"那要看你们给我带了什么吃的。"

他们在火堆上烤了一块羊腰子，分吃了面包和枣子。邓透斯打开了一瓶库姆布莱红酒,大伙儿轮流喝。"这是最后一瓶了,"他颇为遗憾地说,"出发前,我让加利思军士打包了二十瓶。"

"打仗的时候喝酒喝得多。"凯涅斯说。

"想不出是啥道理。"巴库斯咕哝道。

眼下仿佛回到了旧日时光,多少年前,胡提尔宗师曾带着他们去森林野营,孩子们围着篝火讲故事,无拘无束地欢笑。而现在,人少了,即便是开玩笑,也都带着苦涩的滋味。就连弗伦提斯,算是他们当中最老实的一个,也颇有些玩世不恭的态度。他带来了不少消息,比如地牢又空了,国王打算扩充疆国禁卫军的兵力。"又有好多刀子手等着被人捅刀子了。"

"挺合适的,"凯涅斯说,"那些为害一方、破坏和平的人就应该付出代价。参加战争,为国效力,还有更好的办法吗?要我说啊,那些不法之徒最有机会成为优秀的士兵。"

"不胡思乱想,"巴库斯同意他的观点,"不抱希望。既然苦日子过惯了,那么当兵也差不到哪里去。"

"去问问我们丢在猩红山丘的那些可怜虫吧,看他们喜不喜欢当兵。"邓透斯说。

巴库斯耸耸肩:"当兵嘛,送命是常有的事儿。至少他们有军饷,我们得到了什么呢?"

"我们是为信仰效命,"弗伦提斯插嘴,"对我来说已足够了。"

"啊,你还是太年轻,头脑和身体都不成熟。再过个一两年,你就会拿兄弟之友忘掉这些烦人的问题,我们都是这样。"巴库斯把酒瓶送到嘴边,等最后一滴酒流出来后,他失望地做了个鬼脸。"信仰啊,真希望我喝醉了。"他咕哝道,然后把瓶子扔进了黑暗中。

"那你不相信咯?"弗伦提斯接着说,"你不相信我们为之战斗的理由?"

"我们打仗,国王的税收就能翻倍,多么天真的孩子啊。"巴库斯从斗篷里取出装满了兄弟之友的酒壶,仰头狠狠地灌了一口,"舒服多了。"

"这不对啊,"弗伦提斯抗议道,"我是说,我知道阿尔比兰人干的勾当,他们偷小孩是家常便饭,我们是把信仰带到这里来,不对吗?这里的人需要我们,所以宗老派我们来。"他望向维林,"对吧?"

"当然是这样,"凯涅斯以惯有的语气肯定地告诉他,"我们这位兄弟在最单纯的行动中看到了最卑劣的动机。"

"单纯?"巴库斯爽朗地笑了,笑了很久很久,"这种事还谈什么单纯?因为我们,这外边的沙漠里躺了多少具尸体?我们造就了多少寡妇、孤儿和残废?还有这个地方呢?你们以为我们刚刚夺城就出现了掐脖红只是巧合吗?"

"如果是我们带来的,那也应该降临在我们头上才对,"凯涅斯厉声驳斥道,"你有时候真会胡说八道,兄弟。"

在他们斗嘴的时候,维林回头望着总督府。楼上有扇窗户透出昏暗的灯光,百叶帘后影影绰绰,似是有人走动。很可能是谢琳在照料病患。维林忽然特别担心,因为她身处危险之中。万一她配的药剂不起效,那她在掐脖红面前可谓毫无防备,正如吉尔玛姐妹一样。那样的话,就是他亲手送谢琳走向死亡……而谢琳还生着他的气。

他起身走向大门,眼睛死死地盯着那扇昏黄的方窗,胸中涌起一股内疚和无力感。他不由自主地把钥匙插进锁孔,拧开了。如果药剂起效,那就没有危险;万一没有,在她临死前,我不能留在这里……

"兄弟?"凯涅斯沉声警告道。

"我必须……"血歌突然奔涌澎湃,在他脑海中尖叫。维林两腿一软,拼命地抓住大门栏杆稳住身子,同时感到巴库斯强有力的手扶住了他。

"维林,又不舒服了吗?"

虽然他脑子里抽痛不已，但完全可以站住，嘴里也没有血腥味。他摸了摸鼻子和眼睛，干干的，没有出血，与上次不一样。但那歌声是阿姆·林的，他忽然意识到了什么可怕的事情，一把甩开巴库斯的手，仔细地扫视着夜色沉沉的城市，很快发现匠人街有一团明亮的火光。阿姆·林的店铺烧起来了。

等他们赶到现场，只见火光冲天，店铺的屋顶已然烧毁，火舌缠绕着焦黑的横梁。火场温度太高，距离房门尚有十码就走不过去了。许多市民站成一排，从最近的水井处传递水桶，尽管泼进去的水只是杯水车薪。维林在人群中疯狂地寻找着阿姆·林的身影。"石匠呢？"他问，"在里面吗？"

人们纷纷后退，脸上都是既怕又恨的表情。他要凯涅斯询问石匠的下落，有几个人指了指旁边的一小群人。阿姆·林躺在街心，头枕在他妻子的腿上，妻子已然泣不成声。他的脸上、胳膊上的烧伤泛着青灰的光泽。维林在他身边跪下来，轻轻地探手摸他的前胸，看他是否还有呼吸。

"滚开！"石匠的妻子大声呵斥道。她紧紧地抱着阿姆·林的下巴，拍开维林的手。"别碰他！"她的脸沾满黑糊糊的烟灰，悲伤和愤怒使得她面色铁青。"是你的错！你的错，希望杀手！"

阿姆·林咳嗽起来，他拼命地喘气，一骨碌滚到地上，微微睁开眼睛。"Nura-lah！"他的妻子哭喊着，又把他抱在怀里，"Erha ne almash。"

"要感谢无名者，而不是诸神。"阿姆·林嘶声说道，这时看到了维林，便招手要他上前，在他耳边低声说："我的狼，兄弟……"石匠的眼皮微微翕动，然后昏了过去。维林见他的胸膛依然在起伏，这才松了口气。

"带他去行会，"维林命令邓透斯，"快找医师来。"

阿姆·林被抬走时，妻子始终握着他的手。这时，凯涅斯走到维林身边说："找到了肇事的人。"他说着指向了另外一群人。维林快步上前，挤进警戒线，发现鹅卵石路面上趴着一具破烂不堪的尸体。他用脚翻过尸体，见其满脸青紫，面相十分陌生。这是一个阿尔比兰人。

"他是谁？"维林问道，在凯涅斯翻译的时候，他扫视着人群。过了一会儿，有个皮肤黝黑的人走上前，说了几句话，不大自在地瞟着维林。

"大家认为石匠是好人，"凯涅斯说道，"他做的是神圣的事。所以此人不值得怜悯。"

"我问他是谁。"维林咬牙切齿地说。

凯涅斯又向那人转述，他的阿尔比兰语虽不流畅，用词却很精准，然而对方只是摇了摇头。再向周围的人提问，也没人说出个所以然。"看来没人知道他的名字，只知道他曾是某大户人家的仆人。几周前他们想逃出城，他的脑袋挨了一棒子，从那之后人就变了。"

"有人知道他为什么要这样做吗？"

众人七嘴八舌地说了一通，回答倒是很统一。"有人看到他站在街上，手里拿着一根火把，"凯涅斯说，"大喊着说石匠是叛徒。看来石匠和你的交情引起了一些不利的流言，但没人想到他会做这种事。"

在血歌的指引下，维林仔细地观察周围的人群。威胁仍在。这里有人与此事相关。

这时传来了石块倒塌的轰鸣，他不禁回头望向店铺。原来大火吞噬了房内的主梁，四面墙壁就此垮塌。失去墙壁的遮挡，众多雕像显露出真身，神祇、英雄和皇帝们安祥地置身于烈火之中。人群之中的嗡嗡声即刻消失，陷入一片令人敬畏的寂静，有人开始放声祈祷。

它不见了，维林这才发现。他向前走了几步仔细察看，汗水顺着眉毛滴了下来。狼不见了。

◆

翌日早晨,维林来到废墟之中拂去尘土,四处搜寻,那些通体焦黑、毫发无损的神像漠然地注视着他。尽管市民和调集来的军队泼了无数桶水,大火仍然烧了好几个钟头。最后,当维林确认周围的房屋没有着火的危险,便叫停了灭火行动,任其燃烧殆尽。破晓之时,他左右找不到废墟中的秘密,一无所获,只有少量碎裂的大理石,天知道先前是什么东西。血歌持续不断地哀鸣,令他隐隐头痛。完了,他心想。一切都是白费力气。

"你看起来好疲惫。"是谢琳的声音。她身穿灰色长袍,脸色苍白,站在从焦黑废墟中冒出的青烟里。她依然绷着脸,但已没了怒气,只是倦容难掩。

"你也一样,姐妹。"

"药剂起效了。那女孩几天后即可痊愈。我觉得应该告诉你。"

"谢谢。"

她微微地点头:"可现在还没有结束。我们还要留意是否有新增的病例,但我相信就算暴发了也能控制住。再过一周,城市就可以解严了。"

谢琳的目光扫向废墟,似乎刚刚注意到那些雕像,她久久地盯着人狮互搏的那尊巨型石雕。

"玛修尔,勇气之神,"维林对她说,"他与无名者巨狮的战斗,摧毁了整片南部平原。"

她抬起手,抚摸勇气之神异常强壮的前臂,叹道:"真美。"

"是啊。我知道你很辛苦,姐妹,不过若你去看看雕刻这尊石像的人,我必定感激不尽。他在火灾中受到了严重的烧伤。"

"当然要去。他在哪里?"

"码头附近的行会老宅。我在那儿给你准备了住处。我带你过去。"

"我自己找得到。"她转身欲走,又站住了,"阿茹安总督把你们攻占城市那一晚的情况说了,也说了你是怎么请他配合的。我觉得我先前的话可能说重了。"

维林望着她,只觉得胸中又涌起熟悉的痛楚,然而,他这次只感觉暖意融融,驱散了血歌的哀鸣。他不禁露出了微笑,尽管逝者再清楚不过,实在没有什么事值得他发笑。

"国王已下令释放你了,"他说,"是弗伦提斯兄弟带来的圣旨。"

"真的吗?"她扬起了眉毛,"可以给我看看吗?"

"很遗憾,丢了。"他摊开双手,示意周围这片青烟袅袅的废墟。

"你通常没这么笨的,维林。"

"不,我老是很笨,不管是我做的事,还是我说的话。"

谢琳的脸上闪过一抹灿烂的笑容,继而别过头去:"我该去看你那位艺术家朋友了。"

◆

七天过后,城门重新打开。维林下令释放水手,不过一次只释放一艘船的船员。大多数船长都借着最早的潮汐离港,这一举动有点出人意料。红隼号便是头一批离开的船只,努林船长急不可耐地催促船员干活,似乎担心维林临时反悔,会要回青石。

有些富人也选择离开,他们害怕掐脖红还没有彻底绝迹。维林拦下了纵火犯以前的雇主,那是一个衣着华丽,却有点灰头土脸的香料商人,他正在东门卫兵的看守下接受维林问话,看样子颇为恼火。他的家人和仅剩的几个仆人等在一旁,驮马身上载满了打包好的贵重物品。

"他叫木工,我只知道这个,"商人说,"我怎么可能记得雇佣过的每一个仆人。我花钱是要他们为我记事的。"此人相当熟悉疆国口音,但维林很不喜欢他那种傲慢的语气。幸好这家伙明显很害怕,维林还算能克制住,没有一巴掌把他的脸打开花。

"他有妻子吗?"维林问,"成家了没?"

商人耸耸肩:"应该没有吧,没事的时候他经常雕刻木头神像。"

"我听说他受过伤,脑袋上挨了一下。"

"那天晚上我们很多人都挨了打。"商人拉起丝绸长衫的袖子,前臂上有一道缝了线的伤口,"你的手下耍起棍子来一点儿也不含糊。"

"我问的是木工的伤。"维林追问道。

"他的脑袋挨了一棍子,好像伤得不轻。当时他神志不清,我的仆人把他抬回了家。其实我们都以为他死了,可他昏迷了好几天,呼吸特别微弱,后来又醒了,看着也没啥后遗症。我的仆人都说这是诸神的恩赐,是对他雕刻神像的奖励。第二天早晨他就走了,自从他醒来,就什么话都没说过。"商人回头看了看等在一旁的家人,双手直抖,既害怕又焦躁。

"我知道你与此事无关,"维林说着,站到了一边,"祝你们旅途好运。"

此人匆匆忙忙地跑了过去,大喊着要全家人上路。

那人昏迷了好些天。维林思索着。血歌激昂地响起,奏出一声表示认同的乐音。他有种熟悉的感觉,他所探究的事情,是许多神秘事件的答案,可他依然看不透摸不着。他顿感挫败,血歌摇摆不定。歌声即是你,阿姆·林说过。你可以聆听,也可以歌唱。他尽力平静下来,想要集中精神,更加真切地聆听歌声。歌声即是我,我的鲜血,我的需求,我的猎手。血歌在他体内膨胀,在他耳边咆哮,那声音极为难听,无数画面闪过脑海,快得他根本看不清。那些说过与尚未说出的话,化作了含糊不清的絮语,谎言与真相混杂在漩涡中搅动。

*我要听阿姆·林的建议。*维林心想。他努力把注意力集中在歌声上，强迫其音调融入刺耳的喧嚣之中。血歌再次膨胀，继而平静下来，变成了一声清晰的乐音。他瞥见了那块大理石胚料，凿子继续疯狂地游移，似有无形之手在引导，那张脸浮现出来，逐渐成形……然后消失了，石块变得焦黑，在石匠铺的废墟里碎裂成片。

　　维林走到旁边的台阶上，一屁股坐了下去。他当时本有唯一的机会揭开隐藏在石料中的秘密。这篇乐章已然奏完，他需要新的曲调了。

渡鸦之影 血歌

第八章

午夜时分,简利尔·诺林跛着腿来到行会老宅,叫醒维林,通知他去城门。

"平原上出现大量骑兵,大人。"歌手说,"凯涅斯兄弟请您过去。"

他迅速绑好长剑,骑上唾沫星飞驰而去,几分钟后便到了守卫室。凯涅斯已经到了,正在安排弓手登上城墙。两人顺着台阶刚刚走上城垛,马文伯爵手下的一名尼塞尔士兵便指着平原喊道:"好家伙,将近有五百人,大人。"声音中透露出慌张。

维林拍了拍他的肩膀,走到城垛前,俯瞰城下那群全副武装的骑兵。盔甲和刀剑在新月的照耀下泛着淡淡的蓝光。领头的家伙身材魁梧,披戴锈迹斑斑的盔甲,正抬头瞪着他们。"你们到底要不要打开这该死的城门?"班德斯男爵问,"我的手下早饿了,我的屁股都起泡了!"

卸掉盔甲后,男爵整个人小了一圈,气势却丝毫不减。"呸!"他吐了一口酒到地上。此处是行会老宅的一个房间,眼下作为餐厅使用。"阿尔比兰人的骚尿。大人,既然是招待尊贵的客人,你就不拿点库姆布莱的好东西出来吗?"

"抱歉,我和兄弟们把仅有的存货消耗光了,实在惭愧,男爵大人,"维林回答,"请您原谅。"

班德斯耸耸肩,抓起桌上的烤鸡,撕下一只鸡腿啃了起来。"我看你这儿大多数房子都好好的嘛，"他一边嚼着满嘴的鸡肉一边说，"当地人没怎么反抗吧。"

"我们神不知鬼不觉地夺了城。本城的总督为人很实在，所以几乎没人流血。"

男爵的脸色阴沉下来，他停止了动作，须臾，才灌了一口酒，咽下嘴里的食物，又去拿烤鸡。"玛贝里斯就不一样了。那儿的大火烧个没完没了。"

维林深感忧虑。男爵意外现身本就令人不安，如今他又带来了可怕的消息。"攻城战不大顺利吗？"

班德斯应了一声，向杯子里斟了些酒。"我们用攻城槌足足撞了四周，才撞开一道可以利用的缺口。他们每天半夜都有人出城，那帮家伙操着匕首，摸过我们的阵地，搞暗杀，破坏水桶。天天夜里睡不好觉。逝者才知道我们损失了多少人。后来战争大臣派了整整三个兵团从缺口杀进城内，出来的大约只有五十人，个个挂了彩。原来阿尔比兰人在城墙的缺口里边设了陷阱，有什么布满尖刺的深坑，诸如此类。正当疆国禁卫军困在深坑中无法动弹时，他们扔下了一捆又一捆浸油的柴火，然后由弓手射出火箭将其点燃。"他顿了顿，闭上眼睛，身子微微颤抖，"一英里外都听得见惨叫声。"

"你们没有夺下玛贝里斯？"

"噢，夺下了。夺了一回又一回，就好像对方是个廉价的婊子。"班德斯打起了饱嗝，"血蔷薇恼羞成怒，费心制订了攻城计划。其实我觉得他猛攻缺口反倒是一出妙计，我军死伤无数，阿尔比兰人由此相信敌人是蠢货。又过了两个晚上，他调派四个兵团在城墙缺口的对面列阵，准备发动进攻。与此同时，他调集剩余的疆国禁卫军步兵团，使用云梯攻击东墙。他孤注一掷，赌阿尔比兰人会将兵力集中在缺口处，从而导致城墙上的守备力量不足。结果他赌赢了。那一仗打了整整一夜，伤亡很大，但等到天色破晓，玛贝里斯终于归了我们，虽说这座城也毁得差不多了。"

班德斯陷入沉默,只顾大吃大喝。维林也没有催促,仔细打量着男爵那身永远锈迹斑驳的盔甲。他头一次这么近距离观察,结果发现铁甲上没有锈迹的部分泛着温润的光泽,而那些锈迹实际上是一种奇怪的蜡色纹理。

"这是画上去的。"他大声说。

"嗯?"班德斯瞥了一眼盔甲,然后应了一声,"噢,你说那个。人活一世,应当创造属于自己的传奇,你不觉得吗?"

"锈盔骑士的传奇吗?"维林问,"我真没听说过,大人。"

"哈,那是因为你不是仑法尔人。"班德斯咧嘴一笑,"我父亲为人热情,心地善良,可他沉溺于骰子和娼妓,最后留给我一座破破烂烂的城堡和一套锈迹斑斑的盔甲,当时我必须响应领主的召唤参战,只能披挂上阵。幸运的是,我父亲教给了我一些使枪的武艺,经历过一次次战斗和比武大会,我的名头越来越响,成了著名的锈盔骑士。见到我这副穷酸样,平民百姓格外爱戴我。盔甲成了我的旌旗,身处混战仍十分显眼,乡民们看到了欢呼喝彩,我的手下们看到了自然知道往哪儿靠拢,当然那是在我有钱雇人之后。"

"所以这不是最初的那套盔甲了?"

班德斯放声大笑起来:"信仰啊,当然不是,兄弟!那套盔甲好多年前就烂透了。再好的盔甲也穿不了几年,打仗比武、风吹雨淋,都要折它的寿。仑法尔有这么一句俗语:想要富过领主,铁匠最有前途。"他笑了笑,又斟满了酒。

"男爵大人,您为何到这儿来?"维林问他,"您是来替战争大臣传话吗?"

男爵又换上严肃的表情:"是的。同时我也带人过来了,三百骑士、两百家丁和各色侍从,不知你是否愿意接收我们?"

"欢迎之至,可封地领主塞洛斯不需要您为他效力吗?"

班德斯长叹一口气，推开酒杯，直视着维林的眼睛说："我刚刚失去了为封地领主效力的资格，兄弟。这不是第一次了，但我希望这是最后一次，战争大臣要我听你的部署。"

"您与封地领主发生了争执？"

"没有，不是跟他。"班德斯倔强地抿着嘴，维林觉得还是不追问为好。

"战争大臣有什么指示呢？"

班德斯从内衣口袋里掏出一份封好的密信扔到桌上。"我知道写的是什么，你不必费心读了。他命令你抵挡敌军的进攻，守住尼莱什城。从玛贝里斯出来的宗会斥候队侦察到一支庞大的阿尔比兰军队正在北进。看来他们要绕开玛贝里斯，全力夺回尼莱什城。"他狠狠地灌了一口酒，擦了擦嘴，又打了个嗝。"我的建议，兄弟，征用商船队，全军返回疆国。以少敌多，我们一点希望都没有。"

◆

"至少有十个步兵团，还有五个骑兵团以及帝国南部省份的蛮子，总计接近两万人。"班德斯讲起来轻描淡写，然而在场的人无不感觉到背后的沉重意味。维林在行会老宅召集了将官会议，并要凯涅斯找来阿尔比兰北海岸最大最精确的地图。

"我认为可能还不止，"凯涅斯说，"帝国军队应该超过这个数量。"

"大军还在后头，兄弟。"班德斯断定，"这只是先头部队罢了。我们在玛贝里斯抓了几个俘虏，他们很高兴地确认了这一点。目前开过来的阿尔比兰军队是一支精兵，是皇帝所能召集到的最精良的步兵团和骑兵团，全都是在边界与倭拉人交战多年的老兵。也不要低估那帮蛮子，他们是天生的战士。据说他们拿皇帝当神明，崇拜得五体投地。他们能为一点面子上的小事打得不可开交，等皇帝要打仗的时候，他们都乐得搁置个人恩怨。还有，据说他们很喜欢品尝败军之将的肉味。"

"攻城器呢？"维林问。

班德斯一点头："十台，比我们的更高更重，可以把麝牛那么大的巨石抛出三百多步。"

维林扫视了一圈，看看在座的将官对男爵的话有什么反应。马文伯爵神情僵硬，似乎生怕泄露出内心的想法，破坏了他费心保持的形象。领军将军艾尔·柯德林明显脸色苍白，上唇渗出了一层细密的汗珠，正紧紧地抓着刚刚养好伤的胳膊。领军将军艾尔·特伦德则摩挲着下巴，眼神飘忽，似是陷入沉思——以维林的推测，他正在算计能否带着在乌恩提什掠取的所有战利品逃走。只有布伦·安提什看起来不受影响，他正抱着胳膊，兴味索然地端详班德斯。

"我们还有多少时间？"凯涅斯问男爵。

"索利斯兄弟说大军到了这儿。"班德斯伸出一根手指，在铺开的地图上点了点，此处位于玛贝里斯西南方二十英里之外，"那是十二天前的事情。"

"那么庞大的军队，一天走不了十五英里，"马文伯爵极为审慎地估计道，"在沙漠里行军就更慢了。"

"也许我们还有两周的时间。"领军将军艾尔·柯德林稍稍提高了音量，然后咳了两声，接着说，"足够了，大人。"

维林皱起眉头看着他："足够做什么？"

"哎呀，当然是撤退了。"艾尔·柯德林环视四周，希望看到有人同意他的观点，"我知道没有足够的船只运载全部的军队，但军官要走还是很容易的，士兵可以前往乌恩提什……"

"我们接到的命令是守城。"维林对他说。

"对抗两万人攻城？"艾尔·柯德林夸张地大笑一声，"兵力是我们的三倍多，更别提还是精兵。这简直是疯了……"

"艾尔·柯德林将军,我正式解除你的指挥权。"维林往大门的方向一点头,"请你出去。明早我将派人送你去港口,你可以乘船返回疆国。在此之前,请你留在营房,我不希望大人的胆怯之举动摇军心。"

艾尔·柯德林惊得往后一仰,结结巴巴地说:"这……这完全是毫无根据的侮辱。兵团的指挥权是国王给我的……"

"请你出去。"

这位大人怏怏地瞥了一眼在座的将官,发现众人只有两种表情——要么漠不关心,要么紧张不安,他只好走了出去。"谁要再建议我撤退,照此处理。"维林宣布,"相信大家都明白了。"

他没有理会众人异口同声的回答,继续查看地图。他再一次对这片地域的荒凉感到震惊,乌恩提什、尼莱什和玛贝里斯这三座大城市竟然都建在荒无人烟的沙漠边缘。全是沙地和矮树。弗伦提斯当时说过。我们登陆后连一棵树也没见过……"没有树。"

"什么?"班德斯男爵问。

维林没有回答,依然看着地图,血歌涌动,低声哼出了一个模糊的念头。当他望向城南三十英里处时,低吟汇成了合唱——那儿有一泓清池,周围是一丛棕榈树。"这是哪里?"他问凯涅斯。

"莱伦绿洲,兄弟,是南边商贸之路上唯一的大型水源。"

"也就是说,"马文伯爵接道,"阿尔比兰军队在向北进军的途中必然在此驻扎。"

"你是说在水里下毒吗,大人?"领军将军艾尔·特伦德问,"好主意。我们可以利用动物尸体……"

"我没打算做这种事。"维林回答道。他将心中所想的计划交给血歌咀嚼。风险非常大,代价也……

"我们应该封锁全城,大人。"马文伯爵打破了沉默,维林这才发现有很长时间没说话了。"往南去的商队肯定会向敌人报告我们的兵力。"

"掐脖红的威胁解除后,已有几十人出城了。"维林说,"要是阿尔比兰军队的指挥官到现在还没有掌握我们的兵力和备战情况,那才出乎我意料呢。而且,示弱于敌,对我们大有好处。骄傲的敌人容易大意。"

他最后看了一眼地图,走回桌边。"班德斯男爵,很抱歉,您刚刚抵达不久,又要请您披挂上阵了,明早请您率领骑士听候调遣。"他又对凯涅斯说:"兄弟,破晓之时召集斥候队,我亲自带队。我不在期间,城内事务由你负责。尽可能挖深和拓宽城墙外的壕沟。"

"你打算带几百人伏击两万人?"马文伯爵难以置信,"你想得到什么结果?"

维林已经走到了门口:"斧子没开刃,只能算棍子。"

◆

越往沙漠北边走,高耸的沙丘越是连绵起伏,直至天边,仿佛风暴肆虐过的海面忽然冻结,在无云的晴空下金光灿灿。阳光过于强烈,白天无法行军,他们只好昼伏夜出,依靠帐篷抵挡日晒。高温炙烤之下,骑士们怨声载道,战马也恼怒地嘶鸣顿足。

"吵死了,那帮家伙。"出发后的第二天,邓透斯抱怨道。

维林扫了一眼,只见几名骑士正吵吵闹闹地相互推搡,原来是玩骰子。旁边还有一名骑士正大声呵斥侍从,说是胸甲没有擦亮。他此时深有感触,骑士果然最不懂何为潜行,如有可能,他宁愿换一队宗会兄弟来。遗憾的是,眼下没有那么多兄弟,况且这次的任务他也需要骑兵。

"没关系,"他回答,"只要他们冲锋一次即可。"不过,我不敢说到时候有多少人生还。

"巡逻队呢?"弗伦提斯问,"要是阿尔比兰人不警戒侧翼,那也太蠢了。"

"距离城市还有这么远，我希望他们蠢到不派巡逻队。否则，我们无论如何都要再多等一天。如果有巡逻队发现了我们，那就务必要他们闭嘴，果真如此，但愿我们能在夜幕降临之前遇到他们。"

又走了两夜，绿洲终于映入眼帘——它躺在滚烫的沙丘之中闪闪发亮。看到绿洲的大小，维林吃了一惊，他原以为这绿洲不过是池塘那么大，旁边围几棵棕榈树，而眼前是一片小湖，周围草木茂盛，湖水犹如镶嵌在绿宝石当中的蓝宝石，令人心醉神迷。

"没有阿尔比兰人的踪迹，兄弟。"弗伦提斯率领斥候队立在沙丘脚下，他们已经巡查过绿洲了。"看来正如你所说，我们抢先了一步。"

"商队呢？"维林问他。

"方圆数英里内什么也没有。"

"我们一路往北而来，没看到商人的影子，大人，"班德斯男爵说道，"战争影响贸易，往往如此。当然兵器生意除外。"

维林望向沙漠，四下搜寻，发现了西边两英里处有一座高耸如山岭的沙丘。"那边，"他伸手一指，"我们在西面的斜坡扎营，不准生火。还有，男爵，如果您的手下能保持安静，我将感激不尽。"

"我尽力吧，大人。可他们不是乡巴佬，你知道的。不听话也不能跟对付你的手下一样抽鞭子。"

"也许您该试试，大人，"邓透斯建议，"提醒一下他们，他们的血跟我们乡巴佬的是一种颜色。"

"等阿尔比兰人来了，他们多的是血要流，兄弟。"班德斯回敬道，他原本就涨红的脸颊憋成了猪肝色。

"够了，"维林制止了他们，"邓透斯兄弟，你带弗伦提斯兄弟去。能带多少水就取多少，尽量少留痕迹。最好让敌人以为这几周只有香料商队路过。"

两天过后，帝国军队出现了。最初是有一道风沙从南边地平线上升起，直冲天际。维林、弗伦提斯和邓透斯趴在一座沙丘的顶上，看着他们向绿洲行进。打头阵的是骑兵，一小队人马领着并排骑行的两条长队。维林数了一下，有四个长枪兵团，还有同等数量的弓骑兵。他们军纪严明，执行起命令来不折不扣，从扎营的速度可见其效率之高——抵达不到一个钟头，他们已在棕榈树丛中搭好帐篷，生火做饭，而且军帐一座挨着一座，排列得整整齐齐。他借来弗伦提斯的小望远镜，在人群中辨认出了将官和军士，因为他们在安排打桩的时候有一副不怒自威的派头。确实是老兵，他心想，只恨出发前来不及与谢琳道别。尽管上一次见面的时候，她的目光已柔软了许多，可维林依然有很多的话想要说。

他举着小望远镜从绿洲的方向挪开，看到南边又起了一道风沙，只见炎热的沙漠上出现了一大片蠕动的黑影，正是阿尔比兰步兵，在望远镜中分外清晰。

一个钟头过后，阿尔比兰步兵也开进绿洲扎营。索利斯宗师的判断还是保守了些——实际上有十二个兵团的步兵，整支阿尔比兰军队达到了三万人以上。维林的脑海中闪过一个念头：领军将军艾尔·柯德林的建议到底是对是错？

"看见那边了吗？"弗伦提斯伸手一指，维林抬眼望去，"是战争大臣？"

维林又举起望远镜，顺着他所指的方向，看到绿洲北边有一座大帐。一队士兵正在竖起一根高高的旗杆，旌旗鲜红夺目，绣有两把交叉的漆黑军刀。有个身披金色斗篷的高个子男人正在旁边督察，其人面似乌木，发色灰白如胡椒。奈力森·奈斯特·海弗伦，帝国守卫军第十步兵大队的将军。他是来兑现承诺的。

维林看到将军转身向一个明显跛足的壮汉鞠躬。此人披挂的盔甲陈旧却耐用,腰间挂一把骑兵军刀。他的皮肤是北方人特有的橄榄色,头发全剃光了。他听海弗伦说了一会儿——将军似乎在汇报什么情况——然后一摆手打断对方,头也不回地跛着脚走进帐篷。

"不,跛脚的男人才是战争大臣。"维林说。他注意到海弗伦的双肩松垮下来,似有疲惫之意,继而又挺起胸膛,转身走开了。他断定将军受到了羞辱。战争大臣不理会你,是因为你们失去了希望。你究竟提出了什么建议呢?增加巡逻队和卫兵吗?不要对诡计多端的希望杀手掉以轻心吗?可战争大臣不予理会?自从出城以来,维林终于感觉到了一丝轻松。

暮色刚刚降临,他看到了攻城器。他本来还抱着一线希望,唯愿班德斯夸大了索利斯的报告,然而此时此刻,他知道男爵说的全是实话。疆国禁卫军也有攻城器、投石机和石弩,可以向城墙发射巨石和火球,甚至越过城墙进行攻击,但即便是全疆国最大、制作最精良的攻城武器,与即将兵临尼莱什的庞然大物相比,也是小巫见大巫。暮色中,在一大群公牛的拖拽下,巨型攻城器迟缓地向前移动,沉重的吊臂晃个不停。

护送攻城器的军队约有三千人,从他们松散的队形、混杂的装束判断,显然是班德斯提到过的部落蛮子。他们衣着各异,有色泽艳丽的青羽红绸头饰,有不带任何装饰的纯黑或纯蓝的罩袍。他们的兵器和护甲也各不相同。维林看到有些人身披胸甲和锁子甲,但大多数人身无铠甲,只拿着一块圆形木盾,上面所绘的纹章着实令人费解。他们主要使用的武器是带有齿状铁刃的长矛,以及狼牙棒、钉头锤,腰间还挂有匕首和短剑。

此时,在公牛的拖拽下,攻城器缓缓行至绿洲南边,赶牛人打算把牛群引到水边,部落蛮子则在高大的攻城器四周扎营。

"我们要在蛮子当中杀出一条血路才行,兄弟。"邓透斯说。

渡鸦之影 血歌

"如果计划顺利,我们就不必费这么大力气了。"维林把望远镜递还给弗伦提斯,"备马。月上中天我们就行动。"

❖

对于唾沫星完全不适合做驮马这件事,维林一点儿也不吃惊。当他打算把包裹搁到马背上时,这匹野马的火爆脾气上来了,它猛地一转身,蹄子重重跺在地上,也不管会不会踩到维林的脚。维林花费了好几分钟宝贵的时间,软硬兼施,给了糖果,唾沫星这才罢休,任由包裹放在身上。此时,明亮的新月已经高悬头顶。

"真搞不懂你为啥还留着这头畜生,兄弟。"邓透斯说话的声音含混不清,棉布头巾遮住了口鼻。

"它是战士,"维林回答,"挨它踹也值了。"他扫视一圈整装待发的斥候队,人人身穿白色棉布长袍,这是典型的商队打扮,商人们时常带着香料以及各种珍贵的货物穿过沙漠,前往北方港口。每匹马都驮着包袱,里面是用来盛装香料的红色陶罐,不过今晚装的是完全不同的东西。维林知道,这种把戏瞒不过有眼力的人,他们的驮马个头太高大,商人打扮也有诸多细节不够完美,更别提藏在衣服里的兵器前凸后翘,足以令人生疑。不过,他们只用在黑暗中、在几个关键时刻令对方相信即可。他希望这样的准备是足够的。

维林往北看了一眼,那儿有一条商队踩出的蜿蜒小径,穿过沙丘,直达绿洲。沙漠在月光的照耀下呈现出古怪的景象,沙子染上了一层银色。夜凉如水,沙漠恍若雪地,令他又一次想起了那个几乎遗忘的梦境,勒苏丝·希尔·霖无情的嘲笑,躺在雪地里渐渐冰冷的尸体……

"兄弟?"弗伦提斯打断了他的思绪。

维林摇摇头,驱散脑海中的画面,然后高声向斥候队训话:"诸位都知道,我们今夜所承担的任务是极为重要的。一旦实现目标,立刻向尼莱什城撤军,千万别回头。他们必定像饿狼一样紧追不舍,所以务必快马加鞭,无论发生什么情况都不要停留。"

他面向北边,一扯唾沫星的缰绳:"走吧,你这没用的畜生。"

他们点亮火把,稳步靠近绿洲,遇到守在南边的部落蛮子,便用背熟的阿尔比兰语打起了招呼。这帮人身材高瘦,蓄着尖尖的胡须,皮肤酷似抛光的红木。他们身披红衫,戴着松松垮垮的象牙面甲,人人手持一根锯齿长矛,维林早先在侦察营地的时候已经注意到了。面对这群突然出现的不速之客,他们显然有所怀疑,但也没有过度警惕,并未因此爆发骚动,维林不由松了口气。当他们靠近营地时,有五个蛮子走过来拦住去路,长矛平举,不过看样子也只是履行公事。

"Ni-rehl ahn!"邓透斯向部落蛮子们打招呼。他听懂阿尔比兰语的水平仅次于凯涅斯,但说得并不是非常流利。尽管从尼莱什城出发前,凯涅斯对他进行了一段时间特训,却也不大可能瞒过帝国北方的本地人。幸运的是,部落蛮子们来自南方,或许不比他们更熟悉此地的方言。

有个部落蛮子满脸困惑地摇摇头,用他们的语言说了句什么,但他的同伴只是耸了耸肩。

"Unterah,"邓透斯说出了代表商人的词儿,然后拍拍胸脯,指了指他们的临时商队,"Onterish。"这是香料的意思。

刚才说话的那个部落蛮子从邓透斯身边走过去,仔仔细细地打量他们。他走到维林旁边,毫不理会对方满脸堆笑向他点头致意,只是久久地盯着唾沫星。看到这匹野马的腿部和侧腹布满伤疤,他不由眯起了眼睛。

有个部落蛮子突然大喊一声,维林面前的家伙迅速后退,双手紧握长矛,身子一沉,摆出战斗姿态。维林举起双手示好,然后指了指西边。那部落蛮子紧张地回头瞟了一眼,顿时惊呆了:沙漠中出现了无数火把,星星点点大约有三百团火光在黑暗中闪耀,随之而来的还

渡鸦之影 血歌

有愈来愈近的雷鸣,号角声刺破夜空,无疑是骑兵正在全速冲锋。

部落蛮子立即扭头望向同伴,正要张嘴下令,维林的飞刀插进了他的后脑勺。斥候队纷纷拿出兵器,弓弦噼啪,飞刀呼啸,转眼间就解决了余下的哨兵。

"熄掉火把!快去攻城器那里!"维林一边大喊,一边拉着唾沫星跑起来。

当他们冲向营地时,战斗已然打响。班德斯男爵率领的骑士先是如电闪雷鸣般杀入来不及列阵的部落蛮子当中,接着响起了熟悉的人喊马嘶和金铁交鸣。散落在各处的部落蛮子拿起武器,匆匆参战,他们的战嚎和尖利刺耳的号角声响彻半空。维林率队冲进营地时,大多数蛮子已卷入混战,留在营地的人甫一抵抗,随即纷纷倒地。

攻城器几乎无人守卫,只有少量负责维护的工匠。他们大多已到中年,身穿皮衣,除了几把做木工活儿的器具,可谓手无寸铁。令维林深为遗憾的是,他们没有明智地转身逃跑。他先杀了一个挥着棒子打过来的工匠,又砍断了另一人的手。

"走吧!"他命令那人,然后收剑回鞘,解开唾沫星背上的袋子。那人惊得一句话也说不出来,只是抬头看着他,很快因为失血过多而瘫倒在沙地上。维林骂了一句什么,不理那人,从袋子里取出陶罐,一个接一个地扔向距离最近的攻城器。罐子砸在结实的木头架子上,当即碎裂开来,黏稠的液体泼洒得到处都是。维林很快扔光了一个袋子,又打开一袋,取出罐子扔向第二台攻城器,弗伦提斯已经往上面撒了不少液体,脸上挂着坏笑。

"我们要搞出的动静可不小啊,兄弟。"

"那是当然。"他清空了第二袋,又去检查其他人的进展,发现全部十台攻城器上满是罐子的碎片。"好,这就够了!"他喊道,"点火!"

他们往后退了约二十余码,维林顺手把受伤的工匠也拖了出来,不想任他被活活烧死。邓透斯和弗伦提斯取下弓，点燃箭头，射向攻城器。火箭甫一触及灯油，立刻将其引燃，营地当中迅速燃起了十团大火。不到一会儿，火焰便吞没了高大的攻城器，绳索和裹布纷纷断裂，攻城器的巨大吊臂犹如在森林大火中翻滚的松树。

火焰照亮了营地西边杀声震天的战场，班德斯男爵正召集骑士回撤，然而杀红了眼的部落蛮子根本没心思放他们走。维林看到几个骑士接二连三地被拉翻下马，徒劳地想要挣脱开，最终被长矛刺死。

维林翻身跨上唾沫星，抽出长剑。"回城！"他向斥候队下令。

"那你呢，兄弟？"弗伦提斯问。

维林往那边的战场点点头："男爵需要帮忙。我随后就来。"

"我也——"

他盯着弗伦提斯，那眼神不容争辩："带队回去，兄弟。"

弗伦提斯一肚子埋怨，最终还是没有说出口，只是点点头："如果你两天内还没回……"

"那我就回不来了，你要听从凯涅斯兄弟指挥。"维林一踢唾沫星，纵马飞驰，冲向战场，他感到胯下的野马充满了战斗的渴望。他绕到人群边缘，挥剑砍倒了几个粗心大意的部落蛮子，等他们涌过来的时候，他旋即策马离开，接着又杀个回马枪，如此反反复复，目的是引开敌人的注意，给骑士们以喘息之机。"Eruhin Mahktar！"维林不断地大喊，希望他们听得懂这个词的意思，"我是 Eruhin Mahktar！来杀我啊！"

显然有些部落蛮子听懂了，因为他们恶狠狠地追了过来，长矛和手斧破空而至，偶尔颇有准头，令人心惊胆战。其中一人跟在维林后头猛追，奔跑速度极为恐怖，他手持战棍，正要跳上唾沫星的背时，一支箭射穿了他的身体，此人当即滚倒沙地上。

"我们不可久留，兄弟！"邓透斯喊道，他策马驰过维林身边时又搭弓放了一箭，不远处的一个部落蛮子应声栽倒。

"我不是已经命令你回城了吗?"维林喊道。

"没,你只是命令弗伦提斯回城。"邓透斯又射了一箭,侧身躲过一根长矛,"我们真的该走了!"

维林扫视人群,只见一个浑身血污的高大身影策马离开了战场——男爵坚守到了最后。他指指西边,两人转身疾驰,快马加鞭。攻城器依然熊熊燃烧,在沙地里投下长长的影子,等他们消失在沙漠远方,影子也渐渐地消退了。

◆

他们彻夜骑马,一路西行,见到太阳升起,又调转马头往北而去。等马儿因为耐不住高温而步履蹒跚,他们才下马步行。他们卸下了马鞍上的多余负重,扔掉盔甲,只保留武器和水壶。

"没瞧见他们。"邓透斯伸手遮挡阳光,观察着南边的地平线,"至少现在还没追来。"

"他们会来的。"维林肯定地说。他拿出一个水壶递到唾沫星嘴边,这畜生一口咬住,几下就把里头的水灌进了喉咙。维林不知道这匹野马在高温下还能坚持多久,对于出生在北方的动物来说,沙漠是极其严酷的环境——唾沫星吐出了白沫,那双往常明亮而多疑的眼睛此时也疲惫地眨巴着,这模样足以为证。

"有可能他们追着男爵去了。"邓透斯接着说,"那边能追到的人更多。"

"我觉得昨晚我们运气都用完了,你说呢?"维林等唾沫星喝完水,又牵起缰绳,"我们接着赶路。如果我们都不能在高温下骑马,那他们也做不到。"

暮色降临的时候,他们终于看见了,虽然距离太远,看不大清楚,但确定无疑。

"大概有十五英里吧?"邓透斯望着那片沙尘。

"十英里左右。"维林翻身上马,唾沫星烦躁地打了个响鼻,疲态尽显,他不由得皱了皱眉头:"看来他们真能在高温下骑马。"

因为担心累垮了坐骑,他们策马小跑了大半夜,不断地望向南边,却只能看到沙漠和满天繁星,但他们心里清楚,对方正一英里一英里地接近。

天亮时,北海岸已在眼前,沙漠变成了灌木丛,往东六英里,尼莱什城的白墙在晨光中闪耀。

"兄弟。"邓透斯轻声说。

维林转头望向南边,沙尘更大了一些,底下的骑手们清晰可见。他俯身拍拍唾沫星的脖子,在它耳边轻声说:"对不起。"然后他坐正了,猛地一夹野马的肚子,飞驰起来。他原以为唾沫星已经没多大力气了,可眼下的情形又给了他些许宽慰——野马打着响鼻摇头晃脑,恼怒之中夹杂着兴奋。唾沫星踩着沙地,四蹄如飞,很快甩开了邓透斯及其疲惫不堪的坐骑,以至于跑了四英里之后,他只好拉紧了缰绳,伫立在一座小山坡上,俯瞰城墙前面的平原。城门已开,一队骑手正在进城,盔甲在阳光下闪闪发亮。

"看来男爵回去了。"等到邓透斯赶上来,维林说道。

"挺好,有人能回去。"邓透斯倒举水壶,浇得满头满脸都是水。身后的追兵越来越近了,只在一英里开外。他说得对,他们俩回不去了。

"给,"维林说着准备下马,"我的马跑得快。他们要的人是我。"

"少他妈说蠢话,兄弟。"邓透斯疲惫地说。他从马鞍上取下弓,搭上箭,调转马头,面对接近的骑兵。维林知道劝不住他。

"我很抱歉,兄弟。"他愧疚地说,"这是场愚蠢的战争,我……"

邓透斯完全没听他说话,只是看着南边,困惑地皱起眉头:"我还不知道他们这里也有。那家伙真大啊,不是吗?"

渡鸦之影 血歌

维林顺着他的视线望去,只觉得血歌汹涌澎湃地奏起熟悉的调子——他看到了一头巨大的灰狼正蹲坐在不远处,那双碧绿的眸子冷冷地看着他。维林记得很清楚,头一次在尤里希见到它的时候,就是这样一双眼睛。"你能看到它?"他问。

"当然了,这还能看不到?"

血歌狂暴地唱响,那是尖利刺耳的警告。"邓透斯,快骑回城。"

"我哪儿都不去……"

"要发生大事了!听我的话,快走!"

邓透斯本打算争执下去,可他的目光被别的东西吸引了——南边地平线上升起了一大团黑云,从沙漠到天空足有一英里高,遮天蔽日,往尼莱什城的方向翻滚而来,不断地吞噬所经过的沙丘。

一支箭重重地射在距离他们几英尺之遥的沙地上。维林转头一看,追兵只在五十码开外,至少有一百人,一边策马飞奔一边搭弓射箭,急于赶在沙暴吞没他们之前结束这次追击。

"走!"维林喊道,一把抓住邓透斯的缰绳,猛踢马腹,拉着他一同飞驰起来。他们越过山坡,冲向城门,箭矢如雨般纷纷落下。他们骑了不到三分之一路程,沙暴已然袭来,狂风裹挟的沙子犹如绵密的针尖,刺进他们的脸颊和眼睛。邓透斯的坐骑发狂地抬起前蹄,缰绳脱出了维林的掌握,那一人一马顿时消失在飞旋的红雾里。他想要开口大喊,沙子立即灌进嘴里,呛得他无法出声。他只能尽量捂住脸颊,贴在马背上纹丝不动,任由唾沫星在沙暴之中胡乱穿行。

他绝望地求助于血歌,尽力地安抚它,控制它,引导它唱出歌声。最初只有错乱且刺耳的尖啸,以及看到灰狼时迸发的警告,但等他表达出意愿之后,狂放的血歌逐渐平静,翻江倒海的脑子里,清晰地出现了几个调子。邓透斯!他呼喊道,拼命把歌声传到沙暴之中。找到他!

歌声又变了,调子愈来愈复杂,乐曲愈来愈悠扬,令人心如止水，然而其中还夹杂着一种怪异无比、深不可测的调子。他恍然大悟。这不是我的歌声！这不是人类的歌声！

是谁？他唱道。你是谁？

那支歌声再次变化，乐曲消失无踪，只有一声声急不可耐的嚎叫回荡在脑海。

求你了！他恳求道。我的兄弟……

狼嚎在他脑海里变成了尖啸，强劲得令他头晕目眩，差点翻下马鞍。唾沫星昂首嘶鸣，惊慌地抬起前蹄，他赶紧坐直身体，却感到鼻子里涌出了鲜血。不！他拼尽全部的力气用歌声吼道。我不要你的帮助！

风暴忽然静止，打在脸颊的沙雨化作一阵微风，卷到半空中的狂沙飘然落地，那声音如同千万人絮絮耳语。维林的目光穿透逐渐消散的迷雾，看到一人一马的背影立在十码之外。是邓透斯，从绑在背上的剑就能认出来。维林顿时长出一口气，策马奔去，伸手去抓兄弟的肩膀。

"别耽搁时间了，兄弟……"

邓透斯身子一歪，从马鞍上重重摔落在地。他两眼圆睁，脸色依然那么苍白，致命的箭矢插在他的胸口，箭镞浸满了鲜血。

◆◆◆

后来听大家说，当沙暴散去，他就坐在鞍上一动不动，如同阿姆·林的石雕。听到城墙上哨兵的高声喊叫，凯涅斯疯狂地下令重开城门。阿尔比兰追兵原本在沙暴中四散而开，此刻很快回过了神，迅速围向呆坐不动的希望杀手。有名骑手兴奋地冲到二十码之内，咬牙切齿地贴着马脖子张弓搭箭。布伦·安提什跃上守卫室的城垛，一箭射穿了骑手的胸膛，随即命令弓手放箭。一千支箭矢从城墙上飞跃而出，黑雨般向阿尔比兰人倾泻。仅仅一次齐射，就有将近一百名骑手倒下。

维林对此却一无所知。他眼里只有邓透斯那张肌肉松弛、面无表情的脸庞，还有染血的箭头，闪着钢铁的寒光。城墙上有人在喊他，可他什么也听不见。凯涅斯和巴库斯冲出城门，跌跌撞撞地跑过来，却又震惊地站住了。维林听不见他们的哀号和疑问，眼里只有邓透斯和那根箭矢……

"维林。"

他只听见了这个声音。谢琳在他身边，握着他的手腕，此时他仍然紧抓缰绳，以至于指节泛白。"维林，别这样。"

维林一低头，出神地看着她满怀同情的模样，那熟悉的疼痛驱散了胸中的麻木，他感到了一种急切的渴望，还有不可抚平的羞愧。"我是杀手。"他一字一顿，冰冷且无可置疑。

"不……"

"我是杀手。"维林轻轻地拉开她的手，一踢马腹，驾着唾沫星走进城门。

第四部

第九章

　　整整两天，他都没有出过房门，和衣瘫在床上。简利尔敲了敲门，然后把餐食放在门口，但他从来没动过。凯涅斯、巴库斯和弗伦提斯轮流在门外喊他，而他完全不作理会。他丝毫没有睡意，不觉得饿，也不觉得渴，满脑子都是邓透斯和那枚箭头，还有歌声——灰狼那深不可测的歌声始终在他的脑海里喧嚣。当然还有真相，可恶的真相。我是杀手。

　　维林想起出发前去找邓透斯，要求他参加这次任务。"你的骑射技术最好……"他刚刚开口，邓透斯已经在打包装备了。

　　"诺塔更厉害。"邓透斯说着挂好了弓。

　　"诺塔死了。"

　　邓透斯只是一笑了之，维林忽然发现，他从未相信过有关诺塔命运的那套谎言。他到底知道多少呢？莫非他心里藏着什么秘密？而他所知的一切瞬间消失了，被一个陌生人射出的夺命之箭抢走了，而那人十有八九还以为放倒的是希望杀手吧。不知道那人在库姆布莱弓手的箭雨之下丧命时是否还心怀喜悦，正期待着众神将以英雄般的待遇迎接他。他该有多么失望啊。

　　到了第二天傍晚，他听到门外的刮擦声，还有呜呜的哀鸣，这才回过了神。他眨了眨眼，瞪着昏暗的房间，却什么也看不清。他挠了挠下巴上的胡楂，闻到了身上的臭味。"我要洗澡。"他咕哝着，起身打开房门。

　　小花脸欣喜若狂地扑过来，轻而易举地压倒了他，粗糙的舌头使劲舔着他的脸颊和下巴。"好了，笨狗！"他一边呻吟，一边吃力地把奴隶犬推开,"我没事。"

"真的吗?"谢琳站在门口,抄着胳膊,神色肃穆,与他记忆中两人初见时的表情一模一样。"可你的样子看起来糟透了。"

她转身走下楼梯,几分钟后又回来了,带了一块棉布,端着一盆热水。她关上房门,坐到床边,看着维林脱掉上衣清洗身子。小花脸的脑袋搁在谢琳的腿上,她轻轻地挠着狗耳朵后面的绒毛。维林感到她正盯着自己的躯体,也知道那些触目惊心的伤疤令她颇为感伤。"这些伤疤全是我咎由自取,姐妹,"他说着取来了剃刀,"现在的,还有将来的。"

"这么说你恨自己咯?"谢琳的语气里带有一丝愤怒,显然对他殴打伊尔提斯宗将的怨气尚未完全消散。

"我恨我所做的一切。这场战争……"维林的声音越来越微弱。他闭上眼睛,片刻之后,才在脸上涂满泡沫,拿起了剃刀。

"来。"谢琳起身走到他旁边,接过他手里的剃刀。"你没有睡觉,拿不稳。"她拉过一张凳子,要维林坐下,"放松,我不知道剃过多少回了。"他必须承认,谢琳的手艺足以令许多理发师嫉妒。她手里的刀片灵巧而又精准地在维林的皮肤上滑动,那双医者之手温柔如水。有那么一刻,他沉浸在谢琳的气味和两人的肌肤相亲之中,内心的伤痛和对自我的憎恨一时间烟消云散。他知道这样不对,应该叫谢琳停手,可他已沉醉其中,无心理会了。

"好了。"谢琳退了一步,低头微笑,又伸出一根手指抚过他的下巴。"好多了。"

维林突然产生了难以克制的冲动,想把她拉回来,但他终究只是拿起棉布,擦掉了残余的泡沫。"谢谢你,姐妹。"

"邓透斯兄弟是个好人,"她说,"我很遗憾。"

"他母亲是妓女。小时候在家乡,人人都讨厌他。对他来说,活在这个世界上的全部意义,就是为宗会战斗和牺牲。但你说得对,他是好人，理应活得更久，不该这样死掉。"

"你为何要来，维林？"谢琳柔声问道，语气中没有愤怒，只有哀伤，"我看得出来，你痛恨战争。你的技艺，和我一样，都不应该用在这种地方。我们本应维护信仰，与贪婪和残酷斗争。来这儿是维护什么呢？国王为了逼迫你过来，究竟承诺了什么，或者，他拿什么来威胁你？"

维林想要说谎，想要守住埋藏了好多年的秘密，可终究没有大声说出来；他为自己踏出了这一步而深感不安，但倾诉的欲望压倒了一切。即使不能拥抱她，那至少也能在心底里寻求些许安慰。"他发现我父亲成了绝信徒。应该是至上信徒吧，管它呢。"

"我们将自我奉献给信仰之时，就割断了血肉亲情。"

"是吗？你割断了吗？你的同情心不是无源之水，姐妹。它来自你出生的市井之间，来自你竭尽全力帮助的那些穷人当中。我们真的可以割断吗？"

她闭目颔首，没有说话。

"对不起，"维林说，"你的过去是你的事儿。我不是故意……"

"我母亲是个贼，"她说着睁开眼睛，迎着维林的目光，那语气前所未有的刺耳，"当地最好的扒手。那双手快如闪电，从商人的手指上撸下指环如同探囊取物。我从不知道父亲是谁，她说是个当兵的，死在战场上了，可我知道她在干那一行之前还做过妓女。她教过我，你知道吗，她说我这双手天生适合偷东西。"她低头看着灵巧纤长的手指，然后握成了拳头。"我就是她的宝贝小贼，她说，做了贼就永远不用做妓女了。"

"结果我不是她理想中的小贼。又老又胖的富翁和他又老又胖的富婆把我逼到墙角，因为我偷了她的胸针。富翁举起手杖打我，然后我妈动了刀子。她说：'谁都不准打我的小谢琳！'她本来可以跑掉，但终究没走。"她紧紧地抱着胳膊，"为了我，她没走。卫兵来的时候,她还在不停地刺。第二天,他们吊死了她。那时我十一岁。"

"绞刑结束后,我坐在那里等死。不能偷东西了,真的,再也没法偷了。可我只会偷东西啊。没了妈,没了活计。我完蛋了。第二天早晨,有个漂亮的灰袍女人问我是否需要帮助。"

维林不记得当时是怎么站起来,又是怎么把她拉进怀中的,等回过神来,谢琳的头已经靠在他的胸前,正拼命地忍住眼泪。"我很遗憾,姐妹……"

谢琳深深地呼吸了几次,啜泣声渐渐止住了。她扬起脸庞,嘴角露出一抹顽皮的笑意,轻声说:"我不是你的姐妹。"然后她的嘴唇贴了上来。

◆

"你尝起来……"谢琳舔了舔他的胸脯,"就是沙子和汗水的味道。"她说着皱起了鼻子,"闻起来有股烟味。"

"对不起……"

谢琳咯咯笑着,撑起身子亲吻他的脸颊,然后那具赤裸的躯体压在他身上,头枕在他胸前。"我那不是抱怨。"

维林伸手抚过她细瘦而光滑的双肩,发出一声愉悦的叹息。"我听说人要熟练过后才能真正享受其中的愉悦。"他说。

"我听说真正献身于信仰,人就再也享受不了此等欢愉。"谢琳又吻了上去,这次时间更久,香舌在他唇间搅动,"看来是耳听为虚。"

他们缠绵了好几个钟头,一边低吟着亲昵的话语,一边翻云覆雨,小花脸则守在门前阻挡来人。当两人的身体紧紧贴在一起,那种美妙的感觉是无与伦比的,而当他们交合之时,她温软的呼吸拂过他的颈项,那种深沉的快意更是难以言喻。尽管还有悲伤和愧疚,房门外还有等他处理的俗务,但此时此刻,在他记忆中或许是破天荒头一回，他感受到了真正的快乐。

破晓的晨曦从百叶帘的缝隙中渗透进来，维林清楚地看见了她的脸庞，她露出安祥而幸福的笑容，缩了缩身子。"我爱你。"维林捋着她的秀发说道，"一直爱着你。"

谢琳紧紧地挨在他身边，抚过他坚如磐石的胸膛和腹部。"真的？分开了这么多年也没有变心？"

"我认为爱到深处是永远不会消逝的。"维林握住她的手，两人十指相扣，"黑牢。你……他们伤害你了吗？"

"除非恐惧也算一种折磨。我在那里只待了一夜，可我听说了一些事情。"她的身子微微颤抖了一下，维林在她前额轻轻一吻。

"对不起，我必须知道。你的话一定很有分量，否则国王和滕吉斯宗老不会如此挂心。"

"这场战争不仅仅是一个错误，维林。它玷污了我们的灵魂。无论怎么看都有违于我们的信仰。我必须说出来。再没有别人说了，连埃雷拉宗老都不愿意，我求过她。于是我站在集市的广场上高声呐喊，说给愿意听的人。没想到，居然真有人愿意听，尤其在贫民区。有人把我说的话记下来，然后通过第三宗使用的那种新制墨水和方块进行复写。越来越多的人开始传播小册子，里面写的是类似于'结束战争，拯救信仰'的句子。"

"说得好。"

"谢谢夸奖。两周后他们来找我了，伊尔提斯兄弟拿着国王颁发的逮捕令，带人闯进宗会。伊尔提斯兄弟不是和善的人，你也看到了，他非常乐于向我详细地解释坐黑牢的待遇。当晚我听着那些惨叫声，一宿没睡。等牢房的门打开时，我吓得差点晕过去，但来人竟然是莱娜公主。她带来了干净的衣服以及国王的命令，说是将我移交给公主监管。"

莱娜。这件事的背后究竟隐藏着什么阴谋？"这么说我欠她一份

渡鸦之影 血歌

人情了。"

"我也是。这样善良而勇敢的人真不多见。她确保我衣食无虞，拥有单独的房间，还提供书籍和羊皮纸。我们常常在她的秘密花园里交谈。你知道吗，我觉得她有些孤单。当我接到你的召唤，准备离开的时候，她还流了眼泪。对了，她要我向你转达最热情的问候。"

"她是那样子的人。"维林迫不及待地想换个话题，"他许了你什么？我是说雅努斯，我知道他肯定千方百计地想跟你做交易。"

"其实我只见过他一次。殿前侍卫队长斯莫林带我去了他的房间。都城和王宫里流言四起，说他这段时间身体欠佳，我确实看见他肤色发灰，皮肉松弛，或许是岁数到了，外加疾病缠身。我提议给他检查身体，但他说宫里不缺御医。然后他盯着我看了好半天，只提了一个问题。听了我的回答后，他大笑起来，要队长送我回莱娜公主那边。他的笑声饱含悲伤，充满遗憾的意味。"

"他问你什么？"

她挪动着身子，跪坐在床上，毯子顺势滑落，露出了苗条动人的腰身。她的眼睛闪闪发亮，维林发现那是泪花。"他问我是否爱你。我说，我过去爱，现在也爱。"谢琳伸出颤抖的手指，抚摸着他的脸颊，"我爱你。多年以前在你问我的时候，我就应该跟你远走高飞。"

那是一个清晨，他经历了痛苦的治疗，醒来的时候所说的话。那是在宗老大屠杀过后，谢琳救了他的命。"我以为那是做梦。"

"如果是，也是我们一起做的梦。"她忽然停止了爱抚的动作，语气变得犹豫不决，"我们还可以再做这样的梦。疆国已经没有我的容身之地了，但还有广阔的世界等我去见识。我们可以一起去。或许我们能找到一个没有国王，没有战争，人们不会因为信仰、神明和金钱而自相残杀的地方。"

维林拉过她，紧紧地搂在怀中，感受着软玉温香，还有那头秀发的气息。"我在这儿有事要办。那件事是躲不开的。"

他感觉到谢琳的身体僵住了。"如果你是说要赢得这场战争，那你可要知道，只有傻子才这样想。这个帝国的疆土绵延数千英里，从炎热的沙漠到冰雪覆盖的高山，他们的人民多过天上的繁星。你击败了一支军队，皇帝必定再派来一支，无穷无尽。"

　　"不，与战争无关。是我的宗老交给我的任务，我不能逃避，虽说我真的很想躲开。等一切结束了，我们就可以自由地做梦了。"

　　谢琳凑过来，嘴唇贴着他的耳朵低语道："你保证？"

　　"我保证。"他是真心真意地说出这句话，可不知为何，感觉像是谎言。

　　门口忽然传来一阵狗吠，打破了他们的二人世界。面对怒气冲冲的奴隶犬，简利尔·诺林紧张兮兮地喊着他的名字。

　　谢琳捂住嘴没笑出声来，然后缩进毯子里，维林赶紧伸手拿裤子。"什么事？"他拉开房门问道。

　　"有个阿尔比兰人到了城门口，要您出去迎战他，大人。"简利尔看了看维林，又飞快地扫了一眼房内，然后盯着仍在狂吠的小花脸。"安提什将军提议用羽毛箭招呼他，但凯涅斯兄弟认为您可能想要活的。"

　　"这个阿尔比兰人看起来什么样儿？"

　　"大个子，灰白头发，看装束像是我们之前在沙滩上打过的骑兵。他似乎状态不大好，骑行途中够遭罪的，可能是在沙漠里熬了太久的缘故。"

　　"他带了多少人？"

　　"一个都没有，大人。他独身前来，真不敢相信。"

　　"通知弗伦提斯兄弟召集斥候队，告诉凯涅斯兄弟，我即刻就到。"

　　"是，大人。"

　　他关上房门，开始穿衣服。

"你打算迎战吗?"谢琳从毯子底下钻出来。

"当然不会,你知道的。"维林套上衣衫,俯身亲吻她,"我要你替我办点事。"

◆

奈力森·奈斯特·海弗伦将军颓然坐在鞍上,满脸胡子拉碴,尤显落寞。然而,当城门打开,维林现身的时候,他倦容尽收,神色肃然,一脸的满足。

"终于有勇气面对我了,北方人?"维林走近时,他大喊道。

"不来不行,我那帮手下都不大尊敬我了。"他望向将军身后空空如也的沙漠,"您的军队呢?"

"一个懦夫带领的一帮傻子!"海弗伦啐了一口,"没胆量过来办完非办不可的事。诸神诅咒艾佛伦,生在沙漠里的渣滓。皇帝肯定会要了他的脑袋。"他瞪着维林,目光中只有仇恨,"但我会先取你的人头,希望杀手。"

维林歪着脑袋说:"悉听尊便。您是下马作战呢,还是想要坐在马上,恃强凌弱呢?"

"我不需要恃强凌弱。"海弗伦吃力地滑下马鞍,衣服里的沙子直往下落,他的坐骑打了个响鼻,明显松了劲儿。维林估计他骑行了好几天,两条腿都站不直了,好一会儿才缓过来。

"给。"他取下挂在肩上的水壶,拧开盖子,喝了一口。"解解渴,别叫人家说我占便宜。"他又拧好盖子,把水壶扔给海弗伦。

"我不要你的东西。"海弗伦说,然而维林看到他拿着水壶的手微微颤抖。

"那您就留在这里烂掉吧。"维林说完,转身欲走。

"等等!"海弗伦拧开盖子狼吞虎咽,直到喝空了水壶,甩手扔到一边。"别废话了,希望杀手。"他抽出军刀,摆出战斗姿势,额头忽然大汗淋漓。

"对不住了，将军，"维林说道，"我对于希望的事情感到遗憾，对于我们搅扰贵国也很遗憾，更遗憾的是，我不能满足您的求死之心。"

"我说了，别废话！"海弗伦往前走了一步，军刀回收，摆出突刺的姿势，接着他动作一顿，困惑地眨了眨眼，突然看不清东西了。

"两份缬草油，一份冠根汁，再添少许甘菊遮掩味道。"维林亮出手里的水壶盖子，原来他换上去的盖子里装有谢琳调配的安眠药。"对不住了。"

"你……"海弗伦踉跄着往前走了几步，双腿忽然一软。"不！"他含糊不清地咕哝道，拼命撑住身子，"不……"他挣扎了好一会儿，然后倒在地上一动不动了。

维林叫来把守城门的尼塞尔士兵："给他找个地方，住得要好，还要方便看守。另外，务必取走他身上所有的兵器。"

弗伦提斯带着斥候队赶到了，在守卫室的拱门底下收住缰绳，目送着尼塞尔人把昏迷不醒的海弗伦抬走。"这样子不能算决斗啊。"他说道。

"我已经夺走了他太多的东西，"维林回答，"连他的军队也没看见了。往西边搜索一圈，看能不能找到他们的踪迹。"

"你认为他们要去乌恩提什？"

"不是乌恩提什就是玛贝里斯。只找一天即可，不要冒险。如果暴露行踪，立即回城。"

弗伦提斯点点头，策马向前奔去，斥候队紧跟其后。维林目送他们往西边骑行，血歌发出令人不安的微弱颤音，而他尽力不去理会。

———◆———

夜幕降临，仍不见弗伦提斯回来。他等在守卫室的屋顶上，遥望远方的沙漠,又见夜空晴朗,繁星无数,在漆黑的沙地上方熠熠生辉,令他叹为观止。

"你担心他。"谢琳出现在身边,伸手轻轻一碰他的手背,然后缩进长袍里抱起胳膊。

"他是我的兄弟,"维林回答,"将军还在睡觉?"

"睡得像孩子一样。任何人在沙漠里熬上好些天,又不怎么喝水,都会如此。"

"等他醒了,别靠得太近,到时候他肯定很恼火。"

"他非常恨你。"谢琳的声音充满遗憾,"那些人都恨你,不论你为他们做了什么……"

"我杀了帝国的皇储,带了一支异邦的大军进城。据我所知,掐脖红的账也算在我的头上。随他们恨吧,我罪有应得。"

她靠近了些,警惕地瞟了一眼附近的卫兵,只见那人正全神贯注地清理指甲缝里的沙子。"石匠的身体恢复得不错,但睡眠很差,烧伤常常令他疼痛难忍。我尽可能为他缓解疼痛,可他还是在睡梦中号叫,大多数方言我听不懂,但有的我能听懂。"谢琳投以热切的目光,渴望寻求解答,"他提到了一些事……"

维林扬起眉毛:"他说了什么?"

"他提到了什么歌声,歌者,雕在石头里的狼活了过来,还有一个卑鄙而且危险的女人,他还提到了你,维林。或许只是胡言乱语,因为药物和疼痛的作用梦到了什么,可我真的很害怕。你知道的,我很容易担惊受怕。"

维林搭着她的肩膀,把她搂了过来。谢琳不断地使着眼色,提醒他旁边还有卫兵,可他毫不理会。"你还担心什么呢?"他问道。

"你的职务,你在这儿扮演的角色。"

"随他们暴动吧,免我的职也无妨。"他故意提高音量,好让旁边的卫兵听见,尽管那人东张西望就是不看他。根据他对兵营流言的判断,不到明早必定传得全军皆知。可他一点儿也不在乎。

"别这样。"谢琳慌忙甩开他的手,却也笑意盈盈,只是不敢笑出声来。

卫兵清清喉咙,维林扭过头,只见他伸手指着沙漠:"斥候队回来了,大人。"

城门大开,斥候队的战马迈着疲惫的步子跑了进来,维林立刻发现弗伦提斯不在其中。"我们发现敌情时,阿尔比兰大军距离乌恩提什不足十英里,大人。"说话的是哈金军士,弗伦提斯的副手。"弗伦提斯兄弟决定先行一步,提醒麦西乌斯王子做好防备。他命我们回城向您报告。"

维林捏了捏谢琳的手,然后大步走向马厩,同时回头喊道:"叫巴库斯兄弟和凯涅斯兄弟过来!"

第十章

"就这样了。"巴库斯说。

"聪明，"凯涅斯喃喃道，"看来我们低估了这个阿尔比兰人。"

乌恩提什城里冒起了一道浓烟，在晨曦中格外刺眼。数百具尸体垒放在城墙外，旁边还有几条云梯直抵城垛，酷似堆积的柴火。透过烟雾，维林看见一面旌旗在风中猎猎飘扬，鲜红的旗面上绣有两把交叉的漆黑军刀，他在绿洲见过同样的旌旗。阿尔比兰的战争大臣避开了惨烈的攻城战，接受了沉痛的损失，为皇帝夺回了这座旧城。乌恩提什沦陷了。麦西乌斯王子和弗伦提斯不是牺牲就是被俘了。

我是杀人犯……

"最好别让士兵们知道，"凯涅斯说，"否则影响士气……"

"不，"维林说，"告诉他们真相。他们知道我从来不骗他们。信任比敬畏更重要。"

"他也许逃出去了。"巴库斯推测，尽管听他的语气并不肯定，"没准上了一艘船。"

维林闭上眼睛，尽力不去胡思乱想，而是释放出血歌，正如他在沙暴中失去邓透斯时所做的一样。调子平稳如常，没有起伏，找不到答案。"不在这儿。"他低声说道，内心升起了一线希望。他脑子里冒出过一个几近疯狂的念头：等到天黑，想办法翻进城墙，在战场的残骸中寻找弗伦提斯。不过他很清楚，这样做很可能是找死。既然弗伦提斯不在城中，那究竟去了哪儿呢？这位兄弟不可能丢下王子不管。

"有骑手。"凯涅斯指向城墙前的那片平原，一队人马正朝着他们的方向疾驰而来,扬起滚滚沙尘。

"不超过一打。"巴库斯从马鞍上取下斧头,又解开包裹斧刃的皮套,"先为王子和咱们的兄弟解解气儿。"

"不了。"维林一扯唾沫星的缰绳,转身离开乌恩提什,"我们走。"

◆

又一个月过去,他们仍在等待敌人大军压境。维林对士兵的训练极其严格,常常练到他们筋疲力尽,双腿发软,同时确保每个人都清楚各自在城墙上的站位,如此一来,等到攻城战打响时,他们能够适应,也有足够的技巧挺过第一轮攻击。他察觉到他们内心的恐惧以及与日俱增的怨恨,但他并无回应,除了日趋严格的训练和愈发严厉的惩罚。出乎意料的是,正因为他们抱着敬畏有加的态度,没有一人临阵脱逃,即便是在巴库斯带回玛里斯也沦陷了的消息之后。

"那地方算是废了,"大个子兄弟翻身下马,描述他所见到的景象,"城墙破了六处,一半的房屋毁于大火,我都数不清驻扎在城外的阿尔比兰人究竟有多少。"

"俘虏呢?"维林问。

这位兄弟的脸上常常堆满笑容,此时却阴云密布:"城墙上插有尖刺,多得数不清,每根尖刺都插着一颗脑袋。也许他们饶过了某些人吧,反正我没有看见。"

战争大臣……艾卢修斯……索利斯宗师……

"我们听那老混蛋的话跑到这儿来,真是蠢透了。"巴库斯说道。

"去休息吧,兄弟。"维林对他说。

到了晚上,谢琳便来找他,他们翻云覆雨,在肌肤相亲之中寻求幸福的慰藉,然后在黑暗中紧紧相拥。她偶尔轻声啜泣,想要掩饰,身体却止不住颤抖。"别哭,"维林柔声说,"很快就结束了。"

须臾,谢琳便不再抽泣,而是紧紧地拥着他,嘴唇迫切地贴在他脸上。她与城中的所有人一样,知道即将到来的结局。阿尔比兰人必将如洪水般冲破城墙,他与城中每一个参与抵抗的疆国人都要战死。

"我们可以走,"某天晚上,她恳求道,"港口还有船。我们可以坐船离开。"

维林抚过她光滑的额头,顺着漂亮的脸颊,摸到玲珑的下巴。抚摸她的肌肤,感受她的战栗,看见她的脸颊浮起暖暖的红晕,那种感觉无比美妙。"我向你保证过,不要忘记,我的爱人。"维林说着,擦去她眼角的一滴泪。

次日清晨,他正在巡视城墙,凯涅斯带来消息说,有疆国的船队向港口靠近。"有多少?"

"将近四十艘。"这位兄弟对于形势的变化丝毫不觉吃惊。国王不再增援、任由他们自生自灭的说法,似乎对他毫无影响。"我们有援军了。"

"我听到了一些流言。"凯涅斯说道。此时他们正等在码头附近,望着打头的船只驶过堤岸,准备进港停泊。听得出他十分不安,语气却非常坚决。"与谢琳姐妹有关。"

维林耸耸肩。"可能有吧。我们已经难舍难分了。"他瞟了一眼凯涅斯,心想不该当着兄弟的面毫无顾忌,令对方如此尴尬。"我爱她,兄弟。"

凯涅斯避开他的目光,沉声说道:"依照信仰的教条,你不再是我的兄弟了。"

"很好。那便解除我的职务吧。我非常乐意由你接手这座城……"

"任命你为兵团将军和守城指挥官的是国王,不是宗会。我无权解除你的职务。我所能做的只是向宗老报告你……所犯的罪行,请他裁决。"

"我还能活到接受裁决的那一天吗?"

凯涅斯指向那艘进港的船只:"我们有援军了。国王没有弃我们于不顾。我认为我们都可以多活一阵子。"

维林发现远处还未进港的船队仍慢吞吞地随波摇晃。他们为何迟迟不来?他感到奇怪,等那艘船驶近了些,他看清了船的吃水有多浅时,才恍然大悟。船上并没有援军。

船员把缆绳扔给守在码头上的士兵,等拴好了船,他们很快抬了一块踏板出来。他原以为有级别较高的疆国禁卫军将军现身,结果发现只有一位衣着华丽的疆国贵族略带迟疑地从船内走上岸。维林想了好一会儿才记起他的名字,凯登·艾尔·泰纳,曾经的国务首相。跟在艾尔·泰纳身后的高个子男人,更是出乎维林的意料,此人身穿青花长袍,胡须修饰整齐,肤色暗如红木。

"维林大人。"当维林上前问候时,艾尔·泰纳向他鞠躬致意。

"大人。"

"请容许我介绍梅瑞林·奈斯特·维瑟斯阁下,阿尔比兰帝国的大法官,眼下担任雅努斯王御前法庭的使节。"

维林向那高个子男人鞠了一躬:"使节?"

"翻译的问题,"梅瑞林·奈斯特·维瑟斯用极为流利的疆国语回答。他语气冰冷,目光犀利,从头到脚地审视着维林。"准确地说,我是帝国裁决庭的执法官。"

维林也说不清自己为何发笑,总之他笑了好久才止住。等他完全冷静下来后,他问艾尔·泰纳:"您应该给我带来了国王的命令吧?"

◆

"这些命令你都清楚了吗,大人?"艾尔·泰纳的双手十指相扣,搁在身前的桌子上。他很紧张,上唇渗出了晶莹发亮的汗珠。亲自向

渡鸦之影 血歌

众所周知的危险人物传达命令,无疑令他惴惴不安,但能参与如此重要的时刻,他又颇为自得,这也多少压过了他心头的恐惧。

维林点点头:"很清楚。"他们此时身处商贸行会的议事厅,人高马大的阿尔比兰大法官是唯一的与会者。没什么见证人,艾尔·泰纳对此颇为不悦,他问记录会议的书记官哪儿去了,维林懒得回答。

"我有国王的书面命令,"艾尔·泰纳拿出一个皮包,从中取出一卷盖有国王封印的羊皮纸,"如果你想要……"

维林摇头道:"我听说国王身体欠安。是他亲自给您下达的命令吗?"

"不是。莱娜公主奉命担任摄政王,直到国王身体康复为止。"

"他身受病痛的折磨,却也无碍下达命令吗?"

"莱娜公主真是尽职尽责、唯父命是从的乖女儿,令我深为感动。"维瑟斯大人插嘴道,"要说有什么可以安慰你的,她在转达父亲的旨意时,我看得出来,她内心非常不情愿。"

维林情不自禁地笑了:"大人,您玩过斗智棋吗?"

维瑟斯气恼地眯起眼睛,嘴角一撇,凑近说道:"我不懂你这话是什么意思,你这个愚蠢的蛮子,我也没兴趣知道。国王下令,你到底执不执行?"

"呃,"艾尔·泰纳清清嗓子,"莱娜公主要我转告你一件事,是关于你父亲的情况,大人。"维林扭头看他的眼神吓得他浑身一抖,但还是鼓足勇气说了下去,"你父亲的身体似乎也不大好,说是上了年纪,各种病痛自然来了。不过莱娜公主请你放心,她尽全力照顾好你父亲。她也希望日后能继续这样做。"

"大人,您知道公主为何派您来吗?"维林问他。

"我认为她知道我忠心耿耿,为国效力……"

"她之所以派您来,是因为如果我杀了您,对疆国没有任何损失。"他的目光移向阿尔比兰人,"去外面等。我和维瑟斯阁下有事要谈。"

与阿尔比兰大法官独处时,他更能感觉到此人恨意深深,满眼都是仇恨的怒火。艾尔·泰纳或许为参与这一重要的时刻而洋洋自得,但维瑟斯阁下显然丝毫不关心能否名垂青史,他在意的只有裁决。或者说复仇才对吧?

"我听说他是好人,"维林说,"我是说希望。"

维瑟斯的眼里闪烁异彩,嗓音粗哑刺耳:"你永远不会知道,你杀死的那个人有多么伟大,你导致我们蒙受了多么惨重的损失。"

维林还记得,那个身披白盔白甲的人是如何冒失地策马冲锋,当他向死神飞驰而来的时候,是如何罔顾自身的安危。这也算伟大吗?当然,勇敢是应有的评价,除非他心存侥幸,寄希望于诸神的虚无护佑。无论如何,战场无情,哪有闲暇称羡或反思?希望不过是他必须杀死的一个敌人罢了。他虽感遗憾,却也找不到愧疚的理由,而血歌对此始终保持沉默。

"战事之初,我有四个兄弟。"他对维瑟斯说,"如今一个死了,一个在战场上失踪。还剩两个……"他的声音渐渐微弱。还剩两个……

"你的兄弟是死是活不关我的事,"维瑟斯应道,"只是皇帝仁慈博爱,令我深为苦恼。如果交给我来处理,我势必把你们整支军队生剥活剐,再赶到沙漠里喂秃鹫。"

维林直视着他的眼睛说:"万一有人企图威胁到我军士兵的人身……"

"圣旨已下,书写成文,当堂见证。无人胆敢违抗。"

"因为这样做有违诸神的意志吗?"

"不,是有违律法。我们帝国律法严明,野蛮人。王子犯法,与庶民同罪。圣旨已下。"

"这么看来,我也只能选择相信了。我希望你们知道,在我军接管本城期间,阿茹安总督并没有提供协助。他自始至终忠于帝国。"

"我相信总督有机会自证清白。"

维林点点头。"很好。"他站起身来,"那便明日拂晓,主城门外南边一英里处。我想,附近应有阿尔比兰军队等您带话,您最好到他们那里过夜。"

"你以为我会容许你离开我的视线……"

"莫非您希望我拿鞭子把您赶出城去?"他语气温和,但阿尔比兰人定能听出其中的诚意。

维瑟斯气得面容扭曲,既恼怒万分,又有些害怕:"野蛮人,你知道等待你的是什么命运吗?等你落到我手里……"

"我只能相信贵国皇帝的旨意。您也要相信我的话才是。"维林向门外走去,"我们俘虏了帝国守卫军的一位将军,我去请他担任您的护卫。请在一个钟头内出城,如有需要,可以带上艾尔·泰纳大人。"

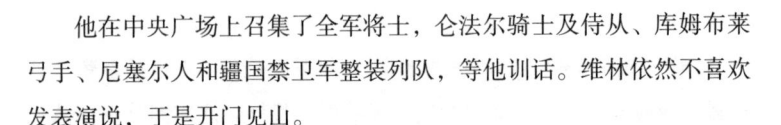

◆

他在中央广场上召集了全军将士,仑法尔骑士及侍从、库姆布莱弓手、尼塞尔人和疆国禁卫军整装列队,等他训话。维林依然不喜欢发表演说,于是开门见山。

"战争结束了!"他站在一辆马车的车顶上喊道,尽力让队列后排的士兵也能听清,"雅努斯国王与阿尔比兰皇帝于三周前签订了停战协议。我们奉命离开这座城市,返回疆国。如今停泊在港口的船只正是来接我们回家的。全军以兵团为单位开进港口,只准携带包裹和武器,不可携带阿尔比兰所属财产,违者处死。"他迅速扫视了一圈,没人欢呼雀跃,不过每一张面孔都是目瞪口呆和如释重负的表情。"我谨代表雅努斯王,感谢诸位为国效力。稍息,原地待命。"

"真的结束了?"他走下马车时,巴库斯问道。

"全都结束了。"维林肯定地说。

"老傻子为何放弃了呢?"

"麦西乌斯王子死在乌恩提什,玛贝里斯一战损失了大半军队,疆国境内风起云涌。我认为他想要保住现有的兵力。"

维林留意到身边的凯涅斯,他可能是唯一一个没有卸下心头的重负,跟大家谈笑风生的人了。这位兄弟消瘦的脸庞上露出困惑不解的神情,似乎夹杂着一丝哀伤。"看来更强大的联合疆国无法实现了,兄弟。"维林尽力保持语气平和。

凯涅斯似是大为震撼,一时缓不过神。"他没有犯过错,"他眼神茫然,嘴里轻声念叨,"他从来没有犯过错……"

"我们要回家了!"维林双手按住他的肩膀,摇了摇,"你们几周后就能回到宗会了。"

"去他妈的宗会!"巴库斯说,"我要在码头就近找家酒馆,泡在那儿不走了,等老子想起这场该死的闹剧,只当是昨儿晚上做的噩梦再说。"

维林和他们俩紧紧地握手:"凯涅斯,你带队上第一艘船。巴库斯,你上第二艘。余下的军队登船时由我维持秩序。"

◆

艾尔·泰纳大人决定跟随第一艘船回家,不愿等待历史性的时刻了。他刚刚走上踏板,便被维林拦住,只见后者面色铁青,满脸怨愤。"回到疆国之前,不要向我的兄弟透露协议的内容。"维林看了看立在船头的凯涅斯,他的身影是如此落寞。在这场战争中,他们都失去了太多,包括朋友和兄弟,但凯涅斯失去的是他的错觉,雅努斯王英明神武的幻梦就此破灭。如果他知道了协议的全部内容,此刻的哀伤怕是要化为仇恨了吧。

"如您所愿,"艾尔·泰纳不愿多说,"还有别的事吗,大人,我

渡鸦之影 血歌

可以走了吗?"

维林直觉应该给莱娜公主带话,但他真没什么可说的。而令他自己也感到惊讶的是,他对莱娜公主已经没有了愤怒,正如他对于杀死希望完全没有愧疚。

他退到一边,让艾尔·泰纳上船。船员们拖回踏板,船开始离岸。他向凯涅斯挥手道别,凯涅斯则敷衍地略一摆手,转身走开了。"再见,兄弟。"维林轻声说道。

接下来要走的是巴库斯,他大呼小叫地催促手下登船,却没能掩饰他内心的不安——自从他去了玛贝里斯回来,眼神中的烦扰便再也挥散不去。"快快,你们给我走快点。妓女和酒馆老板等得不耐烦了。"而当维林走过来的时候,他流露出了真性情,死死地绷着脸,似是强忍着泪水,"你不打算回去,对吧?"

维林笑着摇头:"我不能回去,兄弟。"

"因为谢琳姐妹?"

他点点头:"有艘船等着载我们到极西之地。阿姆·林知道一处世外桃源,我们在那里可以过上平静的生活。"

"平静。真想知道那是什么滋味。你觉得你会喜欢吗?"

维林笑了:"我不知道。"他伸出手,巴库斯却张开双臂,来了个令人窒息的拥抱。

"有什么话要带给宗老吗?"他退开一步,问道。

"就说我决定离开宗会。我的遣散费也可以省了。"

巴库斯点点头,提起那把可怕的斧子,大步走上踏板,再也没有回头。船驶离港口时,他站在船头纹丝不动,犹如阿姆·林的雕像,那位凝固在石中的伟大而高贵的战士。随后的许多年,维林宁愿记起他此时的模样。

他站在码头上目送他们离开,艾尔·特伦德大人连吼带骂地驱赶士兵们登船后,极为敷衍地向维林鞠了一躬,便走过了踏板。看来此人始终心怀不满,因为维林使得他在战争中无利可图。马文伯爵率领的尼塞尔人争先恐后地登船,不讲秩序,也不以为耻,有人甚至在开船的时候打趣地朝维林大喊永别。伯爵本人的情绪异常高昂,既然求取荣耀的机会已经烟消云散,那么他也没有恨维林的理由了。"打架比打仗损失的人还多,"他向维林伸出手来,"因此,我应该代表我们封地感谢你,大人。"

维林与他握手:"你现在打算做什么?"

马文耸耸肩:"回去剿匪,等下次打仗再出山。"

"恕我不敢苟同,但愿您等上很久。"

伯爵大笑一声,慢悠悠地走上船,接过手下递来的一瓶酒。开船后,尼赛尔人齐声唱起了歌谣。

沙漠的热风抽打我的脸膛

我们来到亮闪闪的海洋

我要扬帆起航乘风破浪

回去拯救爱人的生命呀!

班德斯男爵及其麾下的骑士们拖着沉重的盔甲,步履缓慢地走上船。在所有的队伍当中,他们的情绪最为复杂,有些人痛哭流涕,因为心爱的战马不能带走,必须留在当地,而有些人喝得酩酊大醉,嘻嘻哈哈闹个不停。

"没马也没盔甲的骑士,这场景挺可悲的吧?"班德斯问道。一个倒霉的侍从正扛着他那身锈蚀的盔甲,跌跌撞撞地费了老大劲儿才抬到船上。

"他们非常优秀。"维林对他说,"如果没有他们,这座城势必不保,我们都没有机会回家。"

"这话不错。等你回了疆国,希望你能来看我。在我的庄园,从来都是好酒好菜招待客人。"

"一定,我很荣幸。"他握着男爵的手,"艾尔·泰纳讲述了玛贝

渡鸦之影 血歌

里斯一战的具体情况,我认为您还是知道为好。城墙倒塌之时,战争大臣带了几个人杀到了码头。逃出来的有五十人左右,封地领主塞洛斯不在其中,但他儿子在。"

男爵发出刺耳的笑声,脸色却很严肃:"坏人命长,看来真是这样。"

"请原谅我多嘴,男爵,在玛贝里斯的时候,到底发生了什么事,导致封地领主拒绝您为他效力?您从来没有告诉我。"

"当时我们终于杀出一条血路,阿尔比兰人惨遭屠戮,而且不光是他们的士兵,还有女人和孩子……"他闭上眼睛,重重地叹了口气,"我发现达纳尔和两名骑士正在强奸一个女孩,旁边就是她父母的尸体。那个小姑娘看样子还不到十三岁。我杀了两名骑士,正打算阉了达纳尔,封地领主挥起钉头锤把我打翻了。'他是渣滓没错,'第二天他对我说,'但他也是我唯一的儿子。'于是他叫我来找你。"

"回去后千万多加小心。依我看,达纳尔大人的胸怀不够宽容。"

班德斯冷冷一笑,回答道:"我也一样啊,兄弟。"

柯瑞尼克军士、加利思和简利尔·诺林是奔狼当中最后离开的几个。维林挨个儿与他们握手,感谢他们参战效力。"还不到十年,"他对加利思说,"如果你希望提前获释,我也可以考虑。"

"等我们回疆国再见,大人!"加利思说着,敬了一个标准的军礼,然后大步走上船,柯瑞尼克和诺林紧跟其后。

库姆布莱弓手是最后登船的兵团。维林曾提议让他们先于仑法尔人上船,就是担心他们胡思乱想,比如背信弃义的黑刃打算把他们扔在阿尔比兰,诸如此类的顾虑。出乎意料的是,布伦·安提什坚持等到最后。维林还以为他们有什么企图,毕竟他眼下独自一人,而对面的一千人视其为神明的死敌,不过他们全都顺顺当当地上了船,有人对他视若无睹,有人带着敬畏之情,向他微微点头致意。

"他们心存感激,因为保住了性命,"安提什观察着他的表情,

"但他们不能说出口,否则会遭天谴。那么便由我来说吧。"他鞠了一躬,维林想起来这是他头一回行此大礼。

"客气了,将军。"

安提什直起身,望了一眼等在港口的船只,又看着维林说:"这是最后一艘船了,大人。"

"我知道。"

安提什恍然大悟地扬起眉毛:"你不打算返回疆国。"

"我还有事要办。"

"此地不宜久留。所有的人都希望你死得很难看。"

"在预言中,黑刃的结局就是这样吗?"

"不是。他受到了女巫的引诱,那女巫自封为王,能够凭空召唤出火焰。他们一起为祸世间,后来在他们邪恶交欢之时,女巫的火焰令他痛苦不堪,最终将他吞噬。"

"那好,起码我还有点盼头。"他向安提什鞠躬还礼,"愿幸运眷顾您,将军。"

"我还有件事要告诉你,"安提什说,他通常面容沉静,此时却神情肃然,"我并不是一直都叫安提什。我还有过一个名字,你知道那个名字。"

血歌汹涌澎湃,不是警告,而是嘹亮且刺耳的胜利之音。"告诉我。"他说。

◆

阿姆·林的烧伤恢复得不错,但那些伤疤将伴随他终生——从右边脸颊到脖子有一大片满是褶皱、颜色异样的瘢痕,胳膊和胸前也有同样的伤疤。尽管如此,他还是与以往一样和蔼可亲,但面对维林的请求,他显得颇为伤感。

"她救了我的命,又这么照顾我,"他说,"做这种事……"

"换作你,你不会这样对待你妻子吗?"维林问。

"我追随歌声的指引,兄弟。你呢?"

他想起听安什说话时,血歌发出了纯净的胜利之音。"我和歌声从没有像现在这么亲密过。"他与石匠四目相对,"你愿意帮我这个忙吗?"

"看来我们的歌声意见一致,所以我也别无选择。"

谢琳敲了敲门,进来时端着一碗汤。"他该吃东西了。"她说着,把碗搁在石匠的床边,然后扭头对维林说:"我需要你来帮我打包。"

维林拍了拍阿姆·林的手以示感谢,然后跟着她走出房间。她住在行会老宅的地下室,这里原先是吉尔玛姐妹的房间。此时,谢琳正忙着从许多装药的瓶瓶罐罐中挑出要带走的。"我腾了一个小箱子装你的物品。"她对维林说道,然后走到架子前,手指划过一排瓶子,挑了几个,其余的留着没动。

"我只有这些。"他从斗篷里掏出一个小包递给谢琳,正是弗伦提斯带给他的木片,用瑟拉的丝巾包裹着,"不是什么值钱的玩意儿。"

她轻轻地打开丝巾,摩挲着繁复精美的花纹。"真漂亮。哪儿来的?"

"一位美丽的姑娘为表感谢,送我的礼物。"

"我应该嫉妒吗?"

"那就不必了。她远在天边,而且很有可能嫁给了一个我们都认识的金发美男子。"

谢琳掰开木片:"冬华。"

"我妹妹送的。"

"你有妹妹?亲妹妹吗?"

"是的。我只见过她一次。我们当时聊起了花。"

谢琳拉住他的手,顿时激起了一股难以抗拒的情感——他需要她。那种情感是如此强烈，他差点忘了对阿姆·林的请求，忘了宗老，忘了战争，还有那个动人心魄的血淋淋的传说。只差一点。

"阿茹安总督正在安排船只，不过我们还要等等才行。"维林说着，走到她用来调配药剂的桌子边坐下来，打开了一瓶酒。"这很可能是城里最后一瓶库姆布莱红酒了。你愿意与第三十五步兵团前领军将军、疆国之剑和第六宗兄弟共饮此酒吗？"

她扬起眉毛："莫非我找了个酒鬼？"

维林取来两只杯子，分别倒了些红酒："喝一杯吧，女人。"

"是，大人。"谢琳假装恭顺地答道，然后坐在他对面，拿起了杯子。"你告诉他们了吗？"

"只对巴库斯说了。其他人都以为我会坐上最后一艘船。"

"我们终究会回去的。等战争结束……"

"你如今在那边已没有立足之地。这是你自己说的。"

"可你失去的太多了。"

维林的手越过桌子，抓住她的手："我什么也没失去，我得到了一切。"

她笑了，抿着杯里的酒。"宗老交给你的任务，完成了吗？"

"还没有。等我们走的时候就完成了。"

"你现在能告诉我了吗？我可以知道了吗？"

维林捏着她的手。"当然可以了。"

------◆------

那一天特别冷，比往常的韦斯林月还要冷。阿尔林宗老站在操场边，观看豪恩林宗师拿着杖子教导一队学徒兄弟。根据他们的年龄和人数的多寡，维林判断他们是熬到了第三年的幸存者。远处，疯子壬希尔宗师正在骑马追赶一队小男孩，他尖利的喊声在寒冷的空气中格外嘹亮。

"维林兄弟。"宗老向他打招呼。

"宗老大人。我请求宗会同意第三十五步兵团在此驻扎过冬。"在宗老的坚持下,兵团每次返回宗会,维林都要为驻扎一事提出正式请求。实际情况是,尽管宗会提供经费和装备,兵团依然隶属于疆国禁卫军。

"同意。尼塞尔情况如何?"

"很冷,宗老大人。"三个月以来,兵团大半时间都在尼塞尔与库姆布莱的交界处,追捕一群极其野蛮和狂热的伪神信徒,他们自称真刃之子,其行事做派令人作呕,其中之一便是绑架并强迫尼塞尔孩童皈依。为了改变信仰,他们对许多孩子施以各种各样残酷的虐待,凡是过于顽固和棘手的,便直接杀掉。维林率军穿越了尼塞尔南部的丘陵和山谷,不辞辛劳地追捕这帮家伙,逼得他们走投无路。最终困在深谷之中的伪神信徒不过三十人,他们当即杀掉了手里的俘虏,那是几天前从一间尼塞尔农舍里抢走的兄妹二人,一个八岁,一个九岁。然后,他们朝着奔狼射箭,同时向伪神祷告。维林命令邓透斯率领弓手放箭,将其全部解决,他对此丝毫没有良心上的不安。

"损失呢?"宗老问。

"四人死亡,十人受伤。"

"很遗憾。你有没有什么发现,真刃之子是什么?"

"他们自认为追随的是汉提斯·穆斯托尔,很多库姆布莱人相信此人是《第五经》里预言过的真刃。"

"啊,是的。库姆布莱又流传开了第十一本经书,名为《真刃之经》,讲述篡权者的生平和殉难之举。库姆布莱主教已经宣布此书为异端邪说,但很多追随者依然吵着要读。这类事情往往如此,烧掉一本书,从灰烬之中又诞生出一千本。看来我们杀死了一个疯子,他们却又诞生了一个教派。你不觉得讽刺吗?"

"非常讽刺,宗老大人。"维林还有话要说,而正当他犹豫不决,还在酝酿的时候,宗老一如既往,又抢先道了出来。

"雅努斯王希望我支持他打仗。"

有什么事情是您不知道的吗?维林暗自叹道。"是的,宗老大人。"

"说说看,维林,你相信阿尔比兰的探子四处埋伏,他们的军队准备侵犯我们疆国吗?"

"不信,宗老大人。"

"你相信阿尔比兰的绝信徒绑架我们的孩子,给他们灌输邪恶透顶的伪神信仰吗?"

"不信,宗老大人。"

"既然如此,你认为疆国未来的财富和繁荣决定于艾瑞尼安海边的三座阿尔比兰大港吗?"

"我不这么认为,宗老大人。"

"那你还代表国王来寻求我的支持?"

"我来请求您的指点。国王用我父亲及其家人威胁我,逼我就范,可我岂能为了保全他们,任由成千上万人死于毫无意义的战争?肯定有什么办法,给他施加某种压力,从而改变国王的心意。如果所有宗会联合请愿……"

"所有宗会联合请愿的时代早就过去了。滕吉斯宗老就像犯了酒瘾的醉鬼,迫不及待地想要发动剿灭绝信徒的战争,而我们第三宗的兄弟们一心只读圣贤书,冷眼旁观窗外事。依照惯例,第五宗不参与国事,至于第一宗和第二宗,相比起凡间俗务,他们认为与逝者的灵魂交流更为重要。"

"宗老大人,我认为还有一个宗会,或许比如今六个宗会联合起来的力量都大。"

维林原以为宗老听了这话必然大惊失色,没想到宗老只是微微扬起眉毛。"依我看,今日要解开所有的秘密了,兄弟。"他瘦长的手指扣在一起，缩在斗篷里面，然后转身向维林点头示意："来，陪我走走。"

当他们默然无言地走过，脚下结满冰霜的土地发出"嘎吱嘎吱"的脆响。操场那边传来疼痛的呻吟和胜利的呼喊，恍若隔世。一股怀旧之情油然而生，他不禁有些伤感，虽然在墙内的生活失去了许多温馨，承受了许多痛楚，但那毕竟是一段无忧无虑的时光，而国王的阴谋诡计，以及有关信仰的不可告人的秘密，最终导致他告别了过去，走进黑暗和混乱的人生。

"你是如何知道这些事的？"宗老终于开口问道。

"我在北方遇见了一个人，是宗会兄弟，而信徒们长久以来认为他所在的宗会只是传说。"

"他跟你讲了第七宗的事情？"

"没有明说，只是点到即止。他确认了第七宗的存在是全体宗老心知肚明的秘密。不过，近来第四宗与其他宗会不和，我怀疑滕吉斯宗老并不知情。"

"他确实不知情，任由他蒙在鼓里是极有必要的。你不同意吗？"

"我当然同意，宗老大人。"

"你对于第七宗知道多少？"

"是研习黑巫术的宗会，正如本宗主事战争，第五宗专精医疗。"

"正是，不过第七宗的兄弟姐妹不能提及黑巫术。他们自认为是那些危险而又神秘的知识的守护者与实践者，大多藐视世俗的观念，诸如名望与门户。"

"他们会使用那种知识帮助我们吗？"

"当然了，他们一直在帮助我们，直到今天。"

"我在北方遇到的人提过信仰内部的战争，第七宗内有人因其拥有的力量而堕落。"

"是堕落还是受到蒙蔽，谁知道呢？当时的情况已经尘封在历史里头了。我们所清楚的是，第七宗成员掌握了不可告人的知识，以某种方式与往生建立了联系，并且接触到了什么东西，无论是某个灵魂，还是某种充满了力量和怨恨的存在，它差点毁灭了我们的信仰和疆国。"

"但我们打败了它？"

"应该说是遏制了，这样更准确。但它依然潜伏在往生，有人响应了它的召唤，奉命行事，暗中谋划，杀人取命。"

"宗老大屠杀。"

"不止如此。"

维林回想起在都城底下与独眼的较量，想起了独眼在弗伦提斯胸前刻画繁复图案时所说的话。"伺伏者。"

这一次，宗老的讶异之色跃然脸上："这也知道？"

"他是谁？"

宗老站住了，扭头望着操场上的孩子们。"或许是壬希尔宗师，多年以来依靠疯疯癫癫的外表掩盖他的真实想法；或许是豪恩林宗师，他从来没有解释过身上的烧伤是如何得来的。或许就是你呢？"宗老回过头看着维林，那热切的眼神令人不安，"要说起来，还有比这更好的伪装吗？战争大臣的儿子，源源不绝的勇气，完美无瑕的战士，深受信徒的爱戴。真可谓完美的伪装。"

维林点点头："的确。只有您的身份可以匹敌，宗老大人。"

宗老缓慢地眨了眨眼，继续往前走去。"我的意思是，他藏得太好了，第七宗没有办法也没有能力揭露他的身份。他可能是宗会的兄弟，也可能是你麾下的士兵，甚至可能是与宗会毫无瓜葛的人。预言并没有指明他的方式，但指明了他的目的——伺伏者要摧毁我们的宗会。"

维林困惑地皱起眉头。预言这一概念，不在信仰涵盖的范围之内。先知以及他们声称的幻象根本是怪力乱神，与伪神崇拜、顽固不化的绝信徒属于一丘之貉,不过是迷信的说法。"宗老大人,您刚才说预言?"

"伺伏者是很多年前由第七宗预言并告知我们的。他们当中有人拥有天赋,可以窥探未来,或者说组成预示未来的那些变幻莫测的云影,这是他们的说法。这种人所看到的幻象不大可能完全一样,因为云影经过聚散离合方能形成真实的景象,但他们都同意两点:我们只有一次机会揭露伺伏者的身份,假如失败了,那么我们的宗会必遭毁灭,而没有了我们的宗会,信仰和疆国必遭毁灭。"

"我们还有机会阻止它?"

"是的,有且只有一次机会。上次有兄弟预言到此事是在一百多年前,据说他每每在恍惚之中记录所看到的幻象时,写下的文字比经验最为丰富的书记员还要精确和优美;而当他回过神来,却读不懂亲笔所书的文字,也无法重写一次。在此人死前不久,他又一次拿起笔,写下短短的一段话:'当国王派遣的大军,顶着沙漠的骄阳拼杀,战争将撕开伺伏者的面具。他要寻求兄弟的死亡,或许也寻到了自身的末日。'"

兄弟的死亡……

"你在宗会训练时经历过两次危险,所幸活了下来。"宗老接着说道,"我们相信,两次谋杀的幕后黑手潜伏在往生,无论它是何等邪物,无论出于何种原因,它非常渴望要你的命。"

"如果伺伏者藏身于宗会,为何不直接杀了我?"

"可能是因为没有这样的机会,或者这样做势必会暴露身份,而他还有很多事情要做。但置身于混乱的战场,死亡是家常便饭,他兴许能够找到下手的机会。"

维林不禁打了个寒战,并不是因为从操场刮来的北风太冷。"国王发动的战争是我们的机会?"

"唯一的机会。"

第四部

"仅凭一个人百年前在半梦半醒时胡乱涂写的预言,您就愿意把宗会送到战场?"

"你想想吧,你看到的一切,所知的一切,事到如今,你还怀疑吗?无论我们是否支持,这场战争不可避免。国王已经下定决心,绝无动摇的可能。"

"如果爆发了战争,疆国也有可能遭到毁灭。"

"而如果没有,疆国必然遭到毁灭。不是四大封地烽烟再起,而是彻头彻尾的灭亡,土地枯萎荒芜,森林焚化成灰,所有的人,疆国人、瑟奥达人和罗纳人全都难逃一死。我们还有别的选择吗?"

———◆———

"我想不出还有什么可说的了。"维林一边讲述,一边轻抚着谢琳光滑的手背。"他说得对。虽然很残酷,很可怕,但他说得对。他说这将是一场前所未有的战争,要付出无比巨大的牺牲。但我必须回去。无论死了多少人,死了多少兄弟,我完成了任务,就必须返回疆国。他走的时候说,看到我就想起我母亲。我常常想,他们究竟是怎么认识的,我觉得我永远也没法知道了。"

她趴在桌上,闭着眼睛,嘴唇轻启,手里依然握着维林给她的酒杯。"两份缬草油,一份冠根汁,再添少许甘菊遮掩味道。"维林抚着她的秀发说道,"请不要恨我。"

———◆———

维林给她披上斗篷,把丝巾和木片塞了进去,抱着她走向港口去。怀里的谢琳轻飘飘的,弱不禁风的模样。阿姆·林等在一艘大商船旁边的码头上,拉着妻子肖阿娜的手,她绷着脸,忍住泪水,神色凄楚地望着这座可能再也见不到的城市。阿茹安总督正与商船的船长讨价还价,看到维林走过来,这个来自极西之地的壮汉吓了一跳。或

渡鸦之影 血歌

许他是水手暴动事件后,被迫观看烧船的船长之一,维林实在想不起来了。不过,那人很快与总督谈完,大步走上踏板。

"价格谈妥了,"总督对阿姆·林说,"他们直接向西航行,停靠的第一个港口是……"

"最好别让我知道。"维林打断了他的话。

阿姆·林上前接过谢琳,石匠的双臂肌肉强健,轻而易举地抱起了她。

"跟她说,我死了。"维林说,"我们的船还没有驶出码头,帝国守卫军追赶至此,杀了我。"

石匠不大情愿地点头道:"这也是歌声的愿望,兄弟。"

"她可以留下来,"阿茹安总督提议,"我们欠她太多,不会有人对她不利。"

"总督阁下,您真以为维瑟斯阁下的想法跟您的一样吗?"维林问他。

总督叹道:"或许不是吧。"他从腰间取下一个皮袋,递给肖阿娜。"等她醒了,就给她。替我谢谢她。"

女人点点头,恨恨地瞪了一眼维林,然后噙着热泪看了看尼莱什城,转身走上踏板。

维林轻抚谢琳的秀发,将她熟睡的模样铭记于心。"照顾好她。"他嘱咐阿姆·林。

阿姆·林笑了。"我的歌声要求我必须如此。"他转身欲走,又站住了,"我的歌声没有唱出永别的调子,兄弟。我禁不住幻想,终有一天我们还能聚在一起歌唱。"

维林点点头,退了两步,阿姆·林则抱着谢琳登上了船。他和总督并肩而立,看着商船驶出码头,乘着潮汐开出港口,船帆鼓满,借北方吹来的风儿,带她远行。维林目送着商船,直到它变成了海平面上一个模糊的黑点,最后连黑点也消失不见,唯余大海与风。

他解下长剑,递给阿茹安:"总督,城市回到您手里了。我奉命到城外迎候维瑟斯阁下。"

阿茹安看着那把剑,却没有伸手去接。"我会为您说话的,我在皇宫里还算说得上话。皇帝以仁慈闻名……"他支吾着讲不下去了,或许连他自己也觉着说来苍白无力。沉默了片刻,他又开口道:"谢谢您救了我女儿的命,阁下。"

"拿着,"维林并不罢休,又递出手里的剑,"我宁给交给您,也不愿交给维瑟斯阁下。"

"如您所愿。"总督伸出胖乎乎的双手,接过剑来,"真的没有什么我能为你做的了吗?"

"其实也有,我的狗……"

第五部

　　假如声东击西或上述开局方法均告失败，不能速战速决，那么接下来斗智棋将展现出无与伦比的复杂性。本书将在以下章节里评析持久战中较为有效的策略，首先是左右开弓，这个名字来源于阿尔比兰弓骑手的战术。与声东击西一样，左右开弓也是误导对手，但保留了选择攻击目标的可能性。高明的棋手可以一次威胁敌方的两颗棋子，令对手摸不清真正的意图，等到时机成熟再发起攻击。

　　——《斗智棋——规则与策略》，佚名著，联合疆国大图书馆

第五部

佛尼尔斯的记述

"然后呢?"

艾尔·索纳讲出了他最后对总督说的那句话,便陷入了沉默。"什么然后?"他问。

我咽下一口怒气。情况越来越明显了,这个北方人故意耍弄我,还以此为乐。"后来的事情呢?"

"后来的事情你都知道了。我在城外等着,次日清晨,维瑟斯阁下率领一支帝国守卫军逮捕了我。麦西乌斯王子毫发无损地返回了疆国。不久,雅努斯死了。你记述的历史里写了太多有关我的审判细节。我还有什么可告诉你的呢?"

我发现他说得没错,在我所记录的历史里,他讲述了全部的故事,透露了许多先前不为人知的情况,解答了战争的缘起和疆国的本性。可我有种直觉,而且非常肯定,他还有什么没讲出来,他的故事并不完整。我回想起来,他在讲述的过程中偶有犹豫,虽不明显,却也足以令我相信他有所保留,也许隐瞒了部分他不愿透露的真相。我看着那一张张写得密密麻麻的羊皮纸,全都盖在甲板上,散落在我的铺盖卷周围,不禁心里一沉,因为对于如此丰富的故事,要验证其中真伪,所需的调查量大得难以想象。这当中哪些是事实呢?我真不知道。

"这么说,"我小心翼翼地收拾羊皮纸,担心打乱了顺序,"这便是对于那场战争的解释?只是一个老头子孤注一掷的荒唐举动?"

艾尔·索纳躺倒在铺盖卷上,双手交叠垫在脑后,眼睛望着舱顶,表情阴郁而漠然。他打着哈欠说:"我只能讲这么多了,阁下。

渡鸦之影 血歌

现在请您允许我睡一会儿,明天我就要走向灭亡了,还是养足精神为好。"

我拿起纸张浏览,凡是我怀疑他讲起来不大痛快的地方,就用鹅毛笔勾出来。令我沮丧的是,类似的情节比我想象的还要多,甚至有些前后矛盾的地方。"你先前说再也没见过她,"我说,"又说莱娜公主出现在夏令集市上,雅努斯正是在那儿把你牵扯进了他的战争计划。"

他叹了口气,躺在那儿没动:"我们只是随便打了个招呼。我认为这不值一提。"

我模模糊糊想起了什么,那是我在撰写战争史之前做的调查,其中有些片断忽然闯进我的脑子。"那个石匠呢?"

虽然他只是稍有犹豫,可我立刻明白其中大有文章。"石匠?"

"尼莱什城的石匠,是你交的朋友。他家因为这件事被烧了。我调查过你在占领期间的所作所为,发现此事众所周知。可你完全没有提到他。"

他翻身坐起,耸了耸肩:"算不上朋友。我只是找他雕刻一尊雅努斯的石像,放置在广场上,作为国王陛下统治该城的象征。不用说,石匠拒绝了。有人因此烧了他的家,我也没办法。我确信,战争结束后,他带着妻子离开了城,这是情有可原的。"

"还有你那位宗会姐妹呢,就是阻止红色瘟疫在城中蔓延的那个女人,"我愈发生气,接着逼问下去,"她怎么样了?我问过很多市民,都说她心地善良,跟你关系亲密。有人甚至认为你们是爱人。"

他疲惫地摇头道:"荒唐。至于她的情况,应该是随军返回疆国了。"

他在说谎,我非常肯定。"既然你不打算全都告诉我,为何还要讲这么多呢?"我问道,"希望杀手,你当我是傻子吗?"

艾尔·索纳冷笑一声:"自以为不是傻子的人才是傻子。让我睡觉吧，大人。"

❖

梅迪尼安人的都城惨遭毁灭之后的二十年里，他们付出了艰苦的努力，重建起来的都城比先前的更为宏大雄伟，或许是要在城市建筑史上争取一席之地。伊尔黛拉是群岛中最大的一座海岛，都城便环绕在伊尔黛拉南海岸的天然海港周围，远远望去，大理石堆砌的墙壁闪闪发光，屋顶铺满红瓦，高高的柱子矗立其上，供奉着岛民们信仰的无数海神。我读过历史，艾尔·索纳那个威猛不逊于其子的父亲，在率军席卷海岸，焚烧城市，大肆破坏的同时，还特意察看过那些翻倒在地的柱子。据幸存者的讲述，疆国禁卫军对着柱子顶端的神像撒尿，高喊"神是谎言"。胜利令他们嗜血如狂，而都城在他们的四周熊熊燃烧。

不知道艾尔·索纳对他父亲当年的恶行有无悔恨之意，反正不见他流露半分，他只是拿着那把可憎的长剑，倚在栏杆上，兴味索然地望着愈来愈近的都城，水手们没人理会他。今日晴空万里，澄澈无云，水手长喊着号子，桨手们摇动船桨，业已收帆的大船轻而易举地劈开平静的海面。

我走到栏杆前，站在他身边，彼此无言。我脑子里依然满是疑问，而他又不可能给我答案，念及此处，我只觉心寒。无论他讲述自身的经历是出于何种目的，他终归是得逞了。而他不会再告诉我什么。我辗转了大半夜，满脑子都是他的故事，费尽心思琢磨我想要的答案，结果疑问反倒越来越多。我也怀疑过，他可能是故意折磨我，因为我在记述历史的字里行间添油加醋，对他以及他的族人大加鞭挞。不过，虽说我认为他冷酷无情，却也知道他没有强烈的报复心。他当然是极其危险的人物，但并不是复仇者。

"你还能使剑吗？"我终于按捺不住，打破了沉默。

渡鸦之影 血歌

他瞟了一眼手里的剑。"很快就知道了。"

"据说海盾坚持与你公平决斗。我认为他们会给你几天时间用来恢复身手。歇了那么多年,你算不上是最厉害的对手了。"

他乌黑的眸子略带戏谑地瞧着我:"你是如何认为我歇了这么多年的?"

我耸耸肩:"在牢房里蹲了五年,你有什么可做的?"

他转回头望向眼前的城市,回答的声音几不可闻,差点消散在风中:"歌唱。"

当我们所乘的商船靠岸停泊之后,原本热闹的码头很快变得安安静静。搬运工、渔民、水手、渔妇与妓女全都停下了手里的活计,转过身来,打量焚城者的儿子。一时间,码头寂静无声,气氛格外压抑,那无言的恨意是如此浓烈,就连往日啼叫不休的无数海鸥,此时也噤声不语。人群之中,似乎只有一人不受影响——那高个儿男人张开双臂站在踏板尽头,笑容灿烂,露出一口白牙。"欢迎,朋友们,欢迎!"他高声喊道,嗓音浑厚而深沉。

我登上码头,看清了他的模样:此人肩宽胸阔,精壮结实,身穿昂贵的青绸短衫,腰间挂有一把金柄军刀,蜜金色的长发犹如雄狮的鬃毛,在海风中恣意飘扬。坦白说来,他是我所见过的最英俊的男人。与艾尔·索纳不同,此人的容貌可谓名副其实。早在他开口之前,我便已知晓他的名字——阿瑟兰·埃尔-奈斯特,海岛之盾,即将与希望杀手对决的人。

"您是佛尼尔斯阁下吧?"他伸出一只大手,将我的手包裹其中,"很荣幸见到您,先生。您所著写的史书在我的书架上占据了重要的位置。"

"谢谢。"我回头看到艾尔·索纳走下踏板,便介绍道,"这位是……"

"维林·艾尔·索纳,"埃尔-奈斯特替我说完,然后向希望杀手深鞠一躬:"对你的事迹早有耳闻……"

"什么时候打?"艾尔·索纳打断了他的话。

埃尔-奈斯特微微眯起眼睛,笑容却丝毫没有收敛:"三天过后,阁下。不知你满意与否?"

"不满意。我希望尽快结束这场闹剧。"

"我原以为,你这五年来受不住皇帝的消遣,身手必然大不如前。你不需要时间捡起当年的武艺吗?假如观众说我赢得太轻松,那我可脸上无光了。"

他们四目相对,形成了强烈的反差。两人身材相仿,但相对于艾尔·索纳刻板且瘦削的形象,埃尔-奈斯特的阳刚之气和灿烂笑容应该胜过一筹。不过,希望杀手身上有某种东西,压过了岛民的威风,那是一种与生俱来、绝不示弱的气场。我看得清清楚楚,埃尔-奈斯特只不过是强颜欢笑罢了,他从头到脚地打量对手,显然不敢小觑对方。希望杀手是他所遇见的最危险的人物,他心知肚明。

"我可以向你保证,"艾尔·索纳说,"没人会说你赢得轻松。"

埃尔-奈斯特略加思索,应道:"那就明天正午。"他指了指身边那帮全副武装的水手——他们佩有各种式样的武器,一个个恶狠狠地瞪着希望杀手,憎恶之情溢于言表。"由我手下的船员护送你们到住处。我建议你们一路上不要逗留。"

"艾梅伦夫人,"埃尔-奈斯特正要走开,我叫住了他,"她在哪里?"

"舒舒服服地住在我家里。你们明天就能见到她了。对了,她请我向你转达最诚挚的问候。"

这根本是赤裸裸的谎言,我想知道的是,她说了多少有关我的事情,还有,他们的关系到了什么地步,或许不仅仅是复仇联盟那么简单?

渡鸦之影 血歌

我们的住处靠近城中央，是一座烟熏火燎过的尖顶大宅，地砖已然面目全非，看得出以前相当气派，可能是达官贵人的寓所。"这宅子是奥瑟兰船王的，"一名水手粗声粗气地回答我的问题，"海盾的父亲。"他停下脚步，瞪着艾尔·索纳。"他死在火里。海盾要此处保持原样，提醒他和他的人民永不忘却。"

艾尔·索纳似乎没听他说话，目光在焦黑的残垣断壁中四处游移，神色漠然而异样。

"食物已经准备好了，"水手对我说，"在厨房里，从那边的楼梯下去便是。我们就在外面，有事叫我们。"

我们坐在餐厅里的一张红木大桌边吃饭，整座宅子烧得不成样子，餐桌居然如此完好，实在难得。我从厨房里拿来了奶酪、面包和各种各样的腌肉，还有一些相当美味的红酒，艾尔·索纳识货，说是产自库姆布莱南边的葡萄酒庄。

"他们为什么管他叫海盾？"他说着，往自己的杯子里倒水。我注意到他没有碰酒瓶。

"你父亲来过后，梅迪尼安人认为有必要加强防御。由每位船王各提供五艘船，组成一支舰队在群岛巡逻。谁被光荣地任命为这支舰队的舰长，便可获得海岛之盾的称号。"我顿了顿，仔细地观察他的表情，"你觉得你能打败他吗？"

他的目光在餐厅里四下逡巡，久久凝视着墙壁上翻卷的壁画残迹，如今已然看不清当年所画为何物，曾经艳丽的色彩化作焦黑的污渍。"他的父亲非常富有，请来帝国的画师到家中绘制壁画。海盾有三个哥哥，他是最小的，但他知道父亲最疼爱他。"

他的语气极为肯定，令我深感不安，甚至怀疑起海盾家人的鬼魂就在我们四周游荡。"你从这块掉色的壁画当中看出了不少东西呢。"

他放下杯子，推开餐盘。如果说这是他的最后一餐，在我看来他的胃口不是太好。"我给你讲的那些故事，你打算怎么处理？"

第五部

你讲的故事并不完整,我心里这样想,嘴里却说道:"我想了很多。不过,如果我写成书,人们怕是也不会相信,这场战争只是一个傻老头连蒙带骗的结果。"

"雅努斯是阴谋家、骗子,有时候也是杀人犯。可他真是傻子吗?那场可怕的战争流了无数鲜血,浪费无数钱财,可我还是不敢说,这会不会只是冰山一角,背后是否有不为人知的阴谋,其设计之复杂,达到了我无法参透的地步。"

"你提起雅努斯的时候,总说他是一个残酷无情的老人,可我从你的语气里听不出一丝一毫的愤怒。你并不憎恨那个背叛你的人。"

"背叛我?雅努斯只忠诚于他的家业,也就是世世代代由艾尔·尼埃壬家族统治的联合疆国。这是他唯一的抱负。因为他的所作所为而恨他,就如同恨一只蜇了你的蝎子。"

我喝干了杯里的酒,伸手取瓶子。我喜欢库姆布莱美酒的水果味儿,忽然想要一醉方休。想到白天的压力,以及次日即将见证一场血腥的战斗,我感到心神不宁,有种借酒浇愁的冲动。我也见过死人,那些皇帝下令处死的罪犯和叛国贼,可虽说我对希望杀手恨得咬牙切齿,却也并不期望他惨死在我面前。

"如果你明天打赢了,打算怎么办?"我发现舌头有点不大听使唤,"回疆国去吗?你认为麦西乌斯王会欢迎你吗?"

他双手一推桌子,站起身来:"我认为我们都很清楚,我在这儿是不可能赢的,无论明天是什么情况。晚安,阁下。"

我又满上一杯,听着他的脚步声上了楼梯,进了一间卧室。令我惊讶的是,他居然能睡着,而我如果没有酒的帮助,一整夜都别想休息了。我知道,他肯定会睡得很沉,没有噩梦的侵袭,也没有愧疚的困扰。

"你恨他吗,塞利森?"我大声问道,希望他也在这儿的诸多鬼魂之中。"我真说不好。你又在写诗了吧,那是自然。你从来都很喜

渡鸦之影 血歌

欢和那些舞刀弄剑的粗人厮混在一起，可你永远成不了他们当中的一员。你学他们的花招，学骑马，学用他们给你的军刀摆出漂亮的造型，可你从来没学过战斗，对吧？"说着，我的眼泪奔涌而出。此时的我，一个醉醺醺的抄书人，在这座满是鬼魂的宅子里哭了起来。"混蛋啊，你从来没学过如何战斗！"

在文明素养更高的人眼里，梅迪尼安群岛鲜有可看之处，不过坐落在大岛海岸上的诸多古代遗迹算是其中之一。尽管大小不同，用途各异，却明显是同一种风格，出自同一种文化，足证这支古老民族的审美品位之高雅，是当代岛民望尘莫及的。

到目前为止，最令我惊叹的古建筑是坐落于梅迪尼安都城两英里外的圆形剧场。它原是海岛南边一座峭壁的低洼处，在裸露的黄底红纹大理石上开凿而成。为了修缮遗迹，岛民们世世代代都在拆东墙补西墙，毫不吝惜地进行破坏，不过圆形剧场显然免遭于难。它有呈碗状分布的阶梯看台，可俯视正中央宽阔的椭圆场地，这里无疑呈现过诸多伟大的公共演讲、诗歌朗诵和戏剧表演，令观众如痴如醉，而如今的圆形剧场是当代岛民最完美的审判庭，用以公开处决罪大恶极之人，或是观看生死决斗。

海盾的水手把我们吵醒的时候，天刚蒙蒙亮。他们给出的解释是，我们最好尽早赶到审判现场，否则等城里的人起床，蜂拥而来臭骂焚城者的崽子，事情就麻烦了。

太阳缓缓升起，正如我所预料的，艾尔·索纳始终是一副毫不在乎的神情。他坐在看台最底层，剑搁在身边，遥望着海面。南风刚烈，晴空无云，预示着今日没有降雨。不知道艾尔·索纳有没有觉得今天是迎接死亡的好日子。

距正午还有一个钟头，艾梅伦夫人来了，同行的还有海盾的两名水手。她与往常一样穿戴简朴，身着黑白相间的长袍，素面朝天，不施粉黛，亦未佩戴珠宝——除了那枚蓝宝石戒指，她身无一物可彰显地位，不过，那与生俱来的高贵和淡定的气质依然如故。当她走进圆形剧场，我起身致意，郑重地向她鞠了一躬："艾梅伦夫人。"

"佛尼尔斯大人。"她的嗓音和我记忆中一样饱满，带有一丝抑扬顿挫的味道，当年我只在朝廷上听过她这样的语调。我再一次为她的美貌所震撼，为那光洁无瑕的肌肤、丰满动人的朱唇以及顾盼生辉的碧绿眸子。长久以来，她就是阿尔比兰女性的完美典范——出身名门，秀外慧中，早在年少之时，皇帝便对她青眼有加，揽入朝中陪王子读书，可谓视如己出。在塞利森接受命运的召唤之后，他们便是天造地设的一对。否则还有谁配得上她呢？

"您还好吗？"我问，"您应当没有遭受虐待吧。"

"绑架者非一般的仁慈。"她秀目流转，看着希望杀手，我再次得见那冷若冰霜的神情、透彻骨髓的恨意，只要提及希望杀手，她那姣好的容貌便扭曲得丑陋不堪。艾尔·索纳略一摆头，算作回应，却仍是兴味索然的样子。

"你没带卫兵。"艾梅伦夫人说道。

"犯人向皇帝许诺过，他愿意接受海盾的挑战。我们认为不必带卫兵。"

"明白了。我儿子可好？"

"一切都好。上次我见他时，他正玩得高兴。我知道他盼望您回去。我们都这样想。"

她瞥了我一眼，其中饱含的恨意丝毫不亚于她看希望杀手的眼神，而我竟然不敢与她对视。我想起来了，她是知情的，又岂能不恨我？

"等我返回帝国，我和我儿子仍要隐居，"艾梅伦夫人对我说，"我无意重返朝廷。对于我亡夫最终讨回公道一事，我也不指望你们感谢我。"

我重重地叹了口气："这么说是真的了？这场绑架是你策划的。"

渡鸦之影 血歌

"梅迪尼安人同样渴望讨回公道。海盾亲眼目睹父母兄弟在大火中丧生。我没怎么动嘴皮子,他便情愿提供帮助。北方人天生就有煽动人家仇恨的能耐。"

"莫非您真的相信,他死了,您的仇恨便也随之消散吗?如果没有呢?到时候您何以寻求慰藉?"

她眯起碧绿的眼睛:"少来对我说教,抄书人。你这人不信神,我们都知道。"

"这么说您现在转而向神寻求慰藉了?向不会说话的石头顶礼膜拜。要是塞利森知道了,他肯定会流泪……"

她一巴掌扇过来,把我打了个趔趄,蓝宝石戒指划伤了我的脸。她力气很大,而且下手不分轻重。"你休要再提我亡夫的名字!"

我捂着血流不止的脸颊,满嘴的恶言恶语就要脱口而出,那残酷的事实非把她刺得鲜血淋漓不可。然而,迎着她如炬的目光,我只觉恶毒的话语消弭无形,满腔怒火在海风中飘散,取而代之的是深深的同情和遗憾——而我也知道,这样的想法始终藏在我灵魂深处。

我又郑重地向她鞠了一躬:"很抱歉,方才失言,多有冒犯,夫人。"我转身走向希望杀手,在他身边坐下——我们是两个等待审判的罪人。

"如果你愿意的话,我可以替你缝起来。"艾尔·索纳见我取出一块蕾丝手帕捂住伤口,便提议道,"不然会留疤。"

我摇摇头,看着艾梅伦夫人坐到了第一排的最远处,刻意避开我的目光。"我活该。"

不久,海盾到场了。一队执矛的水手紧随而至,很快在剧场周围站定。显然他希望亲手复仇,不愿有人冲进场内出手相助。观众已经开始落座,他们没有喜形于色,神情格外紧张,一双双眼睛死死地盯着艾尔·索纳的背影,没人叫骂也没人喝倒彩。不知道海盾是不是事先交代过,要保证今天在场面上比较文明。

我心想,这是多么荒唐的闹剧啊。赦免一个人犯过的罪,目的却是要他为不曾犯过的罪接受惩罚。

最后到场的是所谓的船王们,他们是八个年过不惑的男人,其穿戴在群岛之中应算是华美绝伦。他们是最为富有的岛民,凭借所拥有船只的数量跻身行政议会——这是一种奇特的施政方式,居然持续了四百余年而不绝。他们走到剧场另一端,在高高的大理石看台上就座,那儿备有八张橡木宽椅供他们舒舒服服地观看决斗。

其中有位船王没有坐下,这个精瘦汉子的衣着相对而言朴素了许多,双手戴有软皮手套。我感到旁边的艾尔·索纳微微一动。"卡瓦尔·努林。"他说。

"红隼号的船长。"我想起来了。

他点头道:"看来青石能换不少船。"

努林耐心地等待嘈杂的剧场安静下来,他面无表情地看了艾尔·索纳一会儿,然后高声说道:"我们到此见证一对一决斗的践约之战。船王议会认为本次决斗公平有效。今日之死伤,不受律法管辖。谁为挑战者代言?"

海盾的一名水手走上前来,此人身高体壮,胡须满脸,戴一条蓝色头巾,表明他是大副。"我来,大人们。"

努林的目光转向我:"谁为被挑战者代言?"

我起身走到剧场中央:"我。"

见我有失礼数,努林的表情略有不快,但他毫不犹疑地接道:"根据律法,我们必须询问双方是否愿意和解,避免血肉相搏。"

大副抢先开口,他提高嗓门,说话的对象却不是八位船王,而是全场的观众:"我的船长遭受了天大的屈辱。虽然他生性和善,但无辜惨死的亲人们非要讨回公道不可!"

人们回以震耳欲聋的大吼,愤怒如狂涛席卷全场,卡瓦尔·努林一个凌厉的眼神投过去,喧嚣方才渐渐平息。他低头看着我,问道:

渡鸦之影 血歌

"被挑战者是否愿意和解?"

我回头看了一眼艾尔·索纳,发现他正仰头望天。循着他的目光,我瞧见只有只鸟儿在高空盘旋,看那翼展,应是海鹰。它借着从崖间升起的暖流,在无云的天际恣意翱翔,在它身下,却是肮脏无耻的公开杀人现场。如今我知道这是谋杀,毫无正义可言。

"阁下!"卡瓦尔·努林颇不耐烦地催促我。

我看着那只鹰收起翅膀,向崖底俯冲而去。真美。"快点完事吧。"我甩下一句,头也不回地走向先前的座位。

我走回来时,艾尔·索纳的表情相当古怪。或许看到我拒绝陪他们玩下去,他觉得很好笑。随后,我一时恍惚,似乎看到他的目光中有些许赞赏,甚至是一点点敬意。当然了,这样想未免太过荒唐。

"请两位斗士就位!"卡瓦尔·努林宣布。

艾尔·索纳站起身,拿起那把可憎的长剑。我注意到他在握持剑柄的一瞬间稍有犹豫,手指微微颤抖,然后才从剑鞘里抽出剑来。他脸上戏谑的表情消失无踪,乌黑的眸子似在啜饮剑身的寒光,那神色极其复杂,难以辨明。须臾,他把剑鞘搁在我旁边,走到剧场中央。

海盾手持出鞘的军刀走上前,那头飘逸的金发用皮绳束在脑后,身穿棉布上衣和鹿皮紧身裤,脚蹬硬皮靴,完全是水手装扮。这套行头看似简朴,但在他穿来竟有王子的派头,贵气逼人,英姿飒爽,正如一头猛狮要讨回辱没的雄风,远远胜过船王们的锦衣华服。他在港口展露的灿烂笑容早已荡然无存,此时他目露凶光,冷冷地盯着艾尔·索纳。

艾尔·索纳站在他对面,静静地迎着他的目光,周身散发的依然是绝不示弱的气场。只见他长剑低垂,双腿齐肩而立,背部微微弓起。

卡瓦尔·努林再次高声喊道:"开始!"

努林话音未落,一切就在电光石火之间突然发生,而我和满场的观众还没有意识到出了什么事。艾尔·索纳身子一动。我从来没见过有人能这样移动，犹如海鹰俯冲向崖底，或是在我们离开尼莱什城时看到的杀人鲸猛扑向鲑鱼。人影一晃，寒光一闪。

海盾的军刀必是精钢锻造，因为那声金铁大震煞是响亮。与此同时，军刀脱手飞出老远，他赤手空拳地站在原地，空门大开。

全场鸦雀无声。

艾尔·索纳直起身，冷冷地朝海盾一笑："你持刀的姿势错了。"

不知是因为愤怒抑或恐惧，海盾的脸颊微微一抽，但他很快镇定下来，一言不发，也不开口求饶，只是静静地等待死亡的降临。

"你家里以前充满笑声，"艾尔·索纳对他说，"当你父亲带着礼物和传奇的经历从遥远的海岸回到家中时，你和哥哥们就围在他身边听故事，为其中的英雄气概所打动，也为父亲的慈爱而深感幸福。可他从没有对你们提起他犯下的罪行，他们杀到别人的船上，把无辜的水手从甲板上扔到海里喂鲨鱼，他们劫掠疆国的南海岸，奸淫那里的妇女。你爱你的父亲，但你爱的不过是谎言罢了。"

满腔的仇恨扭曲了海盾的面孔，他咬牙切齿地说："快给我个了断吧！"

"这不是你的错，"艾尔·索纳接着说，"你那时还是孩子，什么都做不了。逃跑是对的……"

海盾终于失控了，他狂吼一声，猛冲向前，双手向艾尔·索纳的喉咙抓去。北方人移步闪开，一掌拍中海盾的太阳穴，他当即昏倒在地，一动不动。

艾尔·索纳转身回到他先前坐的地方，拿过剑鞘，收起长剑。观众们这才回过神来，大多数仍处在震惊之中，其中夹杂着一丝愤怒的情绪，我知道他们的怒火必定越烧越旺。

"决斗还没有结束，维林大人！"卡瓦尔·努林的喊声盖过了人群的喧嚣。

艾尔·索纳转过身，走向艾梅伦夫人——她坐在原地，无比震惊地瞪着希望杀手，满脸失望。"夫人，您准备好离开这里了吗？"

"这场决斗是至死方休！"努林喊道，"如果你不杀死他，那就是当着全体岛民的面羞辱他，永远剥夺他的荣耀。"

艾尔·索纳礼貌地向艾梅伦夫人鞠了一躬，继而回过头来。"荣耀？"他对努林说，"荣耀只是一个词语。你不能拿它当饭吃，也不能当水喝，而我无论去哪里，人们都没完没了地谈论它。对于荣耀的含义，他们却有不同的说法。在阿尔比兰是责任的代名词，在仑法尔则与勇气同义，在诸位的群岛，荣耀变成了杀死罪犯的儿子，而当这场闹剧没有照着剧本演下去时，又变成了杀死一个手无寸铁的人。"

奇怪的是，他讲话时全场寂静无声，尽管他的声音不算特别大，却毫不费力地传到了圆形剧场的每一个角落。不知怎的，人们的暴戾之气慢慢地消散于无形。

"我不为父亲的行为找借口，但我也没有悔罪一说。他之所以烧掉城市，是服从国王的命令，虽然这样不对，却也与我毫无瓜葛。不管怎样，我的生死也影响不到一个三年前就已经离世的男人，他安详地死于床榻之上，旁边有他的妻子和女儿。对于一具早已被烧掉的尸体，还有什么仇可报。满足我的要求，或者杀了我，总之，请结束这一切。"

我望向手执长矛的卫兵，他们面面相觑，犹疑不定，同时紧张地扫视着周围的观众，此时全场议论纷纷，个个表情迷茫。

"杀了他！"是艾梅伦夫人的声音。她此刻已经站起身，正大步走过来，一边恶狠狠地指着艾尔·索纳，一边歇斯底里地吼道："杀了这个杀人的蛮子！"

"你在此处没有发言权，女人！"努林严厉地斥责她，"这是男人的事情。"

"男人？"她的笑声极其刺耳，几近疯狂地骂起努林来："这儿唯一的男人昏倒在地，没能报仇雪恨。你们全是懦夫，这就是我对你们的看法！言而无信的海盗渣滓！你们向我承诺的公道呢？"

"我们向你承诺的只是决斗。"努林对她说。他望向艾尔·索纳，目光驻留许久，继而抬起头来环视全场，高声宣布："这场决斗结束了。我们是海盗，这不假，诸神赐予我们海洋，任我们纵情捕猎，却也赐予我们治理群岛的律法，而律法必须统领一切，否则形同虚设。根据律法，维林·艾尔·索纳是本场决斗的胜者。他在群岛之上被判为无罪，因此可以自由离开。"他扭头对艾梅伦夫人说，"我们是海盗，却不是渣滓。至于你，夫人，你同样可以走了。"

——◆——

我们走向堤岸的尽头，他们叫我们在那儿等待。港口的异邦船只不多，为了送我们回程，他们正与船长们谈判。一大群手执长矛的卫兵封锁了码头，防止有人在最后时刻兴起复仇的念头，不过根据我的判断，人们对于决斗的最终结果已经没有了强烈的反应，失望的情绪盖过了愤怒。卫兵完全不搭理我们，显然不可能为我们举办送别仪式了。此时此刻和他们俩处在一起，着实令我感到尴尬——艾梅伦夫人紧紧地抱着胳膊，在码头上踱来踱去；艾尔·索纳默然无语地坐在一口香料桶上；而我正祈求潮汐变化，好离开这个地方。

"不要以为事情到此为止，北方人！"艾梅伦夫人默然无语地徘徊了一个钟头后，突然爆发了。她走到距离希望杀手几步之遥的地方，恨恨地瞪着对方："做梦都别想逃出我的手心。世界上根本没有你的藏身之所，我们……"

"由爱生恨，"艾尔·索纳打断了她的话，"是很可怕的事情。"

她那张凶相毕露的面孔突然僵住了，仿佛胸口被刺了一刀。

"我认识一个人，"艾尔·索纳接着说，"他很爱一个女人。可他有任务在身，而完成任务又必定付出生命的代价，如果把她留在身边,到时候一样没命。于是他耍了花招,把她送走了。有时候,他的思绪会漂洋过海,看看他们当年的爱是否变成了恨,听到的回音却是她大发慈悲心,在此处救人性命,在彼处积德行善,足迹所到之地,无不流传美名。于是他很想知道,她恨我吗?因为需要她原谅的太多太多,而在爱人之间,"他的目光移向我,"背叛是最大的罪。"

我脸颊的伤口火烧一般疼痛,回忆纷至沓来,令我胸中涌起一股夹杂愧疚和悲痛的情愫;塞利森第一次上朝的那天,他那始终灿烂无比、堪与日月争辉的笑容;我承蒙圣恩教导他学习宫廷事务,他最初行宫廷礼仪时笨手笨脚的样子;听他朗诵新作的诗歌直至深夜;艾梅伦公开示爱之时我满心的嫉妒;当他弃艾梅伦于不顾,转而寻求我的陪伴时,那种可耻的胜利的喜悦。还有他的死亡……我原以为那么巨大的悲痛足以将我吞噬殆尽。

艾尔·索纳全都看在眼里,我知道。不知为何,在他乌黑眸子的注视下,一切无所遁形。

艾尔·索纳起身走向艾梅伦夫人,吓得她往后一缩,我知道那不是因为怨恨,而是源于恐惧。他还看见了什么?他还要说什么?他在艾梅伦夫人面前跪下来,用极为庄重的语气,一字一顿地说道:"夫人,请原谅我夺去了您丈夫的性命。"

她好半天才镇定下来:"那你愿意以命抵命吗?"

"我不能这样做,夫人。"

"那你所谓的歉意与你的内心一样空洞,北方人。而我的恨意丝毫没有消减。"

他们为艾尔·索纳找了一艘来自北疆的船,从联合疆国最北边驶来的船在这儿向来不受欢迎,因此水手们很高兴有这个机会在梅迪尼安海域堂堂正正地抛锚。我对于疆国的边境地区略有所闻,那里是各色人种的混居地,因此看到这帮水手大都皮肤黝黑、宽额大脸,倒也不觉讶异——他们无疑来自帝国的西南部。我陪着艾尔·索纳走向那艘船的泊位,艾梅伦夫人则独自站在堤岸尽头,一动不动。她遥望大海,连一句宽心的话也没有。

"你要当心她,"我们快要走到踏板处时,我告诫他,"她还没有放下杀夫之仇。"

他回头看了一眼,只见夫人仍纹丝不动地站在原地,便叹道:"那我们理应同情她才是。"

"我们都以为把你送上了末路,结果我们所做的一切却是放你自由。你早就知道是这样的结果,我敢肯定。埃尔－奈斯特没有一丝一毫获胜的机会。你为什么不杀他呢?"

他乌黑的眸子与我四目相对,那探究的眼神犀利无比,我知道他看到了太多太多。"在我接受审判时,维瑟斯阁下问我杀过多少人,我确实说不上来。我杀人如麻,有好人也有坏人,有懦夫也有英雄,有盗贼也有……诗人。"他垂下双目,不知道是不是在向我致歉。"还有朋友。我厌倦了。"他低头看着归鞘的长剑,"我希望这把剑再也不要出鞘。"

他没有停留,没有伸手,也没有道别,径直转身走上踏板。船长向他深深地鞠躬致意,敬畏之情溢于言表,周围的水手亦是如此。看来这个北方人的传奇已是广为人知,竟连偏安疆国一隅的边民也有耳闻,他的威名必定如雷贯耳。等待他的是什么样的命运呢?我很想知道。因为他回到疆国,便不再是一个普通人了。

不到一个钟头,那艘船驶离了港口,还有半船的货物没有卸下,他们便急不可耐地带着战利品走了。我和艾梅伦夫人站在堤岸的尽头,目送希望杀手乘船而去。有那么一会儿,我仍能看见他那伫立于船首的高大身影,幻想着他或许会回头看看我们,哪怕只看一眼,甚至挥手示意,但他的距离太过遥远,我便也不得而知了。驶离港口后,那艘船扬起风帆,全速向东航行,很快就消失在海角的尽头。

"您应该忘了他,"我对艾梅伦夫人说,"执念于此只能毁了您的生活。回家抚养儿子吧,我求您了。"

令我大为震惊的是,她居然在哭,泪水潸然而下,可她依旧面无表情。她的声音几近耳语,但语气仍是一如既往的凶狠:"除非诸神召我离世,而即便如此,我也一定能找到办法,跨过生死界,为亡夫报此血仇。"

第五部

终 章

  他骑着唾沫星沿海岸线西行，在一座草木茂盛的沙丘背风处找到了宿营地。他捡了些木柴架起火堆，割了把野草用来引火。草茎早已被海风吹得干枯，一点即着。火苗蹿得很高，明亮照人，火星子飘进暮色之中，犹如一群萤火虫。远处，尼莱什城的灯火格外耀眼，沸腾的人声夹杂着乐声，显然是举城欢庆。

  "咱们可给他们带来了不少东西，"他说着递过一颗糖，唾沫星嘎嘣嘎嘣地嚼了起来，"战争、瘟疫，还有持续几个月的恐慌。没想到咱们一走，他们就这么高兴。"

  不知道唾沫星能不能听懂讽刺，它恼怒地打了个响鼻，猛地一甩脑袋。"等等。"维林扯住缰绳，解开辔头，然后走过去取下马鞍。没了身上的累赘，唾沫星精神抖擞地小跑起来，摇头晃脑地踢起了一溜沙尘。维林看着它在岸边逐波戏浪，天色渐暗，一轮明月给沙丘染上了一层似曾相识的灰蓝色，犹如冬至时节的雪地。

  当夜色吞没了最后的天光，唾沫星跑了回来。它站在火光刚刚能照射到的地方，等着主人照常喂食拴马。"不用了，"维林说，"一切都已结束。你可以走了。"

  唾沫星发出犹豫的嘶鸣，前蹄不断踢打沙地。

  维林走过去，猛地一拍马腹，然后飞快地退后，躲开了唾沫星的蹄子。它恼怒地昂首嘶鸣，露出一口白森森的牙齿。"走啊，你这个可恶的畜生！"维林一边大喊，一边使劲地摆手，"走！"

  唾沫星走了，它疾驰而去，在灰蓝色的沙地上化作一道影子，离别的嘶鸣在夜空中回响。"走吧，你这该死的畜生。"维林低声笑道。

渡鸦之影 血歌

他再没有事情可做了,于是坐下来,往火里添了些木柴。他回想起那天在凌绝堡的城垛上,看到邓透斯策马奔向城门,身后却没有诺塔,那时他便知道一切即将改变。诺塔……邓透斯……他已经失去了两个兄弟,如今还要失去一个。

夜风仅有一丝异样,那是淡淡的汗水和海水混合的气息。他闭上眼睛,聆听在沙地上行走的轻柔声响,那脚步自西边而来,不带丝毫伪装。哪有伪装的必要呢?毕竟,我们是兄弟。

他睁开眼睛,注视着对面的人影。"你好,巴库斯。"

巴库斯一屁股坐到火堆前,伸手烤火。他只穿了棉背心和紧身裤,脚上没蹬靴子,壮实的胳膊露在外面,湿漉漉的头发纠缠成一团乱麻。唯一的武器是那把斧子,用皮带捆在背上。"信仰啊!"他咕哝道,"自从马蒂舍森林以来就没这么冷过。"

"游得很辛苦吧。"

"一点儿没错。我们航行了三英里路,我才想到你是在骗我,兄弟。我费了点力气,才说服船长驶回岸边。"他一甩长发,水珠飞溅而出,"说什么和谢琳姐妹坐船去极西之地,自我牺牲的大好机会摆在你面前,我就不信你愿意放弃。"

维林看到巴库斯的双手丝毫没有颤抖,尽管此刻夜凉如水,呵气成霜。

"这是交易,对吧?"巴库斯接着说,"把你交给他们,换我们活下来?"

"麦西乌斯王子也可以返回疆国。"

巴库斯皱起眉头:"他还活着?"

"我当时没有说出来,是要你们安安心心地离开。"

大个子兄弟又咕哝道:"他们什么时候来抓你?"

"黎明。"

"还可以好好休息一会儿。"他从背后取下斧头,放在身边,"你认为他们会带多少人?"

维林耸耸肩:"我没问。"

"要对付咱们俩,他们最好派一整个兵团来。"他抬头看着维林,面露疑惑,"兄弟,你的剑呢?"

"我交给阿茹安总督了。"

"这可不够明智。你打算怎么对付他们?"

"不对付他们。依照国王的命令,我要向阿尔比兰人投降。"

"他们会杀了你。"

"应该不会。根据库姆布莱《第五经》的预言,还有不少人等着我去杀呢。"

"呸!"巴库斯朝火堆里啐了一口,"预言全是狗屁,欺骗伪神信徒的迷信说法。你杀了他们的希望,他们当然要杀死你。唯一的问题是,你死前要被他们折磨多久。"他迎着维林的眼睛说道:"我可不能眼睁睁地看着他们把你带走,兄弟。"

"那你走吧。"

"你知道我不会走。我们失去的兄弟还不够多吗?诺塔,弗伦提斯,邓透斯——"

"住口!"维林尖利的嗓音划破夜空。

巴库斯惊得一缩身子,满脸疑惑地说:"兄弟,我……"

"别说了。"维林仔细地审视着眼前这人的脸,搜寻面具上乍现的缝隙,捕捉对方一刹那的失态。然而,这张面具太过完美,竟然不动声色,令他大为光火。可维林知道,他必须保持镇定,不然就要送命。"你等了好久,现在机会来了,为何还不露出真面目呢?事到如今,你还有什么好遮掩的?"

巴库斯眉头一皱,那尴尬而又关切的表情实在无懈可击:"维林,你还好吧?"

"安提什将军在离开前告诉了我一件事。你想听吗?"

巴库斯迟疑地摊开双手:"随你。"

"安提什并不是他的真名。倒也不足为奇,相信我们雇佣的很多库姆布莱人都使用了假名,他们要么是隐藏过去犯下的罪行,要么就是耻于为我们卖命。而令我惊讶的是,他以前的名字是我们听说过的。"

面具依然完美无瑕,只有兄弟之间的关切之情。

"布伦·安提什曾经无比忠诚于他所信仰的神,"维林对他说,"正因为诚心敬神,他心甘情愿地杀人,他纠集了一帮同样忠诚的信徒,渴望用异教徒的鲜血供奉他们的神。然后他们去了马蒂舍森林,我们在那儿杀了他们很多人,他为此怀疑起自身的信仰,最终背弃了他们的神,拿了国王的金子,并分发给信徒们的遗属。后来他一心渴望战死在异国的土地上,同时想要忘掉他在马蒂舍森林赢得的威名——黑箭。布伦·安提什就是黑箭。他向我发誓,他从来没有拿到过封地领主的通关文书,他手下的人也没有。"

巴库斯坐着一动不动,脸上没有任何表情。

"兄弟,你还记得那些信吗?"维林问,"我杀了那个弓手,是你在他的尸体上找到了信。正因为那些信,我们向库姆布莱人开战。"

他的脑袋微微一歪,肩膀稍稍转动,嘴唇的弧度改变了,忽然之间,巴库斯不见了,犹如消散在风中的一缕轻烟。当他开口说话时,维林毫无意外地听到了熟悉的声音,正是那两个死人发出的声音:"兄弟,你真以为你要侍奉火女王吗?"

维林的心沉了下去。他曾抱有一线希望,是他弄错了,安提什说的是谎话,而他的兄弟依然是高贵的战士,乘着清晨的潮汐向远方航行。如今,希望已然破灭,海滩上只有他们二人,而死亡即将降临。"我听到的不止是这个预言。"他回答。

"预言?"附在巴库斯体内的东西挤出一声刺耳的大笑,"你什么都不知道。你们那帮蠢货,胡乱涂抹几行自以为睿智的句子,明明是对权力的渴望滋生出的疯言疯语，还敢大言不惭地称其为圣典。"

"是野外试炼。你就是那时候附体的？"

那东西戴着巴库斯的面皮，咧嘴一笑："他对于生的渴望极其强烈。叶尼斯是生的赏赐，他知道要怎么做，可他念及兄弟之情，终究做不来。"

"他发现叶尼斯的尸体冻僵了，身上没有斗篷。"

那东西又发出刺耳的大笑，那笑声饱含残酷的意味，而它对此颇为享受。"肉身在，灵魂也在。叶尼斯当时还没死，快要冻死了，但仍有呼吸，低声恳求巴库斯救他。当然了，巴库斯也无能为力，而且他饿得不行了。饥饿对人的影响是很古怪的，提醒他人也是动物，动物必须吃东西，而肉就是肉。吃肉的诱惑令他感到恶心，他饿得快要失去理智了，便走到了雪地里，躺下来等死。"

汉提斯·穆斯托尔，独眼，烧掉阿姆·林铺子的木匠，他们都曾濒临死亡。"死亡是你穿行两界的大门。"

"他们呼唤我们，濒死灵魂的哀号可以穿透可憎的虚无，如同迷路的羔羊引来了恶狼。并非所有的人都能得到回应，只有那些心底埋藏怨恨的种子，以及拥有天赋之力的人。"

"巴库斯没有什么怨恨。"

那东西邪恶地一笑："我从未遇见过心底没有怨恨的人。巴库斯的怨恨藏得很深，连他自己都不知道，怨恨犹如灵魂上的蛆虫，不断地啃噬，等待喂养，等待我的出现。怨恨的源头是他的父亲，正是父亲送走了他，因为嫉妒和痛恨他拥有的天赋。父亲看到孩子可以将钢铁锻造为奇妙的器物，他渴望得到这种力量。对于我们这样拥有天赋的人而言，这种事再常见不过了。兄弟，你不这么认为吗？"

"他一直都是你吗？从那之后，他的一举一动，还有善意的言行，我不相信全是你做的。"

那东西耸了耸肩："随你信不信。在他们濒死的时候，我们占据了他们的躯壳,从那一刻开始,他们就是我们。我们知道他们知道的一切,可以轻而易举地戴上面具。"

血歌发出微弱却刺耳的低吟。"你说谎。汉提斯·穆斯托尔就没有完全受你的控制,对吧?那些谎言是你假借神的名义传播给他的,不等他向我揭露真相,你杀死了他。还有,当你袭击埃雷拉宗老时,你同时控制了三个人,并且分头行动,使你在第四宗对付考林宗老的时候不堪重负。我认为你无法完全操纵一个以上的人,而且我敢说,你对人的掌控并非无懈可击。"

巴库斯的脑袋一歪,那东西说道:"战之天眼果然是强大的天赋。很快你就会处于濒死状态,届时我们的一员将占据你的躯壳。莱娜爱你,麦西乌斯信任你,还有谁更适合在未来引导他们呢?而我想知道的是,你的心底藏的是什么样的怨恨?你怨恨的是索利斯宗师吗?还是雅努斯和他没完没了的阴谋诡计?或者是宗会?说到底,是他们派你到这儿引我出来,由此一来,夺去了你最心爱的女人。我不相信你真的没有怨言,兄弟。"

"如果你希望得到我的血歌,为何两次企图杀死我?在我跋涉试炼时,你们雇佣的杀手潜伏在尤里希森林里对付我,而在宗老大屠杀的那天晚上,你们又派汉娜姐妹来我的房间。"

"雇佣杀手于我们有何用?汉娜的任务是仓促决定的,因为你偏偏那天晚上在第五宗,令我们非常头疼,而那时候我们尚未发现你拥有值得利用的能力。顺便说一句,她向你致以亲切的问候。很遗憾,她没能到这里来。"

他寻求血歌的指引,然而血歌沉默无声。这东西并没有说谎。"不是你们干的,那究竟是谁?"他刚刚问出这句话,脑子便冒出一个念头,血歌绝望的调子随之响起——在失落之城里,满脸惊恐的哈力克兄弟。你是来杀我的吗?"第七宗。"他一不留神说了出来。

"你真以为他们只是一帮神秘兮兮与人无害的无辜信徒,勤勤恳恳地为你们那荒谬的信仰效力?他们自有盘算,自有目标。如果你挡了他们的路,不要以为他们在杀死你之前有丝毫的犹豫。"

"后来他们为何没有再下手呢?"

巴库斯的身体微微挪动,却没能隐藏其中的不安。"他们在等待时机,瞅准了才下手。"

又是谎话,血歌为证。是那匹狼。第七宗雇佣杀手对付我,可那匹狼杀了他们。他们是不是视其为黑巫术的庇佑,而保护我的正是他们所惧怕的力量?又是疑问。从来如此,永远有解答不完的疑问。

"你以前是人吗?"他问道,"你有名字吗?"

"名字对于活物才有意义,而对于虚无之中只能感受到深邃寒意的死灵而言,名字只是孩童的幻想。"

"这么说你活过。你拥有过属于自己的身体。"

"身体?是的,我有过身体,为蛮荒所撕裂,为饥饿所践踏,为仇恨所驱使,一次又一次。赐给我身体的母亲遭人强暴,是他们口中的女巫。因为她拥有呼风唤雨的天赋,他们把我们赶走了。我的生身之父满口谎言,说我母亲使用黑巫术强迫其同床共枕。说当巫术的影响消退,他便毅然离开。说我母亲为了报复,使用天赋之力破坏了农田里的庄稼。他们朝我们砸石头、扔污物,把我们赶进了森林,害我们像野兽一样生活。终于有一天,饥饿和寒冷带走了她。而我活下来了,与其说我是一个小男孩,不如说是一头野兽,我忘记了语言和习惯,忘记了一切,所知的唯有复仇。我寻找时机,彻彻底底地实现了复仇的愿望。"

"他召来闪电,"维林复述起那个故事,"整座村庄陷入火海。人们往河里逃去,他召来降雨,令河水暴涨,冲垮堤岸,卷走村民。复仇的欲望还未满足,他又从遥远的北方召来一阵狂风,将他们冻在冰中。"

那东西回忆起往事,脸上露出微笑,虽然其中毫无残酷的意味,却令人不寒而栗。"我还记得父亲的脸,冻结在冰里,从河水的深处瞪视着我。我朝他撒了泡尿。"

"女巫的私生子,"维林低声说道,"这故事少说有三百年了。"

"时间与你所谓的信仰一样,不过是错觉罢了,兄弟。虚无之中,一切巨大和渺小皆同时可见,只在惊奇与恐惧共存的转瞬之间。"

"那是什么?你说的虚无是什么?"

那东西又露出残酷的微笑:"你所谓的信仰称其为往生。"

"你撒谎!"他啐了一口,然而血歌悄无声息。"那里安乐无边、智慧超凡、永生和谐,是逝者不灭魂灵的永恒居所。"

那东西的嘴角一抽,然后纵声大笑,洪亮而愉悦的笑声在海边回荡。趁它大笑不止,维林忍不住想拔出靴子里的匕首,可他终究按捺住了这股冲动。时候未到……

"噢,"那东西摇摇头,擦去眼角的一滴泪,"你真是十足的傻瓜,兄弟。"他倾过身子,在火光的映照下,那张曾属于巴库斯的脸犹如一副红色面具,他嘶声说道:"我们就是逝者!"

他等待血歌响起,然而除了死一般的沉寂,什么都听不见。这不可能,这是对信仰的亵渎,可眼前的东西确实没有说谎。"逝者于往生静待我等,"他诵念的声音竟有一丝绝望,"其灵魂为丰富而良善的生命所充实,赐给我等智慧与怜悯……"

那东西再次大笑,乐得难以自持。"智慧与怜悯。虚无之中的灵魂若有智慧和怜悯,那么一群豺狼也会对猎物大发慈悲了。我们饥饿,我们吃肉,而死亡就是我们要吃的肉。"

维林紧闭双眼,接着诵念,嘴里飞快地吐出一连串话语:"死亡为何物?死亡乃通向往生、得见逝者之途。死亡既是终结,亦为起始。须敬畏之,欣然受之……"

"死亡带给我们新鲜的灵魂以供差遣,带给我们更多的身体以供驱使,满足我们的欲望,为他的计划效力……"

"失去灵魂之身体，又为何物？行尸走肉，仅此而已。为缅怀永逝之爱人，将其躯壳奉予烈焰……"

"身体即是一切。没了身体的灵魂，只是生命无用而凄凉的回响——"

"我听到过母亲的声音！"他突然起身，手持匕首，摆出战斗姿态。他的目光越过火堆，死死地盯着那东西。"我听到过母亲的声音。"

那个曾经是巴库斯的东西慢慢地站起来，拿起斧头。"在天赋者当中，有这样的情况发生，他们能听见我们的声音，听见灵魂在虚无之中嘶喊。大多是痛苦和恐惧的回响，稍纵即逝。你知道吗，那便是你们信仰的起源。数百年前，一个拥有非凡天赋的倭拉人听见了来自虚无的含糊不清的话语，其中确凿无疑有他已过世的妻子的声音。他自此到处宣扬，号称有了伟大而惊人的发现，在悲惨和辛劳的现世之外，还有来生的存在。人们听到后，传扬开来，便诞生了你们所谓的信仰，其根基是一句谎言：此生甘做牛马，来世方可享福。"

维林的脑子一片混乱，他渴望血歌揭穿这东西的谎言，但他尽力控制情绪，不为歌声纠结。木柴在火堆里劈啪作响，海浪拍打岸边，隆隆声不绝于耳，巴库斯的目光是那么陌生，冷酷，不带一丝感情。

"什么计划？"维林问，"你说他的计划？他是谁？"

"你很快就会见到他了。"那个曾经是巴库斯的东西双手紧紧地握持斧柄，斧刃朝天，映射出寒冷的月光。"这是我为你锻造的，兄弟，或者说是我准许巴库斯锻造的。他向往的是与锤子和铁砧相伴的生活，尽管他强硬地反抗着，但我终究征服了他。很漂亮吧？我使过各种各样的武器，杀过各种各样的人，但我要说，这是最完美的一次。我使用这把斧头，如同使用医师的开膛刀，可以轻易地把你带到死亡的边缘。你将会流血不止，气息奄奄，你的灵魂将会飞向虚空。而他正在那里等你。"那东西露出冷酷的微笑，似乎颇为惋惜，"你真的不该丢下剑,兄弟。"

"如果我有剑,你便没有心情说这么多了吧。"

那东西收敛起笑容:"我们说完了。"

他手里的斧头往后一摆,张嘴发出瘆人的狂吼,纵身跃过火堆。有一个庞大的黑色身影突然在半空中与其相撞,死死地咬住了他的胳膊,他们轰然坠落在火堆上,疯狂地厮打起来,火星四处飞溅。维林看到那把可怕的斧头一次次起落,听到奴隶犬身受重创发出的一声声狂吼。然后,那个曾经是巴库斯的东西,从火堆的残渣碎屑中站了起来,头发和衣服着了火,左臂险些被小花脸咬断,无力地垂在一边,而右臂依然完好,斧头仍在手中。

"我拜托总督半夜放它出来。"维林对他说。

那东西发出痛苦而暴怒的咆哮,斧头化作一道银色的影子抡了过来。维林沉身躲过斧刃,匕首往前一送,刺进了那东西的胸膛,直向心脏插去。它再次咆哮,狂暴地抡起斧头。见斧头飞转而至,维林放开插在他胸口的匕首,顺势抓住斧柄,反手一击,猛地打在那东西脸上,紧接着一脚踹中它的腹部。但它只是微微一晃,然后便是一记头槌,撞得维林踉跄着退了几步,仰面翻倒在沙滩上。

"有些关于巴库斯的事情我没有告诉你,兄弟!"那东西向前一跃,斧头高高举起,"你们一同训练的时候,我始终要他收着力气。"

斧头砍进沙子的同时,维林滚到旁边,继而拧身一脚,踢中那东西的太阳穴,然后迅速翻身跃起。那东西甩了甩头,右臂抡起,斧头再次横扫而至,维林身形一矮,在斧头劈空的一刹那,从它胸前拔出匕首,又刺了进去,接着及时后撤。斧刃贴着他的脸颊掠过,相距不过一英寸。

那个曾经是巴库斯的东西瞪着他,愣怔在原地纹丝不动,烧焦的皮肉冒着青烟,残废的胳膊滴血不止,染红了沙子。他扔掉斧头,没受伤的那只手捂住衣衫上迅速扩张的血渍。最后他瞪着满手浓稠的鲜血,慢慢地跪了下来。

维林走到他身边,从沙地上拿起斧头,一种强烈的厌恶感涌上心头。这便是我不愿见到它的原因吗?因为我终究要拿它做下这种事情?

"干得漂亮,兄弟。"那个曾是巴库斯的东西恶狠狠地咧开嘴,露出满是血渍的牙齿,"或许等你下次再杀我时,我所戴的面具是你最爱的人。"

斧头如此之轻,完全不合常理,他举起来一挥,伴随一声几不可闻的脆响,斧刃所过之处仿若无物,轻而易举地破皮开骨。兄弟的脑袋滚落到沙地上,然后一动不动地搁在那里。

他把斧头扔到一边,从即将熄灭的火堆里拖出了小花脸。维林掬起沙子,盖在它烧得焦黑的身体上,又撕碎了衣衫,塞住它侧腹上一道道深可见骨的伤口。奴隶犬呜咽着,伸出舌头,无力地舔舐维林的手。"对不起,笨狗。"他哽咽着说道,泪水模糊了视线,"对不起。"

◆

他将人与狗分开埋葬,不知为何,他感觉这样做才对。他没有向巴库斯道别,因为这位兄弟多年以前就已经死了,况且若是真要他说些什么,难免言不由衷。旭日东升之时,他提着斧头走到海边。清晨的潮水涨得很快,拍打在崖壁的浪花发出震耳欲聋的咆哮。令他惊讶的是,当他拿起斧头,先前的厌恶感没有了,附着其上的黑巫术似乎随着锻造者的死亡消失无踪。如今这是一具再普通不过的铁器,尽管它形制精良,在晨光中熠熠生辉,却也只是平凡无奇的铁器。他使出全力将其扔向大海,看着它在半空中飞旋,周身闪闪发光,最终没入汹涌的海浪之中,溅起一朵小小的水花。

他在海边清洗了身子,回到临时营地,尽量遮盖好血迹,然后便往尼莱什城走去。大约一个钟头后,他来到指定的地点。此时,沙漠

渡鸦之影 血歌

迅速升温,他挑了路牌边的一块阴凉地,坐下来等待。

他端坐之时,血歌重又响起,那是一种全新的曲调,远比先前嘹亮和清晰。当他思绪流转,曲调也随之而变,回想小花脸最后的呜咽之时是悲伤,回想与曾经是巴库斯的东西交战之时是激昂,不仅有曲调,还有画面、声音和感觉,他知道那并非来自于他的记忆。他明白了,他终于可以操纵血歌,他终于可以歌唱了。

◆

在某个似有似无的虚空之地,有什么东西正嘶声惨叫,向一只看不见的手告饶,那只手不存仁慈,亦无怨恨,所施加的惩罚是深不可测的痛苦。

在遥远北方的一座宫殿里,一个年轻的女人正在斟酌语句,撰写迎接兄长回国的演说词,其中要恰到好处地表现出哀伤、遗憾和忠诚的情感。写完后,她放下手里的鹅毛笔,命令女仆取一些点心来。当她看见房内别无他人,便捂住那张美丽动人的脸哭了起来。

西边,另一个年轻的女人望着辽阔的海面,强忍泪水。她手里拿着两块木片,裹有刺绣精美的丝巾。在她下方,海浪拍打着船体,白沫飞溅,腾空而起。她胸中怒火难平,恨不得将那小小的包裹扔进海浪之中,她躲不开那无法言喻的痛苦,而痛苦所激发的念头更令她深感厌恶。她并不知道何为复仇的欲望,她从来没有产生过这样的感觉。身后传来一声惨叫,她回头看见一名水手倒在甲板上,他从绳索上掉了下来,正紧紧抓着摔断的腿,用她无法理解的语言不断地咒骂。"躺着别动!"她命令道,一边向他走去,一边把木片和丝巾收进了斗篷。

航行在另一片海域的另一艘船上,一个年轻的男人端坐不动,沉默无言,脸上没有任何表情。虽然他静若死水,却仍然令周围的人惊恐不已,他们的主子明确下令,要把他折磨到只求速死。可年轻人仿若一尊石雕,纹丝不动,而在他的衣衫内,胸前的伤口正剧烈地灼烧,带来绵延不绝的疼痛。

维林的歌声化作一个纯粹的调子,穿越了隔开他们的沙漠、丛林和大海:我一定会找到你,兄弟。

年轻人的身子忽然一颤,周围的看守纷纷投来惊惧交加的目光,随后他又变成了那尊纹丝不动、面无表情的石雕。

幻象与歌声消失了,他独自坐在耀眼的阳光下,东边升起滚滚沙尘,人影乍现,很快便能看清有一队人马正疾驰而来。带队的高个儿正是大法官维瑟斯,他策马狂奔,迫不及待地攫取属于他的奖赏。